SCHLAF STILL, MEIN MÄDCHEN

WEITERE TITEL VON LISA REGAN

DETECTIVE-JOSIE-QUINN-SERIE

Die verlorenen Mädchen

Das Mädchen ohne Namen

Das Grab ihrer Mutter

Ihre letzte Beichte

Ihre begrabenen Geheimnisse

Ihre stumme Bitte

Die Namenlose

Du musst sie finden

Rette ihre Seele

Nur noch ein Atemzug

Schlaf still, mein Mädchen

Der Unfall

IN ENGLISCHER SPRACHE
DETECTIVE-JOSIE-QUINN-SERIE

Vanishing Girls

The Girl With No Name

Her Mother's Grave

Her Final Confession

The Bones She Buried

Her Silent Cry

Cold Heart Creek

Find Her Alive
Save Her Soul
Breathe Your Last
Hush Little Girl
Her Deadly Touch
The Drowning Girls
Watch Her Disappear
Local Girl Missing
The Innocent Wife
Close Her Eyes

LISA REGAN
SCHLAF STILL, MEIN MÄDCHEN

Übersetzt von Jessica Joerdel

bookouture

Die Originalausgabe erschien 2021 unter dem Titel „Hush Little Girl"
bei Storyfire Ltd. trading as Bookouture.

Deutsche Erstausgabe herausgegeben von Bookouture, 2023
1. Auflage März 2023

Ein Imprint von Storyfire Ltd.
Carmelite House
50 Victoria Embankment
London EC4Y 0DZ

deutschland.bookouture.com

Copyright der Originalausgabe © Lisa Regan, 2021
Copyright der deutschsprachigen Ausgabe © Jessica Joerdel, 2023

Lisa Regan hat ihr Recht geltend gemacht, als Autorin dieses Buches genannt
zu werden.

Alle Rechte vorbehalten. Diese Veröffentlichung darf ohne vorherige schriftliche
Genehmigung der Herausgeber weder ganz noch auszugsweise in irgendeiner
Form oder mit irgendwelchen Mitteln (elektronisch, mechanisch, durch
Fotokopie oder Aufzeichnung oder auf andere Weise) reproduziert, in einem
Datenabrufsystem gespeichert oder weitergegeben werden.

ISBN: 978-1-83790-367-2
eBook ISBN: 978-1-83790-366-5

Dieses Buch ist ein belletristisches Werk. Namen, Charaktere, Unternehmen,
Organisationen, Orte und Ereignisse, die nicht eindeutig zum Gemeingut
gehören, sind entweder frei von der Autorin erfunden oder werden fiktiv
verwendet. Jede Ähnlichkeit mit tatsächlichen lebenden oder toten Personen
oder mit tatsächlichen Ereignissen oder Orten ist völlig zufällig.

In liebevoller Erinnerung an Dr. Chris Justofin, der mir das Leben gerettet hat, und an Dr. Katherine Dahlsgaard, die einem meiner Lieblingsmenschen das Leben gerettet hat.

PROLOG

Weder Josie noch Noah hatten Zeit, sich auf den Aufprall vorzubereiten. Der Hirsch schoss als blasser, brauner Fleck links von ihnen zwischen den Bäumen hervor. Sein Körper traf die Frontseite von Noahs neuem Chevrolet genau zum falschen Zeitpunkt. Die Motorhaube des Autos wurde eingedellt wie eine Limonadendose aus Aluminium. Noah schaffte es nicht mehr, zu bremsen. Ihre beiden Körper wurden nach vorne geschleudert. Der Sicherheitsgurt spannte sich über Josies Oberkörper und ihr Kopf peitschte nach vorn und wieder zurück, sodass sie die Orientierung verlor. Sie blinzelte den Nebel weg, der ihren Verstand trübte, und bemerkte eine Rauchfahne, die von der verbeulten Motorhaube des Wagens aufstieg. Noahs Stimme drang vom Fahrersitz zu ihr herüber.
»Josie? Alles okay? Josie?«

Sie drehte ihren Kopf zu ihm und zuckte zusammen, als sie den Schmerz spürte, der von der Schädelbasis aus zum Hals hinunterzog. Aus einer kleinen Schnittwunde auf Noahs Stirn tropfte Blut. Sie streckte die Hand zu ihm aus und stellte fest:
»Du blutest.«

Er wischte sich mit dem Jackenärmel über den Kopf. »Mir geht es gut«, versicherte er ihr. »Was ist mit dir?«

Josies Verstand kam allmählich wieder in die Gänge und holte ihren Körper ein. Abgesehen von ihrem Nacken fühlte sie sich gut. »Ich steige aus«, sagte sie.

Sie löste ihren Sicherheitsgurt und versuchte, die Tür zu öffnen, doch die klemmte.

»Der Rahmen ist verbogen«, sagte Noah. »Du musst auf meiner Seite aussteigen.«

Er öffnete seinen Sicherheitsgurt, stieg aus und streckte eine Hand ins Innere des Autos, um Josie herauszuziehen. Es war Ende Januar und das Wetter war schon seit Tagen miserabel. Graue Wolken, aus denen ab und zu ein wenig Schnee fiel, hingen tief und schwer über der Stadt Denton. Am Straßenrand hüllte sich Josie fester in ihren Mantel und schaute die kurvenreiche Bergstraße hinauf und hinunter. Alles, was sie sehen konnten, waren Bäume und ein Band aus Asphalt, das sich meilenweit in beide Richtungen erstreckte.

»Wir sind mindestens fünf Kilometer vom Harper's Peak entfernt«, meinte Noah.

»Eher acht«, erwiderte Josie. Sie deutete in die Richtung, in die sie gefahren waren – zurück in die Stadt. »Bis Denton sind es noch drei Kilometer.«

Die Stadt Denton lag in einem Tal in Mittelpennsylvania an den Ufern des Flusses Susquehanna. Die meisten der dreißigtausend Einwohner lebten im Stadtzentrum, dort drängte sich ein Viertel ans andere. Insgesamt umfasste die Stadt jedoch eine Fläche von fünfundsechzig Quadratkilometern, zu der auch die ländlichen Regionen rund um die Stadt gehörten. Einsame, kurvenreiche Straßen wie die, auf der sie sich befanden, schlängelten sich von der Stadt aus in alle Richtungen hinauf in die Berge.

Josie und Noah gingen zur Vorderseite des Wagens, wo der Hirsch regungslos auf der Seite lag. Er hatte keine sichtbaren Verletzungen, aber Josie wusste, dass der Aufprall wahrscheinlich ausgereicht hatte, um ihn zu töten. Sie ging ein paar Schritte näher heran und stellte fest, dass er kein Geweih hatte und der Bauch des Tieres kugelrund war. »Großer Gott«, sagte sie. »Ich hoffe nur, dass das kein Muttertier ist.«

Noah machte einen Schritt auf sie zu und legte ihr eine Hand auf die Schulter. »Halt lieber ein bisschen Abstand«, warnte er. »Wenn sie noch lebt und plötzlich aufspringt, könnte sie dich verletzen.«

Doch Josie machte keine Anstalten, wegzugehen. Stattdessen starrte sie die Hirschkuh an, während eine Traurigkeit in ihr aufstieg und alte Gefühle wachrief, die man besser ruhen ließ.

»Josie«, sagte Noah. »Es war ein Unfall.«

»Ich weiß«, erwiderte sie. Es war ja nicht das erste Mal, dass einer von ihnen ein Wildtier angefahren hatte. In Mittelpennsylvania waren Unfälle wie dieser an der Tagesordnung. Sie wusste selbst nicht, warum dieser Unfall sie so aus der Fassung brachte.

»Meinst du, das bringt Unglück?«, platzte sie heraus, während Eisregen einsetzte.

»Wie meinst du das?«, fragte Noah.

Sie drehte sich zu ihm um. Entlang der Wunde an seiner Stirn hatte sich ein dicker Blutstropfen gesammelt, der hinunter zu seinem rechten Auge floss. Wieder wischte er mit seinem Ärmel darüber.

Josie fischte ein zerknülltes Taschentuch aus ihrer Jeanstasche. Sie legte ihre freie Hand an seinen Hinterkopf, fuhr mit den Fingern durch sein dichtes, braunes Haar. Mit der anderen Hand drückte sie ihm das Taschentuch fest auf die Stirn. Sein Atem kam als Wölkchen heraus, das in der kalten Luft sichtbar wurde. Sie sagte: »Wir sind auf dem Heimweg, nachdem wir die letzten Hochzeitspläne geschmiedet haben. Und wir haben eine Hirschkuh angefahren. Vielleicht sogar eine Hirschkuh, die bald ein Kitz bekommt.«

Noah legte seine Hände auf ihre Schultern und lächelte sie an. »Wir haben doch schon so viel Pech gehabt, wie zwei Menschen nur haben können, meinst du nicht auch?«

Josie hob das Taschentuch an und stellte fest, dass die Blutung aufgehört hatte. Sie ließ ihre Arme sinken und schaute ihm in die haselnussbraunen Augen. Sie kannten sich seit über sieben Jahren, waren seit drei Jahren zusammen, und in dieser Zeit waren sie mehr als nur einmal durch die Hölle gegangen. Vielleicht hatte er recht.

Er nahm ihr das Taschentuch ab und küsste sie auf die Stirn. »Du solltest da nichts hineininterpretieren. Wenn man bedenkt, wie oft wir in den letzten drei Monaten zum Harper's Peak gefahren sind, wäre es doch seltsam, wenn wir *keinen* Zusammenstoß mit irgendwas gehabt hätten.« Wieder schaute er sich in beide Richtungen auf der leeren Straße um. »Auf dem Rückweg vom Harper's Peak habe ich allerdings keine Wohnhäuser oder Geschäfte gesehen. Da ist niemand, den wir um Hilfe bitten könnten.«

Josie zog ihr Handy aus der Tasche und versuchte, jemanden aus ihrem Team zu erreichen. Sie arbeiteten beide für die Polizei von Denton, Noah als Lieutenant und Josie als Detective. Josie wusste, dass die anderen Detectives der Einheit, Gretchen Palmer und Finn Mettner, ihnen sofort zu Hilfe eilen würden. »Ich bekomme hier keinen Empfang«, sagte sie. »Gib mir mal dein Handy.«

Er reichte es ihr. »Versuch, einen Hotspot einzurichten.«

Josie versuchte mit beiden Handys, einen Hotspot zu erstellen, aber es funktionierte nicht. Kein Internet, überhaupt kein Empfang. Sie lief die Straße auf und ab, hielt die Handys in die Luft und versuchte, ein Signal zu bekommen, doch da war nichts. Sie befanden sich in einem Funkloch.

Noah streckte die Hand nach seinem Handy aus und Josie

gab es ihm zurück. »Du bleibst beim Auto. Ich laufe los in Richtung Stadt und versuche weiterhin, ein Signal zu bekommen. Wenn ich einen Balken kriege, rufe ich Gretchen oder Mettner an. Wenn nicht, frage ich beim ersten Haus, das ich sehe, ob ich das Festnetztelefon benutzen darf«, sagte er.

»Ich begleite dich«, erwiderte Josie.

»Es ist kalt«, sorgte er sich. »Und es fängt an zu graupeln. Bleib doch im Auto, da hast du es trocken und einigermaßen warm. Die drei Kilometer schaffe ich in kürzester Zeit.«

Unter ihrem Mantel begann sie zu zittern. Der Eisregen von eben war in einen schweren und nassen Regen übergegangen. Jeder Tropfen, der auf ihr schwarzes Haar spritzte, ließ die Locken an ihrem Kopf kleben. Sie schaute auf das Auto und sehnte sich danach, wieder einzusteigen. »Ist dir schwindelig?«, fragte sie ihn. »Fühlst du dich benommen?«

Noah lachte leise. »Ich habe keine Gehirnerschütterung, falls du dir deswegen Sorgen machst. Setz dich ins Auto. Ich komme zurück, so schnell ich kann.«

Josie gab ihm einen Kuss, bevor sie wieder auf den Fahrersitz kletterte. Im Auto war es nicht viel wärmer, jetzt, wo der Motor ausgeschaltet war – und jetzt, wo das Auto einen Totalschaden hatte – aber es war wunderbar trocken. Sie beobachtete Noah, wie er die Straße hinunterjoggte, bis der Schneeregen auf der Windschutzscheibe ihn zu einem dunklen Fleck verschwimmen ließ. Dann war er verschwunden.

Sie versuchte noch einmal, mit ihrem Handy Empfang zu bekommen, hatte aber wieder keinen Erfolg. Ein paar Minuten, nachdem Noah außer Sichtweite war, hörte sie ein Geräusch, das sie innerlich erzittern ließ. Josie kletterte aus dem Auto und ging zurück zu der Hirschkuh. Die hob ihren Kopf vom Boden und stieß einen hohen Klagelaut aus, der Josie bis ins Mark erschütterte.

Das Tier litt Höllenqualen.

»Verdammt«, murmelte sie und sah sich um. Alles in ihr

wollte auf den Schmerz des Tieres reagieren und etwas unternehmen. Wäre es ein Mensch, würde sie sich auf den Boden setzen, um zu helfen oder zumindest Trost zu spenden, doch das war unmöglich. Es blieb ihr nichts anderes übrig, als danebenzustehen und den letzten Geräuschen der armen Hirschkuh zu lauschen. Sie waren beide hilflos – das Tier und die Frau. Ein Gefühl, das Josie mehr hasste als jedes andere Gefühl auf der Welt.

Als sie das Geräusch eines Fahrzeugs wahrnahm, das sich hinter ihr näherte, war der Kloß in ihrem Hals schon so dick, dass sie kaum noch schlucken konnte. Sie drehte sich um und sah einen alten, weißen Pick-up, der hinter Noahs Wagen hielt. Sein Motor lief laut im Leerlauf. Hinten im Fahrerhaus des Pick-ups steckte eine Schrotflinte in einem Gewehrhalter. Der Fahrer schaltete den Warnblinker ein, stieg aus und ließ die Waffe zurück. Eine Frau Anfang fünfzig kam auf Josie zu. Sie war größer als Josie und rundlich. Bekleidet war sie mit einer ausgeblichenen Jeans, schweren Stiefeln und einer dicken Regenjacke. Ihr langes, lockiges, braunes Haar war grau meliert. Mit gerunzelter Stirn fragte sie: »Geht es Ihnen gut, Miss?«

Josie deutete auf die Hirschkuh und erklärte, was passiert war.

Die Frau streckte ihr eine Hand entgegen und Josie schüttelte sie. »Lorelei Mitchell«, sagte sie.

»Josie Quinn.«

Josie wartete auf ein Aufflackern des Wiedererkennens. Sie war in Denton praktisch eine Berühmtheit, weil sie einige Fälle gelöst hatte, die so schockierend gewesen waren, dass landesweit in den Nachrichten darüber berichtet worden war. Außerdem war ihre Zwillingsschwester eine bekannte Journalistin. Doch Lorelei Mitchell fragte nur: »Wann ist ihr Verlobter denn losgelaufen?«

Josie holte ihr Handy hervor, um auf die Uhr zu schauen, stellte aber fest, dass sie es nicht wusste. Sie war wegen der

Hirschkuh viel zu durcheinander gewesen, um sich zu merken, wie viel Zeit vergangen war. Es kam ihr vor, als hätte sie stundenlang allein mit dem keuchenden Tier auf der Straße gestanden, aber es waren wahrscheinlich weniger als fünf Minuten vergangen. »Ich bin mir nicht sicher«, sagte sie zu Lorelei. »Vielleicht zehn, fünfzehn Minuten?«

Lorelei deutete auf ihren Pick-up. »Warum steigen Sie nicht zu mir ins Auto? Mein Haus ist weniger als einen Kilometer entfernt. Ob Sie es glauben oder nicht, ich habe dort Handyempfang. Ich habe auch einen Festnetzanschluss, über den Sie Hilfe rufen können.«

»Wir haben keine Häuser gesehen«, erwiderte Josie.

Lorelei lächelte. »Ich weiß. Die Einfahrt ist versteckt. Meine Privatsphäre ist mir sehr wichtig.«

»Danke«, sagte Josie. »Aber wenn es Ihnen nichts ausmacht, würde ich lieber hier auf meinen Verlobten warten.«

»Normalerweise empfehle ich Frauen auch nicht, zu Fremden ins Auto zu steigen, aber ich verspreche Ihnen, dass Sie bei mir sicher sind«, fügte Lorelei hinzu.

Josie lächelte verkniffen. »Das weiß ich zu schätzen, aber ich kann warten.«

Lorelei schwieg lange genug, dass die Schreie der Hirschkuh wieder an Josies Ohr drangen. Sie ging zurück zu ihrem Pick-up. Wieder wurde Josies Aufmerksamkeit auf die Schrotflinte gelenkt, obwohl sie nicht wusste, warum. Aber Lorelei warf nicht einmal einen Blick auf die Waffe. Stattdessen kam sie mit einem Foto in der Hand zurück. Einem echten Foto auf Hochglanzpapier. Sie reichte es Josie. »Das sind meine Mädchen. Sie sind acht und zwölf Jahre alt. Die beiden warten zu Hause auf mich. Wir leben allein. Daher die Privatsphäre. Ich muss sie schützen. Kommen Sie mit mir. Sie können sie kennenlernen, ein paar Anrufe tätigen und in einem schön warmen, trockenen Haus warten, bis Hilfe kommt. Sie bekommen sogar was zu essen.«

Die Schreie der Hirschkuh waren etwas leiser geworden, aber sie waren immer noch laut und durchdringend. Josie riss ihren Blick von den gequälten Augen los, weil sie etwas anderes als das sterbende Tier sehen wollte. Sie starrte auf das Foto. Beide Mädchen hatten schulterlanges braunes Haar. Das Haar des jüngeren Mädchens war glatt, doch das Haar der älteren Tochter war lockig wie das von Lorelei. »Meine jüngere Tochter heißt Emily«, sagte Lorelei. »Und die ältere Holly.«

Auf dem Foto hatte Holly einen Arm schützend um Emilys Schultern gelegt. Emily grinste so breit, dass man ihre Zähne sah. Holly lächelte dagegen mit geschlossenem Mund, doch ihr Lächeln war nicht weniger ansteckend. Sie trugen passende T-Shirts mit der Zeichnung eines Faultiers, darunter standen die Worte: *Mein Krafttier*. Josie musste kurz lachen.

»Süß, die beiden, oder?« sagte Lorelei mit einem Grinsen.

Josie wollte das Foto gerade zurückgeben, als sie Hollys Wimpern bemerkte. Sie waren schneeweiß.

Lorelei kam einen Schritt näher und zeigte auf Hollys Gesicht. »Sie sehen sich ihre Wimpern an, stimmt's?«, fragte sie. »Schon okay. Das fällt jedem auf. Sie hat Poliosis.«

Josie konnte wegen der Hirschkuh kaum etwas hören. Sie sah zu Lorelei auf. »Wie bitte?«

»Poliosis. Das ist so eine genetische Sache. Harmlos. Ihr fehlt einfach Melanin in den Haaren oder Wimpern. Sie hasst es, aber ich finde, es lässt ihren Blick umso markanter wirken.«

Josie reichte ihr das Foto. »Tut mir leid. Ich ... ich kann mich nicht konzentrieren. Okay, lassen Sie uns zu Ihrem Haus fahren.«

»Steigen Sie ein«, erwiderte Lorelei.

Josie kletterte in den Pick-up und schnallte sich an. Lorelei stieg ein und wendete in drei Zügen mitten auf der Straße. Sie konnten immer noch die Schreie der leidenden Hirschkuh hören. Bevor sie losfuhr, stellte sie den Hebel wieder auf Parkmodus und sagte: »Einen Augenblick noch.«

Lorelei drehte sich um, langte auf den Rücksitz und kramte dort herum. Noch bevor Josie Fragen stellen konnte, war sie aus dem Wagen gestiegen, die Schrotflinte in der Hand. Josie drehte sich auf ihrem Sitz um und bemerkte zwei Munitionskisten, die vor dem Rücksitz auf dem Boden standen. Eine Kiste war offen und es fehlte eine Patrone. Sie drückte mit den Fingern auf den Verschluss des Sicherheitsgurts, um auszusteigen und Lorelei zu folgen.

Ein Schuss dröhnte und hallte um sie herum wider. Die Klagelaute verstummten. Josie saß wie erstarrt auf ihrem Sitz. Sekunden später stieg Lorelei wieder ins Auto. Sie befestigte die Schrotflinte an der Halterung hinter ihren Köpfen und schenkte Josie ein Lächeln. »Ich rufe die Wildkommission an, wenn wir bei mir zu Hause sind.«

»Sie haben sie erschossen«, sagte Josie.

»Sie hat gelitten, und es wäre niemand gekommen, um sie zu retten. Keiner konnte sie retten.«

Josie starrte sie mit offenem Mund an.

Lorelei legte den Gang ein und fuhr wieder auf die Straße. »Wissen Sie, es lässt sich nicht aufhalten.«

»Das Leid?«, fragte Josie.

Lorelei lachte. »Nun, das auch, ja, aber ich meinte den Tod. Der Tod lässt sich nicht aufhalten.«

EINS

DREI MONATE SPÄTER

Josie betrachtete sich in dem großen, frei stehenden Spiegel und erkannte die Frau, die sie von dort anstarrte, kaum wieder. Sie hatte ein einfaches, trägerloses Hochzeitskleid mit einer langen, spitzenbesetzten Schleppe gewählt, die sie zu einer Schleife hochstecken konnte. Ihre Mutter Shannon hatte gesagt, es sähe aus wie etwas, das eine griechische Göttin tragen würde. Josie gefiel die Schlichtheit und Eleganz des Kleides ebenso wie die Bewegungsfreiheit, die es ihr bot. Als Detective der Stadt Denton in Pennsylvania war Josie es gewohnt, Kakihosen und Polohemden zu tragen. Die Arbeit wurde nie weniger, und außer zu Beerdigungen hatte sie selten Gelegenheit, sich schick zu machen. Sie schob diesen Gedanken beiseite und ließ ihre Hände über ihre Hüften gleiten. Heute war ein Freudentag.

Sie drehte ihren Kopf von einer Seite zur anderen. Ihre Zwillingsschwester Trinity Payne, eine berühmte Journalistin, die in New York City lebte, hatte sowohl eine Visagistin als auch eine Friseurin nach Denton geholt, um Josie und die Gäste von Josies Brautparty, die aus Trinity, Josies Freundin Misty Derossi und Josies Freundin und Kollegin, Detective

Gretchen Palmer, bestand, zu stylen. Beide hatten bemerkenswerte Arbeit geleistet. Josies schwarze Locken waren zu einem Dutt hochgesteckt worden. Ihr Teint strahlte. Sogar die dünne Narbe, die auf der rechten Seite ihres Gesichts vom Ohr bis unter das Kinn verlief, war fast unsichtbar. Der Fotograf, den Trinity ebenfalls ausgewählt hatte, huschte um sie herum und fotografierte sie aus allen möglichen Perspektiven.

Eine Hand drückte ihre Schulter und Trinitys Gesicht tauchte hinter ihr im Spiegel auf. »Du siehst fantastisch aus. Noah wird ausflippen, wenn du vor den Altar trittst.«

»Ich sehe aus wie du an einem normalen Tag«, erwiderte Josie.

Trinity lachte und machte eine wegwerfende Handbewegung. »Ich bitte dich«, sagte sie.

Der Fotograf knipste mehrere Fotos von den beiden. Trinitys schwarzes Haar fiel ihr bis auf die Schultern. Das Kobaltblau des Brautjungfernkleides, das Josie ausgewählt hatte, bildete einen reizvollen Kontrast zu Trinitys Porzellanteint. Ihr Make-up war wie immer makellos.

Aus einer Ecke der Suite war ein Lachen zu hören. Es kam von Lisette Matson, Josies Großmutter, die dort an einem kleinen, runden Tisch saß. »Stell dir mal vor, Josie. Mit ein bisschen Make-up könntest du jeden Tag wie ein Filmstar aussehen.«

Trinity lachte und langte nach oben, um eine von Josies Haarsträhnen zu richten. »Ich bin kein Filmstar, schon vergessen? Ich bin Journalistin.«

»Die bald ihre eigene Sendung bei einem landesweiten Fernsehsender haben wird«, ergänzte Lisette. »Ich freue mich so für dich, Liebes.«

Josie drehte sich um, zog eine Augenbraue hoch und musterte Lisette. »Ich trage ja Make-up. Nur eben kein … Profi-Make-up.«

Auf der anderen Seite des Zimmers standen zwei schwere Holzstühle mit Samtkissen nebeneinander, auf denen Misty und Gretchen saßen, während die Friseurin und die Visagistin ihre Arbeit fortsetzten. Misty, deren Gesicht nach oben gewandt war, während die Visagistin die Grundierung entlang ihrer Kieferlinie auftrug, sagte: »Ich frage sie immer, ob ich sie schminken darf, und sie sagt Nein.«

»Für die Arbeit brauche ich bestimmt nicht so viel Make-up«, protestierte Josie.

Neben Misty machte Gretchen ein finsteres Gesicht, während die Friseurin mit den Fingern Schaumfestiger in Gretchens rappelkurzes, braun-grau meliertes Haar einarbeitete. »Das stimmt«, pflichtete sie ihr bei.

»Ich muss mich hinsetzen«, sagte Josie. Sie tapste hinüber zum Tisch und nahm vorsichtig gegenüber von Lisette Platz. Sie wollte gerade nach einem Stück frischem Obst aus der Schüssel greifen, die das Resort zur Verfügung gestellt hatte, doch Trinity stürzte zu ihr und gab ihr einen Klaps auf die Hand. »Nein. Mit diesem Kleid wird nicht gegessen. Nicht vor der Trauung.«

»Das soll wohl ein Witz sein«, sagte Josie.

Trinitys funkelnder Blick durchbohrte sie förmlich. »Du weißt genau, dass ich keine Witze mache.«

Die schwere Tür zu ihrer Suite öffnete sich und ihre Mutter, Shannon, rauschte herein. Sie strahlte Josie an. Während sie näher kam und Josie mit sichtlichem Stolz und Bewunderung musterte, schoss der Fotograf weitere Fotos. »Schau dich nur mal an! Absolut atemberaubend.« Eine ihrer Fäuste öffnete sich und förderte ein zerknittertes Taschentuch zutage, mit dem sie sich die Augen abtupfte.

»Mom«, jammerte Trinity. »Du wirst noch dein Make-up ruinieren.«

»Dagegen bin ich machtlos«, sagte Shannon. »Außerdem, wenn du denkst, dass ich schlimm bin, warte ab, bis du deinen Vater siehst. Er ist ein Wrack.« Sie legte ihre andere Hand auf Josies Schulter. »Dreißig Jahre lang dachten wir, dass wir diesen Tag nie erleben würden. Für immer aus und vorbei.«

»Josie tätschelte ihre Hand. »Ich weiß.«

»Verdammt«, protestierte Trinity. »Ich sagte, kein Geheule! Auf dieser Hochzeit wird nicht geweint.«

Josie lachte und schaute Lisette an, deren blaue Augen verdächtig schimmerten. Josie war das Kind von Shannon und Christian Payne. Als sie und ihre Schwester erst drei Wochen alt gewesen waren, hatte die ehemalige Putzfrau der Paynes, Lila Jensen, deren Haus mit den Babys darin in Brand gesetzt. Ihrem Kindermädchen war es gelungen, Trinity zu retten, doch Lila hatte sich mit Josie davongestohlen und sie jahrelang als ihr eigenes Kind ausgegeben. Sowohl die örtlichen Behörden als auch die Paynes hatten geglaubt, dass Josie in dem Feuer umgekommen war. Doch Josie war ins zwei Autostunden entfernte Denton gebracht worden, wo ihre abscheuliche Entführerin Lisettes Sohn, Eli Matson, erzählt hatte, dass Josie seine Tochter sei. Er hatte keinen Grund gehabt, Lila zu misstrauen, und hatte Josie bis zu seinem Tod als seine eigene Tochter aufgezogen. Josie war damals erst sechs Jahre alt gewesen. Sie hatte in Angst gelebt und durch Lila ein Trauma nach dem anderen durchlitten, bis sie vierzehn Jahre alt war und Lisette das Sorgerecht für sie zugesprochen wurde. Von diesem Tag an bis vor drei Jahren, als die Wahrheit endlich ans Licht gekommen war und Josie wieder mit den Paynes vereint wurde, waren Josie und Lisette auf sich allein gestellt gewesen.

Josie hatte kurz nach dem College ihre Highschoolliebe, Ray Quinn, geheiratet. Doch die Hochzeitsfeier war klein gewesen, mit einer begrenzten Anzahl von Gästen, und die einzigen anwesenden Familienangehörigen waren Lisette und Rays Mutter gewesen. Niemand hatte Josie zum Altar geführt und das war ihr damals auch ganz recht gewesen. Ihr Leben war bis dahin kaum normal verlaufen und sie hatte all ihre Schwierigkeiten weitgehend allein durchgestanden. Es hatte für sie

Sinn ergeben, dass sie allein mit ihrem Bräutigam vor den Altar treten würde. Jetzt war ihr biologischer Vater Teil ihres Lebens. Sie hatten im Laufe der Jahre eine Beziehung zueinander aufgebaut und sie freute sich sehr, dass er sie zum Altar führen würde, wo sie Noah Fraley heiraten würde.

»Wie sieht es drüben beim Bräutigam aus?«, erkundigte sich Misty, bevor eine von ihnen in Freudentränen ausbrechen konnte.

Shannon wedelte mit dem Taschentuch in der Luft herum. »Ach, weißt du, da drüben ist das reinste Tollhaus. Noah ist der Einzige, der fertig ist, und Harris jagt den Hund durch die Suite.«

»Verdammt«, rief Misty und schob die Visagistin beiseite. »Ich gehe rüber und sage ihm, dass er sich zusammenreißen soll.«

»Ich komme mit«, sagte der Fotograf und folgte Misty aus der Hochzeitssuite.

Harris war der vierjährige Sohn von Misty. Nach Josies und Rays Trennung hatte sich Ray Hals über Kopf in Misty verliebt, doch er war gestorben, bevor ihr Sohn geboren wurde. Überraschenderweise waren Josie und Misty nach Rays Tod sehr enge Freundinnen geworden. Harris sollte zusammen mit Trout, Josies und Noahs Boston Terrier, als Ringträger fungieren.

»Ich weiß nicht, warum ihr beide darauf bestanden habt, dass der Hund bei der Trauung dabei sein soll«, klagte Trinity nicht zum ersten Mal.

»Trinity, also wirklich«, schaltete Shannon sich ein. »Es ist Josies Hochzeit. Sie kann tun, was sie will – und das sollte sie auch.«

Trinity verschränkte die Arme vor der Brust. »Nun, als ihre inoffizielle Hochzeitsplanerin habe ich mich vehement dagegen ausgesprochen, den Hund in die Zeremonie einzubeziehen.«

Josie lachte. »Inoffiziell? Echt jetzt? Ich kann die Entscheidungen, die ich bei dieser Hochzeit selbst getroffen habe, an einer Hand abzählen.« Sie wandte sich an Shannon und Lisette. »Sie hat sogar die Band gebucht!«

Trinity sagte: »Es ist das Walton-Marquette Project, aus Chester County. Du erinnerst dich doch an sie, nicht wahr, Mom?«

Shannon nickte. »Wir haben sie auf dem Winter-Musikfest gesehen. Sie sind großartig. Alle werden sie lieben, Josie.«

Josie winkte mit einer Hand. »Ich weiß, dass sie die Band lieben werden. Ehrlich, ich bin dir dankbar für deine Hilfe, Trin. Aber dass Trout bei unserer Hochzeit dabei sein soll, ist nicht verhandelbar. Es wird bezaubernd sein und die Eigentümer des Resorts, Celeste und Adam, waren damit einverstanden, dass wir es so machen und Trout das ganze Wochenende hier bei uns haben.«

Lisette meinte: »Ich kann mir keinen besseren Ort für die Hochzeit vorstellen, Josie. Es ist fantastisch hier.«

Josie stand auf und ging zu den großen Fenstern hinüber, die den nordöstlichen Rand des Geländes des Harper's Peak überblickten. Es war niemand zu sehen, bis auf zwei Männer, die unten durch den riesigen Garten liefen. Der eine trug ein kastanienbraunes Poloshirt und gebügelte Kakihosen, die Uniform der Angestellten des Resorts. Der andere Mann hatte einen hellen Anzug an, aber Josie erkannte ihn als Tom Booth, den Geschäftsführer des Resorts. Als Josie ihn zum ersten Mal getroffen hatte, hatte sie ihn nur für Celeste Harpers Assistenten gehalten, da er normalerweise mit einem iPad in der Hand neben ihr stand und auf dem Display herumtippte, während sie Anweisungen blaffte. Als er über den Rasen eilte, sah sie, dass er das iPad unter einen seiner Arme geklemmt hatte.

Das Anwesen, auf dem sich das Harper's Peak befand, war ein ehemaliges Gehöft, das Anfang des neunzehnten Jahrhunderts von der Familie Harper besiedelt worden war. Es umfasste eine Fläche von über hundert Hektar, die sich über zwei Berggipfel erstreckte. Ursprünglich hatte dort ein altes Steinhaus gestanden, das nun den heutigen Eigentümern des Resorts, Celeste Harper und ihrem Mann Adam Long, als Wohnsitz diente. Es gab auch eine kleine weiße, aus einem Raum bestehende Kirche, die auf einem der Berggipfel stand. Die ursprünglichen Harper-Siedler hatten sie als Schulhaus und als Gotteshaus genutzt. Jetzt wurden dort Hochzeitszeremonien abgehalten.

Nachfolgende Generationen der Familie Harper hatten ihr Anwesen um weitere Gebäude erweitert. Zunächst errichtete die Familie Harper die große Frühstückspension, die nun als beliebte Location für Hochzeitsgesellschaften diente. Diese versammelten sich dort, um sich auf die Zeremonie und den Empfang vorzubereiten. Sie wurde nach Celestes Vater, Griffin Harper, Griffin Hall benannt. Jahre später wurde daneben ein größeres Hotel und Resort gebaut. Das Gelände des Harper's Peak war mit seinen sorgfältig gepflegten Gärten und dem Blick auf die Berge atemberaubend. Josie hätte das Resort allein aufgrund der Fotos für ihre Hochzeit gewählt. Ihr Herz klopfte bei der Vorstellung, dass sie schon in wenigen Stunden in der kleinen Kirche auf einem der Aussichtspunkte stehen und in die haselnussbraunen Augen ihres neuen Mannes Noah blicken würde.

Im Flur schlug eine Tür zu. Sekunden später betraten Misty und der Fotograf die Hochzeitssuite. Mit einem verkniffenen Lächeln sagte Misty: »Da drüben ist alles geklärt. Es war gar nicht so schlimm.«

Sie setzte sich wieder auf ihren Stuhl, damit die Visagistin ihre Arbeit beenden konnte. Neben ihr scheuchte Gretchen die Friseurin beiseite, um eine Mitteilung auf ihrem Handy zu überprüfen. »Sollen wir ein paar Fotos von dir mit deiner Mom und deiner Grandma machen?«, fragte der Fotograf.

»Klar«, sagte Josie.

Lisette stand auf, schnappte sich ihren Rollator und

schlurfte zu Josie hinüber. »Wollen wir die Aufnahmen vor dem Fenster machen?«, fragte sie.

Der Fotograf lächelte. »Klar, das können wir gerne versuchen.«

Gretchen erhob sich. »Ich bin gleich wieder da.«

Josie hörte, wie die Tür zur Suite des Bräutigams auf der anderen Seite des Flurs erneut zuschlug, als Gretchen den Raum verließ.

»Was ist denn los?«, fragte Josie.

»Was meinst du?«, erwiderte Trinity.

»Hier ist irgendwas los«, beharrte Josie.

Lisette sagte: »Du wirst heiraten, Liebes. Das ist alles, was los ist.«

Alle lachten. Bis auf Misty. Josie starrte sie an. »Misty?«

Sie sagte nichts. Aus den Augenwinkeln nahm Josie draußen eine Bewegung wahr. Sie wandte sich wieder dem Fenster zu und sah, wie Gretchen und ihr Kollege Detective Finn Mettner, der auch einer von Noahs Trauzeugen war, über das Gelände schritten und sich in die gleiche Richtung wie die Mitarbeiter bewegten. Josie rief vor ihrem inneren Auge die Karte des Harper's Peak auf und versuchte, herauszufinden, wohin sie wohl gehen würden. In dieser Richtung befand sich die Kirche, in der sie heiraten wollten. Celeste und Adam hatten vor der Hochzeit ein Treffen im Erdgeschoss arrangiert, bei dem die Gäste Kontakte knüpfen und vor der Zeremonie Hors d'oeuvres und Getränke zu sich nehmen konnten. Etwa eine halbe Stunde vor Beginn der Zeremonie sollten sie in einem Fahrzeug des Resorts zur Kirche gebracht werden. Es war logisch, dass die Angestellten dorthin unterwegs waren, um die Kirche aufzuschließen und alles vorzubereiten, doch was hatten Mettner und Gretchen damit zu tun? Ihre Bewegungen wirkten so eilig, dass Josie die Zähne zusammenbiss.

»Nichts ist hier los, Josie«, sagte Shannon.

Josie deutete aus dem Fenster. »Wo gehen denn alle hin?

Ich habe gerade Tom und einen anderen Angestellten und Gretchen und Mett gesehen ...« Sie brach ab, als der Polizeichef aus dem Gebäude herauskam und den beiden Detectives folgte. »Und Chief Chitwood ist gerade in diese Richtung gelaufen. Zur Kirche.«

Trinity berührte Josies Ellbogen und versuchte, ihre Aufmerksamkeit sanft auf den Fotografen zu lenken. »Sie bereiten sich wahrscheinlich gerade vor. Celeste hat mir gesagt, dass die Kirche immer abgeschlossen ist, wenn nicht gerade Hochzeiten stattfinden.«

Josie schaute in die strahlend blauen Augen ihrer Schwester. »Man braucht keine zwei Detectives und den Polizeichef, um eine Hochzeit vorzubereiten.« Sie drehte sich wieder zu Misty um. »Was ist hier los?«

Aller Augen waren auf Misty gerichtet, die gequält das Gesicht verzog. »Es hat nichts mit der Hochzeit zu tun, Josie.«

Josie packte ihren Rock mit beiden Händen, stakste zu Misty hinüber und sah ihr ins Gesicht. »Sag es mir.«

Leise erwiderte Misty: »Er hat gesagt, ich solle nichts sagen.«

»Wer hat das gesagt?«

»Mett. Er sagte, ich soll dir nicht den Tag verderben.«

»Misty.«

Tränen glitzerten in Mistys Augenwinkeln. »Sie haben eine Leiche gefunden«, würgte sie mühsam hervor.

Hinter Josie zuckten die anderen Frauen zusammen.

»Was? Wo?«, fragte Shannon.

»Ich weiß es nicht«, erwiderte Misty.

Josie ging auf die Tür zu, doch Trinity stürmte durchs Zimmer und versperrte ihr den Weg. »Josie, du heiratest heute. Heute bist du kein Detective, du bist eine Braut. Ich weiß, wie wichtig dir deine Arbeit ist, aber du darfst dir auch mal freinehmen, um dich um dein Privatleben zu kümmern. Du heiratest heute Noah. Mach das zu deiner Priorität. Du hast sehr fähige Kollegen, die sich um alles kümmern, was da draußen passiert.«

Josie starrte ihre Schwester an und spürte, wie ihr Widerstand bröckelte.

Shannon ging zu Josie hinüber und berührte sie erneut an der Schulter. »Misty hat gesagt, sie hätten eine Leiche gefunden. Das heißt aber nicht, dass es sich um ein Verbrechen handelt. Es könnte auch jemand sein, der einen Herzinfarkt oder sowas hatte und gestorben ist.«

»Stimmt«, sagte Josie. »Du hast recht.« Sie lächelte. »Lass uns die Fotos machen.«

Doch als sie zurück zum Fenster ging, sah sie auch Officer Hummel in die Richtung davongehen, in die alle anderen geeilt waren. Er trug einen Anzug, weil er einer der Hochzeitsgäste war. Hummel war der Leiter des Spurensicherungsteams der Polizei von Denton. »Misty«, sagte Josie. »Haben sie noch etwas über die Leiche gesagt? Irgendetwas?«

Misty stieß einen langen Seufzer aus.

»Lass es«, warnte Trinity.

»Sie wird es irgendwann herausfinden«, erwiderte Misty. »Entweder jetzt oder nach der Hochzeit.«

»Dann soll sie es später herausfinden, Misty.«

»Ich kann Josie nicht anlügen«, erklärte Misty. »Mett hat es mir auf dem Flur erzählt, bevor er gegangen ist. Es ist ein Kind, Josie. Ein junges Mädchen.«

Josie fühlte sich, als hätte ihr jemand einen Schlag in die Magengrube versetzt. Eine Hand ruhte auf ihrem Bauch. »Was noch? Was hat Mett dir noch erzählt?«

»Sonst nichts«, sagte Misty. »Das ist alles.«

»Josie, ich weiß, das ist schrecklich«, meldete sich Lisette zu Wort. »Es ist eine furchtbare, schreckliche Sache. Keiner weiß das besser als ich, aber heute ist dein Hochzeitstag.«

»Bitte«, sagte Shannon. »Du hast über fünfzig Gäste da

unten und Noah. Der sympathische, wunderbare Noah. Heute ist auch sein Tag.«

Lisette fügte hinzu: »Du musst nicht alle Kämpfe selbst ausfechten, Josie. Nicht jeder Fall ist eine Last, die für deine Schultern bestimmt ist.«

Josie wusste, dass sie recht hatte.

Aber ein Kind, sagte eine Stimme in ihrem Kopf.

Misty erhob sich und kam zu ihr herüber. »Sie haben recht, Josie. Ich weiß, dass es schwer ist, weiterzumachen und den Tag zu genießen, nachdem du von etwas so Schrecklichem gehört hast, aber du musst es versuchen. Du verdienst es, einen schönen Tag zu haben. Es gibt andere in deinem Team, die genauso gut damit umgehen können wie du.«

Josie wusste, dass auch das stimmte. Ihre Kollegen waren die Besten überhaupt. Da sie und Noah heiraten würden, blieben natürlich nur Gretchen und Mettner übrig, um die Arbeit zu erledigen. Josie ging zur Kommode hinüber, auf der eine Handtasche mit ihren persönlichen Gegenständen lag. Sie holte ihr Handy heraus und sagte: »Ich rufe nur kurz Gretchen an.«

»Josie!«, protestierte Trinity, doch die hatte die Nummer bereits gewählt.

Gretchen meldete sich nach dem vierten Klingeln. »Boss«, sagte sie. »Ich muss vielleicht auf meinen Platz als Brautjungfer verzichten.«

»Ich verstehe«, sagte Josie. »Was hast du denn?«

Sie gingen schnell in ihren Berufsjargon über und Gretchen ratterte die Details in dem Tonfall herunter, den sie bei jedem Fall benutzte. »Ein junges Mädchen, vielleicht zwölf oder dreizehn Jahre alt. Sie liegt wie aufgebahrt am Fuße der Kirchentreppe, als ob sie schlafen würde. Keine offensichtlichen Anzeichen eines Traumas.«

»Du weißt also nicht, ob es Mord war«, stellte Josie fest.

Gretchen zögerte kurz. »Sagen wir einfach, es ist verdächtig.«

»Glaubst du, dass sie hier zu Gast war?«, fragte Josie.

»Ich bin mir nicht sicher, aber das wird sich leicht herausfinden lassen. Wenn irgendwelche Gäste nach einer vermissten Zwölf- oder Dreizehnjährigen mit weißen Wimpern suchen, dann wissen wir, dass sie nach diesem Mädchen suchen.«

Josie spürte, wie es ihr kalt den Rücken herunterlief. »Was hast du gesagt?«

»Ihre Wimpern. Sie sind weiß. Das ist wirklich seltsam. Aber es ist ein ziemlich auffälliges Merkmal, also ...«

Josie hörte nicht mehr zu. Die Hand, in der sie das Handy gehalten hatte, sank seitlich am Körper herunter. Ihr Handy fiel auf den Teppich.

Trinity ging zu ihr und zerrte an Josies Ellbogen. »Jetzt komm. Lass Gretchen das machen. Du weißt, dass sie mehr als qualifiziert ist.«

Josie hörte Lorelei Mitchells Stimme in ihrem Kopf. *Poliosis. Das ist so eine genetische Sache. Harmlos. Ihr fehlt einfach Melanin in den Haaren oder Wimpern. Sie hasst es, aber ich finde, es lässt ihren Blick umso markanter wirken.*

»Ich muss los«, sagte Josie. Als Trinity ihr dieses Mal den Weg versperren wollte, schob Josie sie beiseite und ging zur Tür. Sie war sich nur vage bewusst, dass in ihrem Rücken ein Chor von Protesten zu hören war. Die Tür zur Suite des Bräutigams öffnete sich nur eine Sekunde, nachdem Josie den Flur betreten hatte. Noah kam heraus und sah in seinem Smoking so gut aus, dass es ihr kurzzeitig den Atem raubte.

»Josie«, sagte er.

Sie starrten einander an. Irgendwo in den Tiefen ihres Verstandes erkannte Josie, dass es Unglück brachte, wenn der Bräutigam die Braut vor der Zeremonie sah. Aber das Unglück hatte ja schon lange vor diesem Moment begonnen. Als das junge Mädchen vor der Kirche gestorben war.

Noahs Augen wanderten an ihrem Körper hinunter und dann zurück zu ihrem Gesicht. Sein Mund blieb eine Sekunde lang offen stehen. Dann machte er ihn wieder zu und schluckte.

»Wow«, sagte er mit heiserer Stimme. »Du siehst ... umwerfend aus.«

»Du auch«, hauchte sie.

Einen Augenblick lang überlegte sie, ob sie zurück in die Hochzeitssuite gehen sollte, um die notwendigen Fotos zu machen und dann die Treppe zum Hochzeitssaal hinunterzugehen, als ob draußen alles in Ordnung wäre. Sie könnte Arm in Arm mit ihrem leiblichen Vater den Weg zum Altar zu diesem Mann gehen. Diesem wunderbaren, unglaublichen, freundlichen und anständigen Menschen, den sie von ganzem Herzen liebte. Sie könnten ihr Gelübde ablegen und bis spät in die Nacht hinein tanzen, ihre gegenseitigen Versprechen würden ihre Partnerschaft stärken. Niemand würde es ihr verübeln. Josie wusste sogar, dass alle, die zu diesem Ereignis gekommen waren, sehr wütend auf sie sein würden, wenn sie es nicht täte.

»Misty hat dir von der Leiche erzählt«, sagte Noah.

Josie nickte.

»Was hat sie gesagt? Sie haben mir nur gesagt, dass sie eine Leiche gefunden haben, sonst nichts.«

»Sie sagte, es sei ein junges Mädchen, Noah. Sie haben sie vor der Kirche gefunden.«

Traurigkeit legte sich über sein Gesicht.

»Ich habe Hummel in diese Richtung gehen sehen«, sagte Josie. »Sie würden keine Spurensicherungsbeamten brauchen, es sei denn ...«

»Es war Mord«, beendete er ihren Satz.

»Mordverdacht«, korrigierte Josie. »Ich habe mit Gretchen gesprochen.« Sie erzählte ihm, was Gretchen ihr über die Wimpern des Mädchens gesagt hatte.

»Du kanntest sie«, sagte Noah.

Josie nickte. »An dem Tag, als wir die Hirschkuh angefahren haben und ihre Mutter mich mit zu sich nach Hause genommen hat, während du Hilfe geholt hast. Ihr Name war Holly.«

Dann schwiegen beide. Josie schaute auf ihr makelloses weißes Kleid hinunter. Wie sollte sie ihm das nur sagen? Wenn ein Kind am Tag ihrer Hochzeit auf dem Gelände des Resorts ermordet worden war, in dem sie heiraten wollten, war Josie sich nicht sicher, ob sie die Hochzeit wirklich durchziehen konnte. Es war nicht irgendein Kind, sondern ein Mädchen, das sie erst drei Monate zuvor kennengelernt hatte. Ein süßes, ruhiges Mädchen mit einem schüchternen Lächeln, das aber auch eine gewisse Wildheit ausgestrahlt hatte, vor allem in der Art und Weise, wie sie schützend über ihre kleine Schwester gewacht hatte. Ein tiefer Schmerz stieg in Josies Brust auf und durchflutete ihren Körper.

Sie spürte mehr, als dass sie sah, wie Noah zwei lange Schritte auf sie zuging. Dann war da seine Hand, die Handfläche geöffnet, einladend. Sie legte ihre Hand in seine und sah zu ihm auf.

»Lass uns gehen«, sagte er.

ZWEI

In der Lobby wartete Celeste Harper. Ihre schlanke Gestalt war in ein elegantes kastanienbraunes Kleid gehüllt, das ihr bis zu den Knöcheln reichte. Dunkle Locken fielen ihr bis auf die nackten Schultern. Neben ihr stand ihr Mann, Adam Long, wie üblich in seiner Kochuniform. Er hielt seine weiße Kochmütze mit beiden Händen. Seine Augen schienen nicht zu wissen, wohin sie schauen sollten. Obwohl er nicht viel älter war als seine Frau, waren seine Haare bereits strahlend weiß und er machte sich nicht die Mühe, sie regelmäßig zu färben. »So sehe ich vornehmer aus«, hatte er bei einem der vielen Anlässe gescherzt, bei denen sich Josie und Noah mit ihm, Celeste und Tom getroffen hatten, um ihre Hochzeit zu planen. Celeste war die Erbin und Eigentümerin des Resorts, und Adam war der Küchenchef. Normalerweise waren sie freundlich und lächelten viel, doch als Josie und Noah Hand in Hand die große Haupttreppe hinunterstiegen, sah Josie, dass Adams Gesicht aschfahl war. Celeste hielt ihr Handy an ein Ohr, während sie die andere Hand gegen ihre Stirn presste. Sie lief in der Nähe der Rezeption in der Lobby auf und ab und flüsterte wütend in ihr Handy.

Adam sah sie zuerst und schenkte ihnen ein schwaches Lächeln. Bevor er etwas sagen konnte, beendete Celeste ihren Anruf, steckte ihr Handy in eine versteckte Tasche ihres Kleides und hob beide Hände, um ihnen zu signalisieren, dass sie stehen bleiben sollten. »Bitte«, sagte sie. »Ich weiß nicht, was ihr gehört habt, aber es wird alles gut. Wir haben das unter Kontrolle.«

Adam sah nicht überzeugt aus. Seine Finger fuhren beunruhigt über die Naht seiner Mütze.

»Wir haben gehört, dass die Leiche eines Kindes an der Kirche gefunden wurde«, sagte Josie.

Celeste runzelte die Stirn. »Ja, leider. Aber die Polizei kümmert sich darum. Ich versichere euch, dass ihr euch an eurem Hochzeitstag nicht mit so einer schrecklichen Sache befassen müsst.«

»Wir sind die Polizei«, erwiderte Josie.

Celeste lächelte. »Das weiß ich doch. Ich meinte nur, dass andere Mitglieder eurer Abteilung schon vor Ort sind. Ihr müsst euch keine Sorgen machen. Eure Kollegen kümmern sich bereits darum.«

»Ja, wir müssen rübergehen und mit ihnen reden«, erklärte Noah.

»Oh, das halte ich für keine gute Idee – ich meine, ihr werdet doch heute heiraten. Das wäre ein so furchtbarer Anblick«, meinte Adam.

Celeste pflichtete ihm bei. »Es ist eine furchtbare Tragödie. Wir wollen das auch gar nicht schönreden, aber ihr solltet nicht zulassen, dass das eure ganze Hochzeit ruiniert.«

Josie sagte: »Wenn sie vor der Kirche gefunden wurde und es ein Verbrechen war, wird unser Spurensicherungsteam wenigstens ein paar Stunden brauchen, um den Tatort zu untersuchen. Das bedeutet, dass unsere Trauung dort sowieso nicht stattfinden kann. Wir werden nur einen Spaziergang zur Kirche machen, um mit unseren Kollegen zu reden.«

Die Haut um Celestes Augen straffte sich. »Jetzt? So? Ihr seid doch beide schon für die Trauung angezogen. Wir können sie an einen anderen Ort verlegen. Sie muss nicht unbedingt in der Kirche stattfinden. Es gibt viele andere schöne Plätze im Resort, die wir anbieten können.«

»Ja«, sagte Adam. »Wir können alles nach Bedarf anpassen. Die Gäste sind bereits im Vorbereitungsbereich. Sie scheinen sich prächtig zu amüsieren. Ich würde nicht empfehlen ...«

Josie zerrte an Noahs Hand und ging um Adam und Celeste herum. »Wir sind gleich wieder da«, sagte sie.

Draußen herrschten frühlingshaft milde Temperaturen um die zwanzig Grad. Eine leichte Brise wehte über das Gelände, als sie den Weg vom Eingang der Griffin Hall zur Kirche nahmen. Josies Absätze klackerten und ihr Kleid raschelte auf dem Asphalt. Sie gingen schweigend auf die Kirche zu, die sich auf dem Griffin-Aussichtspunkt befand. Als sie näher kamen, sahen sie zwei Hotelangestellte und Tom Booth auf einer Steinbank rechts von ihnen sitzen.

Ein Mitarbeiter hatte sein Gesicht in den Händen vergraben. Der Mann in der Mitte weinte leise und wischte sich mit dem Handrücken über die Augen. Tom starrte geradeaus, mit leerem Blick und einer Zigarette zwischen den Lippen. Sein iPad lag unbeachtet auf dem Platz neben ihm. Vor ihm, zwischen zwei Hecken, stand Sawyer Hayes, einer der Rettungssanitäter der Stadt Denton. Heute trug er einen eleganten marineblauen Anzug. Sein schwarzes Haar hatte er aus dem Gesicht gestrichen, sodass er besser und gepflegter aussah, als Josie ihn je zu Gesicht bekommen hatte. Er war Gast bei ihrer Hochzeit, obwohl Noah ihn nicht mehr ausstehen konnte. Sie hatten ihn nur eingeladen, weil er der Enkel von Lisette war. Ihr einziger lebender Blutsverwandter.

Lila Jensen, die Frau, die Josie als Säugling entführt hatte, hatte eine Beziehung mit Lisettes Sohn Eli Matson gehabt. Nach etwas mehr als einem Jahr hatten sie sich getrennt und während dieser Zeit hatte Eli etwas mit einer anderen Frau angefangen. Diese Frau wurde mit Sawyer schwanger. Bevor sie Eli von der Schwangerschaft erzählen konnte, war Lila zurück in sein Leben getreten, hatte Josie als sein Baby ausgegeben und jeden bedroht, der sich zwischen sie stellen wollte. Sawyers Mutter hatte nie wieder auch nur ein einziges Wort mit Eli gewechselt und Sawyer erst zwei Jahre zuvor auf ihrem Sterbebett von seiner wahren Abstammung erzählt. Er hatte Lisette ausfindig gemacht und ihre DNA-Tests hatten eine Übereinstimmung ergeben. Die Dinge zwischen ihm und Josie waren schon immer schwierig gewesen, aber sie hatte ihr Bestes getan, um ihn wie ein Familienmitglied zu behandeln, wenigstens Lisette zuliebe.

Jetzt fixierte er sie mit seinen blauen Augen, die an ihrem Körper auf und ab wanderten. Er ignorierte Noah und fragte: »Du ziehst *das hier* deiner eigenen Hochzeit vor?«

»Hey«, sagte Noah. »Pass auf, was du sagst.«

Josie hob eine Hand, die beiden Männern signalisieren sollte, jetzt zu schweigen. »Ich habe Informationen, die das Team braucht, Sawyer.«

»Das war ja klar«, murmelte er.

»Und was machst *du* hier?«, fragte Noah bissig.

Zum ersten Mal sah Sawyer ihn an. »Als wir in Griffin Hall davon erfahren haben, sagte Tom zunächst, das Mädchen sei nicht mehr ansprechbar. Ich bin hergekommen, um zu sehen, ob ich helfen kann, aber als ich hier ankam, war es ziemlich eindeutig, dass sie bereits tot war.«

»Dann wirst du hier ja nicht mehr gebraucht«, sagte Noah zu ihm. Er trat näher an Josie heran, legte ihr eine Hand auf den unteren Rücken und schob sie an Sawyer vorbei nach vorne. »Wenn du uns jetzt bitte entschuldigen würdest.«

Wortlos drehte sich Sawyer um und ging zurück in Richtung Griffin Hall. Direkt neben ihm stand ein Polizeibeamter aus Denton in Uniform, der ein Klemmbrett in der Hand hielt. Seine Augen weiteten sich vor Schreck, als sie sich näherten.

»Detective Quinn, Lieutenant Fraley, was machen Sie denn hier? Das ist kein ... das ist ein Tatort.«

Josie warf einen Blick auf sein Namensschild. »Brennan, wir wissen, dass ihr hier einen Tatort habt. Wir würden ihn uns gerne ansehen.«

Er musterte sie beide von Kopf bis Fuß. »In diesem ... Aufzug?«

Josie und Noah sahen sich an und dann wieder zu Brennan. Noah sagte: »Soweit ich weiß, sind die Detectives Mettner und Palmer, Chief Chitwood und Officer Hummel bereits vor Ort.«

»Ja.«

»Sie waren Gäste auf unserer Hochzeit«, sagte Josie. »Sie sind nicht viel anders gekleidet als wir.«

»Tragen Sie uns bitte ein«, sagte Noah und deutete auf das Klemmbrett.

Kopfschüttelnd notierte Brennan ihre Namen auf dem Klemmbrett und ließ sie passieren. Josie und Noah gingen weiter den Weg hinunter, bis sie einen langen Streifen Absperrband erreichten, der an mehreren Azaleenbüschen und anderen Sträuchern befestigt war, die den Kirchenvorplatz umgaben. Neben dem Band standen Gretchen, Mettner und Chief Chitwood. Mettner sprach in knappen Worten in sein Handy. Hinter dem Band stand Officer Hummel, der jetzt einen Tyvek-Schutzanzug über seiner Hochzeitskleidung trug. Bei ihm war Officer Jenny Chan. Sie war nicht zur Hochzeit eingeladen gewesen, deshalb wusste Josie, dass Hummel sie angerufen haben musste, damit sie die Tatortausrüstung mitbrachte. Chan machte Fotos, während Hummel den Tatort in einem Notizbuch skizzierte.

Es gab eine Reihe von Steinstufen, die zur Eingangstür der Kirche führten. Auf dem Rasen vor der untersten Stufe lag Holly Mitchell. Sie trug einen Schlafanzug aus lila Baumwolle mit gelben Sternen darauf. Nur ihre Füße waren nackt. Sie war in der Tat »aufgebahrt«, genau so, wie Gretchen es beschrieben hatte. So, wie ein Mensch normalerweise in einem Sarg aufgebahrt wurde. Ihre Beine waren ausgestreckt, ihre Arme lagen eng am Körper und waren über der Brust verschränkt, unter ihren Händen befand sich irgendein Gegenstand. Ihre Augen waren geschlossen, und ihr braunes Haar war wie ein Fächer um ihren Kopf herum ausgebreitet. Kleine Blumen schmückten ihre langen Locken. Josie erkannte weiße Blutwurz, gelbe Butterblumen, blaue Veilchen und violette Taubnesseln – alles Wildblumen, die um diese Jahreszeit überall in Pennsylvania zu finden waren.

»Jemand hat ihre Leiche zurechtgemacht«, murmelte sie.

Chitwood, Gretchen und Mettner, der nun aufgehört hatte zu telefonieren, drehten sich um und sahen sie an.

»Boss«, sagte Mettner. »Du solltest nicht hier sein.« Er schaute an ihr vorbei zu Noah. »Und du auch nicht.«

»Ich kenne dieses Mädchen«, erklärte Josie.

Chitwood verschränkte die Arme vor seiner schmalen Brust. »Woher zum Teufel kennen Sie dieses Mädchen, Quinn?«

Josie erzählte, wie Lorelei sie drei Monate zuvor am Straßenrand aufgelesen hatte, wie sie mit Lorelei zu derem Haus gefahren war, bis Noah gekommen war, um sie zu holen, und wie sie Loreleis Töchter kennengelernt hatte.

»Wir müssen sofort mit ihrer Mutter sprechen«, sagte Gretchen.

»Wer hat sie gefunden?«, wollte Noah wissen.

»Ein Mitarbeiter«, sagte Mettner. »Er kam her, um die Kirchentüren aufzuschließen und zu überprüfen, dass für die Trauung alles aufgeräumt und vorbereitet ist. Er war ziemlich erschüttert. Wir werden seine Aussage später aufnehmen.«

»War die Kirche verschlossen?«, fragte Noah.

Mettner nickte. »Ja. Es war niemand drinnen. Keine

Einbruchsspuren. Wer immer sie hier zurückgelassen hat, hatte kein Interesse daran, hineinzugehen.«

»Aber man hat sie hier zurückgelassen, damit sie gefunden wird«, meinte Josie. »Hat der Mitarbeiter, der sie gefunden hat, auch den Notruf gewählt?«

»Nein, das war Celeste«, erklärte Gretchen. »Der Typ, der die Leiche gefunden hat, hat die Rezeption verständigt. Zwei seiner Kollegen sind hergekommen und haben sich dann bei Celeste gemeldet. Die hat sofort den Notruf gewählt. Die Zentrale hat Mett informiert. So ziemlich jeder, der zur Sicherung und Bearbeitung des Tatorts nötig ist, ist auf deiner Hochzeit. Da wären wir also.«

Von hinten hörten sie Absätze, die auf dem Weg klackerten. Sie drehten sich alle um und sahen Dr. Anya Feist, die Rechtsmedizinerin, auf sich zukommen. Sie trug ein blassrosa A-Linien-Kleid, das ihr bis zu den Knien reichte, und dazu blassrosa Stilettos. Ihr silberblondes Haar fiel ihr in Wellen bis zu den Schultern und schimmerte im Sonnenlicht. Josie und ihr Team sahen die Ärztin normalerweise nur im Kittel oder im Tyvek-Anzug. Sie wirkte völlig verwandelt. Dennoch hatte sie das gleiche grimmige Lächeln, mit dem sie sie normalerweise an Tatorten begrüßte. Sie blieb kurz stehen und starrte Josie und Noah an. Mit einem Seufzer und einem Kopfschütteln meinte sie: »Mettner hat mich gerade angerufen, damit ich herkomme. Ihr zwei hättet lieber im Ausland heiraten sollen.« Sie wandte sich an Mettner. »Was haben wir hier?«

Er erzählte ihr das Wenige, was sie wussten.

Sie zeigte auf einen Rollkoffer, den Officer Chan oft zu Tatorten mitbrachte und der ein paar Meter entfernt, aber außerhalb der Absperrung abgestellt worden war. »Ich ziehe mir eben Schutzkleidung über.«

Sie streifte ihre Stöckelschuhe ab, ging zum Koffer und holte einen Tyvek-Schutzanzug, Überschuhe, eine Kopfbedeckung und Handschuhe heraus. Der Anzug passte nicht so gut über ihr Kleid, aber sie schaffte es. Sie wartete, bis Hummel und Chan mit ihren Fotos und Skizzen fertig waren und schlüpfte dann unter dem Absperrband hindurch. Josies Blick sprang zwischen dem Koffer und der Leiche hin und her. In ihrem Hochzeitskleid konnte sie auf keinen Fall in einen der Tyvek-Schutzanzüge schlüpfen, und sie wollte den Tatort nicht verunreinigen. Sie musste auf die Einschätzung von Dr. Feist warten.

Die Stimmung war düster und der Tag so unheimlich still, als wären selbst die Vögel zu traurig, um zu singen. Dr. Feist kniete neben Holly Mitchells Kopf und hob mit einem behandschuhten Finger die Augenlider des Mädchens an, erst eines, dann das andere. »Petechien in der Lederhaut.«

Josie wusste, dass das bedeutete, dass sich im Weißen der Augen des Mädchens punktförmige rote Flecken befanden. Diese deuteten darauf hin, dass ihr irgendwann vor ihrem Tod die Sauerstoffzufuhr abgeschnitten worden war. Die Flecken tauchten auf, wenn die kleinen Kapillaren in den Augen bluteten, was normalerweise ein Hinweis auf einen Erstickungstod oder Strangulation war.

Dr. Feist beugte sich herunter und betrachtete den Hals des Mädchens genauer. »Da sind Blutergüsse«, stellte sie fest. »Allerdings nicht von einer Fesselung. Der Bluterguss ist unregelmäßig und deutet eher auf eine Strangulation hin. Dem Muster nach sieht es so aus, als hätte die Person begonnen, sie zu erwürgen, dann aufgehört und es später zu Ende gebracht. Hummel, vergiss nicht, ihre Hände in Beutel zu packen, falls sich Haut unter den Fingernägeln befindet.«

Behutsam tastete Dr. Feist die Hände des Mädchens ab und versuchte, sie von dem Gegenstand zu befreien, den sie an ihren Körper gedrückt hielten. Die Hände ließen sich nicht bewegen. »Die Leichenstarre ist noch voll ausgeprägt«, stellte Dr. Feist fest.

»Heißt das, dass sie erst seit ein paar Stunden tot ist?«, fragte Mettner.

Dr. Feist blickte zu ihm auf. »Die Leichenstarre kann zwischen einer und sechs Stunden nach dem Tod eintreten, Detective Mettner. Der Durchschnitt liegt bei zwei bis vier Stunden. Die Leichenstarre kann bis zu zweiundsiebzig Stunden anhalten. Zum Todeszeitpunkt kann ich genauere Angaben machen, sobald ich sie auf dem Tisch habe. Ich muss ihre Körperinnentemperatur messen und einige Berechnungen anstellen, aber es ist sehr wahrscheinlich, dass sie schon seit einigen Stunden tot ist.«

»Ob sie wohl hier gestorben ist?«, wollte Mettner wissen.

Dr. Feist runzelte die Stirn. »Schwer zu sagen. Ich sehe keine Anzeichen für einen Kampf. Keine Spuren im Gras, keine abgebrochenen Äste. Andererseits ist sie auch nicht mit Dreck oder irgendwas anderem beschmiert, was darauf hindeuten würde, dass sie über den Boden geschleift wurde. Abgesehen von den Blutungen in ihren Augen und den Blutergüssen an ihrem Hals sieht es so aus, als hätte sie sich einfach hingelegt und wäre eingeschlafen. Armes Mädchen.«

Mettner tippte wild in der Notizen-App auf seinem Handy herum.

»Wir müssen mit allen sprechen, die heute hier sind oder waren. Dafür werde ich weitere Verstärkung anfordern«, sagte Gretchen.

»Was hält sie da in der Hand?«, fragte Josie.

Dr. Feist nickte Hummel zu und ging dann aus dem Weg, damit er sich neben das Mädchen knien konnte. »Es ist eine Art primitive ... Puppe, glaube ich. Chan, was denkst du?«

Chan ging hinüber und schaute nach unten. »Das ist seltsam«, sagte sie. »Aber ich glaube, du hast recht. Das soll eine Puppe sein.«

»In diesem Kleid kann ich nicht näher ran«, sagte Josie. »Kann einer von euch ein Foto machen und es Mett schicken, damit ich es sehen kann?«

Chan und Hummel erstarrten und sahen Josie einen

Moment lang an, bevor sie ihre Blicke auf Chief Chitwood richteten. Auch Josie sah ihn an. Er schüttelte den Kopf, wobei Strähnen seines weißen Haares über seine Halbglatze flogen. Seufzend sagte er: »Quinn, Fraley, Sie beide sollten heute heiraten.« Er schaute auf seine Armbanduhr. »Wenn ich das richtig sehe, in etwa einer Stunde. Überlassen Sie das einfach uns.«

Josie zeigte auf Holly Mitchell. »Ich kannte das Mädchen. Ich habe auch ihre Mutter und ihre Schwester kennengelernt. Ich kann das nicht einfach auf sich beruhen lassen.«

Gretchen sagte: »Boss, niemand verlangt von dir, dass du das einfach auf sich beruhen lässt. Wir bitten dich nur, bis nach deiner Hochzeit zu warten, bevor du dich an den Ermittlungen beteiligst.«

Mettner meinte: »Deine Hochzeit sausen zu lassen wäre echt scheiße, Boss.«

»Hey«, sagte Noah. »Pass auf, was du sagst, Mett. Das ist auch meine Hochzeit.«

Mettner zuckte unbeeindruckt mit den Schultern. »Ist trotzdem scheiße.«

»Unsere Hochzeitslocation ist ein Tatort«, erklärte Josie.

Noah trat vor und ging auf Mettner zu. »Wenn du nicht verstehst, warum wir hier sein müssen, um uns einzubringen, dann kennst du uns wirklich nicht.«

Josie liebte Noah noch mehr, als sie es ohnehin schon tat, weil er sich selbst in diese Aussage einbezog. Seine unerschütterliche Unterstützung und seine unheimliche Fähigkeit, sie zu verstehen, waren genau die Gründe, warum sie ihn heiraten wollte. Sie trat neben ihn und schob ihre Hand in seine. »Ich will nur kurz nach Hollys Mutter sehen. Sie wohnt ganz in der Nähe.«

Der Chief erwiderte: »Wir werden jemanden hinschicken. Sie beide gehen zurück zu Ihrer Hochzeit.«

Josie widersprach: »Sie würden gar nicht hinfinden, es sei denn, einer von uns fährt mit.«

»Sie beide müssen nicht alles übernehmen, wissen Sie. Mettner und Gretchen sind durchaus in der Lage, sich darum zu kümmern, während Sie heiraten. Das hier ist ein riesiges Resort. Die Zeremonie könnte an einem anderen Ort stattfinden. Ihre Gäste sind bereits hier. Die Band ebenfalls. Das Küchenpersonal kocht schon wie wild. Sie werden eine Menge Geld verlieren, wenn Sie nicht zurück ins Hotel gehen und heiraten.«

Josie blickte wieder auf die Leiche und blinzelte die Tränen weg. Sie spürte, wie Noah ihre Hand drückte. Konnten sie eine Stunde, nachdem die Leiche eines Kindes an ihrer Hochzeitslocation gefunden worden war, heiraten? Vor der Tür der Kirche, in der sie ihr Gelübde ablegen wollten? Sie kannte die Antwort auf diese Frage, doch sie wusste, dass ihre Kollegen und ihre Familie sich bei jedem weiteren Schritt gegen sie stellen würden. Sie sagte: »Einer von euch wird uns zu Lorelei Mitchells Haus begleiten, damit wir sie benachrichtigen können.«

»Und anschließend kommt ihr hierher zurück und heiratet?«, fragte Gretchen.

»Ja«, erwiderten Josie und Noah einstimmig. Noahs sanfter Händedruck verriet ihr, dass er ebenfalls log.

DREI

Josie und Noah stiegen in Gretchens Auto, während Gretchen vor der Fahrertür stand und über ihr Handy weitere Einheiten anforderte. Noah setzte sich auf den Beifahrersitz und Josie machte sich auf der gesamten Rückbank breit. In ihrem Kleid konnte sie sich zwar gut bewegen, doch die hochgesteckte Schleppe nahm eine Menge Platz weg. Sie hätte sich gern bequemere Kleidung angezogen, doch es hätte viel zu lange gedauert, zurück ins Hotel zu fahren und sich allen zu stellen. Dort gäbe es viel zu viele Leute, die sie davon überzeugen müssten, dass sie das Richtige taten. Josie konnte sich nicht vorstellen, dass es irgendjemand okay finden würde, dass sie ihre eigene Hochzeit sausen ließen, um bei der Aufklärung eines Mordfalls zu helfen, außer vielleicht ihre Großmutter Lisette. Wenn der geplante Termin für die Trauung erst einmal vorbei wäre und Josie und Noah immer noch unverheiratet waren, würden ihre Gäste wohl kaum etwas dagegen haben, dass sie sich umzogen.

»Geht es dir gut?«, fragte Noah.

Josie blickte auf und sah, dass er sich zu ihr umgedreht hatte und sie aufmerksam musterte. »Ja, dir auch?«

Er lächelte. »Natürlich. Ich bin mit dir zusammen.«

»Die Hochzeit ...«, setzte Josie an.

»Die kann warten. Wir kriegen das schon hin. Lass uns einfach nach Lorelei schauen, danach sehen wir weiter.«

Josie beugte sich vor und gab ihm einen Kuss. Er griff nach oben und berührte ihre Wange, ließ seine warme Handfläche dort verweilen.

Seine haselnussbraunen Augen verfinsterten sich. »Du hattest schon an dem Tag, an dem wir die Hirschkuh angefahren haben, ein schlechtes Gefühl. Ich habe nicht auf dich gehört.«

Josie lehnte sich in seine Hand. »Ich wollte glauben, dass es wahr ist – dass wir schon mehr als genug Pech hatten. Noah, Lorelei war sehr darauf bedacht, ihre Kinder zu beschützen. Ich weiß, ich habe nur etwas mehr als eine Stunde mit ihnen verbracht, aber das war offensichtlich. Ich kann mir nicht vorstellen, dass sie eine ihrer Töchter aus den Augen gelassen hat.«

Was sie nicht sagte, war, dass sie Angst vor dem hatte, was sie in Loreleis Haus finden würden.

Bevor er darauf antworten konnte, klopfte Gretchen gegen das Fenster auf der Fahrerseite. Beide sahen sie an. Mit einer Hand hielt sie das Handy, in das sie sprach, mit der anderen deutete sie in Richtung Griffin Hall. Trinity steuerte mit einem grimmigen Gesichtsausdruck auf das Fahrzeug zu. Ihr Freund, Drake Nally, rannte hinter ihr her und versuchte, sie einzuholen. Er war FBI-Agent in der Außenstelle von New York City. Josie hatte früher schon einmal mit ihm an einem Fall gearbeitet. Auch wenn er bei den Morden vor Ort nicht helfen konnte, hoffte Josie, dass es ihm gelingen würde, Trinity zu besänftigen. Doch Josie wusste, dass das ein schwieriges Unterfangen war, denn Trinity war eine Kraft, die man nicht unterschätzen durfte.

Noah muss Josies Gedanken gelesen haben. »Das ist nicht gut«, sagte er und öffnete die Tür auf der Beifahrerseite. »Du fährst mit Gretchen. Ich kümmere mich um den Rest.«

Gretchen legte auf und stieg ins Auto, während Noah zu Trinity und Drake hinüberlief. Josie sah, wie er die Hände hob und ihr den Weg versperrte, als sie versuchte, an ihm vorbeizukommen. Drake umkreiste sie und stand Schulter an Schulter mit Noah, um sie auf Abstand zu halten.

Als sie von Griffin Hall wegfuhren und die lange, kurvenreiche Straße nahmen, die vom Harper's Peak zur Straße am Fuße des Berges führte, sagte Gretchen: »Ihr beiden werdet heute nicht heiraten, oder?«

»Nein«, sagte Josie.

Gretchen seufzte. »Niemand wird davon begeistert sein, das weißt du doch, oder?«

»Wissen wir«, erwiderte Josie. »Bieg hier links ab.«

Gretchen bog nach links in die Straße ein. »Wenn ich sage, dass niemand davon begeistert sein wird, dann meine ich damit, dass eure Familien stinksauer sein werden. Das weißt du doch auch, oder?«

Josie fragte: »Würdest du dich gerne an einen Hochzeitstag zurückerinnern, an dem ein Kind direkt auf dem Gelände der Hochzeitslocation ermordet wurde?«

»Ein gutes Argument«, sagte Gretchen. Sie hielt ihr Telefon hoch. »Hier, nimm. Hummel hat mir ein Foto von dem ... Ding geschickt, das Holly in der Hand hatte.«

Josie schnappte sich das Handy und wischte, bis sie die Nachricht von Hummel gefunden hatte. Der Gegenstand sah aus wie eine Puppe, die ein Kleinkind gebastelt hatte. Der Körper bestand aus einem Tannenzapfen. Darauf waren zwei Eicheln geklebt, die wie Glubschaugen aussahen. Winzige Zweige waren in die Falten des Tannenzapfens gesteckt worden, um eine Nase, den Mund, Arme und Beine zu formen.

Wäre die Puppe nicht bei der Leiche eines toten Mädchens gefunden worden, wäre sie vielleicht komisch gewesen. Stattdessen ließ ihr Anblick die Säure in Josies Magen aufsteigen. Das sah nicht wie etwas aus, das ein zwölfjähriges Mädchen basteln oder bei sich tragen würde. Offensichtlich hatte derjenige, der ihre Leiche an diesem Aussichtspunkt arrangiert hatte, sie absichtlich bei ihr abgelegt. Doch wer hatte die Puppe gebastelt? Und warum hatte man sie dort zurückgelassen? »Gruselig, oder?«, meinte Gretchen.

Josie beugte sich vor und ließ das Handy auf den Beifahrersitz fallen. »Ja«, sagte sie. »Es ist hier oben auf der linken Seite.«

Gretchen bremste den Wagen. »Was ist hier oben links? Hier draußen ist doch nichts.«

»Doch«, insistierte Josie. »Fahr auf den Seitenstreifen. Da drüben.«

Gretchen stoppte den Wagen in der Mitte der verlassenen Straße. »Hast du den Verstand verloren?«

»Fahr einfach rechts ran!«, rief Josie.

Kopfschüttelnd lenkte Gretchen den Wagen auf den grasbewachsenen Seitenstreifen der Straße. Josie beugte sich wieder zwischen den Sitzen nach vorne und zeigte nach links. »Da drüben«, sagte sie. »Dort stehen zwei Platanen, etwa eine Autolänge voneinander entfernt. Wenn du zwischen den Bäumen hindurchfährst, siehst du eine Einfahrt.«

Gretchen tat, worum Josie sie gebeten hatte, und manövrierte ihr Fahrzeug zwischen die beiden Bäume. Vor ihr kamen zwei Metallpfosten in Sicht. Eine Kette führte von einem zum anderen und daran hing ein Schild mit der Aufschrift: »Betreten verboten.«

»Hier wohnen diese Leute?«, fragte Gretchen. »So kommt man zu ihrem Haus?«

»Lorelei hat gesagt, dass ihr ihre Privatsphäre sehr wichtig ist«, erwiderte Josie.

Damals hatte Josie das Ganze ein bisschen seltsam gefunden, hatte aber nicht angenommen, dass ein düsteres Geheimnis hinter Loreleis dringendem Wunsch nach Privatsphäre steckte. Sie war eine Frau, die mit zwei kleinen Mädchen allein lebte.

Gretchen starrte geradeaus auf die Kette. »War ihr ihre Privatsphäre wichtig, oder hat sie sich vor etwas versteckt? Oder vor jemandem?«

Josie sah, wie ein kaum wahrnehmbarer Schauer durch Gretchens Körper fuhr. Sie hatte durchaus Erfahrung damit, wie man sich vor gefährlichen Leuten versteckte.

»Jetzt bin ich mir nicht mehr sicher«, gab Josie zu. »Als ich hier war, schien alles in Ordnung zu sein. Lorelei sagte nur, dass sie gerne so weit ›ab vom Schuss‹ wie möglich lebt.«

»So wie jemand, der sich auf den Weltuntergang vorbereitet?«, fragte Gretchen.

»Nein, so nicht«, sagte Josie. »Sie hat keinen Bunker gebaut oder sowas. Es war eher so, dass sie viele ihrer Lebensmittel selbst angebaut hat. Hinter dem Haus gibt es einen großen Garten und ein Gewächshaus. Du wirst es gleich sehen. Sie hat mir erzählt, dass sie ihre Kinder zu Hause unterrichtet. Außerdem hat sie gesagt, dass sie keine elektronischen Geräte im Haus duldet.«

»Keine elektronischen Geräte. Nicht mal einen Fernseher?«

»Erst, wenn sie älter sind, hat sie gesagt. Sie besaß einen Laptop, aber die Mädchen durften ihn nicht benutzen. Als sie mich hergebracht hat, hatte ich Handyempfang. Ich glaube, das liegt daran, dass wir in der Nähe vom Harper's Peak sind.«

»Ich würde sagen, dass sich das alles komisch anhört, aber so bin ich auch aufgewachsen. Also nicht das mit dem Hausunterricht, aber das Fehlen von technischen Geräten. Ich meine, wir hatten zwar einen Fernseher und einen Festnetzanschluss, aber das war auch schon alles.«

Je länger sie miteinander sprachen, desto größer wurde das Unbehagen in Josies Magengegend. Hatte sich Holly aus dem Haus geschlichen? Und wenn ja, warum? Hatte sie sich mit jemandem treffen wollen? Zu wie vielen Leuten hatte sie Kontakt gehabt, wenn sie zu Hause unterrichtet worden war? Wusste Lorelei überhaupt, dass sie weg war? »Willst du, dass ich die Kette öffne?«, fragte Josie.

Gretchen zog eine Augenbraue hoch. »In dem Kleid? Kommt nicht in Frage. Moment.«

Sie stieg aus, löste die Kette und legte sie beiseite, damit ihr Fahrzeug passieren konnte.

»Das Haus liegt etwa vierhundert Meter die Auffahrt rauf«, erklärte Josie, als Gretchen wieder im Auto saß. Die Auffahrt bestand lediglich aus zwei Spurrillen im Schlamm, die von den Rädern des Pick-ups von Lorelei Mitchell stammten. Das Haus kam in Sicht. Es war ein charmantes, zweistöckiges Steinhaus mit einem Spitzdach aus rotem Blech und einer geräumigen Veranda. Ein kleiner Holzklotz, der normalerweise für Garteneinfassungen verwendet wurde, war in den Boden eingelassen worden, um die unbefestigte Einfahrt vom Vorgarten abzugrenzen. Pflastersteine wiesen den Weg zu den Verandastufen. Gretchen parkte neben dem Pick-up und stellte den Motor ab. »So, wie du angezogen bist, würde ich vorschlagen, dass ich es an der Tür versuche und du hier wartest«, sagte sie zu Josie.

»Ist gut«, sagte Josie.

Gretchen warf ihr einen skeptischen Blick zu, stieg aber aus und ging auf Loreleis Haustür zu. Josie quälte sich aus dem Rücksitz und stellte sich neben das Auto. Ihre weißen Absätze versanken im schlammigen Boden. Sie atmete tief ein und rückte ihr Kleid zurecht. Es war schon später Nachmittag und die Sonne schien hell durch die Bäume über ihr. Ein berauschender Blumenduft lag in der Luft. Josie hatte keinen Zweifel daran, dass er aus dem dicht bepflanzten Blumenbeet vor der

Veranda kam. Sie hörte, wie Gretchen klopfte und Loreleis Namen rief.

Keine Antwort.

Das unbehagliche Gefühl, das sich in Josies Magengegend ausbreitete, wurde immer stärker. Sie warf einen Blick auf den Pick-up. Die Schrotflinte hing nicht mehr aus dem Fenster des Fahrerhauses. Aber das würde sie auch nicht, wenn Lorelei zu Hause wäre, rief sich Josie in Erinnerung. Als sie im Januar genau hier gehalten hatten, hatte sie gesehen, wie Lorelei in das hintere Fahrerhaus des Pick-ups geklettert war und die schmalen Rücksitze hochgeklappt hatte. Dabei hatte sie einen Waffentresor zutage gefördert, der darunter versteckt gewesen war. Er war so geschickt getarnt, dass er so aussah, als gehöre er zum schwarzen Metallboden der Sitze. Lorelei hatte ihn mit einem Schlüssel von ihrem Schlüsselbund aufgeschlossen, ihre Schrotflinte und die Munitionskisten hineingeschoben und ihn wieder verschlossen, bevor sie die Sitze wieder herunterklappte. Josie hätte nie geahnt, dass er überhaupt da war.

Gretchen klopfte noch einmal, lauter diesmal, und Josie hörte ein lautes Knarren. »Die Tür ist offen«, sagte Gretchen. Sie ging näher an die offene Tür heran und rief wieder Loreleis Namen.

Josie kämpfte sich hinüber zum Pick-up und spähte hinein. Auf der Kopfstütze des Fahrersitzes war ein blutiger Handabdruck.

»Verdammt«, murmelte Josie. Sie raffte ihr Kleid nach oben und bahnte sich einen Weg zur anderen Seite. Ein weiterer blutiger Handabdruck prangte am Türgriff des Pick-ups. Die übrige Vorderseite schien unberührt, auf dem Rücksitz sah es dagegen völlig anders aus. Die Sitze waren hochgeklappt und der Deckel des Waffentresors war aufgebrochen. Von dort, wo Josie stand, sah es so aus, als hätte jemand mit einem schweren Gegenstand das Schloss eingeschlagen und dann den Tresor aufgebrochen. Loreleis Schrotflinte war verschwunden.

Josie drehte sich um, ihre Füße versuchten bereits, auf Gretchen zuzulaufen, doch ihre Stöckelschuhe blieben erneut stecken. Sie fiel nach vorne und fing sich mit ihren Handflächen ab. Sie schlüpfte aus ihren Schuhen, ließ sie zurück und kletterte die Stufen zur Veranda hinauf. »Gretchen«, rief sie. »Hier stimmt was nicht. Irgendwas stimmt hier ganz und gar nicht.«

VIER

Gretchen ging zu ihrem Wagen zurück und holte ihr Handy vom Beifahrersitz. Josie trat nahe genug heran, um ihr über die Schulter zu schauen, und sah, dass sie sowohl Mettner als auch dem Chief eine SMS schrieb, um Verstärkung und das Team der Spurensicherung anzufordern. Dann steckte sie das Handy in ihren BH, beugte sich zurück ins Auto und zog eine Pistole aus ihrer Clutch. Sie reichte sie Josie und sagte: »Das ist meine Dienstwaffe. Du wirst die hier benutzen.«

Josie nahm die Glock, den Lauf nach unten gerichtet, und fragte: »Die hast du zu meiner Hochzeit mitgebracht?«

Gretchen zog eine Grimasse. »Ich habe sie überall dabei. Das ist nichts Persönliches. Jetzt komm.«

Sie führte Josie zum Kofferraum des Wagens und öffnete ihn. Dort schob sie diverse Notfallausrüstung beiseite – Ponchos, ein Erste-Hilfe-Set, ein Starthilfekabel und eine Taschenlampe – und förderte eine kleine rechteckige Metallbox mit einem silbernen Schloss zutage. Josie wusste sofort, dass Gretchen darin ihre persönliche Waffe aufbewahrte. Das Metall klapperte in Gretchens Hand, als sie nach dem Schlüssel suchte. Als sie ihn gefunden hatte, öffnete sie die

Box und holte eine Ruger Security-9 und ein volles Magazin heraus. Sie schob das Magazin in die Waffe und lud mit gekonnter Präzision einen Schuss. Dann richtete sie den Lauf der Waffe in Richtung Boden und fragte: »Worüber reden wir hier? Was hatte diese Frau für eine Waffe?«

»Eine Winchester 1200«, erwiderte Josie.

Gretchens Mund verzog sich zu einem schmalen Strich. Dann sagte sie: »Okay. Du warst schon mal in diesem Haus. Du gehst vor.«

Josie nickte.

Sie hätten draußen bleiben und auf Verstärkung warten können, doch bisher wussten sie nur, dass einer der Hausbewohner ermordet worden war. Es gab zwei blutige Handabdrücke am Tatort und eine fehlende Schrotflinte. Die Eingangstür war offen gelassen worden. Wenn Lorelei oder Emily noch im Haus waren und eine oder beide verletzt waren, konnte das Warten auf Verstärkung den Unterschied zwischen Leben und Tod bedeuten. Josie und Gretchen mussten reingehen und sicherstellen, dass niemand im Haus Hilfe brauchte. Keine der beiden Frauen erwähnte das andere offensichtliche Problem: Der Mörder könnte noch immer im Haus sein.

»Zieh die High Heels aus«, sagte Josie.

Ohne zu zögern, zog Gretchen ihre graubraunen High Heels aus und folgte Josie die Eingangstreppe hinauf. Sie stellten sich auf beiden Seiten der Tür auf, die Ellbogen an den Körper gepresst, die Pistolen dicht an den Oberkörper gezogen, aber schussbereit.

»Ich gehe nach links«, sagte Josie.

Gretchen nickte. Sie würde nach rechts gehen. Gretchen streckte die Hand aus und schob die Tür auf. Josie glitt geschmeidig hindurch und wandte sich sofort nach links, während Gretchen nach rechts ging. Ihre Füße, die in durchsichtigen Strumpfhosen steckten, bewegten sich leichtfüßig und leise an der linken Seite des Raumes entlang. Ihr Blick folgte dem Lauf ihrer Waffe, während ihr Verstand die Dinge im Schnelldurchlauf erfasste. Eine alte gelbe Couch und ein Zweiersofa. Sitzsäcke.

Gretchen durchsuchte die andere Seite des Zimmers und bewegte sich synchron mit Josie, bis sie vor einer Tür standen, von der Josie wusste, dass sich dahinter ein Esszimmer befand. In ihren Ohren begann es zu rauschen. Ihr Herz raste. Gretchen blieb ein Stück hinter ihr zurück und wartete darauf, dass Josie die Führung übernahm. Im Polizeidienst waren Türöffnungen als tödlicher Trichter bekannt, denn wenn man ein Gebäude durchsuchte, wurden sie zu einem Nadelöhr, in dem die Beamten am meisten gefährdet waren. Hier war das Risiko, bei einem Einsatz zu sterben, am größten. Josie nahm sich einen Augenblick Zeit, um das Adrenalin, das durch ihre Adern schoss, unter Kontrolle zu bekommen. »Okay«, sagte sie leise zu Gretchen.

Gretchen drückte ihre Schulter und zeigte so, dass sie den Plan verstanden hatte. Josie betrat das Esszimmer zuerst und ging nach rechts, während Gretchen sich nach links bewegte. Beide Frauen suchten mit ihren Augen und Pistolenläufen jede Zimmerecke nach Bedrohungen ab. Wieder erfasste Josies Verstand blitzschnell, was sie sah. Ein dunkler Holztisch, der den größten Teil des Zimmers einnahm. Vier Stühle. Zwei unter den Tisch geschoben, einer etwas herausgezogen, der letzte lag umgeworfen auf der Seite. Stifte, Skizzenblöcke und ein Malbuch lagen auf dem Tisch und dem Boden verstreut. Eine umgekippte Müslischale auf dem Hartholzboden. Getrocknete Blutstropfen führten zum nächsten Nadelöhr. Dieser Durchgang war schmaler.

Wieder bewegte sich Gretchen im gleichen Rhythmus wie Josie und blieb einen kleinen Schritt hinter ihr. »Links«, sagte Josie, als sie die Küche betrat. Gretchen ging in die entgegengesetzte Richtung, ihre Augen und der Lauf ihrer Waffe konzentrierten sich auf die Ecken, die Josie nicht abdeckte.

Die Küche war so, wie sie sie in Erinnerung hatte. Arbeitsplatten und Schränke an den Wänden. Eine große Kücheninsel in der Mitte. Grau gestrichen mit roten Akzenten. Große Fenster an der Rückseite des Hauses gaben den Blick auf die Veranda und den Garten frei. Getrocknete Kräuter hingen kopfüber über der Spüle. Es gab auch Dinge, die bei Josies erstem Besuch nicht da gewesen waren. Zerbrochenes Glas glitzerte auf dem Fliesenboden. Die Kühlschranktür war eingedellt. An einer Ecke der Arbeitsplatte klebte ein Blutfleck mit zwei braunen, gelockten Haaren. Darunter war eine Kaskade getrockneten Blutes seitlich an der Arbeitsplatte heruntergelaufen und auf den Boden gespritzt. Josies Augen suchten weiter und folgten ihrer Waffe.

»Hintertür«, sagte sie knapp und deutete damit an, dass die Tür angelehnt war. »Fußabdrücke.«

Josie zählte insgesamt drei – zwei, die von großen, wahrscheinlich von einem Mann getragenen Turnschuhen zu stammen schienen, und einen kleineren Barfußabdruck, alle in Karmesinrot.

»Leiche«, sagte Gretchen.

Josie hielt ihre Waffe schussbereit und ging in einem weiten Bogen durch den Raum auf die andere Seite der Kücheninsel, wobei sie dem Blut so gut wie möglich auswich, und stellte sich neben Gretchen. »Scheiße«, flüsterte sie.

Lorelei lag barfuß mit dem Gesicht nach oben auf dem Boden. Sie trug eine zerschlissene Jeans und eine weiße Bauernbluse. Ihre Arme waren weit ausgebreitet, ihr Brustkorb von Schüssen durchlöchert. Der Täter musste aus nächster Nähe geschossen haben. Josie sah sich um und entdeckte die abgefeuerte Schrotpatrone auf dem Boden neben Loreleis Füßen. Eine Pfütze aus geronnenem Blut hatte sich unter ihrem Körper ausgebreitet, ein Teil davon war in ihre widerspenstigen grau-braunen Locken gesickert. Auf einer Seite ihrer Stirn, entlang ihres Haaransatzes, hatte sie eine Wunde. Das Blut war jetzt getrocknet und verschorft. Ihr Gesicht war in einem Ausdruck des Schocks und des Entsetzens erstarrt, der Josie emotional völlig aus der Bahn zu werfen drohte.

»Emily«, würgte Josie mühsam hervor. »Wir müssen weiter.«

Gretchen blieb in Position, während Josie einen kurzen Blick aus der Hintertür warf. Es war nichts Bedrohliches zu sehen. Josie umrundete die Leiche, um den Tatort nicht noch mehr zu zerstören, als sie es ohnehin schon getan hatten, und ging zurück ins Wohnzimmer. Josies Herzschlag beschleunigte sich wieder, als sie die Stufen hinaufstiegen, die Pistolen nach oben gerichtet. Sie musste sich darauf konzentrieren, nicht über ihr Kleid zu stolpern. Auf ebenen Untergründen glitt es leicht über den Boden, aber Treppen waren eine ganz andere Sache. Josie übernahm weiterhin die Führung, Gretchen folgte ihr, die eigene Pistole von Josies Schusslinie abgewinkelt. Ihre Körper berührten sich fast, und Josie fand Trost in dem Gedanken, dass Gretchen, die diesen Job schon seit zwanzig Jahren machte, ihr den Rücken freihielt.

Über das Geräusch ihres eigenen Atems und ihres pochenden Herzens hörte Josie einen dumpfen Schlag. Beide blieben beim oberen Treppenabsatz wie erstarrt stehen. Josie wollte losrennen, um zu sehen, ob noch jemand im Haus war, ob Emily noch lebte, aber sie unterdrückte diesen Drang. In solchen Situationen war es am sichersten, ruhig und gelassen zu bleiben. Mit leiser Stimme, die nur für Gretchen bestimmt war, sagte Josie: »Rechts, Flur« und deutete damit an, dass sich am oberen Treppenabsatz ein Flur befand – eine weitere gefährliche Engstelle für Polizisten, die ein Haus durchsuchten – und dass sie die rechte Seite übernehmen würde.

Wieder drückte Gretchens Hand Josies nackte Schulter und signalisierte ihr, dass sie weitergehen sollte. Josie erreichte den Treppenabsatz und bog nach rechts ab, wo sie sich in einem schummrigen Flur mit Teppichboden wiederfand. Gretchen blieb einen Schritt zurück und lief an der linken Wand entlang.

»Offene Tür«, sagte Josie, als sie zur ersten Tür im Flur kamen. Sie überprüften zuerst alle offenen Türen. Hinter dieser Tür befand sich das Badezimmer. Es war leer. Kein Blut. Keine Spuren, die auf einen Kampf hindeuteten. Die nächste Tür war ebenfalls offen. Hier befand sich Loreleis Schlafzimmer. Während sie es durchsuchten, registrierte Josie sämtliche Einzelheiten: ein großes Bett mit zerwühlten Decken, Schränke an einer Wand, eine Fensterfront an der anderen. Eine kleine Kommode mit einem Spiegel darauf. Saubere Quadrate an den Rändern des Spiegels verrieten Josie, dass dort früher verschiedene Gegenstände gesteckt hatten. Wahrscheinlich Fotos. Als sie den Raum verließen, sah Josie, dass die abgerissene Ecke eines Farbfotos noch unter dem Rand an einer Seite des Spiegels steckte. Ihr blieb keine Zeit, darüber nachzudenken, wer die Fotos an sich genommen haben könnte.

Sie gingen zurück in den Flur und durchsuchten die übrigen Zimmer. Eines davon war sehr groß und in verschiedenen Lila-Tönen gehalten, mit je einem Einzelbett auf jeder Seite. Neben jedem Bett standen ein kleiner weißer Schreibtisch und eine Kommode. Auf der einen Seite des Zimmers lagen ein paar Puppen, Spielsachen und Stofftiere, auf der anderen hauptsächlich Bücher und Malsachen. Emily und Holly, dachte Josie. Sie hatten sich ein Zimmer geteilt. Neben dem Schreibtisch, von dem Josie annahm, dass er Holly gehörte, war ein großer Teil der Wand mit Tafelfarbe gestrichen und mit Holzleisten eingefasst worden. In einem Plastikbecher auf dem Boden steckten Kreiden in verschiedenen Farben. An einer kleinen Schnur, die an einer Seite der Holzverkleidung befestigt war, hing ein Radiergummi. Die Wand selbst war mit bunten Zeichnungen verziert. Josie konnte leicht erkennen, welche Zeichnungen von Holly und welche von ihrer jüngeren, weniger geübten Schwester stammten. Hunde, Frösche, Pferde,

Strichmännchen, glückliche Gesichter, Herzen und Regenbögen erzählten die Geschichte von zwei glücklichen Mädchen – ganz im Gegensatz zu den beiden Tatorten, die Josie heute gesehen hatte.

Der letzte Raum im Haus war in einem langweiligen hellen Farbton gestrichen. Auch hier gab es eine Fläche, die mit Tafelfarbe gestrichen war, doch es gab keine Zeichnungen, keine Kreide und keinen Radiergummi. Eine einfache Matratze lag in der Mitte auf dem Boden. Der Kleiderschrank hatte keine Tür. Er war leer. An einer Wand hing ein Poster eines Mannes, der an einem Felsen kletterte, darunter das Wort »Beharrlichkeit«. An der Wand gegenüber etwas, das aussah, als sei es von einem zornigen Kind gemalt worden. Ein Gesicht mit gezackten, verzerrten Zügen, das mit einem schwarzen Filzstift gezeichnet und anschließend mit blauer und roter Farbe bekritzelt worden war. In keinem der übrigen Schlafzimmer gab es Anzeichen von Kampf oder Gewalt.

»Negativ«, sagte Gretchen, als sie in diesem letzten Raum standen.

Sie ließen ihre Waffen sinken. Josie trat zurück in den Flur und rief Emilys Namen. Gretchen folgte ihr. Keine Antwort.

»Dachboden?«, fragte Gretchen.

Sie durchsuchten die Zimmer im Obergeschoss, bis sie eine kleine Klappe in der Decke von Loreleis Schlafzimmerschrank fanden, die man herunterziehen konnte. Gretchen kletterte die wackeligen Holzstufen hinauf, bis ihr Kopf in der Dunkelheit verschwand. »Es ist nur ein Kriechgang. Ich kann nichts erkennen.«

»Brauchen wir eine Taschenlampe?«, fragte Josie.

Gretchen kämpfte sich zurück auf den Boden und fuhr sich mit einer Hand durch die Haare. »Nein. Ganz oben ist eine zentimeterdicke Staubschicht, die nicht aufgewirbelt wurde. Da oben war schon lange niemand mehr.«

»Du hast aber das Geräusch gehört, als wir auf der Treppe waren, oder?«, fragte Josie.

»Ja«, bestätigte Gretchen.

Sie hatten jedes Zimmer, jeden Schrank, jeden Ort, an dem sich ein Mensch verstecken könnte, durchsucht und niemanden gefunden. Trotzdem wurde Josie das Gefühl nicht los, dass sie nicht allein waren.

Gretchen sagte: »Sie leben hier draußen, mitten im Wald. Vielleicht war ein Tier auf dem Dach oder so.«

Das beruhigte Josie nicht, dennoch nickte sie zustimmend. »Sehen wir mal nach, ob es einen Keller gibt. Anschließend nehmen wir uns das Gewächshaus vor.«

Als sie die Treppe hinuntergingen, riefen sie wieder nach Emily, erhielten aber immer noch keine Antwort. Sie fanden die Kellertür im Esszimmer und durchsuchten den muffigen Raum ebenso wie den Rest des Hauses, fanden aber nichts außer einer Waschmaschine, einem Trockner und einem Schrank voller Konservendosen.

Zurück im Wohnzimmer wischte sich Gretchen den Schweiß von der Stirn. »Emily ist nicht hier, Boss.«

»Die Schrotflinte auch nicht«, stellte Josie fest und spürte eine Enge in ihrer Brust. »Das bedeutet, dass derjenige, der Lorelei erschossen hat, sie immer noch hat und vielleicht hat er auch Emily in seiner Gewalt.«

Sie gingen wieder nach draußen und stiegen die Treppe hinunter. Die Luft fühlte sich angenehm auf Josies Haut an. »Lass uns im Gewächshaus nachsehen.«

Wortlos folgte Gretchen Josie zur Rückseite des Hauses. Eine große Veranda ragte über einem eingezäunten Gemüsegarten empor. Das Tor stand offen. Josie hob ihre Waffe, als sie hindurchging, und ihre Füße versanken in der weichen Erde. Zwischen zwei Reihen junger Pflanzen hindurch lief sie mit Gretchen im Schlepptau auf das Gewächshaus zu. Um sie herum war nur das Zwitschern der Vögel zu hören.

»Riechst du das?«, fragte Gretchen.

»Feuer«, erwiderte Josie.

Die Tür des Gewächshauses war geschlossen, aber nicht verriegelt. Der Geruch nach Feuer brannte Josie in der Nase, als sie die Tür aufstieß und das Gewächshaus betrat. In dem Gebäude war es mindestens fünf Grad wärmer. Zwei der Tische waren umgekippt worden; Erde und Saatgut lagen überall verstreut. Josie und Gretchen bahnten sich einen Weg durch das Chaos, bis sie das andere Ende des Gewächshauses erreichten. Oben waren die Lüftungsschlitze im Dach offen. Auf dem Boden in der Nähe der Lüftungsschlitze standen mehrere große Terrakotta-Pflanzgefäße, die mit Asche, kleinen Papierschnipseln und etwas gefüllt waren, das wie die Überreste eines Laptops und eines Handys aussah.

Irgendwelche Dokumente und Loreleis elektronische Geräte, vermutete Josie. Was zum Teufel war hier los?

Gretchen sagte: »Wir müssen zurück zur Straße, damit wir den anderen Bescheid geben können. Sonst werden sie die Einfahrt nie finden.«

»Fahr du«, erwiderte Josie. »Ich bleibe hier, rufe den Chief an und sage ihm Bescheid, dass wir Suchtrupps brauchen. Lass uns zurück zum Auto gehen und dein Handy holen.«

Gretchen schüttelte den Kopf. »Boss, ich kann dich hier nicht allein lassen.«

»Ich kann auf mich selbst aufpassen. Die anderen müssten jeden Augenblick hier eintreffen. Fahr los und zeig ihnen den Weg.«

Mit einem Seufzer drehte sich Gretchen um und verließ mit schweren Schritten das Gewächshaus. Josie folgte ihr, bis sie ihr Auto erreichten. Gretchen kletterte hinter das Lenkrad. Sie zog ihr Handy aus der Konsole und reichte es Josie. »Pass gut auf dich auf.«

Josie nickte und sah zu, wie Gretchen in drei Zügen wendete, bevor sie zurück zur Straße fuhr. Dann stand sie allein auf der großen Lichtung, hielt mit einer Hand die Waffe an ihrer Seite und wählte mit der anderen Hand Chief Chitwoods Nummer.

»Palmer«, sagte er schroff. »Ich habe zusätzliche Beamte und die Spurensicherung, die auf dem Weg zu Ihnen sind. Dr. Feist sagte, sie würde auch mitfahren, für den Fall, dass es eine Leiche gibt. Sie sollten jetzt eigentlich schon bei Ihnen sein. Wo ist Quinn? Die Lage hier ist langsam etwas brenzlig. Wir haben einen Bräutigam, über fünfzig verwirrte Gäste und keine Braut.«

»Ich bin's, Chief«, sagte Josie.

»Verdammt, Quinn«, erwiderte er. »Ich glaube nicht, dass mir gefallen wird, was Sie mir zu sagen haben.«

»Nein«, pflichtete Josie ihm bei. »Das wird Ihnen nicht gefallen. Ganz und gar nicht.«

FÜNF

Gretchen kehrte mit drei Streifenwagen im Schlepptau zurück. Josie platzierte einen der uniformierten Beamten an der Vorderseite des Hauses und einen an der Rückseite, um sicherzustellen, dass an den Tatorten in Haus und Gewächshaus nichts durcheinandergebracht wurde. Die übrigen Streifenbeamten wurden losgeschickt, um den Wald rund um das Haus nach Emily oder einem Hinweis auf den Mörder zu durchkämmen. Josie hätte sich nur zu gern an der Suche beteiligt, aber in ihrem Hochzeitskleid war das unpraktisch. Außerdem hatte Chief Chitwood den Sheriff von Alcott County um Unterstützung durch die Hundestaffel gebeten, und Josie wollte dabei sein, wenn der Rettungshund eintraf. Hummel war noch immer am Tatort im Harper's Peak beschäftigt, also schickte er Officer Chan und zwei weitere Mitglieder der Spurensicherung zum Haus der Mitchells. Sie trafen kurz nach den Streifenwagen ein und machten sich an die Arbeit, fünf Minuten später kam auch Dr. Feist an.

Während sich alle in die Arbeit stürzten, warteten Josie und Gretchen draußen neben Gretchens Auto. Auf der Lichtung rund um Loreleis Haus war es erstaunlich still. Die einzigen Geräusche waren die Rufe der Vögel, die über den Bäumen flatterten, und die leichte Brise, die durch die Blätter wehte. Es war so friedlich hier, so schön. So abgelegen. Was zum Teufel war passiert? Wie war die Gewalt zu Lorelei und ihren Kindern gekommen? Und warum? Was war mit den verbrannten Gegenständen im Gewächshaus? Hatte Lorelei das getan, oder ihr Mörder? Was war es, das niemand erfahren sollte?

Gretchen sagte: »Wir müssen dafür sorgen, dass Emily als vermisst gemeldet wird.«

»Ja«, sagte Josie. »Jemand muss das NCIC-Formular ausfüllen und dann können wir die Vermisstenmeldung machen. Ich rufe auf dem Revier an und frage, wer am Empfang sitzt. Ich kann ihnen dabei helfen.«

»Wir haben keine Fotos von dem Mädchen«, erklärte Gretchen. »Ich habe auch keine im Haus gesehen, du etwa?«

Josie schüttelte den Kopf. »Nein, aber Lorelei hatte eins in ihrem Pick-up. Ich werde sehen, ob die Spurensicherung es findet, wenn sie den Wagen durchsucht. Lass mich erst mal anrufen und die Dinge ins Rollen bringen.«

Gretchen sagte: »Ich werde einen von ihnen bitten, jetzt gleich rauszukommen und im Pick-up nach dem Foto zu suchen.«

Josie nickte und wählte die Nummer vom Empfang des Polizeipräsidiums von Denton. Dan Lamay, der normalerweise für den Empfang zuständig war, war auf Josies Hochzeit, sodass ein anderer Beamter für ihn einsprang. Josie erklärte ihm, wie man alle bekannten Informationen über Emily in die Datenbank des National Crime Information Center eingab. Mittendrin kam Gretchen zurück, um ihr mitzuteilen, dass der Beamte der Spurensicherung keine Fotos im Pick-up gefunden hatte. Nun lag es an Josie, eine Beschreibung des Mädchens zu erstellen, das sie vor drei Monaten kennengelernt hatte. Sie musste ihre Größe und ihr Gewicht schätzen: sie war etwa einen Meter zweiundzwanzig groß und wog zwischen zweiundzwanzig und fünfundzwanzig Kilogramm. Was sie mit Sicherheit sagen konnte, war, dass Emily glattes, schulterlanges braunes Haar und haselnussbraune Augen hatte. Als sie Emily das erste Mal gesehen hatte, hatten ihre Augen Josie an die von Noah erinnert. Sie beendete das Gespräch und wählte dann die Nummer der Staatspolizei, um die Vermisstenmeldung aufzugeben. Einige Minuten, nachdem sie aufgelegt hatte, begannen die Handys aller am Tatort Anwesenden zu summen und zu piepsen, ein Zeichen, dass die landesweite Suchmeldung rausgegangen war.

Josie fühlte sich nur ein wenig besser.

Gretchen sagte: »Mett ist immer noch im Harper's Peak und kümmert sich um die Aussagen der Mitarbeiter, also werde ich hier die Leitung übernehmen. Was kannst du mir über Lorelei Mitchell und ihre Kinder sagen?«

Josie zuckte die Achseln. »Nicht wesentlich mehr, als ich dir schon erzählt habe. Ich war nur für etwa zwei Stunden hier. Hier hatte ich Handyempfang, also habe ich Noah und Mett angerufen. Lorelei hat mir Kaffee angeboten. Die Mädchen kamen aus dem Garten in die Küche. Wir haben uns alle zusammen an den Esszimmertisch gesetzt. Lorelei hatte gerade Bananenbrot gebacken. Die Mädchen schienen sich zu freuen, mich kennenzulernen.«

Gretchen sah sich in der Gegend um. »Werden sie hier zu Hause unterrichtet? Ich schätze, sie bekommen nicht allzu oft Besuch.«

Josie erinnerte sich, wie die kleine Emily sie mit Fragen gelöchert hatte und sogar so weit gegangen war, nach Josies Narbe zu fragen. Lorelei war rot geworden und hatte mit Emily geschimpft, weil sie so aufdringlich war. Holly hatte nur gelacht und einen Arm um Emilys Schultern gelegt. »Ich bin nicht dazu gekommen, Lorelei viele Fragen zu stellen, weil ich mich mit den Mädchen unterhalten habe«, sagte Josie.

»Was ist mit ihrem Vater?«

»Lorelei hat gesagt, dass sie dort allein leben. Keine von ihnen hat das Thema angesprochen und es gab auch keine Hinweise darauf, dass sich ein Mann im Haus befand.«

Gretchen sagte: »Bei einem so starken Bedürfnis nach Privatsphäre frage ich mich, ob vielleicht häusliche Gewalt dahintersteckt.«

Daran hatte Josie im Januar noch nicht gedacht, doch jetzt fragte sie sich, ob Lorelei aus einer gewalttätigen Beziehung geflohen war und sich hier im Wald versteckt hatte. Wenn das der Fall war, wäre der Vater der Mädchen der Hauptverdächtige, was die Morde an Holly und Lorelei sowie Emilys Verschwinden betraf.

Gretchen fuhr fort: »Wir müssen herausfinden, wer ihr Vater ist, wenn wir wieder auf dem Revier sind. Weißt du, was sie beruflich gemacht hat?«

Josie schüttelte den Kopf. »Nein, ich weiß nichts über sie, bis auf das, was ich dir erzählt habe.« Bei den meisten Mordermittlungen begann man mit dem inneren Kreis des Opfers und ging dann nach außen, aber es schien, als hätte Lorelei Mitchell keinen inneren Kreis gehabt. Wieder dachte Josie an Opfer häuslicher Gewalt. Häufig isolierten ihre Peiniger sie systematisch von den meisten oder allen ihren Angehörigen und Freunden. War das auch hier passiert? Hatten Lorelei und ihre Töchter, als sie aus der Beziehung flohen, kein Netzwerk gehabt, das sie unterstützt hatte? Wie lange hatten sie schon hier draußen gelebt, fragte sich Josie. Auf wen konnten sie sich verlassen und an wen konnten sie sich in Notfällen wenden?

Josie rief sich noch einmal den Weg durch das Haus ins Gedächtnis, den sie vorhin gegangen waren. Es gab erstaunlich wenige persönliche Gegenstände. Keine Fotos – falls es doch welche gegeben hatte, hatte sie jemand mitgenommen und wahrscheinlich im Gewächshaus verbrannt. Das Haus von Josie und Noah war voll mit Fotos von ihren Lieben. An ihrem Kühlschrank hingen Zeichnungen von Harris und Noahs Nichte sowie Einladungen zu Geburtstagsfeiern, Hochzeiten, Grillfesten und allen möglichen gesellschaftlichen Ereignissen. So etwas hatte Josie im Haus der Mitchells nicht gesehen. Auch einen Aktenschrank oder einen Schreibtisch hatte sie nicht gefunden. Die meisten Leute hatten irgendetwas, um wichtige Unterlagen wie Geburtsurkunden, Bankdaten, Sozialversicherungsausweise und so weiter aufzubewahren, selbst wenn es nur ein Schuhkarton war. Lorelei hatte diese persönlichen Dokumente wahrscheinlich versteckt. Wenn der Mörder sie nicht mitgenommen hatte, würden sie sie wahrscheinlich finden.

»Sobald die Spurensicherung abgeschlossen ist, sehen wir mal, welche persönlichen Gegenstände und Unterlagen wir auftreiben können«, fügte Josie hinzu.

Officer Chan trat aus dem Haus, sie war von Kopf bis Fuß in einen Tyvek-Schutzanzug gehüllt und hatte Beweismitteltüten in der Hand. Sie verstaute sie in ihrem Wagen und nahm eine Kamera und einen Skizzenblock zur Hand. »Ich fange jetzt im Gewächshaus an«, erklärte sie. »Im Haus sind wir bald fertig. Wenn ihr wollt, könnt ihr euch dort umsehen.«

Josie und Gretchen nickten und sahen ihr nach. Josie hatte keine Ahnung, wie viel Zeit vergangen war, aber die Sonne stand schon tiefer am Himmel. Wahrscheinlich hätte sie schon längst vor den Traualtar treten sollen, vielleicht wären Noah und sie auch bereits verheiratet gewesen. Sie gab Gretchen einen Stupser in die Rippen. »Kann ich Noah von deinem Handy anrufen?«

»Klar, kein Problem.«

Josie fand Noah in Gretchens Kontaktliste und drückte auf das Anrufsymbol. Er meldete sich nach dem vierten Klingelton. »Gretchen? Was gibt's?«

»Ich bin's«, sagte Josie.

»Josie«, sagte er. »Ich habe das mit Lorelei gehört. Es tut mir sehr leid. Sie haben Holly Mitchell gerade in die Rechtsmedizin gebracht. Gibt es irgendeine Spur von Emily?«

»Noch nicht«, sagte sie. »Der Sheriff schickt eine Hundestaffel. Wie sieht es bei dir aus?«

Noah lachte. »Alle unsere Gäste sind noch da, aber sie werden allmählich sehr unruhig. Celeste ist wütend, Tom ebenfalls, aber Adam ist sehr zuvorkommend. Er hatte bereits mit dem Essen für den Empfang angefangen. Er hat vorgeschlagen, den Empfang einfach abzuhalten, da alle ohnehin schon hier sind. Die Band spielen zu lassen, allen was zu essen zu geben – und wir können unsere eigentliche Hochzeit auf ein anderes Mal verschieben.«

»Das klingt doch gut«, sagte Josie. Sie schaute auf ihre Füße hinunter. Ihre Strumpfhosen waren dunkel vor Schmutz und Dreck. Ein paar Grashalme klebten an ihren Knöcheln. Auch der untere Teil ihres Kleides war jetzt braun gefärbt. »Noah, es tut mir leid.«

»Josie«, sagte er. »Direkt an unserer Hochzeitslocation wurde ein Kind ermordet. Ihre Mutter wurde ebenfalls ermordet und jetzt wird auch noch ihre kleine Schwester vermisst. Meinst du, ich will so heiraten?«

»Nein«, erwiderte Josie. »Ich weiß, dass du das nicht willst. Ich musste es einfach nur hören.«

»Ich liebe dich«, sagte er. »Ruf mich an, sobald die Hundestaffel mit ihrer Suche fertig ist.«

Josie spürte, wie ihr heiße Tränen in die Augen schossen, als sie Gretchen das Handy zurückgab. Das sah ihr gar nicht ähnlich. Sie konnte die Gefühle, die sie zu überwältigen drohten, nicht einmal benennen oder voneinander unterscheiden. Verzweiflung über das Schicksal von Lorelei und ihren Töchtern. Sorge um Emily Mitchell. Trauer, weil ihre Hochzeit vorerst abgesagt war. Dankbarkeit, weil ihr zukünftiger Ehemann genau die gleichen Vorstellungen von diesem Tag hatte wie sie. Sie war überwältigt von ihrer Liebe zu ihm.

»Du hast Glück«, meinte Gretchen. »Noah ist einer von den Guten.«

Josie nickte, unfähig zu sprechen, weil sie sonst die Tränen nicht länger hätte zurückhalten können.

»Dann heiratet ihr eben an einem anderen Tag. Davon geht die Welt nicht unter.«

Bevor Josie etwas erwidern konnte, betrat Dr. Feist die Veranda. Sie ging die Treppe hinunter und lief zu ihrem kleinen Pick-up, wo sie anfing, sich aus ihrer Tatort-Kleidung zu schälen. Ihre Haut war blasser als sonst und ihre Haare waren durch die Schutzhaube zerwühlt. Ihr rosa Kleid war unter dem Tyvek-Schutzanzug zerknittert. Josie und Gretchen eilten zu ihr hinüber.

»Ich vermute, dass die Todesursache Verbluten war.«

»Also ist sie wegen der Schusswunden verblutet«, nahm Gretchen an.

Dr. Feist nickte. »Aber sie hatte auch eine ziemlich heftige Kopfverletzung.«

Josie dachte an das Blut und die Haare, die sie an der Ecke der Kücheninsel gefunden hatte.

»Kannst du uns den ungefähren Todeszeitpunkt nennen?«, fragte Gretchen.

»Die Leichenstarre ist noch voll ausgeprägt, genau wie bei Holly Mitchell. Das kann ich euch erst genauer mitteilen, wenn ich sie auf dem Tisch habe.«

Josie dachte an das verschüttete Müsli im Esszimmer. »Wäre es möglich, dass sie beide heute Morgen getötet wurden?«

»Auf jeden Fall«, erwiderte Dr. Feist. »Ich kann mehr dazu sagen, sobald ich die Autopsie durchgeführt habe. Ich werde erst Holly und dann Lorelei obduzieren.« Sie sah Josie direkt an. »Ich nehme an, du wirst heute nicht heiraten.«

»Nein, heute nicht. Wir werden den Termin verschieben.«

Dr. Feist schüttelte traurig den Kopf. »Eine Hochzeit im

Ausland. Ganz im Ernst. Denk mal drüber nach. Ich fahre nach Hause und ziehe mir einen Kittel an, dann fahre ich rüber zur Rechtsmedizin. Ich gebe Bescheid, wenn ich etwas herausfinde, das dir helfen könnte, den Täter zu fassen.«

»Danke«, sagte Josie.

Sie sahen zu, wie Dr. Feist davonfuhr, dann warteten sie weiter. Die übrigen Beamten der Spurensicherung beendeten ihre Arbeit im Haus und gingen zum Gewächshaus, um Chan zu helfen. Loreleis Leiche wurde in einem Rettungswagen abtransportiert. Gretchens Handy piepte in unregelmäßigen Abständen mit Nachrichten von Mettner, der immer noch Mitarbeiter vom Harper's Peak befragte. Schließlich hörten sie das Geräusch eines weiteren Fahrzeugs, das rumpelnd die Auffahrt hinauffuhr. Ein SUV, der dem Sheriffbüro von Alcott County gehörte, kam in Sicht. Josie erkannte Deputy Maureen Sandoval sofort. Sie hatten schon einmal zusammengearbeitet. Sandoval lächelte, als sie aus dem Fahrzeug stieg. Krähenfüße kräuselten sich in ihren Augenwinkeln. Josie schätzte sie auf Mitte fünfzig. Sie trug Stiefel, eine kakifarbene Hose und ein marineblaues Poloshirt mit dem Abzeichen des Sheriffs darauf. Ihr graubraunes Haar hatte sie zu einem strengen Pferdeschwanz zurückgebunden.

Sandoval musterte Josie und Gretchen von Kopf bis Fuß und sagte dann: »Ich glaube nicht, dass ich schon mal eine Braut und ihre Brautjungfer an einem Tatort gesehen habe. Das ist eine Premiere.«

Gretchen zwang sich zu einem Lächeln. »Ja, für uns auch.«

Aus dem hinteren Teil des SUV hörten sie ein Bellen. »Hast du Rini dabei?«, fragte Josie.

»Klar, und sie ist bereit, sich an die Arbeit zu machen.« Sandoval ging langsam zum Heck des SUV, öffnete die Klappe und brachte einen großen Hundekäfig zum Vorschein. Aufrecht darin saß Rini, eine vierjährige Deutsche Schäferhündin. Ihre Zunge hing heraus. Eifrige, gefühlvolle braune Augen blickten von Sandoval zu Josie und Gretchen und dann wieder zurück. »Moment noch, Mädchen«, sagte Sandoval und drehte sich zu Josie und Gretchen um. »Was habt ihr denn für uns?«

Josie brachte sie auf den neuesten Stand.

»Ich brauche etwas, das nach Emily riecht. Vielleicht ein getragenes Kleidungsstück? Das wäre wahrscheinlich am einfachsten, da du ja Zugang zum Haus hast.«

»Ich werde mal nachsehen«, sagte Gretchen.

Während Gretchen ins Haus ging, um ein Kleidungsstück zu suchen, an dem Rini wittern konnte, holte Sandoval die Hündin aus dem Wagen und befestigte eine Leine an ihrem Halsband. »Platz«, befahl sie und Rini legte sich mit einem leisen Winseln ins Gras und wartete auf weitere Anweisungen.

Gretchen kam mit einem zerknitterten rosa T-Shirt zurück. »Das lag im Wäschekorb auf der Seite, die wir für Emilys Seite des Zimmers halten.« Sie hielt es hoch, und Josie konnte sehen, dass es eindeutig Emilys Größe hatte. Holly wäre es zu klein gewesen.

»Das wird reichen«, sagte Sandoval. Sie befahl Rini mit einem Kommando, wieder aufzustehen und führte sie hinüber, damit sie an dem Shirt in Gretchens Hand schnüffeln konnte. Während Rini ihre Nase in den Stoff drückte, legte Sandoval der Hündin ein Geschirr an und murmelte dabei, dass Rini ein braves Mädchen sei. Sobald Sandoval sicher war, dass Rini die Fährte aufgenommen hatte, sagte sie: »An die Arbeit, Rini.«

Die Hündin lief in Richtung des Pick-ups, wobei ihre Nase hektisch zwischen dem Boden und der Luft über ihrem Kopf hin und her flog. Sie umkreiste den Pick-up zweimal, sprang zweimal an der Beifahrertür hoch, gab schließlich auf und lief zur Rückseite des Hauses. Josie und Gretchen folgten ihr. Rini umrundete den Garten und schlüpfte dann durch das Gartentor. Sie lief bis zu den Gewächshaustüren, drehte dann aber um und rannte zurück zum Haus. Sie trottete die Stufen zur hinteren Veranda hinauf. Der Polizeibeamte, der dort Wache hielt, warf Josie und Gretchen einen Blick zu, um zu prüfen, ob sie damit einverstanden waren, dass die Suche drinnen fortgesetzt wurde.

»Ist okay«, sagte Josie.

Mit einem Nicken ließ er Rini und Sandoval ins Haus. Josie und Gretchen folgten. Als sie die Küche erreichten, hörten sie Rinis Pfoten die Treppe hinaufpoltern. Da beide Frauen nur Strümpfe trugen, wichen sie Loreleis Blut auf der einen Seite der Arbeitsplatte und den Glasscherben auf der anderen Seite aus und stiegen ebenfalls die Treppe hinauf. Sie hatten gerade das obere Ende der Treppe erreicht, als sie Rini bellen hörten.

Josie beschleunigte ihr Tempo und fand Rini und Sandoval im Zimmer der Mädchen. Rini saß in der Mitte des Zimmers und bellte. Als Sandoval sie sah, gab sie Rini ein weiteres Kommando, woraufhin die Hündin aufhörte zu bellen und sich hinlegte.

Josie wusste, dass Rettungshunde signalisierten, wenn sie fanden, wonach sie gesucht hatten. Sie wusste auch, dass Rini immer ein aktives Signal gab, wenn sie eine lebende Person fand – nämlich durch Bellen.

Das Problem war nur, dass Emily nicht da war.

SECHS

Sie durchsuchten das Zimmer gründlich, rückten alle Möbel beiseite und zerlegten die Betten, doch sie fanden nichts. Sandoval nahm Rini wieder mit nach draußen und wiederholte die Übung noch zweimal. Noch zweimal landete die Hündin in Emilys und Hollys Zimmer und zeigte ihr durch ein aktives Signal an, dass sie Emily gefunden hatte.

»Bei allem Respekt vor Rinis Fähigkeiten«, sagte Gretchen, die gerade zum dritten Mal mit Hündin und Hundeführerin im Zimmer der Mädchen stand. »Sie muss sich einfach irren. Ich meine, das ist Emilys Zimmer. Natürlich riecht es hier nach ihr.«

Sandoval schien ebenso verwirrt wie Josie und Gretchen. »Das spielt keine Rolle. Menschen verströmen den ganzen Tag lang Gerüche. Rini würde jeden Geruch aufspüren. Sie hat sich noch nie bei einem Lebendfund geirrt. Ich bin mir nicht sicher – irgendetwas stimmt hier nicht. Wie wäre es, wenn ich einen Kollegen anrufe? Vielleicht können wir einen anderen Rettungshund herschicken, die Suche wiederholen und sehen, was passiert?«

Josie konnte nicht aufhören, daran zu denken, dass jede

Sekunde, die verging, eine weitere Sekunde war, in der sie sich immer weiter davon entfernten, Emily zu finden. Aber sie hatten keine andere Wahl. Es waren bereits Suchtrupps in den Wäldern unterwegs. Die Vermisstenmeldung war rausgegangen. Sie hatte noch nie erlebt, dass Rettungshunde sich irrten. Manchmal hörte die Fährte aus Gründen auf, die sie nicht kontrollieren konnten, aber diese Hunde waren extrem zuverlässig. Sie musterte Rinis wachsames Gesicht. Die Hündin wusste, dass sie richtig lag. Was hatte Josie übersehen?

Sie ging noch einmal durchs Zimmer und suchte nach Stellen, an denen der Teppich lose war, fand aber nichts. Wenn es ein Versteck unter den Dielen gab, wusste Josie nicht, wie man es erreichen konnte.

Mit einem Blick auf Gretchen und Sandoval fragte sie: »Wäre es möglich, dass sie ... in der Wand ist?«

Gretchen zog eine Augenbraue hoch. »Boss, wie sollte eine Achtjährige in eine Wand geraten? Wenn jemand sie in eine Wand gesteckt hätte, dann wüssten wir das. Holly und Lorelei Mitchell sind noch nicht lange genug tot, als dass jemand eine Wand hätte ausbessern und streichen können. Außerdem, warum lässt man Loreleis Leiche in der Küche liegen, Hollys im Harper's Peak und macht sich dann die Mühe, Emily zu verstecken – und das auch noch lebendig? Wir haben das Haus auf den Kopf gestellt. Sie ist nicht hier. Komm mit mir. Wir werden auf den anderen Hund warten und sehen, was passiert. Ich kontaktiere die Zentrale und fordere weitere Suchtrupps an.«

Missmutig folgte Josie ihnen aus dem Zimmer. Als sie unten an der Treppe ankamen, glaubte sie, einen weiteren dumpfen Schlag zu hören, den gleichen, den sie und Gretchen vorhin gehört hatten, aber weder Gretchen noch Sandoval nahmen ihn wahr. Draußen telefonierten sowohl Gretchen als auch Sandoval, während Josie auf das Haus starrte. Hinter dem Haus war die Sonne bereits untergegangen und hatte den

Himmel in Orange- und Rottöne getaucht. Wenn sie bis in die Nacht hinein dort bleiben wollten, mussten sie ein paar Lampen anknipsen.

Josie ging zurück ins Haus, legte auf ihrem Weg einige Lichtschalter um und bemerkte weitere seltsame Details. Die Sitzsäcke im Wohnzimmer und das völlige Fehlen eines Couch- oder Beistelltischs. Die Wandbilder waren auf Leinwand gemalt und nicht verglast. In einer Ecke standen zwei Schubladenelemente aus Kunststoff. Josie öffnete einige Schubladen und sah, dass sie Bastelmaterial enthielten. Papier, Buntstifte, Marker, Glitzer, Kleber, Klebeband, Filzstücke, Bänder, Farben und Schwämme, die mit getrockneter Farbe bedeckt waren. Keine Pinsel und keine Scheren. Im Esszimmer standen Tische und Stühle aus Eichenholz, doch abgesehen davon war der Raum kahl. Kein Tafelaufsatz auf dem Tisch. Es gab weder ein Sideboard noch eine Vitrine. Die umgestürzte Müslischale und der Löffel waren aus Plastik. Als Josie in die Küche ging, öffnete und schloss sie die Schubladen und stellte fest, dass alle Utensilien aus Plastik waren. Außerdem gab es keine Messer. Nirgendwo in der Küche. Nicht einmal Buttermesser.

Sie öffnete die Schränke und fand darin nicht nur Plastikgeschirr, sondern auch Keramikgeschirr. Die Kaffeebecher waren aus Keramik. In einem der Hängeschränke fand sie mehrere orangefarbene Pillendosen. Alle Medikamente waren Lorelei verschrieben worden. Josie prägte sich die Namen ein: Methylphenidat, Risperidon, Aripiprazol, Olanzapin, Alprazolam. Josie kannte sie nicht alle, aber von einigen ihrer früheren Fälle wusste sie, dass mindestens zwei der Medikamente Antipsychotika waren, die unter anderem bei Schizophrenie oder bipolare Störungen verschrieben wurden. Hatte Lorelei mit einem dieser Probleme zu kämpfen gehabt – oder mit einer anderen psychischen Erkrankung? Josie überprüfte die Dosen erneut und stellte fest, dass sie alle von einem Dr. Vincent Buckley verschrieben worden waren. Sie nahm sich vor, den Arzt aufzusuchen, um herauszufinden, was er über Lorelei und ihre Kinder wusste. Wahrscheinlich könnten sie auch Einsicht in Loreleis Krankenakte bekommen.

Sie stieg die Treppe wieder hinauf und ging in Loreleis Zimmer. Bei der Durchsuchung des Schranks fand sie keine persönlichen Gegenstände oder sonstigen Dokumente. Allerdings waren alle ihre Kleidungsstücke gefaltet und in Plastikbehältern verstaut. Keine Kleiderbügel. Josie durchsuchte die einzige Nachttischschublade, fand aber nichts von Interesse. Als sie neben dem Kingsize-Bett stand, drehte sie sich im Kreis und stellte erstaunt fest, wie kahl der Raum wirkte. Etwas auf der Rückseite der Tür fiel ihr ins Auge. Sie machte ein paar Schritte darauf zu und sah, dass ein Schloss an der Tür war. Nicht irgendein Schloss, sondern ein Riegelschloss. Wer brachte schon ein Riegelschloss an der Innenseite seiner Schlafzimmertür an?

Josie ging zurück in den Flur, um die übrigen Schlafzimmertüren zu überprüfen. Das Zimmer von Emily und Holly hatte ebenfalls ein Riegelschloss an der Innenseite der Tür. Im letzten Schlafzimmer gab es kein Schloss.

»Was zum Teufel?«, murmelte sie vor sich hin, als sie in Loreleis Zimmer zurückkehrte. Ihr Blick schweifte erneut durch den Raum und landete wieder auf dem Bett. Die Matratze lag auf einem schweren Metallgestell. Josie brauchte mehrere Versuche, um die Matratze hochzuheben und ein Stück über das Gestell zu schieben. In der Mitte des Metallrahmens befand sich eine kleine Schiebetür aus Metall.

Josie rannte die Stufen hinunter, so schnell es ihr Hochzeitskleid zuließ. »Chan!«, brüllte sie, als sie auf die hintere Veranda stürmte, von der aus man den Garten und das Gewächshaus sehen konnte. »Chan!«

Officer Chan wollte gerade das Gewächshaus verlassen. Sie blieb in der Mitte des Gartens stehen und starrte Josie an. »Hast du was gefunden?«

»Ich glaube schon.«

Ein paar Minuten später standen Josie und Gretchen in der Tür zu Loreleis Schlafzimmer, während Chan mit behandschuhten Händen Gegenstände aus dem hohlen Kern des Bettgestells zog und dabei aufzählte. »Drei Schachteln Munition für eine Winchester-1200-Schrotflinte. Ein großes Plastiknähset. Ein kleiner Plastikbehälter, gefüllt mit ... Messern verschiedener Größen. Ein kleinerer Plastikbehälter mit drei Scheren darin.« Mit einer Taschenlampe durchsuchte sie das Fach ein letztes Mal. »Das war's.«

»Sonst nichts?«, fragte Josie.

»Tut mir leid«, sagte Chan. »Nur dieses ganze seltsame Zeug. Soll ich das als Beweismittel dokumentieren?«

»Nein«, erwiderte Gretchen. »Ich glaube, das ist nicht nötig. Danke.«

Chan deutete zum Spaß eine Verbeugung an und ließ sie dann allein im Zimmer zurück. »Sie wusste, dass sie in Gefahr war«, sagte Josie.

»Ja«, pflichtete Gretchen ihr bei.

Josie öffnete erneut den Mund, um etwas zu sagen, doch ein Geräusch ließ sie erstarren. Ein weiterer dumpfer Schlag, diesmal lauter und näher. Sie sahen sich mit großen Augen an.

»Sie ist hier«, sagte Josie leise.

»Das kann nicht sein«, widersprach Gretchen. »Wir haben hier jeden Stein einzeln umgedreht.«

»Rini hat sie hier gewittert, in diesem Haus, in ihrem eigenen Zimmer.«

»Boss, die Hündin könnte sich irren.«

»Du hast doch gehört, was Sandoval gesagt hat. Rini lag noch nie daneben.«

Mit einem Seufzer sagte Gretchen: »Was übersehen wir?«

Wieder gingen sie durch das Haus, riefen Emilys Namen und sagten ihr, dass ihr nichts passieren würde und sie aus ihrem Versteck kommen könne. In den Räumen mit Teppichboden suchten sie nach losen Rändern und in den Räumen ohne Teppichboden nach losen Dielen. Sie schauten hinter die Möbel und in die Schränke, um zu prüfen, ob sie irgendwelche Geheimverstecke übersehen hatten.

Sie fanden nichts.

Draußen warteten Sandoval und Rini bei ihrem SUV auf die Ankunft eines weiteren Hundes mit seinem Hundeführer. Josie starrte auf das Haus und dachte an den Tag zurück, an dem Lorelei sie hierher gebracht hatte. Wenn Lorelei geglaubt hatte, dass sie in so großer Gefahr schwebte, warum hatte sie dann eine Fremde mit in ihr Haus genommen? Hatte sie gewusst, dass sie in Gefahr schwebte, als Josie bei ihr zu Gast gewesen war, oder war in den drei Monaten, seit sie sich kennengelernt hatten, etwas passiert? Etwas, das sie dazu gebracht hatte, alle scharfen Gegenstände in ihrer Wohnung in einem Geheimfach unter der Matratze zu verstecken und Riegelschlösser an den Türinnenseiten der Schlafzimmer anzubringen, die von ihr und den Mädchen genutzt wurden?

Josie dachte an jenen Tag im Januar zurück. Unten hatte alles genauso ausgesehen wie heute. Damals war ihr nur nicht bewusst gewesen, dass Lorelei ihr Haus tatsächlich von gefährlichen Gegenständen wie Messern und Scheren und sogar der Verglasung von Wandgemälden befreit hatte, die zerbrechen und jemanden verletzen könnten. Josie hatte keinen Grund zu der Annahme gehabt, dass Lorelei und ihre Töchter in Gefahr schwebten oder Angst hatten. Tatsächlich hatte Lorelei beide Mädchen an diesem Tag allein zu Hause gelassen. Hätte sie sie allein gelassen, wenn sie so große Angst gehabt hätte, dass jemand sie verletzen könnte?

»Boss?«, fragte Gretchen.

Josie sah von der Haustür weg zu Gretchen und bemerkte plötzlich, dass sie einige Schritte zurück zum Haus gegangen war. Ihre mit Strümpfen bekleideten Füße befanden sich unten an der Treppe. Dort, wo sie an dem Tag gestanden hatte, als sie

Lorelei ins Haus gefolgt war. Josie rief sich diesen kalten, ungemütlichen Tag noch einmal ins Gedächtnis. Als sie das Haus erreicht hatten, war der Schneeregen noch stärker geworden. Josies Stiefel hatten auf jeder Stufe auf der nassen Schneeschicht geknirscht, während sie Lorelei zur Haustür gefolgt war.

»Manchmal klemmt es«, hatte Lorelei gesagt, während sie sich abgemüht hatte, den Schlüssel im Schloss zu drehen. Lachend hatte sie ihre ganze Kraft aufgewendet, war dabei ein Stück nach vorne gefallen und mit der Schulter gegen die Türklingel gestoßen. Josie erinnerte sich daran, wie sie das gedämpfte Läuten von drinnen gehört hatte. Anschließend hatte sich das Ganze noch einmal wiederholt, bevor die Tür aufging.

Doch was, wenn das gar kein Missgeschick gewesen war? Was, wenn Lorelei es mit Absicht getan hatte?

Josies ausgestreckte Finger schwebten über der Türklingel.

Hinter ihr stapfte Gretchen die Stufen hinauf. »Boss?«, fragte sie wieder. Josie drückte auf die Klingel und hörte das Läuten von drinnen, das jetzt lauter war als damals, weil die Haustür leicht angelehnt war. Sie wartete drei Sekunden und klingelte dann noch einmal. Dann trat sie ein und dachte wieder daran, was Lorelei getan hatte. Sie hatte sich mit Josie unterhalten, während sie durch das Wohnzimmer ging, und hatte ihr erzählt, dass sie sogar im Winter einen Großteil ihrer Lebensmittel selbst anbaute, da sie das Glück habe, ein Gewächshaus zu besitzen. Im Esszimmer hatte einer der Stühle an der Wand gestanden und nicht wie die anderen an den Tisch gerückt. Lorelei hatte ihn quer durchs Zimmer gezogen und ihn wieder an seinen Platz gestellt, aber seine Füße hatten auf dem Fliesenboden ein schreckliches, kratzendes Geräusch verursacht. Damals hatte Josie sich beiläufig gefragt, warum sie ihn nicht einfach hochhob, aber Lorelei hatte gerade davon erzählt, wie sie ihre Mädchen zu Hause unterrichtete. Josie hatte nicht unhöflich sein wollen und sich deshalb auf Loreleis Worte konzentriert.

Jetzt hob Josie einen der Stühle auf und stellte ihn an die Wand, wo sie ihn bei ihrem ersten Besuch gesehen hatte. Dann zog sie ihn quer durchs Zimmer und verursachte ein Geräusch, das an einen Schrei erinnerte. In der Tür zuckte Gretchen zusammen.

»Ich werde die Mädchen rufen«, hatte Lorelei gesagt und war ins Wohnzimmer zurückgekehrt. Vom unteren Treppenabsatz aus hatte sie ihre Namen gerufen. Als sie keine Antwort bekam, hatte sie dreimal an die Wand geklopft.

Gretchen ging ihr aus dem Weg, als Josie zum Fuß der Treppe ging. Sie rief nicht nach Emily. Stattdessen klopfte sie dreimal gegen die Wand, ungefähr an der gleichen Stelle wie Lorelei.

Dann lauschte sie.

»Möchtest du mir erzählen, was hier gerade passiert, Boss?«

Josie wandte ihren Blick nicht vom oberen Treppenabsatz ab. »Sie hat ihnen ein Zeichen gegeben«, erklärte sie Gretchen. »An dem Tag, als ich bei ihnen zu Hause war. Sie hatte sie hier allein gelassen. Als wir ankamen, hat sie all diese Dinge getan, deren Bedeutung mir damals gar nicht bewusst war. Sie müssen sich versteckt haben und sie gab ihnen Entwarnung. Zweimal klingeln, ein Stuhl, der über den Boden geschleift wird, dann drei Schläge gegen die Wand.«

»War das alles?«

»Verdammt.«

Josie folgte Loreleis Spuren und ging die Treppe zur Hälfte hinauf. Lorelei war auf der fünften oder sechsten Stufe stehen geblieben und hatte viermal darauf getrampelt. Als sie sich wieder zu Josie umdrehte, hatte sie gelächelt. »Dieser alte Teppich«, hatte sie gesagt. »Er löst sich immer wieder.«

Doch jetzt sah Josie, dass der Teppich nicht lose war. Er war Teil des Signals. Ohne Stiefel oder andere Schuhe würde es schwierig sein, viel Lärm zu machen. Josie zog ihr Kleid hoch, hob einen Fuß so weit wie möglich an und setzte ihn viermal kräftig auf die Stufe.

Dann wartete sie. Ein Rascheln kam von irgendwo aus dem zweiten Stock. Dann ein leises Knarren, gefolgt von einem weiteren Rascheln, noch einem Knarren und dem Geräusch von kleinen Füßen, die den Flur entlang huschten. Josies Herz schien für den Bruchteil einer Sekunde still zu stehen.

Am oberen Treppenabsatz stand Emily Mitchell. Ihr braunes Haar war zerzaust und verfilzt. Ihr blauer Schlafanzug war völlig zerknittert. Ihr fehlte eine Socke. In ihren Armen hielt sie einen Plüschhund mit langen Schlappohren.

Josies Herz kam heftig klopfend wieder in Gang. Sie hatte die letzten Stunden damit verbracht, den Gedanken daran zu verdrängen, was diesem kleinen Mädchen in den Händen eines skrupellosen Mörders zustoßen könnte. Sie lebendig, sicher und unverletzt zu sehen, ließ eine Welle der Erleichterung durch Josies Adern fließen.

»Hallo, Emily«, sagte sie.

SIEBEN

Emily starrte Josie misstrauisch an, ohne sich zu rühren. Josie stieg eine weitere Stufe hinauf. Wie lange hatte sich das Mädchen versteckt? Wie viele Stunden? Sie musste hungrig, erschöpft und verängstigt sein. Josie lächelte. »Ich bin so froh, dass du aus deinem Versteck gekommen bist«, sagte sie. »Wir sind hier, um dir zu helfen.«

Emily packte den Plüschhund noch fester, als Josie die letzten Stufen hinaufstieg und sich auf den Treppenabsatz kniete, sodass sie dem Mädchen direkt gegenübersaß. »Du bist jetzt in Sicherheit, Emily.«

Ihre haselnussbraunen Augen weiteten sich, als sie Josies Kleid betrachtete. »Bin ich gestorben?«, flüsterte sie.

Zum x-ten Mal an diesem Tag hatte Josie das Gefühl, dass ihr das Herz gleich in der Brust zerspringen könnte. »Nein«, beruhigte sie das Mädchen. »Du bist quicklebendig.«

»Bist du ein Engel?«

Josie lachte. »Nein. Ich bin Polizistin.«

Emily rührte sich immer noch nicht vom Fleck, doch Josie deutete es als gutes Zeichen, dass sie nicht zurückschreckte. »Du siehst aus wie ein Engel«, flüsterte sie.

Josie sah an ihrem Kleid hinunter, wieder musste sie lächeln. »Danke. Ich sollte heute eigentlich heiraten. Deshalb sehe ich auch so aus. Aber in Wirklichkeit bin ich Polizistin und ich bin hier, um dich zu retten und dafür zu sorgen, dass du in Sicherheit gebracht wirst. Unten und draußen sind noch ein paar Polizisten, die auf uns warten.«

Emily antwortete nicht.

»Ich war schon einmal hier, weißt du noch?«, sagte Josie. »Vor ein paar Monaten. Ich habe mit dir, deiner Mom und deiner Schwester Kaffee getrunken und Bananenbrot gegessen.« Eine von Emilys Augenbrauen hob sich ganz leicht.

Josie rieb sich über die rechte Gesichtshälfte und spürte die dünne Narbe unter ihren Fingern, als sie das Make-up wegwischte. Sie drehte ihren Kopf, damit Emily sie deutlich sehen konnte. »Erinnerst du dich daran? Du hast mich danach gefragt.«

Emilys Gesicht veränderte sich augenblicklich, ein Ausdruck des Erkennens und der Aufregung blitzte auf. Dann erstarb er schnell wieder. »Wo sind Mom und Holly?«

Josie warf einen Blick zum Fuß der Treppe und sah Gretchen dort stehen. Was konnte Josie darauf antworten? Was sollte sie sagen? Sie wusste nicht, wie viel Emily wusste und was sie gesehen hatte. Ihr die Wahrheit zu sagen, wäre eine emotionale Katastrophe, dennoch sah Josie in einer Lüge keinen Vorteil. Sie hatte die Erfahrung gemacht, dass Erwachsene manchmal den natürlichen Instinkt hatten, Kinder anzulügen, wenn schlimme Dinge passiert waren, weil sie dachten, sie würden sie irgendwie abschirmen oder beschützen. Und das, obwohl Kinder Dinge oft besser verkraften konnten als Erwachsene. Josies eigene Kindheit war voller Traumata, Missbrauch und Ungewissheit gewesen, und trotzdem hatte die Wahrheit, egal wie schwer es sein mochte, sie zu hören, es ihr immer einfacher gemacht, sich im Leben zurechtzufinden.

Josie sagte: »Es tut mir sehr leid, Emily, aber sie sind nicht mehr bei uns.«

»Sie sind tot«, sagte Emily. Es war keine Frage und es lag kein Hauch von Hoffnung in ihrem Tonfall, dass Josie dieser Aussage vielleicht widersprechen würde. Sie wusste es.

»Es tut mir so leid, Emily.«

»Mom hat gesagt, dass vielleicht schlimme Dinge passieren werden«, sagte Emily. »Sie hatte recht.«

»Was für schlimme Dinge?«, fragte Josie.

»Mom hat gesagt, dass ich nie darüber reden muss, wenn ich nicht will.«

»Okay«, sagte Josie, die bei diesem Thema nicht weiter in sie dringen wollte. Das Mädchen war in diesem Moment sicherlich in einer zerbrechlichen seelischen Verfassung und Josie wollte nichts sagen oder tun, das noch mehr Schaden anrichten könnte. Stattdessen sagte sie: »Das war wirklich schlau von dir, dich zu verstecken, und du warst so diszipliniert, in deinem Versteck zu bleiben, bis ich dir das Signal gegeben habe, dass du herauskommen kannst.«

Emily nickte. »Das hat mir Holly beigebracht.«

Josie wechselte einen kurzen Blick mit Gretchen. Sie war eine der stoischsten Detectives, die Josie je getroffen hatte, doch jetzt konnte Josie die Anspannung in ihrem Gesicht sehen. Was zum Teufel war in diesem Haus los, dass Emilys ältere Schwester ihr beigebracht hatte, sich zu verstecken, wenn schlimme Dinge passierten?

»Hat sich Holly heute irgendwann mit dir versteckt?«, fragte Josie.

Emily schüttelte den Kopf. »Nein. Sie konnte sich heute nicht verstecken. Ich bin allein gegangen.«

»Das war sehr gut«, versicherte Josie ihr. »Ich bin froh, dass du das gemacht hast. Kannst du mir zeigen, wo dein Versteck ist?«

Emilys Lippen kräuselten sich für einen Augenblick, als sie

Josie betrachtete. Dann beugte sie sich vor und fragte leise: »Hast du eine Waffe?«

»Ja, habe ich«, erwiderte Josie. »Ich habe sie zwar jetzt gerade nicht bei mir, aber ja, ich besitze eine Waffe. Machst du dir deswegen Sorgen?«

Mit einer Hand streichelte Emily den Kopf ihres Plüschhundes. »Ich mache mir Sorgen, dass du auf die schlimmen Dinge nicht vorbereitet bist, genau wie Mom und Holly.«

Der Atem schien auf einen Schlag aus Josies Körper zu strömen. Sie brauchte einen Moment, um sich zu vergewissern, dass sie nicht die Fassung verlor. »Es ist meine Aufgabe, auf die schlimmen Dinge vorbereitet zu sein, Emily. Ich verspreche dir, dass ich alles tun werde, was ich kann, um dich zu beschützen, genau wie alle anderen Polizisten, die heute hier sind. In Ordnung?«

Emily streckte die Hand aus und berührte Josies Gesicht. Ihre kleinen Finger, die so leicht wie die eines Schmetterlings waren, zeichneten Josies Narbe nach. »Du hast mir nicht erzählt, woher du die hast«, sagte sie. »Aber jetzt weiß ich es. Sie kommt von den schlimmen Dingen, nicht wahr?«

Josie schluckte gegen den Kloß an, der in ihrem Hals immer dicker wurde. »Ja«, krächzte sie. »Genau davon.«

»Aber du bist noch da.«

»Ja.«

Emily drehte sich um und ging den Flur entlang. »Komm mit. Ich zeige dir unser Versteck.«

ACHT

Josie hörte, wie Gretchen hinter ihr die Treppe hinaufstieg, während sie Emily ins Zimmer der Mädchen folgte. Was hatten sie übersehen? Emily ging zu dem Stück Wand, das eine Kreidetafel bildete, und wickelte ihre Finger um die Schnur, an der der Radiergummi hing. Sie zog fest daran, und die Verkleidung, die die Kreidetafel umgab, sprang aus der Wand und schwang auf wie eine Tür. Auf der anderen Seite des Raumes schnappte Gretchen nach Luft.

Josie schaute auf die gegenüberliegende Seite der Verkleidung und stellte fest, dass die Scharniere lila gestrichen worden waren, sodass sie mit der Wand verschmolzen. Man hätte schon sehr genau hinsehen müssen, um irgendetwas Auffälliges zu bemerken. Josie berührte die Innenseite der Behelfsluke. Wer auch immer sie gebaut hatte, war ziemlich kreativ gewesen. Sie war aus Trockenbauwänden und Holz gefertigt. Außerdem hatte sie nicht die Form einer Tür. Der Boden befand sich auf Höhe von Emilys Knien, was bedeutete, dass sie hinein- und hinausklettern musste, fast so, als wäre es ein Fenster. Josie steckte ihren Kopf hinein, aber es war dunkel.

»Moment«, sagte Emily. Sie klemmte sich ihren Stoffhund

unter die Achselhöhle und kletterte geschickt durch das große Loch in der Wand. Ein paar Sekunden später ging ein Licht an. Josie beugte sich noch einmal mit dem Oberkörper hinein. Der Raum war so groß wie ein geräumiger Kleiderschrank, die Wände waren aus nicht gestrichenem Trockenbaumaterial. Josie versuchte sich vorzustellen, was sich auf der anderen Seite befand – Loreleis Kleiderschrank. War ihr Schrank ursprünglich ein begehbarer Kleiderschrank gewesen? Hatte sie oder jemand anderes ihn zugemauert, um ein Versteck zu bauen?

»Wir haben hier drin keine Steckdosen«, erklärte Emily. Sie deutete auf eine kleine batteriebetriebene Lampe, die auf dem Boden in der Ecke stand. Dort lagen zwei Schlafsäcke, jeder mit einem Kissen. Zwischen den beiden Schlafsäcken befand sich ein Stapel Bücher. Daneben lagen etliche Taschenlampen und Leselampen. In einer anderen Ecke stand eine Campingtoilette mit einer Rolle Toilettenpapier daneben. Der Geruch von Urin wehte Josie entgegen. Dann erfüllte ein anderer Geruch, diesmal ranzig, Josies Nasenlöcher. Ihre Augen suchten den winzigen Raum ab, bis sie die Quelle entdeckte: ein angebissenes Stückchen Käse, ein braun gewordenes Apfelkerngehäuse und eine Bananenschale. Daneben stand ein halbleerer Joghurtbecher mit einem Plastiklöffel darin. Josie zeigte auf die Lebensmittel. »Hast du das heute mitgebracht?«

»Nein, ich habe das hier hingestellt, als wir uns das letzte Mal verstecken mussten.«

»Wann war das?«, wollte Josie wissen und fragte sich, wie lange die Sachen wohl dort gestanden hatten und ob Emily eine Lebensmittelvergiftung bekommen würde, weil sie es gegessen hatte.

»Ich weiß es nicht«, antwortete sie. »Aber als ich es gegessen habe, hat es nicht besonders gut geschmeckt.«

»Wie geht es deinem Bauch? Fühlst du dich krank?«

Emily zuckte die Achseln. »Weiß nicht.« Sie ging zu dem

blauen Schlafsack hinüber und stellte sich darauf. »Der gehört mir.«

Josie nickte und winkte Emily mit einer Hand zurück ins Schlafzimmer. »Okay, sehr gut, Emily. Du kannst jetzt wieder rauskommen. Danke, dass du es mir gezeigt hast.«

Emily kletterte wieder hinaus und starrte zu Josie hoch. »Ich verstecke mich auch an anderen Stellen, aber das ist unser besonderes Versteck.«

»Warum ist es besonders?«, fragte Josie.

»Weil nur ich, Holly und Mom wissen, wo es ist. Niemand hat uns jemals dort gefunden. Niemals. Ich verstecke mich auch manchmal in den Küchenschränken, hinter den Sitzsäcken im Wohnzimmer und unter dem Esstisch.«

»Warum musst du dich so oft verstecken?«, fragte Josie.

Nüchtern sagte sie: »Das habe ich dir doch schon gesagt.« »Wegen der schlimmen Dinge.«

Emily nickte.

»Okay.« Josie zeigte auf Emilys Kommode. »Du musst ein paar Sachen einpacken. Ein paar Anziehsachen und alles, was du sonst noch mitnehmen möchtest. Vielleicht ein paar Bücher oder Kuscheltiere? Außerdem brauchst du zwei Paar Socken und ein Paar Schuhe. Kannst du die Sachen für mich zusammensuchen?«

Emily zuckte wieder mit den Schultern. »Klar.«

Josie und Gretchen sahen zu, wie sie zu ihrer Kommode ging und anfing, die Kleidungsstücke herauszunehmen und sie gefaltet auf das Bett zu legen. Als sie fertig war, griff sie unter das Bett und zog eine Reisetasche heraus. Gretchen ging zu Josie hinüber und murmelte: »Wir werden das Jugendamt anrufen müssen.«

»Ich weiß«, sagte Josie. »Aber ich denke, wir sollten sie zuerst ins Krankenhaus bringen und durchchecken lassen. Außerdem müssen wir versuchen, Loreleis nächste Angehörige ausfindig zu machen.«

Gretchen fuchtelte mit ihrem Handy in der Luft herum.

»Ich bin dann im Flur und mache ein paar Anrufe.«

Josie nickte. Als Gretchen das Zimmer verlassen hatte, ging Josie zu Emily hinüber, die vier Kleiderstapel auf ihrem Bett aufgeschichtet hatte. Jeder Stapel bestand aus einem Shirt, einer Hose, Unterwäsche und Socken. Leise vor sich hin murmelnd zählte Emily die Stapel. »Eins, zwei, drei, vier. Eins, zwei, drei, vier.«

»Kann ich dir helfen?«, fragte Josie.

Emily hielt inne und schüttelte den Kopf, ohne Josie eines Blickes zu würdigen. Stirnrunzelnd begann sie erneut zu zählen. »Eins, zwei, drei, vier.« Sie wiederholte den Vorgang sechs Mal und begann dann, die Stapel in die Reisetasche zu packen. Als sie fertig war, ging Josie zur Kommode und nahm ein Paar Socken aus der obersten Schublade. Emily zog sie an und holte dann ein Paar Turnschuhe unter ihrem Bett hervor. Nachdem sie diese angezogen hatte, half Josie ihr, den Reißverschluss ihrer prall gefüllten Reisetasche zu schließen.

»Warte!«, rief Emily, als Josie die Tasche nehmen wollte. »Ich muss noch meine anderen Sachen mitnehmen.«

»Welche anderen Sachen?«

Emily ging zu ihrem Schreibtisch hinüber und zeigte auf ein paar Gegenstände, die in einem Kreis angeordnet waren. Da waren ein kleiner grauer Stein von der Größe eines Vierteldollars, eine winzige rosa Paillette, eine Vogelfeder, eine unbenutzte Geburtstagskerze und ein leuchtend roter Flaschendeckel von einer Großpackung Milch. Emily zählte die Sachen, wobei ihr kleiner Finger über jedem Gegenstand schwebte. »Eins, zwei, drei, vier, fünf.«

Sie zählte die Gegenstände sechs Mal. Dann schaute sie zu Josie auf. »Jetzt kann ich sie in meine Tasche packen.«

Verblüfft sah Josie zu, wie Emily jedes Teil sorgfältig in eine der Seitentaschen der Reisetasche steckte. »Ich bin bereit«, sagte sie zu Josie.

Josie hatte eine Menge Fragen, aber ihre oberste Priorität war es, Emily aus dem Haus zu bringen. Es war immer noch ein Tatort. »Emily, ich werde dich jetzt ins Krankenhaus bringen, okay? Weil hier heute schlimme Dinge passiert sind, möchten wir, dass die Ärzte mit dir reden, in Ordnung?«

Emily nickte.

»Und danach musst du vielleicht bei jemandem bleiben – einem Fremden, aber jemandem, der auf dich aufpasst, bis wir einen Ort finden, an dem du dauerhaft wohnen kannst. Verstehst du?«

»Du meinst eine Pflegefamilie.«

Überrascht sagte Josie: »Ja, genau. Woher weißt du etwas über Pflegefamilien?«

»Das darf ich nicht sagen.«

»Wer hat dir gesagt, dass du es nicht sagen darfst?«, fragte Josie.

»Meine Mom«, erwiderte Emily.

Wieder hütete sich Josie davor, das Mädchen zu sehr zu bedrängen. Außerdem würde jedes Gespräch, das Josie mit dem Mädchen führte, ohne dass ein Erziehungsberechtigter anwesend war, rechtliche Konsequenzen haben. Um eine richtige Aussage von ihr zu bekommen, würde Josie warten müssen, bis sie entweder die nächsten Angehörigen ausfindig gemacht hatten oder bis Emily in die Obhut des Bundesstaates Pennsylvania übergeben worden war. Josie hatte jedoch keine Ahnung, wie lange es dauern würde, bis sie eine solche Aussage bekommen würde, und es war klar, dass ein Mörder frei herumlief – ein Mörder, der kein Problem damit hatte, Kinder zu ermorden. Um das Thema zu wechseln, fragte Josie: »Versteckst du dich oft in der Wand?«

Emily zuckte mit den Schultern. »Manchmal.«

»Kannst du mir sagen, vor wem du dich versteckst, wenn du da reingehst?«

Langsam hob Emily ihren Zeigefinger und drückte ihn gegen ihre Lippen, das universelle Symbol für Schweigen.

Josie zwang sich zu einem Lächeln, um das Mädchen zu beruhigen. »Du kannst es mir sagen, Emily. Dir wird nichts Schlimmes mehr passieren und du brauchst dich nicht mehr zu verstecken. Es ist wirklich wichtig, dass ich weiß, vor wem du und Holly euch versteckt habt, wenn ihr in das kleine Zimmer gegangen seid.«

»Ich kann nicht«, flüsterte Emily.

»Warum nicht?«

»Wenn ich es erzähle, werden noch mehr schlimme Dinge passieren.«

Josie spürte, wie ihr ein kalter Schauer über den Rücken lief. Sie bemühte sich, weiter zu lächeln. »Okay«, sagte sie zu Emily. »Jetzt bringen wir dich hier raus.«

Josie brachte sie nach draußen zu Gretchens Auto und schnallte sie auf dem Rücksitz an. Gretchen hatte die Suche abgebrochen und die Vermisstenmeldung zurückgezogen. Die Streifenpolizisten waren verschwunden, ebenso Deputy Sandoval mit Rini. Bis auf Officer Jenny Chan, die im Kofferraum ihres SUV Beweismittel eintütete, waren alle Mitglieder der Spurensicherung schon weg. Josie ließ Gretchen, die gerade mit dem Krankenhaus telefonierte, an der Fahrerseite ihres Wagens stehen und ging hinüber zu Chan. »Hast du im Gewächshaus irgendetwas Interessantes gefunden?«

Chan zog ihren Tyvek-Schutzanzug und ihre Überschuhe aus, knüllte sie zusammen und warf sie auf den Rücksitz. »Leider nicht. Ein ganzer Haufen Asche. Ein zerstörter Laptop und ein zerstörtes Handy. Einer der Techniker kann sich die Geräte ansehen, aber ich glaube, sie sind zu beschädigt, um etwas damit anzufangen. Es wäre besser, wenn du dir einen Durchsuchungsbeschluss für ihre Mobilfunkdaten besorgst. Ich habe auch ein paar Schnipsel gefunden, die wie Farbfotos aussehen, aber keine, auf denen sich was erkennen lässt. Fetzen von etwas, das wie Dokumente aussieht. Schwer zu sagen. Es gibt ein paar Fetzen mit Wörtern am Ende, aber ohne Kontext bin ich mir nicht sicher, ob sie was zu bedeuten haben. Tut mir leid.«

Josie schüttelte den Kopf. »Du kannst ja nichts dafür. Ich bin froh, dass du da bist.«

Chan zog ihre Kopfbedeckung aus und schüttelte ihre lange, dunkle Mähne. »Tut mir leid wegen deiner Hochzeit.«

Josie brachte ein schwaches Lächeln zustande. »Wir können an einem anderen Tag heiraten. Hey, gab es im Pick-up irgendwas von Interesse?«

»Nein, leider nicht. Bis auf Loreleis Fahrzeugschein und Versicherungskarte war da nichts.«

Josie bedankte sich bei ihr, sah zu, wie sie die restlichen Beweismittel zusammenpackte und die Einfahrt hinunterfuhr. Es war jetzt fast dunkel. Die Geräusche der Nacht um sie herum wurden langsam immer lauter: Frösche quakten, Zikaden und Grillen zirpten.

Josie drehte sich um und ging auf Gretchens Auto zu. Gretchen telefonierte gerade mit Chief Chitwood. Das erkannte Josie an ihrem Tonfall und an der Art, wie sie immer wieder »Ja, Sir« sagte. Sie hatte ihre High Heels wieder angezogen und lief neben dem Auto auf und ab. Gelegentlich blieb sie stehen, um einen der Absätze aus dem weichen Boden zu ziehen. Vom Rücksitzfenster aus starrte Emily Josie an, die Augen so weit aufgerissen, dass Josie kurz erschauerte. Josie blieb wie angewurzelt stehen, sie hatte das Gefühl, dass Emily ihr irgendetwas mitteilen wollte. Dann drehte Emily langsam ihren Kopf in Richtung der Eingangstreppe des Hauses. Josies Blick folgte dem ihren.

Ein Schrei drang aus Josies Kehle, noch bevor sie sich die Hand vor den Mund halten konnte. Gretchen blieb wie angewurzelt stehen.

Auf der obersten Stufe lag eine Tannenzapfenpuppe.

Josie drehte sich im Kreis und sah sich um. Da war nichts. Keine Menschenseele. Sie lief zum Auto hinüber. Die Bewegung schien Gretchen wiederzubeleben, die jetzt die Hand durch das offene Fahrerfenster steckte und nach ihrer Waffe griff. »Schließ sie im Auto ein«, sagte Josie.

»Wir müssen sie hier rausbringen, Boss.«

»Ruf Verstärkung.«

Sie hörten ein surrendes Geräusch und drehten sich gleichzeitig zum hinteren Fenster. Emily hatte den Knopf gedrückt, um das Fenster zu öffnen. »Er ist schon weg«, sagte sie.

»Wer?«, fragte Josie. »Wer ist schon weg? Wer war hier, Emily? Wer hat die Puppe dort hingelegt? Du hast ihn gesehen, nicht wahr?«

Emily nickte eifrig. Gretchen fragte: »Wer war das? Wer war gerade hier?«

Wieder hob das Mädchen den Finger an die Lippen. Psst.

»Emily«, sagte Josie und versuchte, sich die Frustration und Verzweiflung nicht anmerken zu lassen. »Es ist sehr wichtig, dass du uns sagst, wer die Puppe da hingelegt hat.«

Keine Antwort.

»War es dein Dad?«, fragte Gretchen.

»Ich habe keinen Dad«, sagte sie.

»Wer war es dann, Emily?«, fragte Josie. »Du kannst es uns erzählen. Wir sind die Polizei. Wir müssen wissen, wer er ist, damit wir ihn verhaften können. Wir glauben, dass er derjenige ist, der deiner Mom und Holly wehgetan hat. Bitte, Emily, erzähl uns alles, was du weißt.«

Sie schüttelte den Kopf und senkte ihren Blick.

»Vielleicht will sie es uns nicht sagen, während wir in der Nähe des Hauses sind. Wir müssen sie von hier wegbringen«, sagte Gretchen so leise, dass nur Josie sie hören konnte.

Josie nickte. »Ruf Verstärkung. Sobald sie eintrifft, fahren wir mit Emily los.«

Während Gretchen einen weiteren Anruf erledigte,

rutschte Josie neben Emily auf den Rücksitz. Sie sahen zu, wie Gretchen ihr Telefonat beendete, mit einer Hand hielt sie sich das Handy ans Ohr, mit der anderen zielte sie mit ihrer Pistole auf den Bereich vor dem Auto.

Die Tannenzapfenpuppe starrte sie an, ihre irren Glubschaugen wirkten jetzt unheimlich und bedrohlich. Josie spürte die warme Hand von Emily auf ihrem Arm. Sie schaute zu ihr hinüber.

Emily sagte: »Das bedeutet, dass es ihm leid tut.«

NEUN

Vor einem der durch Glasscheiben voneinander abgetrennten Untersuchungsräume in der Notaufnahme des Denton Memorial lief Josie unruhig auf und ab. Eine Krankenschwester und ein Arzt waren bei Emily im Zimmer. Sie hatten die Vorhänge zugezogen, als sie hineingingen, sodass Josie nicht erkennen konnte, wie weit sie mit der Untersuchung waren. Gretchen war nach Hause gefahren, um sich umzuziehen. Danach würde sie wieder zu Lorelei Mitchells Haus fahren, um bei der Suche nach demjenigen zu helfen, der die gruselige Tannenzapfenpuppe hinterlassen hatte. Chan wollte sich dort mit ihr treffen, um die Puppe näher zu untersuchen. Später wollte Mettner dazustoßen und seine Notizen mit denen von Gretchen abgleichen. Eine Sozialarbeiterin des Gesundheits- und Sozialamtes des Countys müsste jeden Moment im Krankenhaus eintreffen. Josie trug immer noch ihr Hochzeitskleid, und jeder, der an ihr vorbeiging, starrte sie an. Sie wünschte, sie hätte daran gedacht, ihr eigenes Handy mitzunehmen. Dann hätte sie Noah anrufen und ihn bitten können, ihr Kleidung zum Wechseln zu bringen.

Eine Frau in einem schwarzen Hosenanzug kam den Flur entlang auf Josie zu. Weiche braune Locken umspielten ihr

Gesicht. Sie hatte eine Umhängetasche über eine Schulter geworfen. In der Hand hielt sie einen Kaffeebecher aus Pappe. Als sie bei Josie ankam, blieb sie stehen und lächelte schief. »Ich bin auf der Suche nach einem achtjährigen Mädchen, das an einem Tatort gefunden wurde. Man sagte mir, dass ich da warten solle, wo ich die Dame im Hochzeitskleid sehe.«

Josie lachte und streckte ihr die Hand hin. »Detective Josie Quinn. Entschuldigen Sie meinen Aufzug. Sind Sie vom Jugendamt?«

Die Frau schüttelte Josies Hand und zeigte ihr dann ihren Ausweis. »Ja. Marcie Riebe.«

Josie deutete auf die gläserne Kabine. »Die Ärzte untersuchen sie gerade.«

Marcie schaute sich im Flur um. Sie entdeckte einen Wäschewagen und rollte ihn dorthin, wo Josie stand. Dann zog sie einen kleinen Laptop aus ihrer Umhängetasche und stellte ihn auf den Wagen. Daneben stellte sie ihren Kaffee ab. Nach ein paar Klicks und schnellem Tippen schaute sie zu Josie auf und sagte: »Erzählen Sie mir doch bitte, was passiert ist.«

Josie berichtete Marcie alles, was sie bisher wussten. Marcie tippte wie wild auf ihrer Tastatur herum und machte gelegentlich eine Pause, um Fragen zu stellen. Als Josie fertig war, sagte sie: »Als Erstes müssen wir versuchen, ihre nächsten Angehörigen ausfindig zu machen. Wenn es irgendwie geht, würde ich sie gerne bei ihrer Familie unterbringen, vor allem angesichts des Traumas, das sie erlebt hat.«

»Da stimme ich Ihnen zu«, sagte Josie. »Mein Team wird sich so schnell wie möglich an die Arbeit machen. Im Moment sind alle unterwegs im Einsatz.«

Bevor Marcie noch etwas sagen konnte, tauchte der Arzt aus Emilys Zimmer auf. Josie kannte ihn von vielen Besuchen in der Notaufnahme im Zusammenhang mit Fällen, an denen sie gearbeitet hatte. Dr. Ahmed Nashat war klug, einfühlsam und sachlich. Josie stellte ihn und Marcie einander vor. Er schenkte ihnen beiden ein gequältes Lächeln. »Offensichtlich ist sie bei bester Gesundheit. Gut genährt, keine Anzeichen von Verletzungen oder körperlichen Traumata. Keinerlei Hinweise auf eine langfristige Misshandlung. Sie ist wach und orientiert. Bei der Untersuchung liegt sie bei der Entwicklung für ihr Alter etwa auf der fünfzigsten Perzentile. Sie ist aufgeweckt und wortgewandt, auch wenn sie sich weigert, einige Fragen zu beantworten. Ich mache mir ein wenig Sorgen wegen des seelischen Traumas, das sie heute erlitten hat. Ich habe einen Psychologen hinzugezogen. Das einzige Problem im Moment ist, dass sie anscheinend eine Lebensmittelvergiftung hat. Sie hat sich zweimal übergeben, während wir sie untersucht haben.«

Josie seufzte. »Das hatte ich schon befürchtet.« Sie erzählte ihnen von den verdorbenen Lebensmitteln, die sie in Emilys Versteck gefunden hatten.

Dr. Nashat nickte. »Das erklärt einiges. Wenn es Ihnen recht ist, Ms Riebe, würde ich Emily gerne mindestens ein paar Stunden hier behalten, vielleicht sogar über Nacht, um sicherzugehen, dass sie stabil ist.«

»Das geht in Ordnung«, sagte Marcie.

Josie fragte: »Doktor, gibt es hier schon eine Krankenakte von Emily?«

Er schüttelte den Kopf. »Nein, leider nicht. Wir haben sie nicht im System.« Er sah Marcie an. »Die Anmeldung wird wahrscheinlich wegen der Zahlungsdaten auf Sie zurückkommen.«

»Gut«, sagte Marcie mit einem schmallippigen Lächeln. »Wenn es Ihnen nichts ausmacht, würde ich jetzt gerne reingehen und mit ihr sprechen.«

»Selbstverständlich«, sagte Dr. Nashat. »Da wäre nur noch eine Sache. Wir haben sie gefragt, ob sie jemanden kennt, den wir anrufen könnten – Familie oder Freunde – und sie hat gesagt: ›Pax ist ein Freund.‹«

»Pax?«, wiederholte Josie.

»Ja. P-A-X. Genau das hat sie gesagt. Als wir sie fragten, wer das sei, hat sie erzählt, er wäre ein Freund, dem ihre Mom hilft. Sie hat auch gesagt, dass sein Dad nicht damit einverstanden war, dass er zu ihnen nach Hause kam. Wir haben sie gefragt, ob sie ihn heute gesehen hätte. Sie hat Nein gesagt.«

Marcie lächelte. »Ich werde sehen, ob sie mir noch mehr über diesen Pax erzählen kann.«

»Danke«, sagte Josie. »Sobald ich mit meinem Team gesprochen habe, versuchen wir, ihn und seinen Dad ausfindig zu machen.«

Marcie verschwand im Zimmer und der Arzt ging weiter zum nächsten Patienten, sodass sich Josie erneut allein auf dem Flur wiederfand. Wenig später erregte das Geräusch von schweren Schritten auf den Fliesen ihre Aufmerksamkeit. Als sie aufblickte, sah sie Noah, der durch den Flur auf sie zukam. Ihre Erleichterung war so groß, dass sie befürchtete, die Fassung zu verlieren. Er hatte sich normale Kleidung angezogen: Jeans, ein schwarzes T-Shirt unter einer leichten Jacke und Stiefel. Er hatte eine weinrote Stofftasche in der Hand, auf der in kunstvoller Schrift »Harper's Peak« stand.

Sein Lächeln ließ ihre Knie weich werden. »Du hast mir Kleidung zum Wechseln mitgebracht«, stellte sie fest.

Er blieb vor ihr stehen und gab ihr einen Kuss auf den Mund. »Und dein Handy, deine Dienstwaffe und ich bin zum Haus gefahren, um deinen Laptop zu holen.«

»Danke.«

»Die Band spielt immer noch im Harper's Peak«, erzählte er ihr. »Misty und Harris haben Trout mit zu sich nach Hause genommen. Deine Grandma, deine Eltern, dein Bruder, Trinity und Drake übernachten im Hotel. Meine Schwester und mein Bruder ebenfalls. Celeste und Tom waren nicht begeistert von der ganzen Sache, aber Adam war sehr zuvorkommend.«

Josie lachte. »Also feiern alle unsere Hochzeit ohne uns.«

»Dieses Mal schon«, sagte er.

»Hast du schon irgendwas gehört?«, fragte Josie und nahm ihm die Tasche ab.

»Keiner der Mitarbeiter vom Harper's Peak kann sich daran erinnern, Holly Mitchell je zuvor gesehen zu haben – weder tot noch lebendig. Es gibt keine Kameras in den Parkanlagen oder an den Aussichtspunkten. Dafür haben sie Kameras auf sämtlichen Parkplätzen. Ich habe mir alle Aufnahmen angesehen, aber ich habe niemanden dabei beobachtet, wie er eine Leiche aus seinem Auto geholt hat. Ich habe mir auch die Aufnahmen der Kameras auf den Mitarbeiterparkplätzen und die von den Außenkameras aller Gebäude angesehen. Ich hatte gedacht, dass Holly vielleicht mit irgendjemandem lebendig dorthin gekommen ist, in einem der Gebäude getötet und dann zum Aussichtspunkt getragen wurde, aber nichts auf den Aufnahmen deutet darauf hin.«

»Im Haus der Mitchells hat es zweifellos eine Auseinandersetzung gegeben«, sagte Josie. »Ich vermute, dass sie wahrscheinlich dort getötet wurde.«

»Das denke ich auch«, sagte Noah. »Aber wir müssen alles überprüfen, damit wir nichts übersehen. Celeste hat Tom ordentlich schuften lassen, um unserem Team Zugang zu allen Personen zu verschaffen, die sich auf dem Gelände aufhalten. Als ich gefahren bin, war Mett gerade dabei, die Gäste zu befragen. Er hatte gehofft, dass möglicherweise einer der Gäste den Mörder auf dem Gelände gesehen, es aber nicht bemerkt hat. Aber er hatte kein Glück. Es sieht so aus, als hätte niemand etwas gesehen. Wir vermuten, dass derjenige, der ihre Leiche dorthin gebracht hat, durch den Wald gekommen ist.«

»Loreleis Haus ist meilenweit vom Harper's Peak entfernt. Das ist ein weiter Fußmarsch.«

»Es sei denn, Holly ist aus dem Haus geflohen und der

Mörder hat sie im Wald eingeholt, ermordet und zur Kirche getragen.«

Josie dachte an die Tannenzapfenpuppe und daran, dass Emily gesagt hatte, »ihm« tue es leid. Hatte der Mörder nicht vorgehabt, Holly zu töten? Oder tat es ihm nur leid, dass er es getan hatte? War das die Bedeutung der Puppe, die er auf ihrer Leiche platziert hatte? Oder hatte die Kirche selbst irgendeine Bedeutung? »Ihre Leiche wurde bei der Kirche arrangiert«, sagte sie zu Noah. »Das muss etwas zu bedeuten haben. Loreleis Leiche hat er nicht bewegt.«

»Als Gretchen Mett angerufen hat, hat sie gesagt, dass ihr beide über die Möglichkeit gesprochen habt, dass wir es hier mit einem Fall von häuslicher Gewalt zu tun haben. Wenn das stimmt, dann tat es ihm wahrscheinlich nicht leid, dass er Lorelei getötet hat. Es würde mehr Sinn ergeben, dass er Holly möglicherweise im Wald verfolgt hat. Vielleicht hatte er nie die Absicht, sie zu töten, aber er ist zu weit gegangen und hat deswegen Schuldgefühle.«

»Er hat sie an einem schönen Ort zurückgelassen«, fügte Josie hinzu. »Irgendwo, wo man sie finden würde.«

»Und er hat ihre Leiche würdevoll arrangiert.«

»Das stimmt«, sagte Josie.

»Mett hat noch ein paar Leute dazugeholt, die den Wald in der Nähe vom Harper's Peak durchkämmen. Der Chief hat die Überstunden genehmigt.«

»Das sind gute Nachrichten«, sagte Josie. Sie hielt die Tasche hoch. »Ich muss mich umziehen. Anschließend schaue ich mal, was ich über Loreleis Hintergrund herausfinden kann. Aber ich brauche Hilfe, um aus diesem Kleid rauszukommen.«

ZEHN

Zwanzig Minuten später verließen sie ein ungenutztes Zimmer im Untergeschoss des Krankenhauses. Josies Haut war gerötet. Sie schaute zu Noah hinüber und stellte fest, dass seine Haut ebenfalls rosig war. Sie spürte noch immer seinen Mund an ihrem Hals und seine Hände auf ihren Hüften, nachdem das Hochzeitskleid zu Boden gefallen war und Noah es mit dem Fuß beiseite geschoben hatte. Sie konnte sich nicht daran erinnern, dass sie je zuvor so scharf aufeinander gewesen waren, nicht einmal ganz am Anfang ihrer Beziehung. Doch sie hatte ihn genauso gebraucht, wie sie früher mehrere Gläser Wild Turkey gebraucht hatte, wenn die dunkelsten Stunden ihres Lebens sie zu überwältigen drohten. Von der Sekunde an, als er mit den Fingern über die Knöpfe ihres Kleides gefahren war, war klar gewesen, dass Noah sie ebenso dringend brauchte. Als sie in den menschenleeren Flur mit seinen vergilbten Wänden und dem schmutzigen Fliesenboden hinaustraten, strich Josie sich die losen Haarsträhnen hinter die Ohren und rückte das Pistolenholster an ihrer Taille zurecht. Sie warf sich die Tasche mit dem Laptop über die Schulter und sah Noah an, der ihr Hochzeitskleid über einem Arm trug. Strähnen seines dicken, braunen Haares standen ihm wild vom Kopf ab. Josie streckte die Hand aus, um sie zu glätten, und spürte noch die Überreste der Elektrizität, die wie verrückt zwischen ihnen knisterte.

Leise sagte Noah: »Vielleicht sollten wir öfter heiraten.«

Bevor Josie etwas erwidern konnte, klang eine andere Stimme den Flur hinunter. »Hey, ihr Turteltäubchen. Ich habe euch gesucht – einen von euch beiden, um genau zu sein.«

Als sie sich umdrehten, sahen sie Dr. Feist vor den Türen der städtischen Rechtsmedizin stehen, wie immer bekleidet mit ihrem blauen Kittel und einer Kopfbedeckung. Sie winkte sie näher heran. »Ich habe Mett und Gretchen angerufen, aber sie sind beide anderweitig beschäftigt. Die beiden haben gesagt, dass einer von euch Zeit haben müsste, sich die Autopsieergebnisse anzuhören.« Sie starrte sie an und der Anflug eines Lächelns umspielte ihre Lippen. »Oder habe ich euch bei irgendetwas unterbrochen?«

Noah hielt ihr das Hochzeitskleid hin. »Josie musste sich umziehen.«

Dr. Feist zog eine Augenbraue hoch. »Schon klar. Wie auch immer. Folgt mir. Ihr könnt das in meinem Büro aufbewahren, bis ihr es mit nach Hause nehmen wollt.« Sie folgten ihr den Flur hinunter und in den Untersuchungsraum. Er war fensterlos, die Wände waren aus blassgrauem Ziegelstein. In der Mitte des Raumes standen zwei Obduktionstische aus Edelstahl, über denen Lampen angebracht waren. Wie immer sorgte die Kombination aus Chemikalien und Verwesung für einen ekelerregenden Geruch. Egal, wie oft Josie ihn roch, sie gewöhnte sich nie daran. Dr. Feist nahm Noah das Kleid ab und verschwand in ihrem Büro im Nebenraum. Vor ihnen waren beide Untersuchungstische belegt. Die Körper waren unter Laken verborgen, doch Josie wusste, dass es sich bei dem größeren um Lorelei und bei dem kleineren um Holly handelte. Dr. Feist kam mit einem Laptop zurück und klappte ihn auf, während sie an der Arbeitsplatte aus rostfreiem Stahl stand, die sich an der Rückwand des

Raumes entlang zog. Sie rief eine Reihe von Röntgenbildern auf und drehte sich dann wieder zu Josie und Noah um.

»Welche Untersuchungsergebnisse wollt ihr zuerst hören?«

Josie schluckte. »Die von Lorelei.«

Dr. Feist nickte feierlich. »Ihre Identität konnte ich anhand ihres Führerscheins bestätigen, den die Spurensicherung bei ihr zu Hause sichergestellt hat. Ich habe keine Hinweise auf sexuelle Übergriffe gefunden. Die Todesursache war Verbluten, genauso, wie ich es vermutet hatte. Sie ist an einer Schusswunde in der Brust verblutet. Ich habe eine Reihe von Schrotkugeln aus ihrem Bauch und ihrer Brusthöhle entnommen. Es gab schwere innere Verletzungen, aber ich glaube, der schlimmste Schaden stammt von einem Geschoss, das ihren linken Lungenflügel perforiert und eine sickernde Wunde im Brustkorb verursacht hat, und einem anderen Geschoss, das direkt durch ihr Herz ging. Im Grunde wurden ihr linker Lungenflügel und ihr Herz praktisch zerfetzt. Die ganzen schwer verdaulichen, wissenschaftlichen Ausdrücke findet ihr dann in meinem Abschlussbericht. Außerdem hatte sie eine ziemlich schlimme Kopfverletzung. Die scheint jedoch innerhalb weniger Minuten nach ihrem Tod passiert zu sein, denn ich hätte eine Schwellung im Gehirn oder ein subdurales Hämatom erwartet, aber das hatte keine Zeit, sich zu bilden.«

»Und der Todeszeitpunkt?«, fragte Josie.

»Anhand ihrer Körpertemperatur und der Temperatur im Haus würde ich annehmen, dass sie zwischen sechs und zehn Uhr morgens gestorben ist. Sie hatte Kaffee und Haferbrei im Magen, also schien sie gerade gefrühstückt zu haben. Und dann sind da noch ein paar Zufallsfunde, von denen ihr wissen solltet. Sie haben nichts mit ihrem Tod zu tun, könnten aber für den Fall relevant sein.«

Sie ging zu dem Tisch, auf dem der größere Körper lag, und zog das Laken bis knapp über Loreleis Brüste zurück. Dr. Feist strich Loreleis Locken beiseite und deutete auf die Haut an der

Seite ihres Halses bis hinunter zu ihren Trapezmuskeln. Josie beugte sich vor und sah sofort mindestens ein halbes Dutzend silberweißer Linien, jede etwa zweieinhalb Zentimeter lang.

»Stichwunden«, sagte sie.

»Ja«, bestätigte Dr. Feist. »Und zwar sehr alte Wunden. Sie sind schon vor langer Zeit verheilt. Da sind noch viele weitere auf ihrem oberen Rücken und am Hals. Ich habe insgesamt vierunddreißig gezählt. Die meisten waren relativ oberflächlich, das heißt, sie sind nicht unter die Faszie eingedrungen. Zwei von ihnen haben jedoch das linke Schlüsselbein gestreift und ein weiterer Stich ging so tief in den Nacken, dass er eine Kerbe in ihrer Wirbelsäule hinterlassen hat. Sie hat wirklich großes Glück gehabt.«

»Du willst damit sagen, jemand hat ihr vierunddreißig Mal in den oberen Rücken und den Hals gestochen?«, fragte Noah.

»Ja«, sagte Dr. Feist. »Ich vermute, dass sie von hinten angegriffen wurde. Wahrscheinlich ein Blitzangriff - blitzschnell und gnadenlos.«

»Mein Gott«, sagte Josie. »Kann man irgendwie feststellen, wann genau die Wunden entstanden sind?«

Dr. Feist schüttelte den Kopf. »Das kann ich nicht mit Sicherheit sagen. Ich schätze vor mehreren Jahren.«

Einen Augenblick lang wurde es um sie herum völlig still, während sie darüber nachdachten, was Lorelei irgendwann in ihrem Leben überlebt hatte. Josies Finger fuhren über die Narbe in ihrem Gesicht, als ob sie einen eigenen Willen hätten. Als sie sah, dass Dr. Feist sie beobachtete, ließ sie ihre Hand sinken.

»Was ist mit Holly?«, fragte Noah.

Dr. Feist zog eine Grimasse. »Ihr Fall ist etwas komplizierter. Habt ihr schon mal vom ›Talk-and-die‹-Syndrom gehört?«

Josie und Noah schüttelten gleichzeitig den Kopf.

»So nennen Neurologen eine Art des geschlossenen Schädel-Hirn-Traumas. Meist ist das ein epidurales Hämatom, bei dem sich Blut zwischen der Dura – der Hülle des Gehirns – und dem Schädel sammelt. Bei einer ›Talk-and-die‹-Verletzung erleidet die Person normalerweise eine Kopfverletzung ohne Schädelbruch. In der Regel scheint es betroffenen Patienten für Minuten oder sogar Stunden gut zu gehen. Sie lachen, gehen, reden ...«

»Bis sie sterben«, ergänzte Noah.

»Ganz genau. Der Zustand verschlechtert sich extrem schnell. Die Ansammlung von Blut kann Druck und Schwellungen im Gehirn verursachen. Sie kann sogar dazu führen, dass das Gehirn im Schädel verrutscht. Genau das habe ich bei der Untersuchung von Holly Mitchell beobachtet. Sie hatte ein sehr großes epidurales Hämatom, das einen starken Druck auf ihr Gehirn ausgeübt hat. Dadurch ist es angeschwollen und verrutscht. Und das ist auch die Todesursache.«

Josie fragte: »Lässt sich irgendwie feststellen, wie viel Zeit zwischen der Kopfverletzung und ihrem Tod vergangen ist?«

Dr. Feist runzelte die Stirn. »Leider nein. Wie ich schon sagte, kann eine Person mit ›Talk-and-die‹-Syndrom für fünf Minuten oder mehrere Stunden vor ihrem Tod völlig gesund wirken. Angesichts ihrer Körpertemperatur und der Außentemperaturen ist sie wahrscheinlich zwischen acht Uhr morgens und Mittag gestorben.«

»Kann man herausfinden, wie sie sich verletzt hat?«, fragte Noah.

»Ich fürchte nicht«, erwiderte Dr. Feist. »Die Verletzung befindet sich über ihrem linken Ohr, hinter der Schläfe. Entweder wurde sie von jemandem geschlagen oder sie ist gestürzt. Allerdings hätte sie genau im richtigen Winkel und mit der richtigen Wucht landen müssen, um sich eine solche Verletzung zuzuziehen.«

»Aber du glaubst nicht, dass sie gestürzt ist«, sagte Josie. »Vorhin am Tatort hast du gesagt, dass sie blaue Flecken am Hals und Petechien in den Augen hatte.«

»Ja«, sagte Dr. Feist. »Wenn ihr mal schauen möchtet ...«, sie brach ab und starrte die beiden an, während sie auf ihre Zustimmung wartete, sich Hollys Körper noch einmal anzuschauen.

Josie nickte und folgte Dr. Feist hinüber zu Hollys Leiche. Noah gesellte sich zu ihnen. Mit äußerster Vorsicht zog Dr. Feist das Laken herunter und legte es über Hollys Schultern. Ihre Augen waren geschlossen, ihre weißen Wimpern leuchteten im Schein des Deckenlichts. »Poliosis«, erklärte Dr. Feist, die Josies Blick gefolgt war.

»Ja«, sagte Josie. »Lorelei hat mir davon erzählt.«

»Meistens erkennt man es an einer weißen Stirnlocke oder einem weißen Fleck auf dem Kopf, aber manchmal eben auch an weißen Wimpern. Es ist einfach ein Mangel an Melanin in den Haarwurzeln. Für sich genommen, ohne irgendeine Begleiterkrankung, ist das völlig harmlos.«

»Ist das genetisch bedingt?«, fragte Noah.

Dr. Feist nickte. »Ja, normalerweise schon.«

»Hatte sie eine Begleiterkrankung?«, wollte Josie wissen.

»Ich habe bei der Untersuchung keine Anzeichen für irgendwelche Krankheiten gefunden.«

Ihre Blicke wanderten zu Hollys Gesicht zurück. Dr. Feist hatte ihr Haar so frisiert, dass die Stelle verdeckte wurde, an der sie Hollys Schädel mit der Knochensäge geöffnet hatte. Sie war nicht das erste Opfer im Kindesalter, das sie je gesehen hatten, und sie würde sicher auch nicht das letzte sein, aber man gewöhnte sich nie daran, vor der Leiche eines jungen Menschen zu stehen, der sein ganzes Leben noch vor sich gehabt hätte. Josie schwor sich im Stillen, denjenigen zu finden, der Holly das angetan hatte, und dafür zu sorgen, dass er nie wieder jemandem wehtun konnte.

Dr. Feist streifte sich ein Paar Latexhandschuhe über und zeigte auf mehrere dunkle, fingergroße Blutergüsse, die über Hollys Hals und Nacken verteilt waren. »Sie hatte deutliche

Weichteilverletzungen an Hals und Nacken, aber nichts, was ausgereicht hätte, um sie zu töten.«

»Vielleicht wollte der Täter sie erwürgen, hat es sich dann anders überlegt und ihr stattdessen einen Schlag auf den Kopf versetzt?«, meinte Noah.

»Oder jemand hat versucht, sie zu erwürgen, sie hat sich gewehrt und deshalb hat er ihr schließlich auf den Kopf geschlagen.«

»Aber du hast gesagt, dass sie nach der Kopfverletzung noch eine Weile gelebt hat«, meinte Josie.

»Ja«, erwiderte Dr. Feist. »So muss es gewesen sein.«

»Könnte es sein, dass sie so lange am Boden lag, dass der Mörder sie für tot hielt?«, fragte Noah.

»Möglicherweise. Oder der Mörder war bis zu ihrem Zusammenbruch und Tod bei ihr und hat dann ihre Leiche arrangiert. Es gibt noch ein paar Dinge, von denen ihr wissen solltet.« Dr. Feist zog das Laken an einer Seite hoch, um eine von Hollys zarten Händen freizulegen. »Wir haben ziemlich viel Haut unter ihren Fingernägeln gefunden. Hummel hat sie zur DNA-Analyse an das Labor der Staatspolizei geschickt. Es ist ihr gelungen, ihren Angreifer heftig zu kratzen.«

Josie fühlte eine kleine Welle der Erregung in sich aufsteigen. Jetzt konnten sie alle Verdächtigen auf Kratzer untersuchen und wenn sie einen Verdächtigen fanden, konnten sie einen DNA-Abgleich vornehmen, auch wenn es Wochen, wenn nicht sogar Monate dauern würde, bis sie ein DNA-Profil erhielten.

»Außerdem habe ich frische Kratzer an ihren Fußsohlen gefunden«, fuhr Dr. Feist fort, während sie zum Fußende des Tisches ging und Hollys nackte Füße freilegte. Josie und Noah drängten sich dicht dahinter, um einen genaueren Blick darauf zu werfen. Da waren mehrere frische Schnittwunden, die kreuz und quer über ihre Fußsohlen verliefen.

Dr. Feist sagte: »Als man sie hergebracht hat, waren ihre

Füße mit Dreck und Schlamm bedeckt, und ich habe ein paar Kiefernnadeln aus einer der Schnittwunden an ihren Füßen entfernt.«

»Dann war sie im Wald«, sagte Josie. »Kurz vor ihrem Tod.«

»Ich denke schon«, sagte Dr. Feist.

»Sie ist aus dem Haus geflohen«, erklärte Noah.

»Sie könnte sogar den Mord an Lorelei mit angesehen haben«, pflichtete Josie ihm bei.

»Oder sie wusste vielleicht, was passieren würde. Sie hat Emily gesagt, sie solle sich verstecken, und dann hatte sie irgendwann eine Auseinandersetzung mit dem Mörder – entweder als sie noch im Haus war oder nachdem sie es in den Wald geschafft hatte.«

»Oder aber«, sagte Noah, »der Mörder hat sie angegriffen und versucht, sie zu erwürgen, doch sie ist in den Wald geflohen, und dann hat er sie aufgespürt und ihr eine Kopfverletzung zugefügt, die schwerwiegend genug war, um sie zu töten.«

»Ganz gleich, in welcher Reihenfolge«, meinte Dr. Feist, »die Todesursache ist Mord.«

»Gibt es Hinweise auf sexuellen Missbrauch?«, fragte Josie.

»Nein, überhaupt nicht, aber es gibt noch eine Sache, von der ihr wissen solltet. Ich glaube, dass dieses Mädchen regelmäßig körperlich misshandelt wurde.«

Josie drehte den Kopf blitzschnell zu Dr. Feist. »Tatsächlich? Wie kommst du darauf?«

Dr. Feist ging zurück zu Hollys Kopf und winkte sie mit dem Zeigefinger näher heran. Sobald sie neben ihr standen, strich sie sanft die Haare von Hollys linkem Ohr beiseite.

»Mein Gott«, stieß Noah hervor.

Das Ohr war stark verformt. Die äußere Ohrmuschel war geschwollen, knollig und klumpig. »Ein Blumenkohlohr«, murmelte Josie.

»Genau«, bestätigte Dr. Feist. »Unter der Haut bilden sich Blutgerinnsel. Die Haut löst sich vom Knorpel und es bildet sich Fasergewebe. Das ist die unwissenschaftlichste Erklärung. Ein Blumenkohlohr entsteht als Folge wiederholter Verletzungen der Ohrmuschel. Entweder war dieses Kind eine Profi-Kampfsportlerin oder jemand hat ihr regelmäßig auf den Kopf geschlagen. So etwas passiert nicht mit einem Schlag. Es entwickelt sich im Laufe der Zeit.«

»Großer Gott«, murmelte Josie. Sie musste an die Medikamente denken, die sie in Loreleis Küchenschränken gefunden hatte. Obwohl Gewalt kein Merkmal von Schizophrenie oder bipolarer Störung war, war es nicht auszuschließen, dass ein Mensch, der an einer dieser Krankheiten litt, gewalttätig werden konnte. Trotzdem erschien es Josie immer noch äußerst unwahrscheinlich, dass Lorelei das Mädchen misshandelt haben sollte. Auch sie war heute getötet worden. Sie hatte für ihre Mädchen ein Geheimversteck zwischen den Wänden der Schlafzimmer gebaut. Sie bewahrte scharfe Gegenstände in einem Geheimfach unter ihrer Matratze auf. Hatte noch jemand bei ihnen gewohnt?

»Es gibt noch ein paar andere Hinweise auf regelmäßigen körperlichen Missbrauch«, fuhr Dr. Feist fort. Sie ging zu ihrem Laptop hinüber und winkte sie näher heran. Einige Klicks später erhellten Röntgenbilder eines Brustkorbs den Bildschirm. »Hier, hier und hier seht ihr verheilte Rippenbrüche im hinteren Brustkorb. Sie sind schon ziemlich alt, aber, wie gesagt, sie liegen im hinteren Bereich, was fast immer auf körperlichen Missbrauch hindeutet.«

»Wie kommt es zu einer solchen Verletzung?«, fragte Noah.

»Normalerweise entstehen solche Rippenbrüche im hinteren Brustkorb durch Druck – ein Erwachsener oder eine Person, die dem Kind körperlich überlegen ist und es einquetscht, schüttelt oder von vorne nach hinten großen Druck auf seinen Körper ausübt. Solche Verletzungen sind bei Kindern als Folge eines Unfalls äußerst selten. Diese Brüche sind wahrscheinlich entstanden, als sie noch viel jünger war, aber zusammen mit ihrem Blumenkohlohr betrachtet sieht es so aus, als ob sie in ihrem Leben über einen längeren Zeitraum misshandelt wurde.«

Josie fühlte sich, als hätte ihr jemand Bleigewichte auf die Schultern gelegt. Sie musste immer wieder an den Tag zurückdenken, an dem sie Lorelei und ihre Töchter kennengelernt hatte. Nichts an ihnen hatte sie stutzig gemacht. Wie hatte Josie das nur übersehen können? Und was übersah sie jetzt?

»Was ist mit ihren Krankenakten?«, wollte Noah wissen. »Wenn sie in Denton gewohnt hat, müsste sie doch hier behandelt worden sein.«

»Und Lorelei hätte einen Notfallkontakt angeben müssen«, fügte Josie hinzu.

»Auf diese Unterlagen habe ich keinen Zugriff«, erklärte Dr. Feist. »Ihr müsst euch einen Durchsuchungsbeschluss besorgen und ihn der Krankenhausverwaltung vorlegen.«

»Komm«, sagte Josie zu Noah. »Wir besorgen uns Durchsuchungsbeschlüsse für die Krankenakten der beiden. Aber zuerst müssen wir möglichst viel über Lorelei Mitchell herausfinden.«

ELF

Bevor sie das Krankenhaus verließen, schauten Josie und Noah kurz bei Emily vorbei. Sie war eingeschlafen und hatte die Arme um ihren Plüschhund geschlungen. Ihre Wangen waren knallrot und ihr Mund stand offen. Verfilzte Strähnen ihres braunen Haares hingen an beiden Seiten ihres Gesichtes herunter. Josie spürte eine tiefe Traurigkeit, als sie das Mädchen ansah. Sie war erst acht Jahre alt, und ihr ganzes Leben war völlig auf den Kopf gestellt worden und ihre Zukunft war ungewiss. Und doch war sie so tapfer und gelassen geblieben. Josie spürte Noahs Handfläche warm auf ihrer Schulter. Marcie saß auf einem Stuhl neben dem Bett und tippte auf ihrem Laptop herum. Als sie die beiden sah, stand sie auf und kam zur Tür. »Sie ist endlich eingeschlafen. Aber es geht ihr ziemlich schlecht. Dr. Nashat wird sie über Nacht hier behalten. Also haben Sie etwas Zeit, um nach Angehörigen zu suchen. Falls Sie niemanden finden, übernimmt das System.«

»Hat sie Ihnen irgendetwas erzählt?«, fragte Josie.

Marcie schüttelte den Kopf. »Nicht mehr, als sie Ihnen auch schon erzählt hat.«

»Was ist mit ihrem Freund Pax? Haben Sie Emily nach ihm gefragt?«

»Ja, habe ich. Sie hat nur erzählt, dass sein Dad ihre Mom nicht besonders mag, aber dass Pax ein Freund ist. Ich habe sie gefragt, was sie zusammen machen, und sie sagte, dass er ihr Obst mitbringt und sie zusammen spielen. Ich habe sie gefragt, ob er ihr oder jemandem in ihrer Familie jemals wehgetan hat, und sie hat Nein gesagt. Dann habe ich sie gefragt, wann sie ihn das letzte Mal gesehen hat, und sie wusste es nicht. Sie war sich aber sicher, dass sie ihn heute nicht gesehen hat.«

»Wusste sie seinen Nachnamen?«, fragte Noah. »Oder wo er wohnt?«

»Sie hat gesagt, er würde mit seinem Mountainbike zu ihrem Haus fahren. Das war alles. Aber sie ist erst acht Jahre alt. Es ist nicht ungewöhnlich, dass sie Details nicht weiß, die für Erwachsene selbstverständlich sind, wie zum Beispiel seinen Nachnamen.«

Josie seufzte. »Wir werden sehen, was wir herausfinden können.«

Erst zu später Stunde fand sich das ganze Team auf dem Revier ein. Das Polizeipräsidium war in einem alten, dreistöckigen Steingebäude untergebracht, das unter Denkmalschutz stand. Das ehemalige Rathaus war vor über fünfundsechzig Jahren zum Polizeirevier umgebaut worden und erinnerte mit seinen doppelflügeligen Bogenfenstern und dem alten Glockenturm an einem Ende an ein Schloss. Im ersten Stock befand sich der sogenannte große Saal - ein offener Bereich voller Schreibtische und Aktenschränke, in dem die Detectives arbeiteten und die uniformierten Beamten ihren Papierkram erledigten. Das Büro des Polizeichefs befand sich auf der anderen Seite der Arrestzelle. Josie, Noah, Gretchen und Mettner hatten alle ihre eigenen festen Schreibtische, die aneinandergeschoben waren und ein großes Rechteck bildeten. Sie alle saßen jetzt an ihren Schreibtischen und warteten auf den Chief. Gretchen schrieb Berichte. Josie gab Loreleis Namen und andere Angaben in eine Reihe von Datenbanken ein und versuchte, so viele Informationen wie möglich zu finden. Neben ihr bereitete Noah einen Durchsuchungsbeschluss für Loreleis und Hollys Krankenakten vor. Mett ging die Notizen durch, die er in seinem Handy gemacht hatte.

Der einzige andere feste Schreibtisch gehörte jetzt Amber Watts, der Pressesprecherin. Mettner hatte sie als seine Verabredung zur Hochzeit mitgebracht, und jetzt saß sie mit einem Tablet in der Hand auf der Schreibtischkante und trug immer noch ein tief ausgeschnittenes, pastellgrünes Kleid, das ihre schlanke Figur umspielte. Ihre dicken kastanienbraunen Locken fielen ihr in Wellen über den Rücken. Josie entging nicht, dass Mettners Blick alle paar Sekunden vom Bildschirm weg zu Amber wanderte.

Noah beugte sich vor und flüsterte Josie ins Ohr: »Glaubst du, Mett war tatsächlich sauer, weil wir unsere Hochzeit platzen lassen haben, oder eher, weil wir seine romantische Nacht mit Watts ruiniert haben?«

Sie lachte leise. Mettner war seit dem Tag, an dem sie das Revier zum ersten Mal betreten hatte, in Amber verliebt, hatte es aber nie so offen gezeigt. Josie fragte sich, ob die Hochzeit ihr erstes Date gewesen war oder ob sie schon vorher zusammen ausgegangen waren.

»Detectives!«, rief Chief Chitwood, der gerade aus dem Treppenhaus trat. Er hatte einen Karton mit Essen in der Hand, das Josie sofort als Teil ihres Hochzeitsmenüs wiedererkannte. Chitwood stellte den Karton in die Mitte ihrer Schreibtische. »Das hat Adam Long geschickt. Ist beim Empfang übrig geblieben.«

Alle vier stürzten sich darauf und zum ersten Mal an

diesem Tag merkte Josie, wie hungrig sie war. Sie hatte seit Stunden nichts mehr gegessen. Chitwood ließ ihnen ein paar Minuten Zeit zum Essen, bevor er mit der Besprechung begann. »Hat jemand von euch mit Dr. Feist gesprochen?«, fragte er. »Ist eine der Autopsien schon abgeschlossen?«

»Ja, haben wir«, sagte Josie. »Sie ist mit beiden Autopsien bereits fertig.«

Sie und Noah erzählten dem Team alles, was sie von der Rechtsmedizinerin erfahren hatten. Lange herrschte eine unangenehme Stille, während sie alle Details der grausamen Angriffe auf Lorelei und ihre Tochter auf sich wirken ließen. Dann wandte sich Chitwood an Mettner. »Was hast du herausgefunden, Mett?«

Mettner griff nach seinem Handy und scrollte. »Nicht besonders viel«, sagte er. »Keiner der Mitarbeiter vom Harper's Peak und keiner der Gäste, die wir befragt haben, hat irgendetwas gesehen. Wir haben auf den Überwachungsvideos der Gebäude und Parkplätze nichts gefunden. Keiner der Mitarbeiter konnte sich daran erinnern, Holly schon einmal gesehen zu haben, und wir glauben, dass sich jeder aufgrund ihrer weißen Wimpern an sie erinnert hätte. Wir glauben, dass sie durch den Wald auf das Gelände gebracht worden sein muss. Die Suchtrupps haben nichts gefunden. Es gibt ein paar Wege, die vom Harper's Peak weg durch den Wald führen, aber keiner davon endet am Haus der Mitchells. Wenn sie in einem Auto hergebracht wurde, hat derjenige, der es getan hat, es geschafft, nicht von einer Kamera erfasst oder von den Mitarbeitern oder Gästen gesehen zu werden. Das letzte Mal, dass jemand in der Kirche war, war am Vorabend, gegen neunzehn Uhr. Da war Tom Booth dort, um sie aufzuschließen und für die Zeremonie heute vorzubereiten. Laut Autopsie wissen wir aber, dass sie heute gestorben ist, also hat der Mörder sie irgendwann heute Vormittag oder am frühen Nachmittag dort zurückgelassen.«

Gretchen sagte: »Wir haben uns einen Durchsuchungsbeschluss für Loreleis Mobilfunkdaten besorgt. Wenn wir die bekommen, können wir vielleicht sehen, mit wem sie zuletzt telefoniert oder Nachrichten geschrieben hat.«

Mettner seufzte. »Leider wird es fast eine Woche dauern, bis wir die bekommen. Mindestens drei Tage, hat der Provider gesagt.«

»Das mit der DNA unter Hollys Nägeln wird noch länger dauern. Wochen, vielleicht sogar Monate«, gab Noah zu bedenken.

»Dann müssen wir mit dem arbeiten, was wir wissen, bis wir die Daten bekommen«, erwiderte Josie. »Was hast du noch?«

»Die Spurensicherung konnte keine Fingerabdrücke an Hollys Leiche oder dem gruseligen Tannenzapfendings sichern, das wir bei ihr gefunden haben«, sagte Mettner.

Gretchen meinte: »Und Chan konnte keine Abdrücke an dem anderen Zapfenmännchen finden, das vor dem Haus der Mitchells zurückgelassen wurde.«

Mettner hob sein Kinn in Josies Richtung. »Hast du irgendeine Ahnung, was die Dinger zu bedeuten haben?«

Josie hörte auf, die Suchergebnisse über Lorelei Mitchell auf ihrem Computer zu durchforsten und sah Mettner direkt in die Augen. »Offensichtlich sind das irgendwelche Puppen. Emily sagte, dass sie ›es tut ihm leid‹ bedeuten, also vermute ich, dass der Mörder eine für Holly gemacht hat, die seine Reue symbolisiert, und dass die andere, die er im Haus zurückgelassen hat, für Emily bestimmt war.«

»Aber er hat Emily nicht ermordet«, wandte Noah ein.

»Nein, aber er hat ihre Familie ausgelöscht. Außerdem weiß Emily offensichtlich, wer diese Person ist, auch wenn sie es uns nicht sagen will.«

Mettner seufzte und strich sich mit einer Hand über das Gesicht. »Willst du mir damit sagen, dass wir den Mörder sofort schnappen könnten, wenn die Kleine uns einfach sagen würde, wer er ist?«

»So einfach ist das nicht, Mett«, meinte Noah.

»Hört sich aber so an«, konterte Mettner. »Ich weiß, dass sie traumatisiert ist und Angst hat, aber wenn der Fall so einfach zu lösen ist, sollte jetzt jemand im Krankenhaus sein und versuchen, diese Information aus ihr herauszukriegen.«

Josie sagte: »Die Mitarbeiterin vom Jugendamt ist jetzt bei ihr. Der behandelnde Arzt hat eine psychologische Untersuchung angeordnet. Ein Psychologe hat vielleicht mehr Glück dabei, ihr die Informationen zu entlocken. Ich weiß, dass es frustrierend ist, Mett, aber ein achtjähriges Mädchen zu bedrängen, das gerade alle, die es liebte, durch einen brutalen Doppelmord verloren hat, wird uns nicht weiterhelfen. Wir müssen mit dem arbeiten, was wir haben.«

»Also mit nichts«, sagte Mettner und warf sein Handy auf den Schreibtisch. Amber trat neben ihn und legte ihm die Hand auf die Schulter. »Tut mir leid«, murmelte er. Ein Schauer durchfuhr ihn. »Dieses arme Mädchen dort zu sehen. Das geht mir einfach an die Nieren.«

Manchmal vergaß Josie, dass Mett noch nicht so viele Dienstjahre auf dem Buckel hatte wie die anderen – oder so viele herzzerreißende Fälle miterlebt hatte.

»Es geht uns allen an die Nieren, Mett. Wenn es nicht so wäre, würde ich mir Sorgen um dich machen«, meinte Gretchen.

Mit gesenkten Lidern betrachtete er jeden einzelnen von ihnen. »Aber ihr lasst es euch nie anmerken.«

»Ich bin bekannt dafür, dass ich ab und zu ausraste«, sagte Josie.

Mettner schnaubte. »Ich bitte dich. Du verlierst doch niemals die Nerven.«

»Stimmt nicht«, widersprach Gretchen. »Unser Boss hat bei

dem Hochwasser letztes Jahr unter einem Baum Rotz und Wasser geheult.«

Mettner zog skeptisch eine Augenbraue hoch und sah Gretchen an.

»Das ist wahr«, bestätigte Josie. »Aber ich kann euch eines sagen: ein Baum ist ein ziemlich guter Platz, um seinen Gefühlen freien Lauf zu lassen. Dort ist man unbeobachtet.«

Alle im Raum begannen zu lachen. Und sogar Chitwoods Stirnrunzeln wirkte weniger streng.

Gretchen lenkte das Gespräch wieder auf den richtigen Weg. »Okay. Dann lasst uns darüber reden, was wir haben, denn da gibt es einige Dinge, mit denen wir arbeiten können. Zum einen haben wir Fingerabdrücke, die im Haus gesichert wurden. Wir konnten die von Lorelei, Holly und Emily zuordnen. Wir haben noch vier weitere Abdrücke, die nicht identifiziert wurden.«

Der Chief fragte: »Ist einer von ihnen im AFIS aufgetaucht?«

Im automatisierten Fingerabdruckidentifizierungssystem waren nur die Fingerabdrücke von Personen gespeichert, die entweder verhaftet oder wegen eines Verbrechens verurteilt worden waren.

Gretchen hielt ihren Stift gerade in die Luft. »Ja, wir hatten tatsächlich einen Treffer. Ein Satz Fingerabdrücke gehört zu Reed Bryan, achtundfünfzig Jahre alt. Er wurde vor neun Jahren verhaftet und wegen schwerer Körperverletzung angeklagt. Sah nach einem Fall von häuslicher Gewalt aus. Seine Frau hat die Anzeige später zurückgezogen.«

»Tatsächlich?«, fragte Noah. »Wo wohnt dieser Reed?«

»Er hat eine Farm südlich von Denton, aber ihm gehört auch Bryan's Farm Fresh Produce, ein Hofladen, der etwa fünf Kilometer von Loreleis Haus entfernt ist.«

»Den Laden kenne ich«, sagte Josie. »Man kommt sowohl

auf dem Weg zu Loreleis Haus als auch auf dem Weg zum Harper's Peak daran vorbei.«

»Wie viele Fingerabdrücke habt ihr von dem Kerl im Haus gefunden?«, fragte Chitwood.

Gretchen blätterte eine Seite in ihrem Notizbuch um. »Zwei Sätze. Einen an der Haustür und einen an der Küchentür. Im Obergeschoss war nichts.«

»Und nicht im Pick-up«, stellte Chitwood fest.

»Nein, Sir. Die einzigen eindeutigen Abdrücke, die wir im Pick-up gesichert haben, stammen von Lorelei und ihren Kindern. Im anderen Satz – den Handabdrücken – konnte Chan nichts finden, weil sie mit Blut verschmiert sind.«

»Es ist schon nach Mitternacht. Lasst uns damit bis morgen früh warten. Wenn er der Mörder wäre, würde ich davon ausgehen, dass seine Fingerabdrücke überall verstreut sein müssten. Gleich morgen früh muss jemand mit ihm reden. Was hat Chan sonst noch im Haus gefunden, Palmer?«

Gretchen schaute wieder in ihre Notizen. »Fangen wir im Haus an. Die Blutgruppe von Lorelei Mitchell ist A, Rhesusfaktor positiv. Das Blut, das auf der Arbeitsplatte und dem Boden der Kücheninsel gefunden wurde, gehört zur Blutgruppe A, Rhesusfaktor positiv. Die Blutstropfen, die aus dem Esszimmer in die Küche führen, gehören allerdings zur Blutgruppe 0, Rhesusfaktor positiv.«

»Jemand anderes hat am Tatort geblutet«, stellte Josie fest.

»Aber nicht Holly«, sagte Noah. »Sie hatte keine offenen Wunden oder Verletzungen.«

»Dann kann es nur der Mörder gewesen sein«, sagte Mettner.

»Ganz deiner Meinung«, stimmte Gretchen zu. »Das Blut, das außen und innen am Pick-up gefunden wurde, war ebenfalls Blutgruppe 0 positiv.«

»Kennen wir die Blutgruppe von Reed Bryan?«, fragte Chitwood.

»Nein, Sir«, erwiderte Gretchen.

»Wir können nicht mit Sicherheit sagen, ob es Reeds Fingerabdrücke waren, die wir auf dem Pick-up gefunden haben, aber wer auch immer die Handabdrücke auf dem Wagen hinterlassen hat, hat das mit seinem eigenen Blut getan«, sagte Josie.

»Wir können Reed Bryan nach seiner Blutgruppe fragen und feststellen, ob er sich in letzter Zeit mal verletzt hat, wenn wir ihn befragen«, sagte Gretchen. »Falls er kooperativ ist. Falls er kein wasserdichtes Alibi hat. Außerdem konnte Chan Abdrücke von den Fußabdrücken in der Nähe der Hintertür nehmen. Auch auf der hinteren Veranda gab es welche. Einer stammte von einem Männerschuh der Größe 42,5. Hummel hat die Staatspolizei gebeten, den Abdruck durch die Schuhdatenbank zu jagen, um zu prüfen, ob die Marke übereinstimmt, aber das wird einige Zeit dauern. Der andere Abdruck stammt von einem nackten Fuß. Chan schätzt, dass die Schuhgröße wahrscheinlich eine 36,5 ist.«

Noah sagte: »Der Abdruck könnte von Holly sein. Sie hatte keine Schuhe an und ihre Füße waren aufgeschürft – laut Dr. Feist ist das wahrscheinlich passiert, als sie durch den Wald gerannt ist.«

»Ich werde Chan bitten, den Abdruck an Dr. Feist zu schicken, damit sie ihn abgleichen kann«, versprach Gretchen.

Josie sagte: »Es ist früh am Morgen. Sie sitzen gerade beim Frühstück. Der Mörder taucht auf. In der Küche kommt es zu einer Auseinandersetzung.«

Noah fuhr fort: »Dabei wird Lorelei wahrscheinlich am Kopf verletzt. Und irgendwie wird auch der Mörder verletzt. Er geht zu ihrem Pick-up und holt die Schrotflinte.«

»Irgendwann sagt Holly zu Emily, sie solle sich verstecken«, warf Gretchen ein.

Noah nickte. »Er erschießt Lorelei.«

Josie spann den Faden weiter: »Holly rennt zur Hintertür hinaus, um zu fliehen, und er verfolgt sie.«

»Er hat die Schrotflinte mitgenommen«, sagte Gretchen. »Wir konnten sie nirgends finden.«

Mettner gab zu bedenken: »Aber er hat Holly nicht erschossen. Er hat versucht, sie zu erwürgen und ihr dann eine Kopfverletzung zugefügt - das hat dir Dr. Feist im Krankenhaus erzählt, oder?«

»Genau«, erwiderte Josie. »Es könnte sein, dass er Holly angegriffen hat, als sie noch im Haus waren und dass sie entkommen konnte. Dr. Feist sagte, dass sie nach der Kopfverletzung noch eine Zeit lang gelebt hat. Möglicherweise ist sie geflohen, als er die Waffe holen wollte. Nachdem er Lorelei getötet hatte, hat er sie verfolgt, doch als er sie fand, war sie bereits an der Kopfverletzung gestorben.«

»Glückwunsch!«, rief Chitwood. »Ihr seid alle Genies. Ihr habt herausgefunden, was in dem Haus passiert ist. Inwiefern hilft uns das dabei, den Mörder zu finden? Los, Leute! Ich kann nicht zulassen, dass ein Kindermörder in der Stadt frei herumläuft. Durch die Vermisstenmeldung ist die Katze schon aus dem Sack. Die Presse schnüffelt bereits herum. Stimmt's, Watts?«

Amber nickte. »Ich bekomme schon den ganzen Abend über Anrufe. Wir mussten Emily Mitchells Namen wegen der Vermisstenmeldung veröffentlichen, aber ich versuche, sowohl Lorelei als auch Holly aus der Presse herauszuhalten, um Emilys Privatsphäre zu schützen.«

»Hat sich jemand von euch schon mit den Personen befasst, die Lorelei Mitchell nahestanden?«, fragte Chitwood.

Josie deutete auf ihren Computerbildschirm. »Ich habe in der letzten Stunde die Datenbanken durchsucht. Alle Personen, die ihr nahestanden, sind tot.«

»Wie meinen Sie das?«, fragte Chitwood.

»Seit ich wieder hier bin, suche ich nach allen persönlichen

Informationen, die ich finden kann«, sagte Josie. »Ihre einzige bekannte Angehörige ist ihre verstorbene Mutter. Sie ist allerdings verstorben, als Lorelei neun Jahre alt war. Es gibt keinen Hinweis darauf, was mit ihr passiert ist.«

»Wahrscheinlich ist sie in eine Pflegefamilie gekommen«, meinte Gretchen. »Vielleicht wusste Emily deshalb, was das ist? Weil Lorelei ihr davon erzählt hat?«

»Wäre schon möglich«, stimmte Josie zu. »Bis auf ihre Mutter gibt es in dieser Datenbank keine Verwandten. Sie war nie verheiratet. Als sie zwischen zwanzig und Anfang dreißig war, hat sie in verschiedenen Wohnungen in Philadelphia gelebt. Die nächste bekannte Adresse ist dann das Haus hier in Denton. Die übrigen Einwohner haben keinen Kontakt mit ihr. Es gibt nicht einmal Nachbarn, da ihr Haus so abgelegen ist.«

Mettner fragte: »Ist es heutzutage überhaupt noch möglich, dass jemand so isoliert lebt?«

»Ich habe alle Social-Media-Plattformen überprüft. Sie ist dort nicht angemeldet. Das hatte ich allerdings auch nicht erwartet«, erwiderte Josie.

»Was ist mit der Arbeit?«, fragte Gretchen. »Hast du irgendwelche Unterlagen über eine Arbeitsstelle gefunden?«

»Jetzt wird es interessant«, erwiderte Josie. »Sie war Psychologin mit einer Zulassung für den Bundesstaat Pennsylvania. Sie hat an der Universität von Pennsylvania in Philadelphia promoviert. Allerdings wurde ihr vor zwanzig Jahren die Zulassung entzogen. Sie hat nie wieder praktiziert.«

»Warum wurde ihr die Zulassung entzogen?«, fragte Mettner. »Kannst du das herausfinden?«

Josie schüttelte den Kopf. »Die Zulassungsstelle reagiert nicht auf Anfragen, aber ich könnte andere Quellen überprüfen. Es sieht so aus, als hätte sie zu dieser Zeit in Philadelphia praktiziert. Wenn ihr die Lizenz entzogen wurde, war das möglicherweise Thema in den Nachrichten.«

»Tun Sie das, Quinn«, sagte Chitwood. »Einer von Ihnen

sollte sich die Geburtsurkunden ihrer Kinder besorgen und nachsehen, ob sie einen Vater angegeben hat. Ich weiß, dass Frauen in Pennsylvania nicht dazu verpflichtet sind, aber es ist wenigstens einen Versuch wert.«

Noah sagte: »Sobald ich diesen Durchsuchungsbeschluss fertig habe, bekommen wir Einsicht in ihre Krankenakte. Dann wissen wir, wen sie als Notfallkontakt angegeben hat.«

»Es gab einen Arzt, der ihr Medikamente verschrieben hat«, erklärte Josie. »Wir sollten ihn kontaktieren. Vincent Buckley. Ich werde ihn aufsuchen. Ich werde auch die Besitzurkunde ihres Hauses überprüfen, um zu sehen, ob es auf ihren Namen läuft oder nicht.«

»Gute Idee«, meinte Gretchen. »Es scheint, als hätte diese Frau in den letzten zwanzig Jahren kein Einkommen mehr gehabt. Wie hat sie es geschafft, sich über Wasser zu halten?«

»Wir können wahrscheinlich auch einen Durchsuchungsbeschluss für ihre Bankunterlagen bekommen, aber das wird einige Zeit dauern«, erwiderte Mettner.

Chitwood klatschte in die Hände. »Dann mal an die Arbeit! Ich will, dass dieser Fall so schnell wie möglich gelöst wird. Watts, Sie kümmern sich um die Presse.«

»Soll ich ihnen sagen, dass wir uns nicht zu einer laufenden Ermittlung äußern können?«, schlug Amber vor.

»Ganz genau«, sagte Chitwood.

Das Telefon auf Josies Schreibtisch klingelte. Während die anderen sich an die Arbeit machten, nahm sie den Hörer ab.

»Detective Quinn?«, sagte eine vertraute Stimme. »Hier spricht Dr. Nashat vom Denton Memorial. Wir haben hier ein Problem.«

ZWÖLF

Zehn Minuten später stand Josie wieder vor Emilys Krankenzimmer. Die Schreie des Mädchens, die aus dem Zimmer drangen, gingen Josie wie tausend kleine Messerstiche durch Mark und Bein. Dr. Nashat und Marcie Riebe sahen Josie hilflos an.

»Sie kann sich einfach nicht beruhigen«, sagte Marcie.

»Ich könnte ihr etwas Valium geben«, erklärte Dr. Nashat. »Oder eine kleine Dosis Dormicum. Aber ich habe keine genaue Anamnese von ihr. Sie könnte Allergien haben, von denen wir nichts wissen. Außerdem müssten wir sie festhalten. Sie schlägt jedes Mal um sich, wenn wir versuchen, ihr nahe zu kommen. Ich habe noch einmal wegen der psychologischen Untersuchung angerufen, aber der diensthabende Arzt wird erst in einer Stunde hier sein.«

»Ich bin mir nicht ganz sicher, wie ich Ihnen helfen kann«, sagte Josie.

»Sie hat nach Ihnen gefragt«, sagte Dr. Nashat. »Na ja, genaugenommen hat sie ›nach der Polizistin mit der Narbe im Gesicht‹ gefragt, die ›wie ein Engel aussieht‹.«

Verlegen fuhr Josie mit den Fingern über ihre rechte

Gesichtshälfte. »War das bevor oder nachdem sie angefangen hat zu schreien?«

Marcie sagte: »Wir haben ihr erklärt, dass Sie arbeiten müssen und nicht wieder herkommen können. Offensichtlich wollte sie das nicht hören.«

»Wir haben versucht, sie zu beruhigen«, sagte Dr. Nashat. »Sie versucht nicht, sich selbst etwas anzutun, aber sie hört einfach nicht auf, zu … nun, Sie hören es ja selbst.«

Marcie meinte: »Ich habe bei meiner Arbeit schon viele Nervenzusammenbrüche erlebt, aber das hier ist etwas anderes.«

»Was ist denn passiert, bevor sie angefangen hat zu schreien?«, fragte Josie.

»Sie hat geschlafen«, erwiderte Marcie ratlos.

Josie wandte sich an Dr. Nashat. »Könnte das so etwas wie Nachtangst sein?«

»Das glaube ich nicht. Sie ist hellwach und bei Bewusstsein. Immerhin hat sie zweimal nach Ihnen gefragt.«

Josie ließ sie im Flur stehen und stieß die Tür auf. Emily lag nicht in ihrem Bett. Stattdessen hatte sie sich in einer Zimmerecke zusammengekauert, zusammengerollt um ihren Plüschhund, die Knie bis zum Kinn angezogen. Mit weit aufgerissenem Mund schrie sie, holte tief Luft und schrie erneut. Josie ließ den Blick durch den Raum schweifen, während sie langsam auf das Mädchen zuging. Zerknitterte Laken und Decken auf dem Bett. Ein Tablett mit einem Becher Wasser und einer kleinen Spuckschale. Emilys Turnschuhe waren ordentlich unter dem Bett verstaut. Ihre Reisetasche lag auf einem der Besucherstühle. Josie blieb stehen, als sie bemerkte, dass der Reißverschluss des Außenfachs offen war. Sie warf einen kurzen Blick hinein und stellte fest, dass es leer war. All die seltsamen Schätze, die Emily unbedingt von zu Hause hatte mitnehmen wollen, waren verschwunden. »Verdammt«, murmelte sie.

Josie kniete sich vor Emily hin und wartete darauf, dass das Mädchen das nächste Mal nach Luft schnappen musste. Dann fragte sie: »Emily, können wir reden?«

Ein weiterer gellender Schrei. Emilys Augen fixierten Josie, Schrecken und Ohnmacht lagen in ihrem Blick. Josie erkannte, dass das Mädchen machtlos dagegen war. Die Gefühle waren zu stark. Ließen sich nicht kontrollieren. Man konnte nur warten, bis sie abebbten. Josie setzte sich im Schneidersitz vor Emily und streckte eine Hand aus, die Handfläche nach oben gerichtet. Die schrillen Schreie gingen weiter, doch in Emilys Augen erkannte Josie das kleine Mädchen, das in dem hysterischen Körper gefangen war. Emily streckte die Finger aus und berührte Josies Handfläche. Josie beugte sich näher heran und senkte ihren Kopf. Sanft nahm sie Emilys Finger und führte sie über die Narbe in ihrem Gesicht. Sie begann oben, in der Nähe ihres Ohrs, und zeichnete sie bis unter die Mitte ihres Kinns nach, dann begann sie von vorn.

»Emily«, sagte Josie leise. »Du kannst die schlimmen Dinge überleben. Das verspreche ich dir.«

Nach einem langen Augenblick fuhren Emilys Finger von selbst über die Narbe. Josies Nacken schmerzte, weil sie so lange in der gleichen ungünstigen Position verharrt hatte, aber Emilys Schreie waren zu einem Stöhnen und gelegentlichem Schluckauf übergegangen, sodass Josie sich weiter ruhig verhielt. Schließlich kam ein raues Flüstern aus Emilys Kehle. »Eins, zwei, drei ...« Als sie bei sechs angekommen war, hörte sie auf zu zählen und zog die Hand von Josies Gesicht weg.

Josie setzte sich aufrecht hin und lächelte. Emily hielt den Plüschhund an ihre Brust gedrückt. Ihre Haut war gerötet und fleckig, ihre Augen glasig. Ein Ausdruck völliger Erschöpfung lag auf ihrem Gesicht. Josie fragte: »Was ist passiert, Emily? Warum hast du dich so aufgeregt?«

»Ich konnte nichts dagegen tun«, sagte Emily.

»Das weiß ich.«

»Manchmal kann ich die ... Verzweiflung nicht aufhalten. So nennt Mom das. Verzweiflung. Das sind schlechte, wütende und traurige Gefühle, alle auf einmal. Sie ergreifen Besitz von meinem Körper. Ich will sie nicht haben, aber ich kann sie nicht aufhalten.«

»Was hat deine Mom denn gesagt, was du tun sollst, wenn du verzweifelt bist?«, fragte Josie.

Emily fing an, langsam vor und zurück zu schaukeln. »Sie sagt, ich muss die Gefühle ›aushalten‹. Holly sagt, das bedeutet, dass ich die Gefühle einfach zulassen muss, bis sie vorbei sind.«

»Das ergibt wirklich viel Sinn«, sagte Josie.

»Jetzt rege ich mich nicht mehr auf.«

»Das ist gut. Möchtest du dich hinlegen?«

Emily nickte. Josie reichte ihr die Hand und zog sie auf die Füße. Dann deckte sie das Mädchen zu. »Deine Sachen sind nicht mehr in deiner Tasche«, sagte sie. »Hast du dich deshalb so aufgeregt? Hat sie jemand mitgenommen?«

»Ich hatte sie auf den Nachttisch neben meinen Wasserbecher gelegt. Die Lady war hier, aber sie ist auf ihrem Stuhl eingeschlafen. Ich wollte die Sachen einfach nur sehen. Dann kam diese andere Lady mit einem Wagen voller Reinigungsmittel. Sie hatte eine Mülltüte dabei und hat mit der Hand über den Tisch gewischt, alles direkt in die Tüte. Ich wollte ihr sagen, dass sie aufhören soll, aber die Gefühle kamen und ich ...«

Ihr Brustkorb hob und senkte sich schneller, sodass Josie sie unterbrach. »Ich verstehe. Es tut mir sehr leid, Emily.«

»Ich habe die Lady mit dem Computer und den Arzt gebeten, dich zu holen. Du bist die Polizei. Vielleicht kannst du meine Sachen zurückholen.«

Josie spürte einen kleinen Stich in der Brust. Sie glaubte nicht, dass sie die fünf kleinen Gegenstände im Müll des Krankenhauses finden würde, und es würde schwer sein, sie zu ersetzen. Warum waren sie für Emily überhaupt so wichtig gewesen? Lorelei hatte ihnen weder Fernsehen noch elektronische Geräte erlaubt, aber beide Mädchen hatten jede Menge Spielzeug, Bücher und Bastelmaterial. Es hatte ihnen offensichtlich an nichts gefehlt. Josie nahm sich vor, das dem Psychologen gegenüber zu erwähnen, wenn er oder sie kam, um Emily zu untersuchen. Zu Emily sagte sie: »Ich kann versuchen, sie zu finden, Emily, aber es kann gut sein, dass ich es nicht schaffe. Das ist ein großes Krankenhaus und hier gibt es eine Menge Müll. Im Moment versuchen wir, die Person zu finden, die deiner Mom und deiner Schwester wehgetan hat.«

Josie spürte, dass Emily protestieren wollte, doch die Müdigkeit machte dem Mädchen zu schaffen. Ihre Augenlider fielen zu und klappten wieder auf, als sie versuchte, gegen den Schlaf anzukämpfen. »Okay«, sagte sie resigniert. »Aber kannst du auf dem Stuhl sitzen bleiben und aufpassen, dass niemand etwas von meinen anderen Sachen mitnimmt?«

»Emily, das würde ich gerne, aber ich habe eine Menge Arbeit ...«

»Kannst du das nicht an deinem Computer machen? So wie diese Lady? Nur so lange, bis ich in eine Pflegefamilie komme?«

Josie sah auf die Uhr. Es war schon nach ein Uhr nachts. Um diese Zeit würde sie ohnehin nur noch am Computer arbeiten und den Spuren nachgehen, von denen sie dem Team erzählt hatte. Sie könnte Noah bitten, ihr den Laptop zu bringen. Josie strich Emily die Haare aus der Stirn. Ihre Haut fühlte sich fiebrig an. »Okay, ich bleibe heute Nacht hier.«

DREIZEHN

Josie saß neben Emilys Bett, den aufgeklappten Laptop vor sich. Eine der Krankenschwestern hatte das grelle Deckenlicht ausgeschaltet, aber dadurch war das Zimmer nur etwas abgedunkelt worden. Weder das Licht noch der Lärm, der am Freitagabend in der Notaufnahme draußen vor der Tür herrschte, hielten Emily wach. Sie lag auf der Seite und schnarchte leise vor sich hin, den kleinen Stoffhund fest an sich gedrückt. Sie hatte sich nicht mehr gerührt, seit Josie sie vor beinahe zwei Stunden ins Bett gebracht hatte. Eigentlich hätte Josie Datenbanken und andere Internetquellen nach Informationen über Lorelei und ihr Leben durchforsten müssen, aber sie konnte die Augen nicht von Emily lassen.

»Sie ist eine alte Seele, nicht wahr?«

Die Stimme von Dr. Nashat ließ Josie aufschrecken. Er stand in der Tür und lächelte.

»Ja«, pflichtete Josie ihm bei. »Sie sind immer noch hier?«

»Bis sieben Uhr morgens«, sagte er. »Die Psychologin ist da.«

Josie schaute wieder zu Emily. »Sie wollen sie doch jetzt sicher nicht wecken?«

Er schüttelte den Kopf. »Nein. Vielleicht könnten Sie mit ihr reden, solange sie hier ist. Vor allem, da Emily sich mit Ihnen angefreundet zu haben scheint. Ich werde sie bitten, später am Morgen – zu einer vernünftigeren Uhrzeit – für eine offizielle Untersuchung wiederzukommen. Dann kommt auch die Mitarbeiterin vom Jugendamt noch mal vorbei.«

Josie stand auf, ließ ihren Laptop auf dem Stuhl liegen und folgte Dr. Nashat in den Flur. Sie hielt kurz inne, als sie Dr. Paige Rosetti draußen stehen sah. Ihr langes, gewelltes blondes Haar war zu einem Pferdeschwanz gebunden und ihre schlanke Gestalt war in ein langes hellbraunes Leinenkleid gehüllt, das durch einen weißen Bolero-Sweater betont wurde. Über ihrer Schulter hing eine Umhängetasche. Josie war mit Paiges Tochter auf die Highschool gegangen und hatte sie im Jahr zuvor bei einem Fall um Hilfe bitten müssen. Sie hatten eine Verbindung zueinander gehabt. In einem schwachen Moment hatte Josie Paige einige ihrer tiefsten Ängste anvertraut. Trotz der Verlegenheit, die sie wegen dieses Moments empfand, mochte Josie die Frau wirklich. Noah und Gretchen hatten ihr monatelang in den Ohren gelegen, eine Therapie zu machen, um einige ihrer ungelösten Kindheitsprobleme aufzuarbeiten. Paiges Name war mehr als einmal gefallen.

»Detective Quinn«, sagte Paige mit einem warmen Lächeln. »Wie schön, Sie zu sehen. Ich wünschte, es wäre unter anderen Umständen.«

»Ich auch«, sagte Josie.

»Es tut mir leid, dass ich so spät dran bin. Ich war in einer anderen Angelegenheit in der Geisinger-Klinik, die meine Aufmerksamkeit erfordert hat. Es hat viel länger gedauert, als ich erwartet hatte. Dr. Nashat sagte, er wolle die Patientin nicht wecken, aber wenn Sie einen Augenblick Zeit haben, könnte ich ein paar erste Notizen machen und in ein paar Stunden wiederkommen, wenn die Sonne aufgegangen ist.«

»Selbstverständlich.«

Paige sah sich um, als würde sie einen Sitzplatz suchen. »Sollen wir ins Personalzimmer gehen?«

»Ich möchte Emily nicht so lange allein lassen. Hier.« Josie fand den Wäschewagen, den Marcie vorhin benutzt hatte, und zog ihn heran. »Sie können Ihren Laptop hier abstellen.«

Paige lachte. Während sie ihren Laptop aus der Tasche zog und hochfuhr, tauschten sie Höflichkeitsfloskeln aus. Josie erkundigte sich nach Paiges Tochter und Paige fragte nach Josies Großmutter. Dann wurde es Zeit, zur Sache zu kommen. Josie beschrieb den Fall, den Tag, die Umstände, unter denen Emily aufgefunden worden war, und ihr ungewöhnliches Verhalten während der ganzen Zeit. Paiges Gesichtsausdruck änderte sich nicht, während sie zuhörte und die ganze Zeit auf ihrem Laptop herumtippte. Als Josie fertig war, hörte sie auf zu tippen und sah mit gerunzelter Stirn auf. »Lassen Sie uns mit ihrer Mutter anfangen. Sie sagten, ihr Name sei Lorelei Mitchell?«

»Ja«, erwiderte Josie. »Kannten Sie sie?«

Paige verschränkte die Arme vor der Brust. »Wir waren zusammen in Pennsylvania auf der Universität. Im Promotionsstudium für unsere Doktortitel. Sie ist viel jünger als ich, aber ich hatte eine Pause zwischen meinem Masterabschluss und meiner Promotion eingelegt. So sind wir gemeinsam in dem Programm gelandet.«

Josie verspürte einen Anflug von Aufregung. »Waren Sie befreundet?«

»Ich würde uns nicht als Freundinnen bezeichnen, aber ich wusste, wer sie war. Sie hat sich später auf Jugend- und Kinderpsychologie spezialisiert, sich dabei vor allem auf Bereiche wie oppositionelles Trotzverhalten, Zwangsstörungen, ADHS und so weiter konzentriert. Sie war sehr an kognitiver Verhaltenstherapie interessiert.«

»Und jetzt bitte noch mal für Nicht-Psychologen, wenn möglich«, bat Josie.

Paige lachte. »Die kognitive Verhaltenstherapie ist eine Therapieform, die sich auf die Änderung von Verhaltensweisen konzentriert, die auf kognitiven Verzerrungen beruhen.«

»Jetzt machen Sie es noch ein bisschen einfacher«, sagte Josie.

Jetzt lachte Paige lauthals, den Kopf zurückgeworfen, den Mund weit geöffnet. »Die meisten Therapien basieren darauf, dass in der Vergangenheit herumgestochert wird, stimmt's? Sie erforschen die Kindheit oder Dinge, die der Person in der Vergangenheit widerfahren sind und die sie emotional und kognitiv geprägt haben.«

»Ich verstehe«, sagte Josie.

»Die kognitive Verhaltenstherapie ist anders. Sie geht davon aus, dass Verhaltensweisen auf verzerrten Denk- oder Verhaltensmustern beruhen, und versucht, den Betroffenen zu helfen, diese zu ändern. Sie schlägt Strategien und Bewältigungsmechanismen vor, um diesen Verhaltensweisen genau so zu begegnen, wie sie im Leben vorkommen.«

»War Lorelei gut darin?«

»Ich weiß es nicht«, erwiderte Paige. »Wir haben uns nach dem Promotionsprogramm aus den Augen verloren. Ich hatte meine Zeit zwischen Philadelphia und hier aufgeteilt, während ich das Programm absolvierte. Lana und mein Mann waren in Denton – hier wohnten wir –, also kehrte ich nach meiner Promotion endgültig zurück. Lorelei blieb in Philadelphia. Ich bin überrascht, dass sie überhaupt hier gelebt hat. Ich dachte, sie würde inzwischen in einem großen Krankenhaus arbeiten, vielleicht lehren oder auf Konferenzen Vorträge halten. Sie war sehr ehrgeizig.«

»Ihre Zulassung wurde ihr vor zwanzig Jahren entzogen«, sagte Josie.

»Oje. Wissen Sie vielleicht, weswegen?«

»Das habe ich noch nicht herausgefunden. Was können Sie mir über Emily sagen?«

Paige warf einen Blick auf ihre Notizen. »Es hört sich so an, als hätte sie eine Zwangsstörung. Ich bin keine Expertin, aber das Zählen, das Horten, der Zusammenbruch – das sind ziemlich typische Anzeichen.«

»Was genau meinen Sie damit?«

Paige klappte ihren Laptop zu. »Die Leute denken bei Zwangsstörungen, dass die Betroffenen einfach übermäßig sauber sind oder auf Symmetrie bestehen, nicht wahr? Jemand sagt beispielsweise: ›Oh, ich muss dieses Bild geraderücken, weil sich meine Zwangsstörung sonst meldet‹, oder ›Ich halte mein Haus so sauber, weil ich eine Zwangsstörung habe‹.«

»Ja, das habe ich auch schon gehört«, stimmt Josie zu. »Zwangsstörungen haben aber überhaupt nichts mit Sauberkeit zu tun.«

»Wirklich nicht?«

»Nein, wirklich nicht. Es geht um Sicherheit. Eine Person mit einer Zwangsstörung hat normalerweise eine Form von Zwangsgedanken oder Obsessionen. Normalerweise ergeben sie keinen Sinn. Wenn ich zum Beispiel nicht jedes Mal in einer bestimmten Reihenfolge auf die Bodenfliesen in meinem Badezimmer trete, könnte mein Freund sterben. Oder wenn ich nicht zweiundfünfzig Mal denselben Satz in meinem Kopf wiederhole, könnte mein Haus abbrennen. So gesehen sind Zwangsstörungen unlogisch, aber das Wichtigste ist, dass der Zwangsgedanke dem Betroffenen Angst einjagt. Wenn Sie an die Beispiele denken, über die ich gerade gesprochen habe, würden Sie doch sicher nicht wollen, dass Ihr Freund stirbt oder dass Ihr Haus abbrennt, stimmt's?«

»Stimmt.«

»Sie müssen also etwas tun, um die Angst zu lindern, die Sie verspüren. Und genau da kommt der Zwang ins Spiel.«

Josie sagte: »Der Zwang besteht darin, die Bodenfliesen in einer bestimmten Reihenfolge zu betreten oder den Satz zu wiederholen.«

»Ja! Ganz genau. Wenn Sie glauben, dass Sie den Tod Ihres Freundes verhindern können, indem Sie die Fliesen in Ihrem Badezimmer in einer bestimmten Reihenfolge betreten, dann lindern Sie damit die Angst, die Sie empfinden, weil Sie sich Sorgen machen, dass Ihr Freund möglicherweise sterben könnte. Das Problem ist nur: selbst, wenn Sie die Fliesen in der perfekten Reihenfolge betreten, ist da immer die kleine, nagende Stimme in Ihrem Kopf, die Sie fragt: ›Bist du ganz sicher, dass das auch wirklich die richtige Reihenfolge war?‹«

»Das bringt Sie dazu, es immer wieder zu tun«, schlussfolgerte Josie. »Denn je öfter Sie sich die Frage stellen, desto unsicherer werden Sie.«

»Ganz genau. Also führen Sie die Zwangshandlung immer wieder aus. Es ist alles sehr rituell und nimmt viele verschiedene Formen an. Es klingt, als hätte Emily Zwangsgedanken und Zwänge, die mit Zählen und Horten zu tun haben. Das Problem ist, dass die Angst nie verschwinden wird, egal wie oft eine Person mit Zwangsstörung ihre Zwangshandlung ausführt, weil sie auf einem verzerrten Denkmuster beruht. Deshalb wird es auch nicht funktionieren, wenn Sie versuchen, sie zur Vernunft zu bringen oder ihnen ihre Gedanken oder Zwänge auszureden. Ihr Gehirn hat eine Fehlzündung. Jemandem, der unter einer Zwangsstörung leidet, zu sagen, er solle keine zwanghaften Gedanken denken oder sich nicht zwanghaft verhalten, wäre so, als würde man einem Diabetiker sagen, er solle mehr Insulin produzieren.«

»Sie sagten Horten«, warf Josie ein. »Aber sie hatte fünf ganz zufällig zusammengewürfelte kleine Gegenstände. Das sieht für mich kaum nach Horten aus.«

»Horten muss nicht immer heißen, dass jemand Hunderte oder Tausende Gegenstände sammelt. Auch das, was Emily tut, ist eine Form des Hortens. Diese Sachen sind doch völlig bedeutungslos, oder?«, argumentierte Paige. »Die meisten Menschen würden sie für Müll halten. Offensichtlich hat sogar das Reinigungspersonal gedacht, dass sie in den Müll gehören. Und doch hat sie die Sachen gehortet – sie behalten –, weil es zu viel Stress und Angst bedeutet hätte, sie zu entsorgen. Das ist das verzerrte Denkmuster. Die Fehlzündung im Gehirn. Die Sachen haben jetzt eine Bedeutung für Emily, was es ihr extrem schwer macht, sich davon zu trennen. Die Stimme in ihrem Kopf hat ihr wahrscheinlich Dinge gesagt wie: ›Wenn du das wegschmeißt, passiert was ganz Schlimmes‹. Das ist total absurd. Und genau deshalb funktioniert die kognitive Verhaltenstherapie so gut, um Verhaltens- und Denkmuster zu ändern.«

»Was ist mit dem Zusammenbruch?«, fragte Josie.

»Zwangsstörungen lösen eine Kampf-oder-Flucht-Reaktion aus. Während Kampf-oder-Flucht-Reaktionen bei Ihnen oder bei mir nur auftreten, wenn wir beispielsweise angegriffen werden, kommt es bei Betroffenen mit Zwangsstörung auch dann zu einer solchen Reaktion, wenn etwas passiert, das eigentlich unbedeutend erscheint – zum Beispiel bei diesen Sachen, die weggeworfen wurden. Schon wieder eine Fehlzündung im Gehirn, die ihr suggeriert, dass es um Leben und Tod geht, wenn sie diese Dinge verliert, obwohl das gar nicht der Fall ist. Glauben Sie mir, Emily hat keine Kontrolle darüber. Stress und traumatische Ereignisse wie die, die sie in den letzten vierundzwanzig Stunden erlebt hat, führen immer dazu, dass die Zwangsgedanken und Zwänge schlimmer werden. Eine Zwangsstörung lässt sich schon unter optimalen Bedingungen schwer kontrollieren, ganz zu schweigen von einem traumatischen Erlebnis. Ehrlich gesagt hatte sie wirklich Glück, dass Lorelei ihre Mom war. Ohne Lorelei würde es ihr wahrscheinlich viel schlechter gehen …«

Paige schwieg plötzlich und starrte zu Boden. Falten bildeten sich auf ihrem Gesicht. Keine der beiden Frauen musste es laut aussprechen. Ohne Lorelei ging es Emily jetzt viel schlechter. Dann räusperte sich Paige und lenkte das Gespräch in eine andere Richtung. »Der Trick bei der kognitiven Verhaltenstherapie und Zwangsstörungen ist genau das, was Emily Ihnen gesagt hat: wenn man die Gefühle aushalten kann, werden sie irgendwann schwächer und verschwinden sogar vollständig. Wenn sie beispielsweise Angst davor gehabt hätte, ein Geländer anzufassen, würde man sie einfach bitten, es immer und immer wieder anzufassen und die Gefühle einfach so lange auszuhalten, bis ihr Gehirn gemerkt hat, dass nichts Schlimmes passiert, wenn sie dieses Geländer anfasst, und sich so quasi selbst heilt. Das Schlimmste, was Sie tun können, wäre, den Zwängen nachzugeben.«

»Dann sollte ich draußen nicht in den Müllcontainern herumwühlen, um einen Stein, eine Paillette, eine Feder, eine Geburtstagskerze und einen Milchflaschendeckel zu finden?«

Paige lächelte. »Nein, das würde ich nicht empfehlen.«

»Noch mal zu Lorelei, woran erinnern Sie sich noch?«

»Das war eigentlich alles. Wie ich schon sagte, gingen wir nach dem Promotionsstudium getrennte Wege. Ich habe hier eine Privatpraxis eröffnet. Ich wusste nicht mal, dass sie überhaupt in Denton war. Wann wurde ihr die Zulassung entzogen?«

»Vor zwanzig Jahren.«

»Seltsame Sache«, meinte Paige. »Das muss sie hart getroffen haben. Sie war so voller Eifer für ihre Arbeit.«

»Wissen Sie noch, ob Lorelei Familie oder Freunde hatte, die ihr nahestanden?«

»Nein, das weiß ich nicht, tut mir leid.«

»Haben Sie je von einem Dr. Vincent Buckley gehört?«

Paige schüttelte den Kopf. »Der Name sagt mir nichts.«

Josie dankte ihr, dass sie sich die Zeit genommen hatte. Paige versprach, am nächsten Morgen wiederzukommen, um sich mit Emily zu unterhalten. Dann kehrte Josie in das schummrige Zimmer zurück, wo Emilys Schnarchen unvermindert anhielt. Sie war dankbar, dass das Mädchen etwas Ruhe fand. Schon bald würde sie wieder in einer Welt aufwachen, die völlig aus den Fugen geraten war.

VIERZEHN

Josie musste ein paar Stunden lang suchen und den *Philadelphia Inquirer* abonnieren, doch schließlich fand sie einen zwanzig Jahre alten Artikel über Lorelei. Die Schlagzeile lautete:

Psychologin aus Pennsylvania verliert Zulassung nach vermeidbarem Mord mit anschließendem Selbstmord.

Josie schnappte nach Luft und setzte sich im Besucherstuhl aufrechter hin. Sie warf einen Blick zu Emily hinüber, um sich zu vergewissern, dass sie noch schlief, und las weiter.

Die Psychotherapeutenkammer von Pennsylvania hat Dr. Lorelei Mitchell die Zulassung entzogen, nachdem ein jugendlicher Patient, der seit mehreren Jahren bei ihr in Behandlung gewesen war, erst seine Mutter in ihrem Haus getötet und später Dr. Mitchell in ihrer Praxis angegriffen hatte, bevor er sich schließlich das Leben nahm. Der Patient hatte eine Vorgeschichte mit oppositioneller Trotzhaltung und schizoaffektiver Störung mit paranoiden Wahnvorstellungen. Zum Zeitpunkt dieser Tragödie wurde er außerdem auf eine bipolare Störung untersucht. Der getrennt lebende Vater des Patienten hatte nach dem Vorfall eine Beschwerde beim Disziplinarausschuss eingereicht. Nach einer Überprüfung der Krankenakte von Dr. Mitchell kam der Ausschuss zu dem Urteil, dass die Tragödie »vorhersehbar und vermeidbar« gewesen sei, da Dr. Mitchell über die nötige Qualifikation und Erfahrung mit jugendlichen Patienten verfügte, die unter diesen und ähnlichen Störungen litten.

»Es ist unvorstellbar, dass so etwas passieren konnte«, erklärte der Vater des Patienten. »Dr. Mitchell hält sich selbst für eine Expertin für Zwangsstörungen, Schizophrenie und bipolare Störungen, und doch hat sie meinen Sohn im Stich gelassen. Sie hat ihn jahrelang behandelt. Sie kannte ihn gut genug, um das kommen zu sehen und ihn einweisen zu lassen, um zu verhindern, dass er jemandem etwas antut.«

Dr. Mitchell, die sich noch immer von ihren schweren Verletzungen erholt, wollte sich zu diesem Vorfall nicht äußern.

»Du meine Güte«, murmelte Josie leise vor sich hin.

Das könnte die vierunddreißig Stichwunden erklären. Josie dachte über Loreleis Lebensweg nach: sie hatte mit neun Jahren ihre Mutter verloren; sie hatte es geschafft, eine erfolgreiche Psychologin zu werden, nur um dann von einem Patienten fast umgebracht zu werden; sie hatte ihre Zulassung verloren, und nun waren sie und ihre Tochter auf grausame Weise ermordet worden und hatten ihre andere Tochter allein zurückgelassen, genauso allein, wie sie selbst es gewesen war. Irgendwann in ihrem Leben hatte Lorelei jemanden kennengelernt und Kinder mit ihm bekommen. Hatte er Holly misshandelt? Josie dachte an die Psychopharmaka im Küchenschrank. Oder war es Lorelei gewesen?

»Engel-Lady«, flüsterte Emily in ihrem Bett.

Josie legte ihren Laptop beiseite, beugte sich zu Emily und hielt ihr die Hand hin, die das Mädchen auch nahm. »Du kannst mich Josie nennen.«

»Josie. Leben wir noch?«

Josie drückte ihre Hand. »Ja, wir leben noch. Ich werde bis morgen früh hier bleiben. Du kannst ruhig weiterschlafen.«

Emily nickte und schloss die Augen. Nach ein paar Minuten ließ sie Josies Hand los und drehte sich auf die andere Seite. Josie kehrte zu ihrem Laptop zurück und konzentrierte sich jetzt auf Loreleis Grundstück. Es dauerte eine Stunde, bis sie im Urkundenregister von Alcott County und im Steuerregister fündig wurde – und das veranlasste sie zu einer ausführlichen Suche in den Gerichtsakten des Bezirks.

»Verdammte Scheiße«, murmelte sie leise.

Sie schaute auf die Uhr in der rechten unteren Ecke ihres Laptops. Fast fünf Uhr morgens. Kurz dachte sie daran, Noah anzurufen und zu wecken, aber sie konnten mit dieser Information frühestens in drei Stunden etwas anfangen. Sie klappte den Laptop zu und versuchte, einzuschlafen. Sie würde wenigstens ein paar Stunden Schlaf brauchen, wenn sie tagsüber funktionieren wollte. Es kam ihr vor, als sei es eine Ewigkeit her, seit sie in ihrer Privatsuite im Harper's Peak vor dem Spiegel gestanden hatte, kaum wiederzuerkennen in ihrem Hochzeitskleid und dem fachmännisch aufgetragenen Make-up. Bald würde sie dorthin zurückkehren, dieses Mal in ihrer Funktion als Detective.

FÜNFZEHN

Josie trank einen Schluck Kaffee aus einem Pappbecher und beobachtete die bunte Landschaft, die am Autofenster vorüberflog, während Noah sie aus dem Zentrum von Denton in Richtung Harper's Peak chauffierte. Er war mit Kaffee und einem Quarkplunder im Krankenhaus aufgetaucht – einer der vielen Gründe, warum sie ihn heiraten wollte – und hatte dem Krankenhaus den Durchsuchungsbeschluss für Loreleis und Hollys Krankenakten zugestellt. Sie legten einen Zwischenstopp auf dem Revier ein, damit Josie einige Dokumente ausdrucken konnte. Dann machten sie sich auf den Weg zum Hofladen von Reed Bryan und danach zum Harper's Peak.

»Mett hat die Geburtsurkunden von Holly und Emily Mitchell gefunden«, sagte Noah. »Es hat eine Weile gedauert, denn wir hatten nur ihr ungefähres Alter und keine Geburtsdaten. Jedenfalls ist in keiner der beiden Urkunden ein Vater eingetragen.«

Josie seufzte. »Dann ist das also eine Sackgasse. Seltsam ist es trotzdem. Geburtsurkunden sind amtliche Urkunden. Ich bin mir sicher, dass es in Loreleis Haus Exemplare gab, aber der

Mörder hat alle Dokumente in dem Haus vernichtet – und auch sämtliche Fotos.«

»Da fragt man sich doch, was er zu verbergen hatte«, sagte Noah.

»Ganz genau. Oh, und ich habe etwas über einen Dr. Vincent Buckley in einem der Bezirke außerhalb von Philadelphia gefunden. Er ist Psychiater. Ich habe ihm eine Nachricht auf der Mailbox hinterlassen.«

Als sie auf die Straße einbogen, die an Loreleis Haus vorbei zum Harper's Peak führte, sahen sie auf der linken Seite den Hofladen. Es war eine alte Scheune, die zu einem Laden umgebaut worden war. An der Seite stand in großen grünen Buchstaben »Frische Produkte vom Bauernhof«. Einfache Holztische und Kisten mit verschiedenen Obst- und Gemüsesorten säumten eine Seite des Parkplatzes. Ein großer, kräftig gebauter Teenager, bekleidet mit einer grünen Schürze, die er über einem langärmeligen schwarzen Baumwollshirt und verblichenen Jeans trug, hob Wassermelonen aus einer Schubkarre und platzierte sie auf einem der Tische. Sein zotteliges braunes Haar hing ihm über die Augen. Neben den Warenauslagen waren zwei Lieferwagen nebeneinander geparkt. An jedem war ein magnetisches Schild angebracht, auf dem stand: »Bryan's Farm Fresh Produce«.

Sie parkten und gingen hinein. Das Gebäude war geräumig und kühl, die Obst- und Gemüsestände waren von einer Seite des Gebäudes zur anderen aufgereiht. Ein Ladentisch mit Kasse befand sich in der Nähe der Eingangstür. Auf der anderen Seite standen Plastikbehälter mit verschiedenen Nüssen und Süßigkeiten. Neben dem Ladentisch waren mehrere Kühlvitrinen mit Milch, Käse und Eiern zu finden.

Sie sahen sich um. Mehrere Leute stöberten in den Gängen herum und trugen ihre Einkäufe in Plastikkörben bei sich. Hinter ihnen öffnete sich die Eingangstür und ließ eine Glocke bimmeln, die darüber hing. Ein großer Mann in einem zerfledderten grünen T-Shirt und einer Latzhose trug einen Eimer Mais. Weiße Haare hingen von seinem größtenteils schon kahlen Hinterkopf herunter. Er sah sie aus kleinen braunen Augen an, die direkt auf seinen geröteten Wangen zu sitzen schienen. »Sie wünschen?«, fragte er unwirsch und drängte sich an ihnen vorbei, um hinter den Ladentisch zu gelangen.

Josie zeigte ihm ihre Dienstmarke. »Ist das Ihr Laden?«

»Ja. Reed Bryan. Was kann ich für Sie tun?«

»Wir sind hier, um mit Ihnen über eine Frau namens Lorelei Mitchell zu sprechen«, erklärte sie.

»Was ist mit ihr?«

»Kennen Sie sie?«, fragte Noah.

Josie wusste, dass er wissen wollte, ob Reed seine Verbindung zu Lorelei leugnen würde. Reed wusste nicht, dass man seine Fingerabdrücke im Haus gefunden hatte. Falls er leugnete, sie zu kennen, würden sie ihn wegen der Morde an ihr und Holly viel genauer unter die Lupe nehmen müssen.

Er nickte. »Wohnt dort die Straße rauf. Ist was passiert?«

Noah sagte: »Sie wurde ermordet, fürchte ich. Ebenso eine ihrer Töchter.«

Der Mann wurde ganz still. Seine großen, schwieligen Hände lagen flach auf dem Ladentisch. Josie stellte fest, dass er keine sichtbaren Verletzungen an Armen oder Händen hatte, obwohl das nicht unbedingt etwas zu bedeuten hatte. Sie wussten zwar, dass der Mörder am Tatort des Mordes an Lorelei geblutet hatte, aber sie hatten keine Ahnung, welcher Körperteil verletzt worden war. Sie zählte stumm vierzehn Sekunden ab, erst dann begann Reed zu reden. Diesmal war seine Stimme leiser. »Was, äh, was ist passiert?«

»Wir ermitteln noch«, sagte Noah.

»Und es wurden nur zwei von ihnen getötet?«

»Lorelei und Holly«, antwortete Josie.

»Wann? Wann ist das passiert?«

»Gestern Morgen, das glauben wir zumindest«, erwiderte Josie.

»Wo waren Sie gestern Morgen?«, wollte Noah wissen.

Reeds Augen wurden schärfer. Seine Stimme wurde wieder etwas härter.

»Ich war hier und habe gearbeitet.«

»Wann genau war das?«, fragte Josie.

»Ich war um sieben Uhr hier.«

»Wo waren Sie davor?«, erkundigte sich Noah.

Er zögerte kurz und sah zwischen den beiden hin und her, seine Augen waren dunkel und misstrauisch, als ob sie versuchen würden, ihn auszutricksen. »Ich war zu Hause«, sagte er dann.

»Kann irgendjemand bestätigen, dass Sie zu Hause waren, bis Sie um sieben Uhr morgens hier ankamen?«, wollte Noah wissen.

»Mein Sohn.«

»Kannten Sie Lorelei gut?«, fragte Josie.

»Nein. Sie kam regelmäßig her, aber bis auf die Tatsache, dass ich sie gegrüßt habe, kannte ich sie nicht.«

»Wissen Sie, wo sie wohnt?«, fragte Noah weiter.

»Ein Stück die Straße rauf.«

»Waren Sie jemals bei ihr zu Hause?«, wollte Josie wissen.

Er verlagerte sein Gewicht von einem Bein aufs andere, offensichtlich fühlte er sich unbehaglich. Er schaute an ihnen vorbei, verrenkte sich den Hals, um durch die Eingangstür zu sehen. Dann senkte er seine Stimme. »Ich war vielleicht ein- oder zweimal dort. Was hat das alles mit mir zu tun?«

»Wann waren Sie das letzte Mal bei ihr zu Hause?«, fragte Josie.

»Warum wollen Sie das wissen?«

»Wir untersuchen den Mord an einer Mutter und ihrer Tochter. Sie können uns hier und jetzt sagen, was Sie wissen, oder Sie können aufs Revier kommen und eine offizielle Aussage machen.«

Er starrte sie an. »Ich weiß es nicht, okay? Ist schon lange her.«

»In welcher Beziehung standen sie zu Lorelei?«, fragte Josie.

Er drückte seinen Nasenrücken zwischen zwei Fingern zusammen. »Es gab gar keine Beziehung zwischen uns, okay? Ich war bei ihr, um meinen Sohn abzuholen. Er fährt manchmal mit seinem Mountainbike hin.«

»Heißt Ihr Sohn Pax?«, fragte Josie.

»Das ist die Abkürzung für Paxton, aber ja, das ist er. Was wollen Sie denn noch wissen?«

»Haben Sie Lorelei jemals mit jemandem gesehen?«, erkundigte sich Noah.

»Nur mit ihren Töchtern. Sind Sie bald fertig?«

Josie ignorierte seine Frage und fuhr fort: »Wir glauben, dass es persönliche Gründe für den Angriff auf Lorelei und ihre Töchter gab. Sie sind schon seit vielen Jahren hier, richtig?«

»Seit zweiundzwanzig Jahren. Ich habe den Laden zusammen mit meiner Frau geführt, bis sie starb. Jetzt gibt es nur noch mich und meinen Jungen. Ich habe eine Farm außerhalb der Stadt. Ich habe ein paar Leute eingestellt, die dort arbeiten. Den Rest unseres Bedarfs beziehen wir von Bauern aus der Gegend, also von außerhalb.«

»Dann sind Sie ja schon ganz schön lange im Geschäft«, meinte Noah. »Und Sie können sich nicht erinnern, Lorelei oder ihre Kinder jemals mit jemand anderem gesehen zu haben?«

»Ab und zu hat sie sich mal mit anderen Kunden unterhalten, aber nein, sie kam nie mit jemand anderem als ihren Töchtern her, und meistens waren sie nicht mal mit ihr im Laden. Die meiste Zeit kam sie allein her.«

»Wie oft war sie hier?«, fragte Josie.

»Ein paarmal pro Woche.«

»Ist Ihr Sohn da?«, erkundigte sich Noah. »Wir würden uns gerne von ihm bestätigen lassen, dass er gestern Morgen bei Ihnen war.«

Reed antwortete mit einem Grunzen. Er ging zurück um den Ladentisch und zur Tür hinaus. Josie und Noah folgten ihm. Er ging zu dem Jungen, der gerade Äpfel, Orangen und Bananen auf den Tischen im Freien arrangierte. Hin und wieder schien er an einer bestimmten Obstreihe hängen zu bleiben. Er nahm dann die ganze Reihe vom Tisch, legte sie zurück in den Eimer und fing wieder von vorne an. Reed beugte sich hinunter und sagte ihm etwas ins Ohr. Dann nahm er ihm den Korb ab und warf ihn zu Boden. Der Junge zuckte zusammen.

Josie und Noah gingen zu dem Jungen hinüber und hielten ihm ihre Dienstmarken hin, während sie sich vorstellten. Mit großen Augen studierte er die Dienstmarken. Aus der Nähe erkannte Josie, dass auf seinem Gesicht zahlreiche Pickel sprießten. Seine braunen Augen waren weit aufgerissen, was wie eine Kombination aus Angst und Unsicherheit wirkte. Reed gab ihm einen Stupser in den Nacken. »Sag's ihnen.«

»Hallo, Paxton«, sagte Josie.

Er murmelte ein »Hallo«, senkte den Blick und steckte beide Hände in die Tasche seiner Schürze.

»Wie alt sind Sie, Mr Bryan?«, fragte Noah. Wenn der Junge minderjährig war, konnten sie nicht mit ihm sprechen, ohne dass sein Vater anwesend war.

»Achtzehn«, erwiderte Pax. »Und Sie können mich ruhig Pax nennen.«

Josie und Noah wechselten einen Blick. Er bedeutete ihr mit einem Nicken, fortzufahren. »Pax«, sagte Josie. »Wir hätten ein paar Fragen zu Freunden von dir. Lorelei Mitchell und ihre Töchter, Holly und Emily. Kannst du mir sagen ...«

»Hey«, unterbrach Reed sie. »Sie stellen hier keine Fragen. Sie sagten, Sie wollten, dass er bestätigt, dass ich gestern

Morgen hier und davor zu Hause war. Genau darüber werden sie jetzt mit ihm sprechen.«

Pax sagte leise: »Mein Dad war gestern mit mir zu Hause. Wir sind um fünf Uhr aufgestanden. Um sechs Uhr dreißig sind wir dann hierher zum Hofladen gefahren. Ich war die ganze Zeit über bei ihm.«

»Danke, Pax. Wann hast du Lorelei, Holly oder Emily Mitchell das letzte Mal gesehen?«

Mit geballten Fäusten stellte sich Reed vor seinen Sohn. »Was glauben Sie eigentlich, was Sie hier abziehen? Ich habe Ihnen nicht erlaubt, meinem Sohn Fragen zu stellen.«

Doch Josie blieb standhaft, die Hände in die Hüften gestemmt, das Kinn vorgestreckt. »Emily Mitchell sagte, er sei ein Freund. Und Sie haben gesagt, dass Sie mehr als einmal im Haus der Mitchells waren, um Ihren Sohn abzuholen. Ich versuche herauszufinden, wer Lorelei und Holly getötet hat. Ihr Sohn könnte Informationen haben, die wir brauchen.«

Pax' Stimme war immer noch leise, als er hinter seinem Vater das Wort ergriff. »Nein«, sagte er. »Ich habe keine Informationen. Wir waren keine Freunde. Ich war nicht mit ihnen befreundet.«

»Warum warst du dann bei ihnen zu Hause – und das mehr als einmal?«, wollte Noah wissen.

Reed holte tief Luft. Als er ausatmete, sagte er: »Das war wegen mir, okay? Pax sagt die Wahrheit. Sie waren keine Freunde. Ich wollte nicht, dass er sich mit der Familie Mitchell anfreundet.«

Josie fragte: »Warum nicht?«

»Pax«, befahl Reed. »Geh rein und pack den restlichen Salat in die Auslage.«

Reed trat zur Seite, um Paxton vorbeizulassen. Paxton huschte in Richtung der Eingangstüren des Hofladens davon, blieb noch einmal kurz stehen und sah sich zu ihnen um. Als er verschwunden war, drehte sich Reed wieder zu Josie und Noah um.« »Mein Sohn ist ein bisschen neben der Spur, verstehen Sie? Haben Sie das nicht gemerkt, als Sie mit ihm gesprochen haben?«

»Mir kommt er völlig normal vor«, sagte Josie. *Allerdings hat er Angst vor Ihnen*, fügte sie in Gedanken hinzu.

»Nun, das ist er nicht, okay?«, sagte Reed. »Er stand schon immer ein bisschen neben sich. Seine Mom hat sich um ihn gekümmert, bis sie starb. Sie hat ihn über die Jahre zu verschiedenen Ärzten geschleppt, aber niemand konnte herausfinden, was mit ihm los ist.«

»Haben Sie eine offizielle Diagnose?«, fragte Josie.

Er wedelte mit einer Hand in der Luft herum. »Ich weiß es nicht. Spielt aber auch keine Rolle, oder?«

»Vielleicht doch«, meinte Noah. »Vielleicht gibt es eine Behandlung für das, womit er zu kämpfen hat.«

Reed hob einen Zeigefinger und richtete ihn auf Noahs Brust. »Im Kopf meines Jungen pfuscht keiner rum. Kapiert? Keine quatschenden Ärzte, keine Sozialarbeiter, keine Lehrer. Niemand. Jetzt kümmere ich mich um ihn. Das ist alles, was er braucht. Da brauche ich keinen, der sich einmischt, schon gar keine neugierige Schlampe wie Lorelei Mitchell.«

Sowohl Josie als auch Noah blieben ruhig. Schließlich fragte Josie: »Hat Lorelei gedacht, sie könne ihm helfen?«

»Ja, hat sie, aber das konnte sie nicht. Ihm kann keiner helfen.«

»Ist er gewalttätig?«, erkundigte sich Noah.

Reed kniff die Augen zusammen. Der Finger kam wieder hoch, diesmal nur Zentimeter von Noahs Nase entfernt. »Versuchen Sie nicht, das, was dieser Schlampe zugestoßen ist, meinem Kind in die Schuhe zu schieben. Er würde nie jemanden umbringen. Manchmal wird er wütend. Er hat kleine Zusammenbrüche, aber wenn überhaupt, versucht er nur, sich selbst zu verletzen. Manchmal schlägt er mit dem Kopf gegen die Wand. Das ist alles. Wenn ich die Dinge so halte, wie er sie mag, geht es ihm gut. Das ist es, was Lorelei nicht verstanden hat.«

Noah wich nicht zurück. Langsam ließ Reed seinen Arm sinken.

Josie dachte an Emily und ihre Zwangsstörung und fragte: »Wie mag er denn die Dinge?«

»Das geht Sie einen Scheißdreck an, stimmt's?«

»Vielleicht wollte Lorelei ihm nur Freundschaft anbieten«, meinte Josie. »Emily hat erzählt, dass Pax oft zu ihr nach Hause kam, Obst mitbrachte und mit ihr gespielt hat.«

»Als ich davon erfuhr, habe ich dem direkt einen Riegel vorgeschoben. Es gehört sich nicht, dass sich ein junger Mann in seinem Alter mit kleinen Mädchen abgibt.«

»Ich dachte, Sie hätten gesagt, er sei nicht gefährlich«, wandte Noah ein.

»Ist er auch nicht. Um ihn mach ich mir keine Sorgen. Sondern um andere Leute. Solche wie Sie. Sie verstehen ihn nicht. Sie kennen ihn nicht. Ich weiß, was Sie denken. Weil er *da oben* Probleme hat ...« – Reed tippte sich mit dem Finger an die Schläfe – »könnte er anderen Menschen weh tun. Sie gehen einfach davon aus, dass das passieren könnte. Ich wusste, wenn er in Loreleis Haus rumhängt, würde sie nicht nur in seinen Geist eindringen, sondern es würde auch jemand auf die Schnapsidee kommen, dass er sich mit einem kleinen Mädchen abgibt.«

Josie hatte ein unbehagliches Gefühl in der Magengegend. Sie kannte Pax überhaupt nicht, aber warum nahm Reed an, dass man seinen Sohn beschuldigen könnte, er hätte sich gegenüber Loreleis Töchtern unangemessen verhalten? Hatte Pax etwas getan, um Reed auf eine solche Idee zu bringen, oder projizierte Reed seine eigenen kranken Gedanken auf seinen Sohn?

»Geht er noch zur Schule?«, fragte Noah.

»Er hat die Schule nach dem Tod seiner Mom abgebrochen. Er hat es ohne sie nicht geschafft.«

Der Gedanke brach Josie beinahe das Herz. Paxton hatte seine Mutter verloren und wurde von einem Mann großgezogen, der das Gefühl hatte, er sei »nicht ganz richtig« im Kopf. Lorelei und ihre Mädchen mussten dem Jungen wirklich neuen Auftrieb gegeben haben. Josie fragte sich, ob an Reeds Behauptung, dass Pax unter einer Geisteskrankheit litt, etwas dran war. Oder hatte er einfach nur irgendeine Störung? Vielleicht hatte Pax aber auch gar keine behandlungsbedürftige Krankheit oder Störung. Vielleicht war er einfach nur anders und brauchte mehr Fürsorge, Arbeit und Mühe, als Reed dem Jungen geben konnte oder wollte. Was hatte Lorelei wohl in ihm gesehen? Wenn Pax unter einer Beeinträchtigung litt, dann war sie sicherlich zu einer Schlussfolgerung oder Diagnose gekommen, selbst wenn sie diese für sich behalten hatte. Josie war felsenfest davon überzeugt, dass seine Schule irgendeine Art von Untersuchung durchgeführt hatte, vielleicht sogar eine Diagnose gestellt hatte, als seine Mutter noch lebte. Doch es war nicht Josies Aufgabe, sich in die Angelegenheiten von Paxton Bryan und seinem Dad einzumischen. Ihre Aufgabe war es, die Person zu finden, die Lorelei und Holly getötet hatte.

»Ist Pax heimlich zu ihrem Haus?«, fragte Josie. »Sie haben gesagt, sie wollten nicht, dass er dorthin geht.«

»Ja, er hat sich öfters aus dem Staub gemacht, wenn ich beschäftigt war oder er allein zu Hause war. Er fuhr mit dem Fahrrad hin.«

»Lassen Sie ihn häufiger allein?«, fragte Noah.

»Es ist ein Haufen Arbeit, mich um ihn zu kümmern und meine Farm und mein Geschäft am Laufen zu halten. Ja, manchmal muss er allein zurechtkommen. Anders geht es nun mal nicht.«

»War er gestern Vormittag zu irgendeinem Zeitpunkt allein?«, fragte Noah.

Josie zählte, wie viele Sekunden Reed bis zu seiner Antwort zögerte. Eins, zwei, drei. Eine Ader an seinem Hals pulsierte. »Nein, wie ich Ihnen bereits gesagt habe und wie er Ihnen bestätigt hat, war er mit mir hier.«

»Wann haben Sie Lorelei Mitchell das letzte Mal hier im Laden gesehen?«, fragte Josie.

»Vor ein paar Tagen«, antwortete er wie aus der Pistole geschossen.

»Mr Bryan, können Sie uns sagen, welche Blutgruppe Sie und Paxton haben?«, wollte Noah wissen.

Sein Gesicht rötete sich. Eine Hand ballte sich an seiner Seite zur Faust. »Warum zum Teufel interessiert Sie das?«

»Für unsere Ermittlungen«, erwiderte Josie.

»Blödsinn. So etwas muss ich Ihnen nicht sagen. Das ist medizinisch. Und damit Privatsache.«

»Was ist mit Ihrer Schuhgröße?« Josie gab sich nicht geschlagen.

Die Farbe breitete sich über seine Wangen aus. »Privates erzähl ich Ihnen nicht. Und jetzt verschwinden Sie und lassen Sie mich und meinen Jungen in Frieden.«

Noah, der sich nicht aus der Ruhe bringen ließ, sagte nur: »Danke für Ihre Zeit.« Gelassen reichte er Reed eine Visitenkarte und bat ihn, anzurufen, falls ihm noch etwas einfiele, das bei den Ermittlungen helfen könnte. Josie vermutete, dass die Karte sofort in den Papierkorb wandern würde, sobald Reed wieder im Laden war.

Sie kehrten zum Auto zurück. Reed stand vor den Türen des Hofladens, die stämmigen Arme vor der Brust verschränkt, und starrte ihnen hinterher, als sie davonfuhren.

»Warum sollte er ein Problem damit haben, uns ihre Blutgruppen oder Schuhgrößen zu verraten? Wenn er nichts zu verbergen hat?«, fragte Josie.

»Vielleicht hat er das ja. Leider glaube ich nicht, dass wir eine richterliche Anordnung für ihre Blutgruppen oder Schuhgrößen bekommen können, da er und Pax sich gegenseitig ein Alibi geben.«

Josie seufzte. »Du hast recht. Kein Richter wird eine Anordnung unterschreiben, wenn sie beide ein Alibi haben. Wir könnten Hummel oder Chan bitten, herzukommen und Abdrücke von etwas zu nehmen, das Pax angefasst hat – vielleicht vom Mülleimer oder von etwas im Laden –, um seine Abdrücke mit denen am Tatort zu vergleichen.«

»Er hat aber doch schon zugegeben, dass er im Haus war«, meinte Noah. »Glaubst du, er hat Lorelei und Holly getötet?«

Josie holte ihr Handy heraus und schickte Hummel eine SMS. Sie brauchten keinen Durchsuchungsbeschluss, um Abdrücke von etwas zu nehmen, das Pax angefasst und dann weggeworfen hatte. Jemand von der Spurensicherung könnte sich so lange im Laden aufhalten, bis Pax etwas wegwarf, und dann konnten sie es mitnehmen und die Abdrücke sichern. Sie brauchten es ihm nicht einmal zu sagen. »Ich will noch nichts ausschließen«, sagte sie. »Ich weiß nur, wenn wir herausfinden, welche Abdrücke von Pax stammen und welche von Reed, dann haben wir nur noch zwei statt vier Abdrücke in Loreleis Haus, die wir noch nicht zuordnen können.«

»Stimmt«, sagte Noah. »Bei dem Jungen bin ich mir nicht sicher, aber der Vater scheint eine Menge Wut in sich aufgestaut zu haben. Glaubst du, er war so wütend auf Lorelei, dass er sie umgebracht hat?«

»Ich weiß es nicht, aber sein Sohn hat auf jeden Fall eine Heidenangst vor ihm.«

SECHZEHN

Die ausgedruckten Unterlagen unter dem Arm, durchquerte Josie Griffin Hall auf der Suche nach Celeste Harper. Noah musste beinahe rennen, um Schritt zu halten. Celeste trug ein Kostüm und hatte ihr Haar zu einem französischen Zopf hochgesteckt. Dick aufgetragenes Make-up verdeckte ihre Blässe, aber nicht die Tränensäcke unter ihren Augen. Sie lächelte schwach, als Josie sich ihr näherte, doch ihre Mundwinkel wanderten nach unten, als Josie ihr eines der Dokumente über den Empfangstisch zuschob. Tom, der hinter ihr stand und auf seinem iPad herumtippte, beugte sich vor, um das Dokument zur Hand zu nehmen. Celeste griff nach seinem Unterarm und hinderte ihn daran, die Seiten zu berühren. »Nicht hier, Tom«, sagte sie.

Überrascht schossen seine Augenbrauen nach oben, doch dann zog er die Hand zurück und ließ seinen Blick auf ihrem Gesicht ruhen. In seinem eigenen Gesicht blitzten verschiedene Emotionen auf: Verwirrung, Ärger, Angst. Offensichtlich war er es gewohnt, das Kommando zu übernehmen und Befehle zu erteilen, auch wenn Celeste seine Vorgesetzte war.

Er stand da wie angewurzelt und starrte sie an. Celeste

behielt Josie im Auge, richtete sich auf, räusperte sich und sagte: »Wenn es Ihnen nichts ausmacht, würde ich diese Angelegenheit lieber in unserer Privatresidenz besprechen.«

»Nach Ihnen«, sagte Josie.

Sie gingen im Gänsemarsch, Celeste übernahm die Führung, gefolgt von Tom und dann Josie und Noah als Schlusslichter. Celeste war auf ihren fünfzehn Zentimeter hohen Absätzen erstaunlich beweglich, selbst auf den Grünflächen. Die Privatresidenz, die sie mit ihrem Mann teilte und bei der es sich um das ursprüngliche Steinhaus handelte, das hier erbaut worden war, lag eine Viertelstunde Fußmarsch von Griffin Hall entfernt. Es gab einen breiten Weg, auf dem die Fahrzeuge des Resorts hin und her fahren konnten. Josie wusste, dass Celeste dafür hätte sorgen können, dass Tom oder ein anderer Mitarbeiter ein Fahrzeug holten, um sie zum Haus zu bringen. Stattdessen hatte sie sich dazu entschieden, sie zu Fuß gehen zu lassen. Das Haus war auf drei Seiten von Wald umgeben, doch von der Haustür aus konnten sie alle anderen Gebäude des Harper's Peak sehen. Josie stellte sich vor, wie Celestes Vater, Griffin Harper, hier gestanden und sein kleines Imperium überblickt hatte. Celeste tat wahrscheinlich jeden Morgen dasselbe, bevor sie zur Arbeit ging. Innen sah es so aus, als hätte sich seit der Erbauung des Hauses kaum etwas verändert. Rustikales Holz und antike Möbel, soweit das Auge reichte. Frische Blumen standen auf einem runden Tisch aus weißer Eiche in der Mitte des Foyers.

Celeste deutete mit einem Arm nach rechts auf ein Wohnzimmer. Darin standen sich zwei wuchtige, grau gepolsterte Chesterfield-Sofas gegenüber, dazwischen ein großer, ovaler Couchtisch aus Kirschholz. Auf einem der Sofas saß Adam, in der einen Hand eine Tasse Kaffee, in der anderen eine Zeitung. Als Josie, Noah und Tom das Zimmer betraten, erhob er sich und legte seine Sachen auf den Tisch. Sein Lächeln wirkte gezwungen. Er blickte an ihnen vorbei zu Celeste. »Was ist hier los? Haben Sie etwas über das Mädchen an der Kirche herausgefunden?«

Celeste ging zu ihm hinüber. »Ja, sie haben tatsächlich etwas herausgefunden, aber dabei geht es nicht um das Mädchen.« Sie starrte Josie und Noah an und sagte: »Nur zu, sagen Sie, was immer Sie zu sagen haben.«

»Ich verstehe nicht, was hier los ist«, sagte Adam. Er warf einen Blick auf Tom, der direkt hinter Celeste stand und nicht von ihrer Seite wich. »Muss er wirklich dabei sein?«

Celeste antwortete nicht.

Die Anspannung lag in der Luft wie ein schweres, giftiges Gas. Adam schaute von Celeste zu Tom und wieder zurück. Tom stand ganz still, hielt sein iPad mit den Händen gegen die Taille gedrückt.

Adam sagte: »Celeste, was in diesem Haus passiert, geht ihn nichts an.«

Celeste musterte ihren Mann mit zusammengekniffenen Augen. »Aber was im Resort passiert, geht ihn sehr wohl etwas an. Er ist der Geschäftsführer. Er muss alles wissen, was für das Geschäft von Belang sein könnte.«

»Es ist unser Geschäft, nicht seines«, widersprach Adam.

Celeste seufzte. »Tom ist schon fast so lange bei mir wie du, vergiss das nicht.«

Adam drückte einen Zeigefinger gegen seine eigene Brust. »Aber ich bin dein Ehemann. Er ist ein Angestellter.«

Celeste musterte ihn kühl. »Das ist mein Geschäft. Und nur meins. Ich entscheide, was letzten Endes das Beste fürs Geschäft ist. Tom muss das hören.«

Adam öffnete den Mund, als wolle er noch weiter protestieren, doch dann schloss er ihn wieder, schüttelte den Kopf und gestikulierte in Richtung Josie und Noah. »Was führt Sie zu uns?«

»Gestern wurde Lorelei Mitchell in ihrem Haus erschossen«, sagte Noah.

Josie sah, wie Celestes Unterlippe zu zittern begann, obwohl sie versuchte, ihre Gefühle unter Kontrolle zu halten.

»Was sagen Sie da?«

Adam sah Celeste an. »Wusstest du davon?«

»Ob ich davon wusste? Wie zum Teufel sollte ich davon gewusst haben?«

»Wir haben uns die Grundbucheinträge angesehen«, sagte Josie. »Ihr Haus ist so abgelegen und wir konnten keinen einzigen nahen Verwandten finden. Dabei haben wir erfahren, dass das Haus, in dem sie wohnte, und das Land, auf dem sie lebte, ihr vor neunzehn Jahren von Harper's Peak Industries verkauft worden war.«

Celeste kniff die Augen zusammen. »Und?«

»Und«, ergriff Noah das Wort, »sie hat einen Dollar für acht Hektar Land bezahlt. Das ist ziemlich ungewöhnlich.«

»Sehr ungewöhnlich«, sagte Josie. »Deshalb haben wir uns gefragt, warum Harper's Peak Industries einer Frau acht Hektar Land für einen Dollar überlässt.«

»Kommen Sie zur Sache«, blaffte Celeste.

»Wir haben die Gerichtsakten überprüft. Sie sind zwar öffentlich zugänglich, aber sie sind auch schon sehr alt und einige der Schriftsätze wurden aus Datenschutzgründen versiegelt. Trotzdem gab es genug Informationen, um herauszufinden, in welcher Beziehung Sie beide zueinander standen«, sagte Josie.

Celeste verdrehte die Augen. »Es gibt keine Beziehung.«

»Tatsächlich?«, sagte Noah, als Josie ihm einen Schriftsatz von dem Stapel Unterlagen reichte, den sie mitgebracht hatte. Er tat so, als würde er ihn studieren, bevor er ihn Celeste reichte. Sie weigerte sich, ihn entgegenzunehmen. »Hier steht, dass sie Ihre Schwester war.«

»Sie war *nicht* meine Schwester.«

Tom stürzte nach vorn und versuchte, einen Blick auf das Dokument zu werfen, aber Adam riss es Noah aus der Hand und gab einen verärgerten Laut von sich. »Celeste, jetzt reicht's.«

Sie warf ihm einen bösen Blick zu, schwieg aber.

Er sagte: »Lorelei Mitchell ist – oder war – Celestes Halbschwester, aber sie hat recht. Es gab keine Beziehung.«

»Adam, lass mich mal sehen«, verlangte Tom.

Adam ignorierte ihn.

»Und Sie?«, wandte sich Josie an Adam. »Hatten Sie eine Beziehung zu Lorelei?« Adam schüttelte den Kopf. »Ich habe sie nie getroffen.« Er zeigte auf das Datum auf dem Dokument, bei dem es sich um eine Eigentumsurkunde handelte. »Das wurde alles im Jahr vor unserer Hochzeit arrangiert. In einem Punkt hat meine Frau recht: Sie und Lorelei hatten keinerlei Beziehung, auch wenn sie offiziell Halbschwestern waren.«

»In all den Jahren, in denen sie nur ein Stück die Straße hinunter gewohnt hat«, sagte Josie, »hatten Sie nie Kontakt zu ihr?«

»Niemand in diesem Resort hatte Kontakt zu ihr«, sagte Tom.

Jetzt endlich sah Adam ihn an. »Was sagst du da?«

Als Tom nicht antwortete, sah Adam Celeste an. »Du hast es ihm erzählt?«

Tom ging einen Schritt auf Adam zu, sein Gesicht war ausdruckslos. »Natürlich hat sie es mir erzählt. Ich bin der Geschäftsführer dieses Resorts. Ich muss über alles Bescheid wissen, was sich negativ auf das Geschäft auswirken könnte.«

»Das hat nichts mit dem Geschäft zu tun«, knurrte Adam und stieß Tom so hart gegen die Brust, dass er einen Schritt zurückstolperte. »Das Privatleben meiner Frau geht dich nichts an.«

Tom ließ sich nicht beirren. »Das hat alles mit dem Geschäft zu tun«, sagte er und strich die Stelle an seiner Jacke glatt, an der Adam ihn geschubst hatte. »Was wird wohl passieren, wenn die

Presse rauskriegt, dass Celeste Harper eine geheime Halbschwester hatte, die ermordet wurde? Wenn die Polizei das nur durch die Durchsuchung öffentlicher Aufzeichnungen herausgefunden hat, wird die Presse bald nachziehen. Das Resort kann diese Art von Skandal nicht gebrauchen, Adam.«

»Es gibt keinen Skandal«, zischte Adam.

»Das beurteile ich lieber selbst«, meinte Tom. »Bleib du bei deinen Kochtöpfen.«

Adam stürzte sich auf Tom, eine Faust flog. Die Eigentumsurkunde segelte durch die Luft und flatterte zu Boden. Noah warf sich zwischen die beiden Männer. Adams Schlag prallte von Noahs Schulter ab. Tom taumelte nach hinten und wäre beinahe gestürzt. Seine Hand schoss hervor und griff nach einer der Sofalehnen, um das Gleichgewicht wiederzufinden. Sein Gesicht wurde blass vor Schreck. »Wie kannst du es wagen?«, stammelte er.

»Ich?«, stieß Adam hervor, der immer noch versuchte, Tom zu fassen zu kriegen, Brust an Brust mit Noah. Über Noahs Schulter deutete er anklagend mit dem Finger auf Toms Gesicht. »Du hast vielleicht Nerven. Hast du gehört, was sie gesagt haben? Eine Frau ist tot. Und alles, was dich interessiert, ist die Wirkung auf die Öffentlichkeit. Wie kannst *du* es wagen?«

Als Celeste das Wort ergriff, drehten sich alle Köpfe zu ihr rum. Ihre Stimme klang hoch und rau. »Lorelei Mitchell ist – beziehungsweise war – ein furchtbarer Mensch.«

»Celeste«, sagte Adam mahnend und wischte sich über das Hemd, als Noah ihn losließ.

Er ging auf sie zu und wollte ihre Schulter berühren, aber sie schlug seine Hand weg. »Nein, ich werde nicht lügen und so tun, als wäre sie ein wunderbarer Mensch gewesen, nur weil sie tot ist. Wegen ihr habe ich mein ganzes Leben lang lügen müssen. Ich habe genug davon.«

»Niemand verlangt von dir, dass du lügst, Celeste«, sagte Tom.

Josie erwartete, dass Adam den jüngeren Mann noch einmal anfauchen würde, aber er richtete seine Aufmerksamkeit auf Celeste. »Ich liebe dich über alles, Celeste, das weißt du, aber wie kannst du so etwas über eine völlig Fremde sagen? Ich weiß, dass ihr beide eure Probleme hattet, als ihr noch jung wart, aber diese Urkunde ist neunzehn Jahre alt. Du hast nicht mehr mit ihr gesprochen, seit sie unterzeichnet wurde. Woher willst du denn wissen, was sie für ein Mensch war?«

Celeste ließ sich aufs Sofa sinken und stützte den Kopf in ihre Hände. Tom wollte auf sie zugehen, überlegte es sich dann aber anders und blieb neben dem Sofa stehen. Adam bückte sich, um die Urkunde aufzuheben. Er legte sie auf den Couchtisch und ließ sich dann neben Celeste sinken. Er begann, ihr den Rücken zu streicheln, aber sie schüttelte ihn ab und wich vor ihm zurück. Josie und Noah gaben ihr einen Augenblick Zeit. Adam sah hilflos auf. Schließlich hob sie den Kopf. Ihre Augen waren trocken. Erst sah sie Josie und Noah an, dann blickte sie herüber zu ihrem Mann. »Ich kannte sie gut genug. Sie hat versucht, mir alles wegzunehmen. Meine Eltern. Diesen Ort. Einfach alles.«

»Lorelei hat Sie auf einen Anteil von Harper's Peak Industries verklagt«, stellte Josie fest.

Celeste nickte. »Sie dachte, sie hätte es verdient.«

»Celeste, ich glaube, du vergisst, welche Rolle dein Vater bei all dem gespielt hat«, sagte Adam.

»Bei all dem was?«, wollte Noah wissen.

Celeste atmete mehrmals tief ein, als ob sie versuchen würde, ihre Fassung zu bewahren. Josie konnte sehen, wie sie im Geiste Mauern um ihre verletzlichsten Stellen errichtete, damit sie in der Lage war, sachlich über das zu sprechen, was als Nächstes kam. Emotionslos. Distanziert. Josie kannte den Trick, denn sie hatte ihn ein Leben lang selbst angewandt. Josie wusste, wie es sich anfühlte, das Trauma systematisch so tief in sich zu vergraben, dass man es selbst nicht mehr erreichen konnte – und genau das tat Celeste in diesem Moment. Man musste es tun, um zu überleben, um zu funktionieren, aber Josie wusste auch, dass, so viel mentale Stärke es auch kostete, das Trauma abzuschotten und wegzusperren, etwas so Einfaches wie ein Wort oder ein Bild, eine verirrte Erinnerung oder ein Satz ausreichen konnte, um dieses Schloss aufsprengen, das Trauma im Bruchteil einer Sekunde freizusetzen und eine tosende Flutwelle voller Schmerz loszulassen.

Josie sagte: »Lassen Sie sich Zeit, Celeste.«

Celestes Augen wanderten zur Decke. Adam rückte näher an sie heran und sie wich zurück, bis sie gegen eine der Sofalehnen gepresst wurde. An der Seite, auf der Tom stand, ein stummer Wächter. Vorsichtig berührte er mit einer Hand ihre Schulter. Sie zuckte nicht zurück. Dann begann sie mit stockender Stimme zu erzählen: »Wir waren glücklich. Meine Mutter, mein Vater und ich. Wir haben hier gelebt. Kurz vor meiner Geburt hatte mein Vater das größere Resort eröffnet. Sobald ich alt genug war, um zu laufen, ging ich mit ihm überall hin. Überall auf diesem Grundstück. Er hat mir alles gezeigt, alle internen Abläufe. Als ich alt genug war, um zur Schule zu gehen, hat mich meine Mutter von der Bushaltestelle abgeholt und nach Hause gebracht. Und dann machte ich mich auf die Suche nach ihm. Jeder Tag war ein Abenteuer. Meine Mutter hat oft mit ihm dort gearbeitet. Sie war glücklich. So glücklich.«

Celestes Stimme senkte sich zu einem Flüstern. Sie blinzelte schnell, und Josie wusste, dass sie sich bemühte, ihre Gefühle nicht an die Oberfläche kommen zu lassen.

Noah sagte: »Wir haben die Todesanzeige Ihrer Mutter gefunden. Sie ist gestorben, als Sie zehn Jahre alt waren. Das tut mir sehr leid. Es muss furchtbar gewesen sein.«

Celeste nickte. Sie schluckte und versuchte erneut, zu sprechen. »Meine Mutter hat Selbstmord begangen.«

Als Adam dieses Mal eine seiner Hände auf ihre Hand legte, machte Celeste keine Anstalten, ihn von sich zu schieben.

»Es tut mir sehr leid, Celeste«, sagte Josie.

Celestes Miene verhärtete sich. »Es war wegen Lorelei. Wissen Sie, mein Vater hatte eine zweite Familie in der Stadt. Er war mit Loreleis Mutter mindestens so lange zusammen, wie er mit meiner Mutter verheiratet war. Er hat die Frau geschwängert. Hat ihr Geld aus dem Resort zugesteckt. Dann starb sie an Krebs. Er hätte ihren Nachwuchs in eine Pflegefamilie geben können, und das hätte er auch tun sollen, aber er hat es nicht getan. Er hat sie zu uns nach Hause geholt.«

Während sie sprach, glühten Celestes Augen vor unverhohlener Wut. »So hat meine Mutter von seiner Untreue und seinem Verrat erfahren, als die kleine Lorelei Mitchell vor ihrer Tür aufgetaucht ist. Mein Vater hat von ihr erwartet, dass sie sich um Lorelei kümmert, als wäre sie ihr eigenes Kind. Meine Mutter hätte ihn verlassen sollen, aber sie tat es nicht. Stattdessen hat sie sich erhängt.«

Celeste deutete auf die großen Fenster an der Vorderseite. »An einem Baum da draußen. Direkt im Vorgarten. Ich habe ihn nach dem Tod meines Vaters fällen lassen. Sogar nach dem Selbstmord meiner Mutter bestand mein Vater darauf, Lorelei zu behalten. Er wollte, dass sie ein gleichberechtigter Teil der Familie ist. Als sie älter wurde, erwartete sie das auch.«

Josie hatte den Eindruck, dass nichts von dem, was in der Familie Harper geschehen war, Loreleis Schuld war, aber sie spürte auch, dass Celeste das nicht wahrhaben wollen würde. Vielleicht war es einfacher, Lorelei als Außenstehende zu beschuldigen, als die Schuld dort zu suchen, wo sie eigentlich hingehörte – bei ihrem geliebten Vater.

Noah sagte: »Ihre Schwester hat Denton verlassen und ist Psychologin geworden. Offensichtlich hat sie nicht damit gerechnet, dass sie hier im Resort eine Zukunft haben würde.«

»Nicht mal das hat sie richtig hinbekommen, stimmt's?«,

stieß Celeste hervor. »Sie kam zurück, nachdem sie in Ungnade gefallen war. Ihre Zulassung war ihr entzogen worden, mit ihrer Karriere war es aus und vorbei.«

»Sie kam mit vierunddreißig Stichwunden im Nacken und im Rücken hierher zurück. Sie war von einem Patienten angegriffen worden«, erwiderte Josie.

Tom schien nicht überrascht, doch Adam zuckte erschrocken zusammen. »Celeste, davon wusste ich ja gar nichts.«

Celeste drehte sich zu ihrem Mann um. »Wen kümmert das, Adam? Ich habe dir bei unserem ersten Treffen gesagt, dass sie kein Teil meines Lebens ist und auch nie einer sein wird. Ich habe mich um all das gekümmert« – sie blätterte durch die Seiten, die Adam auf den Couchtisch gelegt hatte, nachdem er versucht hatte, Tom anzugreifen – »bevor wir geheiratet haben. Ich habe dir nur das erzählt, was du wissen musstest. Sie war das uneheliche Ergebnis einer Affäre meines Vaters. Sie gehörte nicht hierher. Sie hatte ihre Karriere als Psychologin in den Sand gesetzt und kam hierher zurück, um mich wegen Geld anzubetteln.«

»Aber Sie haben ihr kein Geld gegeben«, stellte Noah klar. »Deshalb hat Lorelei Sie auf ihren Erbteil verklagt.«

Celeste fuhr widerwillig fort: »Weil sie wusste, dass ihr kein einziger Cent zustand, den mein Vater verdient hatte. Wir haben uns außergerichtlich geeinigt.«

»Weil Sie keine schlechte Presse wollten?«, fragte Noah. »Oder weil Sie nicht wollten, dass der gute Ruf Ihres Vaters darunter leidet?«

»Beides«, gab Celeste zu.

»Was waren die Bedingungen dieser Einigung?«, wollte Josie wissen. »Hat sie zum Zeitpunkt ihres Todes noch Zahlungen von Ihnen erhalten?«

Celeste wedelte mit einer Hand in der Luft herum. »Um Himmels willen, nein. Sie hat eine Barabfindung und das Land erhalten. Genug, um ein Haus zu bauen und viele Jahre lang gut davon leben zu können. Ich habe sie nie wieder gesehen. Wir haben nie miteinander gesprochen. Ich bin nie zu ihrem Haus gefahren. Sie kam nie hierher.«

Noah sagte: »Wollen Sie wirklich behaupten, dass in all den Jahren, in denen Ihre Schwester ...«

»Halbschwester«, korrigierte Celeste.

»... in all den Jahren, in denen Ihre Halbschwester nur ein paar Kilometer die Straße runter wohnte, auf einem Grundstück, das früher zum Harper's Peak gehörte, Sie sie nicht ein einziges Mal gesehen haben?«

»Genau so war es«, bestätigte Celeste. »Keine von uns beiden hatte den Wunsch, die andere zu sehen oder mit ihr zu sprechen.«

Josie warf Tom einen Blick zu. »Was ist mit Ihnen, Mr Booth? Haben Sie Lorelei Mitchell jemals getroffen?«

»Nein«, sagte er. »Ich hatte nie einen Grund, mich mit ihr zu treffen.« Er musterte Adam von oben herab. »Ich wusste nur von ihr, weil Celeste und ich, ganz am Anfang, kurz nachdem ich Geschäftsführer geworden war, darüber gesprochen haben, das Resort noch einmal zu erweitern, und dabei die Frage nach den Grundstücksgrenzen aufkam.«

Adam zog seine Hand von Celestes Händen herunter. »Ihr wolltet das Resort erweitern? Schon wieder? Ohne es mit mir zu besprechen?«

Celeste wischte seinen Einwand mit einer abwehrenden Geste beiseite und seufzte verärgert. »Wir sind damit nie weitergekommen. Es hatte keinen Sinn, darüber zu diskutieren, weil wir es nicht weiter verfolgen konnten.« Sie sah erst Josie und dann Noah an. »Da Sie nun meine Lebensgeschichte kennen, können Sie mir sagen, ob das alles irgendeinen Sinn ergibt? Mal abgesehen von der Tatsache, dass Lorelei ermordet worden ist? Sie glauben doch wohl nicht, dass ich etwas damit zu tun habe.«

»Wir können zum jetzigen Zeitpunkt nichts ausschließen«,

erwiderte Noah. »Aber der eigentliche Anlass unseres Besuchs ist, dass eine von Loreleis Töchtern noch am Leben ist, und sofern ihre nächsten Angehörigen sich nicht bereit erklären, sie aufzunehmen, wird sie in eine Pflegefamilie kommen.«

Das Letzte, was Josie jetzt tun wollte, war, Emily Mitchell in die Obhut dieser Frau zu geben. Doch die Entscheidung lag nicht bei ihr. Die Gesetze des Landes schrieben vor, was nach Loreleis Tod jetzt mit Emily passieren würde. Marcie Riebe war nun für ihre Unterbringung verantwortlich, ob bei Celeste und Adam oder in einer Pflegefamilie.

»Lorelei hatte Kinder?«, fragte Adam. »Celeste, hast du das gewusst?«

Celeste schüttelte den Kopf. »Natürlich nicht.«

Er warf Tom einen Blick zu, doch der zuckte nur mit den Schultern. »Ich habe die Frau nie getroffen. Ich hatte auch keine Ahnung.«

»Was hat das mit uns zu tun?«, fragte Celeste.

»Wie Detective Fraley schon sagte, sind wir hier, weil Sie ihre nächsten Angehörigen sind«, erklärte Josie.

»Wie viele Kinder hatte sie?«, wollte Adam wissen.

Celeste warf ihm einen bösen Blick zu. »Wen kümmert das schon, Adam?«

»Sie hatte zwei Kinder«, erklärte Noah. »Holly war das Mädchen, das auf Ihrem Gelände gefunden wurde.«

»Warten Sie, was?«, rief Celeste und sprang von ihrem Platz auf. »Dieses Mädchen war ihre – ihre Tochter?«

»Und damit Ihre Nichte«, sagte Josie.

Celeste klappte der Mund zu. Sie presste ihre Lippen zu einem schmalen Strich zusammen. Josie konnte sehen, wie sie die Kontrolle über ihre Gefühle verlor. »Sie war doch nur ein ... nur ein Kind.«

»O mein Gott«, stieß Adam hervor. Die Tränen flossen ihm jetzt in Strömen über das Gesicht. »Und sie wurde ... Jemand hat sie ermordet?«

»Ja«, sagte Josie. »Es tut mir sehr leid.«

Tom sagte kein Wort. Sein Gesicht war völlig ausdruckslos. Adam saß mit zitternden Schultern auf dem Sofa. Celeste war immer noch auf den Beinen und starrte sie an. Ihre Augen füllten sich mit Tränen, obwohl Josie deutlich sehen konnte, wie sie versuchte, die Emotionen zurückzuhalten. »Wie alt war sie?«

»Zwölf Jahre«, erwiderte Noah.

»O Gott«, stieß Celeste hervor und bedeckte ihren Mund mit einer Hand.

Adam schaute auf. »Sie haben gesagt, es gäbe noch ein Kind? Ein Mädchen?«

»Ja«, bestätigte Josie. »Emily. Sie ist acht Jahre alt.«

»Warten Sie. Das war die Vermisstenmeldung über Amber Alert, die wir gestern Abend erhalten haben«, sagte er. »Dann haben Sie sie gefunden?«

»Ja«, bestätigte Noah. »Sie hatte sich versteckt. Sie war in Sicherheit.«

»Aber das wussten wir nicht«, sagte Josie. »Deshalb mussten wir die Vermisstenmeldung rausgeben.«

»Natürlich«, sagte Adam.

»Was ist mit ihrem Vater?«, erkundigte sich Celeste.

»Offensichtlich hatte er keine Ahnung«, sagte Noah. »Auf ihren Geburtsurkunden ist kein Vater eingetragen. Emily sagte, sie habe keinen Vater. Wir haben in dem Haus keine Hinweise darauf gefunden, dass ein Mann dort gelebt hat.«

»Das arme Mädchen«, meinte Adam. »Sie muss traumatisiert sein.«

»So ist es«, bestätigte Noah. »Sie hat an einem Tag ihre Mutter und ihre Schwester verloren und jetzt muss sie ihr Zuhause verlassen. Während des Mordes hat sie sich in einem Schrank versteckt. Sie war mehrere Stunden lang dort drin und hat etwas Verdorbenes gegessen. Sie liegt gerade mit einer Lebensmittelvergiftung im Krankenhaus, aber sie wird bald einen Ort brauchen, an den sie gehen kann. Das Jugendamt ist bereits eingeschaltet. Sie ziehen es vor, dass ein Familienmitglied sie aufnimmt, bis eine dauerhafte Regelung getroffen werden kann.«

»Wir können sie nicht aufnehmen«, erklärte Celeste. »Sie kennt uns nicht mal!«

»Celeste«, protestierte Adam.

Sie sah zu ihm hinunter. »Nein. Ich meine nicht, dass wir sie nicht aufnehmen können, weil sie das Kind von Lorelei ist. Ich meine nur, dass sie Unterstützung brauchen wird, jemanden, der bei ihr ist, und wir arbeiten fast rund um die Uhr. Wir können sie nicht allein in diesem Haus lassen, Adam.«

Er stand auf und sah seiner Frau in die Augen. »Du hast doch gehört, was sie gesagt haben, es wäre nur vorübergehend. Ein paar Tage bekommen wir das schon hin. Wir haben genug Mitarbeiter, die uns vertreten können. Wenn du möchtest, können wir uns sogar abwechselnd um sie kümmern.«

Tom trat vor und ging einen Schritt näher auf Celeste zu. »Ich halte das für keine gute Idee.«

Adam wirbelte zu ihm herum. »Halt du dich da raus.«

Celeste berührte Adam am Arm. »Hör auf.«

»Nein«, sagte Adam. »Ich habe genug von ihm. Das, worüber wir gerade reden, geht nur uns beide etwas an. Es hat nichts mit ihm zu tun. Diese Entscheidung liegt allein bei uns.«

»Ihr müsst daran denken, wie das auf die Öffentlichkeit wirken wird«, warf Tom ein.

Adam streckte einen Finger in die Luft, direkt vor Toms Gesicht. »Halt die Klappe. Kein Wort mehr. Ich spreche mit meiner Frau.«

Er wandte sich wieder Celeste zu, doch sie schüttelte den Kopf. »Wir können nicht ...«

»Sie kann nirgendwo hin, Celeste«, bat Adam. »Willst du sie nicht wenigstens kennenlernen?«

Die beiden musterten sich für einen langen Moment. Josie

erkannte, dass eine ganze Flut wortloser Kommunikation zwischen ihnen stattfand. Das war die Geheimsprache von Paaren. Sowas gab es zwischen Noah und ihr auch. Schließlich nahm Celeste seine Hand und verschränkte ihre Finger mit den seinen. Als sie sich wieder Josie und Noah zuwandte, sagte sie: »Gut. Aber nur für ein paar Tage. Mehr nicht. Wir sind nicht bereit, uns rund um die Uhr um ein Kind zu kümmern. Aber nur, wenn die ganze Sache aus der Presse herausgehalten wird.« Sie warf Tom einen Blick zu. Er sah nicht glücklich aus, schwieg aber. Celeste fuhr fort: »Ich will nicht, dass sich das herzlos anhört, aber ich möchte einfach nicht, dass das Harper's Peak negative Schlagzeilen macht. Für uns persönlich ist es eine Sache, aber wir beschäftigen hier Hunderte von Menschen, und es ist meine Aufgabe, sie zu schützen und dafür zu sorgen, dass sie weiterhin ein Einkommen haben.«

»Wir tun unser Bestes«, versprach Noah. »Jetzt müssen wir erst mal mit der Sozialarbeiterin sprechen. Sie wird letztendlich darüber entscheiden, ob Emily vorübergehend hierher kommen darf. Vielleicht möchte sie sich mit Ihnen treffen.«

»Sie können ihr unsere Handynummern geben«, schlug Adam vor. »Wir sind hier immer erreichbar.«

Noahs Handy piepste. Josie erkannte das Signal als neue Textnachricht. Er holte das Handy hervor und warf einen Blick auf das Display. »Vom Krankenhaus«, sagte er. »Sie haben die Akten, die wir angefordert haben.«

»Wir müssen los«, sagte Josie. An Adam und Celeste gewandt, fügte sie hinzu: »Marcie Riebe vom Jugendamt wird sich bei Ihnen melden.«

SIEBZEHN

Sie verließen das Haus von Celeste und Adam und gingen zurück zum Parkplatz neben dem Hauptgebäude des Resorts. Als sie gerade ins Auto steigen wollten, fuhr ein weißer Lieferwagen an ihnen vorbei und hielt auf die Rückseite des Gebäudes zu. »Schau mal, Noah«, sagte Josie.

»Das ist einer der Lieferwagen des Hofladens«, meinte er und las den Schriftzug auf der Seite des Wagens. »Bryan's Farm Fresh Produce. Hast du gesehen, wer gefahren ist?«

»Nein«, sagte Josie. »Dafür war er viel zu schnell. Konntest du was erkennen?«

Noah schüttelte den Kopf und steuerte über die asphaltierte Einfahrt auf die Rückseite des Gebäudes zu. »Es gibt nur einen Weg, das herauszufinden.«

Josie folgte ihm. Sie gingen um die Rückseite des Gebäudes herum, wo sich eine Laderampe befand. Der Fahrer hatte den Lieferwagen rückwärts auf die Rampe gefahren und ihn mit offenen Türen dort abgestellt. Reed stand mit einem Angestellten des Resorts auf der Rampe. Während die beiden ein Klemmbrett studierten und der Angestellte die Artikel auf der Liste mit einem Stift abhakte, lud Paxton Kisten mit Obst und

Gemüse aus dem Lieferwagen und stellte sie seinem Vater vor die Füße. Er platzierte sie in Viererreihen und achtete darauf, dass jede Kiste genau eine Zeigefingerbreite neben der nächsten stand. Josie beobachtete, wie er seinen Finger einmal, zweimal und dann ein drittes Mal in die Lücken zwischen den Kisten steckte. Eine der Kisten stand zu dicht neben der anderen. Er korrigierte sie und begann wieder von vorn, zählte und maß wieder mit seinem Finger.

»Verdammt noch mal, Pax«, brüllte Reed. »Ich hab dir doch gesagt, dass du mit dem Scheiß aufhören sollst. Jetzt mach endlich, wir haben nicht den ganzen Tag Zeit.«

Pax zuckte zusammen und lief schnell wieder zum Lieferwagen, um weitere Kisten zu holen. Ein Mitarbeiter des Resorts half Reed, die Kisten hineinzutragen. Josie sah, wie Paxton die Kisten heimlich zurechtrückte, als sein Vater im Gebäude war. Als sie und Noah näher kamen, blickte Paxton auf und entdeckte sie. Seine braunen Augen wurden vor Panik riesengroß. Er schaute zur Laderampe hinüber, aber sein Vater war immer noch im Gebäude. Er legte einen Finger an seine Lippen. *Psst.* Dann schüttelte er den Kopf.

Josie lief weiter. Sie würde sich von Reed Bryan nicht einschüchtern lassen. Sie war nur noch wenige Meter von der Vorderseite des Lieferwagens entfernt, als sie Noahs Hand auf ihrem Unterarm spürte. »Schau mal«, sagte er.

Pax hatte aufgehört, den Lieferwagen zu entladen. Seine Hände steckten in den Taschen seiner Schürze und suchten nach etwas. Eine Hand tauchte mit einem zerknitterten Stück Papier wieder auf. Mit einer ruckartigen Bewegung warf er es zur Seite. Es landete neben dem Lieferwagen, zwischen Heckklappe und Fahrertür, aber von der Stelle aus, an der Reed auf der Laderampe gestanden hatte, war es nicht zu sehen. Pax sah Josie in die Augen und machte mit seinem Zeigefinger erneut eine stumme Bewegung. Sie nickte. Als Reed wieder aus dem Gebäude kam, drängten sie und Noah sich an die Vorderseite des Lieferwagens. Von dort, wo Reed stand, konnte er sie nicht sehen.

»Was zum Teufel, Pax? Leg mal einen Zahn zu. Wir haben nicht den ganzen Tag Zeit. Danach haben wir noch mehr Lieferungen zu erledigen«, hörten sie Reeds klagende Stimme.

»Tut mir leid, Dad.«

Noah spähte um den Lieferwagen herum. »Es liegt gleich da drüben«, sagte er. »Ich kann es holen«

»Das ist doch lächerlich«, protestierte Josie.

»Kann schon sein, aber wann können wir mit dem Jungen reden, ohne dass sein Vater dabei ist? Er will uns offensichtlich etwas mitteilen. Warte mal.«

Blitzschnell duckte er sich und sprintete zur Seite des Wagens, hob das zerknitterte Papier auf und nahm es an sich. Hinter ihnen hörten sie, wie Pax die Kisten auf die Laderampe fallen ließ und wie Reed und der Mitarbeiter des Resorts sie ins Gebäude schleppten. Noah benutzte die stupsnasig gewölbte Motorhaube des Lieferwagens, um das Papier glatt zu streichen. Der größte Teil des Dokuments war zerstört, verbrannt oder vom Feuer geschwärzt. An vielen Stellen, wo Pax es zerknüllt hatte, waren Teile davon abgeplatzt. Nur einige wenige Textbruchstücke waren erhalten geblieben.

»Der Zettel stammt aus Loreleis Haus. Vielleicht aus dem Gewächshaus«, sagte Josie leise.

Noah nickte. »Der Text ist handgeschrieben. Schwer zu entziffern. Vielleicht ein Brief? ... *will dich da nicht mit reinziehen. Das habe ich nie gewollt. Ich dachte, ich könnte das allein schaffen, aber ich habe mich geirrt. Ich werde es nicht schaffen ...* Den Rest des Satzes kann ich nicht erkennen. Dann: ... *wir haben eine Abmachung getroffen, aber wenn du dem Ganzen einfach eine Chance geben würdest, könntest du ...* Der Rest des Satzes ist unleserlich. Sieht aus wie: ... *kennt die Wahrheit über dich, und es ist mir egal ...* Den restlichen Absatz kann ich nicht entziffern, aber hier unten steht: ... *nicht einfach das Richtige tun? Warum zwingst du mich, diese Entscheidung zu treffen? Das ist eine unmögliche Entscheidung. Ich will es nicht verraten, aber ...* Der Rest ist einfach weg, verbrannt. Die Seite ist schwarz. Ich kann nichts weiter erkennen.«

»Kannst du irgendwelche Namen entziffern?«

»Nicht einen, und du?«

Josie beugte sich weiter zu ihm herüber. »Ich auch nicht.«

Reeds dröhnende Stimme ließ sie aufschrecken. »Junge, lass schon mal den Motor an, während ich den restlichen Papierkram erledige.«

»Okay, Dad«, erwiderte Pax.

Schnell schob Noah den Zettel in seine Tasche. Paxton kam zum vorderen Teil des Wagens. Er bekam große Augen, als er sie sah. »Sie müssen gehen. Mein Dad wird ausflippen, wenn er Sie hier sieht.«

Josie sagte: »Pax, du weißt, dass du rein rechtlich gesehen ohne die Erlaubnis deines Vaters mit uns sprechen darfst.«

»Ich muss mit ihm zusammenleben. Er wird mir den Arsch aufreißen, wenn er mich mit Ihnen zusammen sieht. Machen Sie es mir nicht noch schwerer.«

Josie hob die Hände. »Wir gehen schon, Pax. Vielen Dank für das hier. Wo hast du es gefunden?«

»Im Wald. Ganz in der Nähe von Miss Loreleis Haus. Ich habe es gefunden. Ich wusste, dass etwas Schlimmes passiert war, weil sie nicht wie sonst jeden Freitag ihr Obst geholt hat.«

»Du warst gestern bei ihr zu Hause?«, fragte Josie.

Pax blickte zurück zur Laderampe. Seine Finger ruhten nervös auf dem Türgriff des Lieferwagens. »Mein Dad war mit einem großen Auftrag beschäftigt. Er hat telefoniert. Ich bin mit dem Fahrrad durch den Wald gefahren, so wie ich es immer mache. Ich habe Feuer gerochen. Miss Lorelei mag kein Feuer in der Nähe ihres Hauses. Jemand hatte etwas im Gewächshaus verbrannt.«

»Bist du reingegangen?«

Er schüttelte energisch den Kopf. Eine Träne lief ihm über das Gesicht und er wischte sie hastig weg. »Da war Blut auf der hinteren Veranda. Ich habe Angst bekommen. Deshalb bin ich abgehauen und mit dem Fahrrad durch den Wald zurückgefahren.«

»Hast du unterwegs jemanden gesehen, Pax?«, fragte Josie.

»Bitte«, sagte er. »Sie müssen gehen.«

»Beantworte uns nur noch diese eine Frage«, bat Noah. »Hast du jemanden gesehen?«

»Nein, da war niemand. Nur dieser Zettel im Wald. Ich war aufgewühlt und habe mich verfahren. Ich musste umkehren, um zurück zum Laden zu fahren. Aber ich habe das hier gefunden. Ich dachte, es sei wichtig und ich wollte es Miss Lorelei geben, wenn ich sie das nächste Mal sehe, aber als Sie heute zum Laden kamen, haben Sie gesagt, sie sei tot. Und Holly auch.«

Eine weitere Träne rollte ihm über das Gesicht.

»Es tut mir leid, Pax«, sagte Josie.

»Geht es Emily gut?«

»Ja«, erwiderte Josie. »Es geht ihr gut. Danke für den Zettel. Du hast das Richtige getan. Pax, war sonst noch jemand mit Lorelei, Emily und Holly im Haus, als du dort warst?«

Er ließ das Kinn auf die Brust sinken. »Das darf ich nicht sagen. Nicht mal mein Dad weiß davon.«

Sie hörten, wie Reed sich auf der Laderampe lautstark von jemandem verabschiedete.

»Nehmen Sie einfach den Zettel und gehen Sie, okay?«

»Weißt du, wer diesen Zettel geschrieben hat?«, fragte Noah.

Reeds Stimme dröhnte von der Laderampe herüber. »Junge, warum läuft der Motor nicht? Pax?«

»Wahrscheinlich Miss Lorelei. Sieht aus wie ihre Handschrift. Sie hatte Geheimnisse. Alle Erwachsenen haben

Geheimnisse. Sie sind alle Lügner, sogar mein Dad. Sie können Emily fragen. Fragen Sie sie, was Erwachsene tun.«

»Pax! Wo zum Teufel steckst du denn?«

»Bitte, Sie müssen jetzt gehen!«

Josie drückte ihm eine Visitenkarte in die Hand. »Du rufst uns an, wenn du uns brauchst oder wenn du glaubst, dass du reden kannst, okay?«

Während Pax zur Rückseite des Wagens ging, um Reed abzulenken, rannten Josie und Noah zum vorderen Teil des Gebäudes. Sobald sie im Auto saßen, legte Noah den Gang ein und fuhr die lange Auffahrt hinunter.

ACHTZEHN

Emily war in einen anderen Bereich der Notaufnahme verlegt worden. Jetzt lag sie auf einer Pritsche hinter einem Vorhang. Ihre Reisetasche stand am Fußende des Betts und den Plüschhund hatte sie fest an ihre Brust gedrückt. Jemand hatte den Fernseher an der Wand eingeschaltet und sie starrte wie gebannt darauf. Auf dem Stuhl neben der Pritsche saß Marcie und tippte auf ihrem Handy herum. Als sie Josie und Noah bemerkte, sprang sie hastig auf. »Gut, dass Sie da sind«, rief sie. »Ich wollte Ihnen gerade eine SMS schicken. Ich fürchte, wir haben die Zeit, in der das Krankenhaus sie hierbehalten kann, langsam ausgereizt. Ich muss Emily irgendwo unterbringen. Ich habe einen Platz für sie in einem Kinderheim hier in der Nähe gefunden. Haben Sie bei der Suche nach den nächsten Angehörigen schon etwas erreicht?«

»Ja«, sagte Josie. »Können wir unter vier Augen reden?«

»Ich gehe schnell zur Krankenhausverwaltung und hole die Akten. Ich bin gleich wieder da«, meinte Noah.

Josie und Marcie suchten sich einen Platz, an dem Emily sie nicht hören konnte, damit Josie ihr von dem Treffen mit

Celeste und Adam berichten konnte. »Es ist alles andere als ideal«, stimmte Marcie zu. »Aber es hört sich zumindest so an, als ob sie möglicherweise einfühlsamer auf ihr jüngstes Trauma reagieren könnten als irgendein Fremder. Ich nehme an, dass sie ebenfalls Fremde sind, aber wenn sie Interesse gezeigt haben, sie vorläufig aufzunehmen, sollte ich mich zumindest mit ihnen unterhalten. Das Kinderheim, das ich im Auge habe, wird von einer netten Frau geleitet, aber sie hat eine Menge Kinder zu betreuen.«

»War Dr. Rosetti heute Morgen hier?«, erkundigte sich Josie.

»Wegen der psychologischen Untersuchung? Ja. Abgesehen von ihrer Zwangsstörung und einem offensichtlichen emotionalen Trauma durch den Verlust ihrer Mutter und ihrer Schwester hat Emily keine psychischen Probleme.«

»Hat Dr. Rosetti sie zufällig gefragt, was sie gestern beobachtet hat?«

»Ja. Ich war mit ihnen in dem Zimmer. Emily wollte nichts dazu sagen. Dr. Rosetti meinte, sie verarbeite offensichtlich immer noch alles, was passiert ist, und es sei das Beste, sie nicht zu drängen.«

»Ich verstehe«, meinte Josie. »Aber irgendjemand hat Emily dazu gezwungen, Geheimnisse zu haben. Geheimnisse, die zum Tod ihrer Familie geführt haben könnten.«

»Mir ist klar, dass Sie versuchen, einen Fall zu lösen, aber meine Aufgabe ist es, dieses kleine Mädchen irgendwo unterzubringen, bis wir eine dauerhafte Lösung gefunden haben. Sie können gerne noch einmal mit ihr reden, wenn Sie glauben, dass es hilft, aber ich bitte Sie, sie nicht zusätzlich zu belasten.«

»Das werde ich nicht«, versprach Josie. »Werden Sie sich heute mit Celeste Harper und Adam Long treffen? Sie haben gesagt, dass sie jederzeit erreichbar sind.«

»Haben Sie ihre Nummern?«, fragte Marcie.

Josie gab ihr sowohl Adams als auch Celestes Handynummer und Marcie verschwand den Flur hinunter. Josie schlüpfte in den abgetrennten Bereich und setzte sich zu Emily auf die Pritsche. »Ich habe heute deinen Freund Pax getroffen«, erzählte sie.

Emilys Augen wanderten vom Fernseher zu Josie. »Ist er traurig?«

Josie nickte. »Ja, ich fürchte schon.«

»Ich bin auch traurig«, erklärte Emily und drückte ihren Hund noch fester an sich.

»Emily?«, fragte Josie und dachte an das, was Pax gesagt hatte. »Pax hat mich gebeten, dir eine Frage zu stellen. Er sagte, ich solle dich fragen, was alle Erwachsenen tun.«

»Sie lügen.«

»Wie kommst du darauf?«

Sie schaute wieder auf den Fernseher. Jemand hatte Nickelodeon eingeschaltet. Mit einem Achselzucken sagte sie: »Weil es stimmt.«

»Hat deine Mom gelogen?«

»Nur, weil sie es tun musste.«

»Warum musste sie lügen?«

»Das ist ein Geheimnis.«

»Wer hat dir gesagt, dass es ein Geheimnis ist?«

»Mom.«

Josie versuchte noch einmal, die Aufmerksamkeit des Mädchens auf sich zu lenken. »Emily, es ist wirklich wichtig, dass du keine Geheimnisse vor der Polizei hast. Wir versuchen, die Person zu fassen, die deiner Mom etwas Schlimmes angetan hat, und deshalb müssen wir alle Geheimnisse wissen, die deine Mom dir erzählt hat.«

»Ich darf keine Geheimnisse verraten.«

Josie versuchte es mit einer anderen Taktik. »Emily, hat noch jemand bei dir, Holly und deiner Mom gewohnt?«

Emilys Augen richteten sich auf Josie. »Ich darf keine

Geheimnisse verraten. Wenn ich Geheimnisse verrate, werden noch mehr schlimme Dinge passieren.«

»Ich verspreche dir, dass nichts Schlimmes passieren wird, wenn du mir diese Geheimnisse verrätst«, sagte Josie.

»Ich darf keine Geheimnisse verraten«, wiederholte Emily und rollte sich eng zusammen.

»Schon gut«, sagte Josie. Um vom Thema abzulenken, fragte sie: »Hast du Pax' Dad jemals getroffen?«

»Er hat Pax abgeholt. Er sollte nicht zu uns kommen. Er wollte nicht, dass wir Freunde sind.«

»Hat er jemals einem von euch wehgetan?«

»Vielleicht hat er Pax wehgetan. Er war gemein.«

Marcie tauchte durch die Öffnung des Vorhangs auf. »Ich fahre jetzt zum Harper's Peak, um mich mit den beiden zu treffen. Die Krankenschwester weiß, dass Emily noch eine Weile hier bleiben wird.«

»Kann Josie bleiben, bis du zurückkommst?«, fragte Emily mit leiser Stimme.

»Ich glaube nicht, dass sie das kann, Emily. Es tut mir leid, aber sie hat Polizeiarbeit zu erledigen.«

»Doch, ich kann bleiben«, erwiderte Josie. »Mein Kollege ist oben und besorgt ein paar Informationen. Ich muss sowieso auf ihn warten.«

Marcie lächelte. »Ich komme zurück, so schnell ich kann.«

Josie setzte sich auf den Stuhl neben der Pritsche. Emily schaute wieder fern. Schon wenige Minuten später war sie eingeschlafen. Noah erschien am Eingang des mit Vorhängen abgetrennten Bereichs, in der einen Hand einen USB-Stick, in der anderen einen kleinen Stapel Blätter.

»Warum hat das so lange gedauert?«, fragte Josie.

Er hob das Kinn und machte eine Bewegung in Emilys Richtung. »Ich hatte da so ein Gefühl, dass wir hier nicht so schnell wieder rauskommen. Ich habe den Mitarbeiter der

Krankenhausverwaltung gebeten, das Anmeldeformular von Loreleis letztem Besuch in der Notaufnahme auszudrucken.«

Er zog den Vorhang hinter sich zu, kam zu ihr und reichte Josie den Stapel Papiere. »Das war vor einem Jahr. Sie war wegen eines Spinnenbisses hier. Offensichtlich hatte sie eine heftige Reaktion. Jedenfalls steht ihr Notfallkontakt dort.«

Josie blätterte durch die Seiten, bis sie fand, wonach sie gesucht hatte. »Vincent Buckley.«

»Der Psychiater, der zwei Autostunden von hier entfernt wohnt und ihr Antipsychotika und Medikamente gegen Angstzustände verschreibt, ist ihr Notfallkontakt. Kommt dir das seltsam vor?«

Josie gab ihm die Papiere zurück und holte ihr Handy hervor. »Das weißt du doch genau. Ich rufe den Typen noch mal an. Bleib du bei Emily.«

Das Telefon ans Ohr gepresst, schritt Josie durch den Flur und wich den Krankenschwestern und Ärzten aus, die hin und her liefen. Diesmal ging Vincent Buckley ran. »Hier spricht Dr. Buckley. Was kann ich für Sie tun?«

Josie stellte sich vor und sagte: »Ich muss mit Ihnen über Lorelei Mitchell sprechen.«

Kurz zögerte er, doch Josie konnte ihn am anderen Ende der Leitung atmen hören. Dann fragte er: »Worum geht es denn?«

»Lorelei wurde gestern ermordet. Ebenso wie eine ihrer Töchter. Wir haben in ihrem Haus Medikamente gefunden, die Sie ihr verschrieben haben. Sie hat Sie auch als ihren Notfallkontakt angegeben. Ich muss mich so schnell wie möglich mit Ihnen treffen, um über alles zu sprechen, was Sie uns über Lorelei und ihre Familienverhältnisse sagen können.«

Wieder Schweigen. Seine Atmung beschleunigte sich. »M-m-m-meine Güte«, stammelte er. »Ich weiß gar nicht, was ich sagen soll. Ich ... was ist passiert? Können Sie mir sagen, was passiert ist?«

»Wir wissen nicht, was passiert ist«, sagte Josie. »Deshalb habe ich angerufen. Was können Sie mir über Loreleis Lebensumstände sagen?«

Anstatt zu antworten, fragte er: »Können Sie mir den Tatort beschreiben?«

»Tut mir leid, wie bitte?«

»Den, äh, Tatort.«

»Diese Information darf ich nicht herausgeben, Dr. Buckley. Die Ermittlungen sind noch nicht abgeschlossen.«

»Ich verstehe. Ihre Lebensumstände? Nun, sie lebte mit ihren Kindern zusammen.«

Josie unterdrückte einen verärgerten Seufzer. »Dr. Buckley, wir haben hier einen Mörder auf freiem Fuß. Uns läuft die Zeit davon. Wenn Sie mir alles erzählen könnten, was Sie über Lorelei wissen, kann ich selbst entscheiden, welche Informationen uns weiterhelfen und welche nicht.«

»Was genau möchten Sie denn wissen?«

Er hatte nicht vor, es ihr leicht zu machen. »Sind Sie der Vater ihrer Kinder?«

Ein Glucksen. »Du liebe Güte, nein. Lorelei und ich waren Kollegen, als sie noch praktiziert hat. Daher kenne ich sie.«

»In Ordnung«, meinte Josie. »Haben Sie eine Ahnung, wer sie möglicherweise umbringen wollte?«

»Ich wohne zwei Autostunden von ihr entfernt. Ich habe sie nicht oft gesehen. Ich war nicht in die Einzelheiten ihres täglichen Lebens eingeweiht.«

»Lorelei war Ihre Patientin und Sie waren ihr Notfallkontakt. Sie muss Ihnen vieles anvertraut haben.«

Wieder ein langes Zögern. Gerade als Josie fragen wollte, ob er noch da sei, drang ein langer Seufzer durch die Leitung. »Detective, Lorelei Mitchell war nicht meine Patientin.«

»Wie bitte? Wir haben Medikamente, auf denen Ihr Name steht.«

»Richtig. Das wird ein langes Gespräch, welches wir lieber

persönlich führen sollten. Leider bin ich im Augenblick nicht mobil. Mein Auto ist in der Werkstatt. Aber Ende nächster Woche bekomme ich es zurück. Vielleicht könnten wir dann ...«

»Wir sehen uns in ein paar Stunden«, sagte Josie und legte auf.

NEUNZEHN

Vincent Buckley lebte auf einer ausgedehnten Farm in Bucks County, die von einer niedrigen, bröckelnden Steinmauer umgeben war. Die Zufahrt zu seinem riesigen Hof war fast einen Kilometer lang. Sie wurde auf beiden Seiten von üppigen, grünen Wiesen gesäumt, auf denen hier und da ein Baum stand. Sie bot zwar nicht die Aussicht, die man im Harper's Peak genießen konnte, dennoch war es wunderschön hier. Sie und Noah parkten vor dem Haus und stiegen die Stufen zur großen, umlaufenden Veranda empor. Ein Mann in den Siebzigern mit dichtem, welligem weißen Haar und einem ordentlich gestutzten weißen Bart saß in einem Schaukelstuhl. Neben ihm stand ein kleiner runder Tisch mit einem Aschenbecher darauf. In der einen Hand hielt er eine halbgerauchte Zigarre und in der anderen ein Buch. Rauchschwaden stiegen von seiner Zigarre auf und ließen einen starken Duft in ihre Richtung wehen.

»Sie müssen die Detectives aus Denton sein«, sagte er, ohne sich zu erheben.

Josie und Noah zeigten ihm beide ihre Dienstmarken. Er nahm sich die Zeit, beide ausführlich zu prüfen. Dann, offensichtlich zufrieden, legte er seine Zigarre in den Aschenbecher und sein Buch in den Schoß. Er deutete auf eine Rattanbank, die gegenüber von seinem Schaukelstuhl stand. »Bitte nehmen Sie doch Platz«, forderte er sie auf.

»Dr. Buckley«, sagte Josie. »Am Telefon haben Sie gesagt, Lorelei sei nicht Ihre Patientin gewesen, und doch besteht kein Zweifel daran, dass Sie ihr Medikamente verschrieben haben. Das ist ein ziemlich ernstes Geständnis. Dafür könnte Ihnen die Zulassung entzogen oder ausgesetzt werden.«

»Sie werden mich also melden?«, fragte er in einem Ton, der fast so klang, als würde er sich das wünschen.

»Wir müssen das mit unserem Chief besprechen«, erwiderte Noah. »Im Augenblick interessiert uns nur, warum Sie jemandem Medikamente verschreiben, der nicht Ihr Patient ist.«

»Ihr Sohn war mein Patient.«

Josie spürte ein Kribbeln in ihrem Nacken. »Entschuldigung, Dr. Buckley. Sie sagten, ihr Sohn?«

»Rory Mitchell.« Er legte sein Buch auf den Tisch, beugte sich vor und stützte die Ellbogen auf die Knie. »Ich sehe an Ihren Gesichtern, dass Sie die Nachricht, dass Lorelei einen Sohn hatte, vollkommen unvorbereitet trifft. Genau das hat sie auch beabsichtigt, obwohl ich mir nicht sicher bin, ob es ihr wirklich etwas genützt hat. Immerhin ist sie tot.«

»Wie alt ist ihr Sohn?«, wollte Noah wissen.

»Oh, er müsste jetzt ungefähr fünfzehn sein, schätze ich. Detectives, wenn Sie wissen wollen, wer Lorelei und alle anderen, die in ihrem Haus lebten, getötet hat, brauchen Sie nur nach Rory zu suchen.«

»Er war nicht dort«, sagte Josie. »Es gab keine Beweise dafür, dass er überhaupt dort gelebt hat. Keiner hat ihn auch nur mit einem Wort erwähnt.«

Buckley lächelte gequält. »Weil er ihr Geheimnis war.«

»Wie und warum sollte man ein Kind geheim halten?«, fragte Noah.

»Wissen Sie über Loreleis Vergangenheit Bescheid? Ich nehme an, dass es so ist, wenn Sie hier sind, um mit mir zu reden.«

»Sie war Psychologin«, sagte Josie. »Sie war auf verhaltensauffällige Jugendliche spezialisiert und wurde von einem Patienten angegriffen, der seine Mutter und später sich selbst getötet hat.«

Buckley nickte. Sein Lächeln war verschwunden. »Ich habe ja bereits zugegeben, dass ich jemandem Medikamente verschrieben habe, der nicht mein Patient war, und jetzt werde ich Ihnen noch etwas erzählen, was das Ende meiner Laufbahn bedeuten würde. Nur dass ich mich jetzt, wo Lorelei mich nicht mehr braucht, ohnehin zur Ruhe setzen werde. Ich habe seit über fünf Jahren keine Patienten mehr behandelt. Rory war mein letzter Patient. Lorelei wollte nur nicht, dass er in irgendeinem System auftaucht – nicht im Gesundheitssystem, nicht im psychiatrischen Gesundheitssystem und schon gar nicht im Strafverfolgungssystem – deshalb habe ich ihr seine Medikamente verschrieben, und sie hat sie Rory bei Bedarf verabreicht.«

»Was wollten Sie uns noch erzählen?«, fragte Josie, die spürte, dass er sich in seinen Gedankengängen verlor.

Er streckte einen Finger in die Luft. »Ach ja. Stimmt. Passen Sie auf.« Er legte seine Hand zurück in seinen Schoß. »Lorelei und ich waren Kollegen. Sie war sehr viel jünger als ich, aber wirklich brillant. Selbst bei der Therapie der schwierigsten Patienten war sie sehr erfolgreich. Ihr Spezialgebiet war die kognitive Verhaltenstherapie. Sie hat Patienten nicht gerne mit Medikamenten behandelt. Das war mein Job. Wir waren uns oft uneinig darüber, wann oder ob man Patienten medikamentös behandeln sollte. Wir hatten viele Auseinandersetzungen. Dann gab es einen Patienten, der uns besonders viel

Kopfzerbrechen bereitet hat. Sie hatte etwas mehr als drei Jahre mit ihm gearbeitet und dabei große Fortschritte gemacht.«

»Wie lautete seine Diagnose?«, fragte Josie.

Buckley winkte ab. »Oje. Gibt es jemals eine einzige Diagnose für die Kinder, die so schwer an Herz und Gemüt erkrankt sind? Viele Kinder haben mehrere Komorbiditäten. Daher ist es schwierig, eine davon zu behandeln, ohne andere irgendwie zu verschlimmern. Die schwierigsten Fälle sind diejenigen, die Sie nicht auf eine einzige Ursache zurückführen können. Stellen Sie sich, wenn Sie so wollen, ein Kind vor, das mit allgemeinem Unwohlsein in eine Praxis kommt. Es fühlt sich nicht wohl. Vielleicht hat es Schmerzen oder Magenprobleme. Vielleicht aber auch Kopfschmerzen oder es ist erschöpft. Insgesamt fühlt es sich einfach nicht gut. Es ist nicht in der Lage, seinen Alltag gut zu bewältigen. Was können Sie tun?«

Er schwieg, als ob er auf eine Antwort warten würde. Schließlich wagte Noah eine Vermutung. »Versuchen, verschiedene Ursachen auszuschließen, bis man es auf eine oder zwei eingegrenzt hat?«

Buckley lächelte. »Ja, ganz genau. Das ist unter anderem etwas, das ich versucht habe. Wenn Sie ein Kind haben, das Episoden extremer Wut erlebt, das sich gewalttätig verhält, dann könnten Sie annehmen, dass dieses Kind vielleicht eine Impulskontrollstörung, eine Verhaltensstörung oder eine oppositionelle Trotzstörung hat, es kommen aber auch eine Reihe von anderen Störungen in Frage. Es wäre hilfreich, wenn Sie herausfinden könnten, welche genau das ist. Aber was ist, wenn Sie Symptome und Verhaltensweisen haben, die eher auf ADHS, eine Zwangsstörung oder sogar eine bipolare Störung hindeuten? Was ist, wenn Sie glauben, dass eine Kombination aus diesen Faktoren vorliegt? Was ist, wenn das Kind auch Anzeichen von Schizophrenie zeigt? Was ist, wenn es fixe paranoide Wahnvorstellungen hat? Wir versuchen zwar, die Dinge einzugrenzen, aber manchmal gelingt es uns nicht. Manchmal ist das Innenleben dieser verschiedenen Syndrome und Störungen im Kopf eines Kindes so komplex, dass wir sie nur durch Versuch und Irrtum behandeln können.«

Josie resümierte: »Sie wollen also damit sagen, dass der Patient, den Sie und Lorelei vor zwanzig Jahren behandelt haben, an mehreren Erkrankungen litt, von denen einige zu gewalttätigen Episoden führten?«

»Ganz genau, ja.«

»Und Lorelei wollte ihn nicht mit Medikamenten behandeln?«, fragte Noah.

»Nein, ganz im Gegenteil. Sie wollte ihn medikamentös behandeln. Sie war mit ihren Therapien so weit gekommen, wie sie konnte, und sie glaubte, dass es mit ihm bergab ging. Dass er auf eine Art psychotischen Zusammenbruch zusteuerte. Sie wollte, dass ich ihm Medikamente verschreibe.«

»Aber das haben Sie nicht getan«, sagte Josie.

»Nein, das habe ich nicht getan.«

»Wenn sie geglaubt hat, dass dieser Patient eine so große Gefahr für andere oder sich selbst war, hätte sie ihn dann nicht einweisen lassen können?«, fragte Noah.

»Das hat sie ja getan. Aber Sie müssen wissen, dass es, wenn überhaupt, nur wenige Einrichtungen gibt, die Kinder mit solchen Problemen behandeln. Er war innerhalb einer Woche wieder draußen. In der Klinik ging es ihm gut. Lorelei glaubte, dass das daran lag, dass er dort in einer kontrollierten Umgebung keinen Zugang zu den Dingen hatte, die er brauchte, um eine Gewalttat zu begehen. Sie wollte ihn immer noch auf eine Medikamentendosierung umstellen, die über das hinausging, was er in der Klinik bekam, um seine akuten Probleme zu behandeln.«

»Aber Sie haben Nein gesagt«, meinte Josie. »Warum?«

Er seufzte tief und ließ seinen Blick über die Köpfe der beiden schweifen. »Warum? Das ist die Frage, die mich seit fast zwanzig Jahren quält. Warum? Weil ich ein Säufer war. Ich war faul. Ich war stur und ich war ein lüsterner alter Narr. Ich wollte Lorelei nicht mit ihrem Patienten helfen, weil sie mir auf meine Anmache hin einen Korb gegeben hatte. Die Wahrheit ist, dass ich in dieser Zeit zu betrunken war, um mich an viel zu erinnern. Es war alles wie im Nebel. Sie hat damals versucht, einen anderen Psychiater zu finden, der den Patienten behandeln konnte, doch bevor sie jemanden fand, hatte er seinen Angriff schon ausgeführt.«

»Warum hat man ihr die Schuld daran gegeben?«, wollte Josie wissen. »Ihr wurde die Zulassung entzogen. Ihre Karriere war am Ende.«

Buckley seufzte erneut. »Es war nicht ihre Schuld. Es war nur so ungeheuerlich, dass die Verantwortlichen meinten, sie müssten etwas unternehmen. Selbst dann hätte sie eigentlich mit einem blauen Auge davonkommen müssen. Dann hat sich der Vater des Jungen eingeschaltet. Ein Mann, der seinen Sohn seit zehn Jahren nicht mehr gesehen hatte, weil er mit seinem Verhalten nicht zurechtkam. Dieser Mann hatte seinen Sohn aufgegeben, aber als es darum ging, unsere Klinik zu verklagen, war er ganz vorne mit dabei. Er hat eine schöne Million aus unserer Versicherungspolice herausgeholt. Der Verlust von Loreleis Zulassung war einfach Pech.«

»Aber nicht Ihr Pech«, stellte Noah fest.

»Nein. Nicht mein Pech. Lorelei hätte mich mit in den Abgrund reißen können, aber sie hat es nicht getan. Natürlich habe ich diese Schuld mein ganzes Leben lang zurückgezahlt. Bis heute. Jetzt bin ich frei. Und Lorelei auch. Endlich.«

Josie glaubte nicht, dass Emily das so sehen würde, aber das sagte sie nicht. Stattdessen lenkte sie das Gespräch auf den Fall und versuchte, alles über Loreleis Leben herauszufinden und darüber, wer Teil ihres Lebens gewesen war. »Hatten Sie während des gesamten Prozesses Kontakt zu Lorelei? Während der Klage und der Anhörungen, bei denen es um ihre Zulassung ging?«

»Nein. Ich habe erst wieder etwas von ihr gehört, als Rory etwa sechs Jahre alt war. Er hatte Wutanfälle gehabt. Heftige Wutanfälle. Er zerstörte Spielzeug und alles, was er in die Finger bekam. Und er war boshaft. Wenn sie ihm sagte, er solle sich die Zähne putzen, konnte es passieren, dass er versucht hat, ihr heißen Kaffee ins Gesicht zu schütten. Sie bekam ihn nicht in den Griff – nicht mit einem Kleinkind im Haus.«

»War der Vater der Kinder nicht involviert?«, fragte Josie.

»Nein. Sie sagte, er sei ein Unbeteiligter. Er hatte ein gewisses Interesse an Rory gezeigt, als er noch ein Säugling war, aber als die Schwierigkeiten anfingen, wollte er nichts mehr damit zu tun haben. Ähnlich wie der Vater ihres letzten Patienten, leider. Ich glaube nicht, dass Lorelei überhaupt wollte, dass er Teil ihres Lebens war. Sie hatte ernsthafte Vertrauensprobleme, wenn es um Männer ging. Nun ja, nicht nur bei Männern, nehme ich an, aber sagen wir mal, dass sie Männern am wenigsten von allen vertraut hat. Sie sagte, sie sei die Expertin und sie wolle nicht, dass eine andere Person Entscheidungen für ihre Kinder traf.«

»Sie hat Ihnen nie etwas über den Vater erzählt?«, erkundigte sich Noah. »Seinen Namen? Irgendwas?«

Buckley schüttelte den Kopf. »Sie hat nur gesagt, dass er ein Fehler war. Das war alles. Ich habe immer Witze darüber gemacht, dass er offensichtlich ein Fehler war, den sie gern immer und immer wieder machte. Das hat ihr nicht gefallen.«

»Was war passiert, als sie Sie wegen Rory angerufen hat?«, fragte Josie. »Was hat sie gewollt?«

Er breitete die Hände aus. »Meine Hilfe. Sie hatte ihn bereits untersucht und meinte, er leide wahrscheinlich an oppositionellem Trotzverhalten. Ich fuhr hin und untersuchte ihn. Ich stimmte mit ihrer Einschätzung überein, obwohl ich auch vermutete, dass er Begleiterkrankungen wie Verhaltensstörungen, Autismus und ADHS haben könnte, was die Dinge für ihn noch viel komplizierter machte. Eines war sicher: er hatte unkontrollierbare Aggressionen. Meistens setzen Kinder mit Störungen, die gewalttätige Ideen hervorrufen, diese nicht wirklich in die Tat um. Manchmal zerstören sie Eigentum, aber Gewalt gegen andere Menschen ist extrem selten, ob Sie es glauben oder nicht. Aber Rory reagierte nicht auf die Bemühungen von Lorelei. Sie wollte ihn medikamentös behandeln. Normalerweise gebe ich Kindern in dem Alter noch keine Medikamente.«

»Sie haben es also nicht getan?«, fragte Josie.

»Nein, ich habe es nicht getan. Ich habe ihr gesagt, sie solle weiter mit ihm arbeiten. Sie praktizierte schon seit einiger Zeit nicht mehr. Ich habe ihr einige Empfehlungen gegeben, die auf Studien basierten, die ich gelesen hatte.«

»Aber das hat nicht funktioniert«, stellte Noah fest.

Wieder wanderte Buckleys Blick über ihre Köpfe, als ob er in seine Vergangenheit blicken würde. Was er dort sah, gefiel ihm offensichtlich nicht. »Nein. Das hat es nicht. Ich war innerhalb eines Jahres wieder dort.«

»Dann haben Sie ihm Medikamente verschrieben«, sagte Josie. »Weshalb?«

»Rory hatte seine Schwester Holly verletzt. Schwer verletzt. Er hat sie regelmäßig geschlagen, geschüttelt, herumgeschubst und gezerrt. Er war völlig außer Kontrolle. Lorelei konnte ihn nicht bändigen.«

»Was haben Sie getan?«, fragte Josie.

Buckley winkte mit einer Hand in Richtung des Geländes um sie herum. »Ich habe ihn hierhergebracht. Habe ihn stabilisiert. Ich habe mit ihm gearbeitet, bis ich das Gefühl hatte, dass er in Loreleis Obhut zurückkehren konnte.«

»Lorelei hat Ihnen einfach so ihr Kind anvertraut?«, fragte Josie.

»Sie müssen verstehen, wie verzweifelt sie war, wie erschöpft und wie verängstigt.«

»Warum hat sie ihn nicht einfach irgendwo einweisen lassen?«, erkundigte sich Noah.

»Weil sie wusste, was dort mit ihm passieren würde. Er würde sein ganzes Leben lang von einer Einrichtung zur nächsten wandern, ohne dass eine kontinuierliche Betreuung gewährleistet wäre. Er würde häufig weit weg von ihr untergebracht werden, weil es nur wenige Einrichtungen gibt, die für seine Probleme gerüstet sind, und weil diese räumlich weit voneinander entfernt sind. Dann würde er als Jugendlicher irgendetwas tun oder sagen, wodurch er mit dem Gesetz in Konflikt geraten würde. Dort endet diese Geschichte für Kinder wie Rory. Im Gefängnis. Sie bekommen keine Hilfe. Sie bekommen keine Betreuung. Zumindest nicht, bevor sie erwachsen sind. In diesem Land gibt es keine Einrichtungen, die solche Kinder unterstützen. Lorelei wusste das aus erster Hand. Sie wollte ihren Sohn nicht verlieren.«

»War das der Grund, warum Sie ihr und nicht ihm das Medikament verschrieben haben?«, fragte Josie

»Sie wollte nicht, dass er schon so früh im Leben unter dem Stigma leidet, auf solche Medikamente angewiesen zu sein. Es war einfacher und es wurden weniger Fragen gestellt, wenn ich sie ihr verschrieb und nicht einem kleinen Jungen. Es gab auch Medikamente und bestimmte Kombinationen von Medikamenten, die ich einem Kind nicht verschreiben konnte, einem Erwachsenen aber schon. Wir mussten einige außergewöhnliche Maßnahmen ergreifen, um Rory an einen Punkt zu bringen, an dem er ohne Gewaltausbrüche funktionieren konnte. Sie hatte immer Angst, dass, wenn auch nur eine Person ihn in seiner schlimmsten Phase sehen würde, diese die Behörden verständigen und er in eine staatliche Einrichtung eingewiesen werden würde. Damit wäre er außerhalb ihrer Reichweite gewesen, zumal ihr ja die Zulassung entzogen worden war.«

»Hat sie deshalb ein solches Geheimnis um ihn gemacht?«, fragte Noah.

»Wenn Sie irgendwo in der Öffentlichkeit sind und Ihr Sohn anfängt, Ihre jüngere Tochter zu schlagen und zu ohrfeigen, sie zu schütteln, sie zu Boden zu drücken, an ihren Gliedmaßen zu zerren und Dinge zu sagen wie: ›Ich werde die Messer finden und euch beide abstechen. Ich werde euch in Stücke schneiden. Ich bringe euch um‹, glauben Sie, dass die Leute um Sie herum einfach weitergehen würden, ohne etwas zu unternehmen?«

»Wahrscheinlich nicht«, sagte Josie.

»Wie ich schon sagte, konnte Rory diese Wutausbrüche oder Impulse nicht kontrollieren. Nur weil sie in der Öffentlichkeit waren, hieß das nicht, dass er sich benehmen würde. Wenn ihn Gewaltvorstellungen überkamen, versuchte er, sie in die Tat umzusetzen. Einmal hat er Holly auf dem Heimweg vom Spielplatz im Auto blutig geschlagen. Ich glaube, das war das letzte Mal, dass Lorelei mit ihm in der Öffentlichkeit war.«

Noah fragte: »Es hat sie nicht gekümmert, dass er ihrem anderen Kind wehgetan hat?«

»Natürlich hat es das«, sagte Buckley. »Aber was hätte sie tun sollen? Sie sind beide ihre Kinder. Sie ist für sie beide verantwortlich und wollte sie beide beschützen.«

»Sie dachte, sie könnte Rory retten«, sagte Noah mit einem leichten Unterton in seiner Stimme.

»Noah«, sagte Josie.

»Tut mir leid«, sagte er zu Buckley. »Ich versuche nur, es zu verstehen. Wie kann man beide Kinder schützen, wenn eines von ihnen versucht, das andere zu töten?«

»Nun, das ist es ja gerade, nicht wahr? Es ist eine unmögliche Situation. Beide sind Ihre Kinder. Müssen Sie sich entscheiden? Und wenn Sie sich für das Kind entscheiden, das keine psychischen Probleme hat, was machen Sie dann mit dem kranken Kind?«

»Lorelei hatte nicht das Gefühl, dass sie eine Wahl hatte«, sagte Josie leise.

»Sie hat ihre Kinder geliebt«, erwiderte Buckley. »Von ganzem Herzen und über alles. Mehr als alles und jeden anderen auf der Welt. Holly konnte mit einem wirksamen Sicherheitsplan weitgehend vor Schaden bewahrt werden. Aber Rory war schwieriger zu schützen. Lorelei hatte das Gefühl, dass sie ihn von einer Welt fernhalten musste, die ihn weder verstehen noch akzeptieren würde. Sie wollte nicht, dass sich das, was mit ihrem letzten Patienten passiert war, bei ihm wiederholte.«

Josie und Noah schwiegen lange, um diese Information zu verdauen. Dann sagte Josie: »Hollys Körper zeigte bei der Autopsie Anzeichen von chronischer körperlicher Misshandlung. Das war Rory. Nicht Lorelei oder der Vater der Kinder.«

»Das ist richtig.«

»Sie und Lorelei waren nicht in der Lage, sein gewalttätiges Verhalten in den Griff zu bekommen«, sagte Noah. »Nicht, wenn es noch Sicherheitspläne für das Haus gab. Wie sah denn Loreleis langfristiger Plan für Rory aus? Er konnte nicht für immer mit ihr im Wald bleiben.«

»Ich habe sie das selbst oft gefragt, aber sie war so erschöpft und zermürbt von der endlosen Krise mit ihm, dass ich nicht glaube, dass sie so weit vorausgedacht hat. Ich glaube, sie hat wirklich gehofft, dass sie ihn an einen Punkt bringen könne, an dem er gut funktioniert und nicht mehr gewalttätig ist. Das ist sicherlich möglich. Man sollte bei diesen Kindern nichts ausschließen. Aber die Behandlung ist schwierig. Sie ist sehr kompliziert. Bei diesen Kindern ist es oft so, als ob man Spaghetti an die Wand wirft und schaut, was hängen bleibt.«

»Eine sehr beruhigende Einschätzung von einem Psychiater«, meinte Josie.

Buckley lachte. »Ich will damit nur sagen, dass jeder Mensch anders ist. Was bei dem einen funktioniert, funktioniert bei einem anderen vielleicht nicht, selbst wenn beide die gleichen Diagnosen haben. Wie ich schon sagte, vermute ich, dass Rory mehrere Begleiterkrankungen hatte, und einige, die wir noch nicht vollständig berücksichtigt hatten. Bei jemandem, der sich fast dauerhaft in einer Krise befindet, versucht man ständig, den Brand zu löschen, und es wird immer schwieriger, die Zeit zu finden, sich mit all den Dingen zu befassen, die diese Brände überhaupt erst verursachen. Wir haben es nicht geschafft, mit seinem gewalttätigen Verhalten auf eine Weise umzugehen, die es dauerhaft verschwinden lässt. Es wird vielleicht nie verschwinden. Aber wir haben es geschafft, ihn an einen Punkt zu bringen, an dem seine Ausbrüche weniger häufig und weniger heftig waren, an dem er sie besser unter Kontrolle hatte. Lorelei und ihre Mädchen hatten einen Sicherheitsplan für den Fall, dass Rory ausflippte. Soweit ich weiß, hat er der jüngeren Tochter selten wehgetan. Wie war noch mal ihr Name?«

»Emily«, erwiderte Josie. »Haben Sie sie schon einmal getroffen?«

»Nur zweimal, ganz kurz. Vor Jahren. Sie war wahrscheinlich zu klein, um sich an mich zu erinnern.«

»Der Sicherheitsplan«, sagte Josie. »Gehörte dazu, sich zu verstecken? Alle gefährlichen oder scharfen Gegenstände von Rory fernzuhalten?«

»Ja, ganz genau. Ich hatte Rory wieder hierhergeholt, als er etwas älter war, nach einigen besonders gewalttätigen Zwischenfällen mit Holly. Seine Medikamente mussten angepasst werden. Lorelei sagte damals, sie wolle ihren Schlafzimmerschrank in eine Art Versteck für die Mädchen umbauen, während ich ihn hier bei mir hatte. Nachdem ich ihn damals nach Hause geschickt hatte, hörte ich nichts mehr von ihr. Sie hat sich nur ab und zu gemeldet, damit ich neue Rezepte für Rorys Medikamente ausstellte.«

»Leidet Rory an einer Zwangsstörung?«, fragte Josie.

»Rory hat viele Diagnosen, aber nein, das ist keine davon.«

»Sie sagten, Sie hätten seit mehreren Jahren keinen Kontakt mehr zu Rory. Und dennoch glauben Sie, dass er Lorelei getötet hat?«, wollte Noah wissen.

»Das wäre zumindest die naheliegendste Erklärung. Als ich ihn das letzte Mal sah, litt er das erste Mal unter Halluzinationen und paranoiden Wahnvorstellungen. Ich habe mit Lorelei darüber gesprochen, aber sie dachte, dass sie ihn mit Medikamenten und ihren eigenen Bemühungen noch in den Griff bekommen könnte. Ich glaube allerdings nicht, dass Rory eines Tages einfach aufgehört hat, unter Gewaltausbrüchen oder unkontrollierten Aggressionen zu leiden.«

»Lorelei hatte eine Waffe«, erklärte Josie. »Haben Sie davon gewusst?«

Buckley zog eine Augenbraue hoch. »Nein, das wusste ich nicht. Das überrascht mich. Ich nehme aber an, sie hat sie außerhalb von Rorys Reichweite aufbewahrt.«

Nicht weit genug, dachte Josie. »Wo waren Sie gestern Morgen, Dr. Buckley?«

»Ich war hier. Ich bin immer hier. Wie ich schon sagte, war mein Auto in der Werkstatt.«

»Wohnt jemand bei Ihnen?«, fragte sie. »Irgendjemand, der bestätigen kann, dass Sie hier waren?«

»Nein, ich lebe allein.«

Noah fragte: »Haben Sie Fotos von Rory?«

Buckley schüttelte den Kopf. »Nein, aber Lorelei hatte viele Fotos. Etliche Alben voll.«

Josie sah Noah in die Augen und wusste, dass er dasselbe dachte: diese Alben waren verschwunden oder zerstört worden. »Könnte Rory die Alben bei einem Wutausbruch zerstört haben?«

»Das wäre möglich. Er hat im Laufe der Jahre viele Dinge zerstört.«

»Können Sie uns beschreiben, wie er aussah?«, fragte Noah.

»Als ich ihn das letzte Mal sah, war er groß und schlaksig. Er hatte große Ähnlichkeit mit Lorelei. Braune Augen. Braunes Haar. Oh, und er hatte eine weiße Haarlocke, genau hier.« Buckley deutete auf die Mitte seiner Stirn, wo sein Haaransatz begann.

»Poliosis«, sagte Josie.

Er lächelte. »Ja! Er hatte die weiße Stirnlocke und Holly die weißen Wimpern.«

Noah fragte: »Wissen Sie vielleicht, ob Lorelei ebenfalls Poliosis hatte?«

»Ich glaube nicht«, sagte Buckley.

»Dann haben die Kinder das von ihrem Vater geerbt«, schlussfolgerte Josie.

»Das kann ich nicht mit Sicherheit sagen«, erwiderte Buckley. »Ich bin kein Genetiker oder Experte für Poliosis, aber ja, das könnte schon sein.«

Emily hatte weder eine weiße Stirnlocke noch weiße Wimpern. »Wissen Sie, ob alle drei Kinder von demselben Mann gezeugt wurden?«, fragte sie.

»Ich habe keine Ahnung. Ich habe angenommen, dass sie alle denselben Vater haben. Lorelei ist ja nicht viel rumgekommen. Ihr ganzes Leben hat sich um ihre Kinder gedreht. Könnte sie nach Hollys Geburt einen anderen Mann kennengelernt haben? Möglich wäre es schon. Wir haben nie darüber gesprochen.«

Josie dachte darüber nach, was Paxton und Emily über die Lügen der Erwachsenen gesagt hatten. Buckley war ihnen gegenüber sehr offen gewesen, selbst auf die Gefahr hin, seine berufliche Existenz zu gefährden. Jetzt, wo Lorelei tot war und er sich zur Ruhe setzen wollte, musste er für seine Laufbahn keinen Schaden mehr befürchten, selbst wenn Josie und Noah ihn beim Staat anzeigen würden. Ohne Lorelei gäbe es niemanden mehr, der Strafanzeige erstatten oder Zivilklage einreichen könnte. In gewisser Hinsicht war sein Ruf das

Einzige, was er noch zu verlieren hatte. Dennoch hatten Paxton und Emily beide recht – es schien, als hätte jeder Erwachsene in Emilys Leben über eine ganze Menge Dinge gelogen.

»Kennen Sie einen Mann namens Reed Bryan?«, fragte Josie.

Da war kein Aufflackern des Wiedererkennens auf seinem Gesicht. »Nein, der Name sagt mir nichts.«

»Hat Lorelei jemals mit ihnen über ihre Verwandtschaft gesprochen?«, wollte Noah wissen.

»Ihre böse Halbschwester?«, erwiderte er lachend. »Ja, aber nur flüchtig. Als ich sie das erste Mal besuchte, habe ich mich gefragt, wie sie an ihr Haus und all das Land gekommen war, wo sie doch keine Arbeit und keine Perspektive hatte. Falls Sie sich jetzt fragen, welche anderen Geheimnisse Lorelei mit mir geteilt hat, es gab keine. Nur Rory.«

Josie fragte: »Dr. Buckley, welche Schuhgröße haben Sie?«

Überrascht zog er die Augenbraue hoch, dann antwortete er: »41,5.«

»Können Sie uns Ihre Blutgruppe nennen?«

»B positiv«, erwiderte er gelassen. »Hätten Sie auch gerne meine Fingerabdrücke?«

Es war nicht ernst gemeint, das erkannte Josie an seinem Lächeln. »Ja, eigentlich schon«, sagte sie.

ZWANZIG

»Glaubst du, dass der Typ der Vater von Loreleis Kindern ist?«, fragte Noah, als er die lange Einfahrt von Vincent Buckley verließ und zurück Richtung Denton fuhr.

»Ich weiß es nicht«, erwiderte Josie. Sie schob eine braune Beweismitteltüte, die eine ihrer Visitenkarten mit Buckleys Fingerabdrücken darauf enthielt, ins Handschuhfach. Sie würde Hummel bitten, die Karte zu untersuchen, sobald sie zurückkamen, um zu prüfen, ob seine Abdrücke mit denen in Loreleis Haus übereinstimmten. »Auf mich wirkt es so, als hätte er uns das gestanden. Er hat uns ja auch alles andere erzählt, sogar dass er sich an Lorelei rangemacht hat.«

»Alles, was er uns erzählt hat, hat jetzt nichts mehr zu bedeuten«, meinte Noah. »Zumindest, wenn er nicht mehr als Arzt praktiziert. Aber wenn Rory und Emily seine Kinder sind, macht das die Sache für ihn viel komplizierter.«

»Das stimmt«, sagte Josie. »Aber er hat Lorelei wirklich reingeritten. Er hat ihre Versuche, einem Patienten zu helfen, aktiv unterbunden, und deswegen sind Menschen gestorben. Dann hat er tatenlos dabei zugesehen, wie sie sowohl ihre Zulassung als auch ihre berufliche Zukunft verloren hat. Ich weiß nicht, ob irgendeine Frau so etwas verzeihen kann – nicht genug, um drei Kinder mit ihm zu haben. Wie auch immer, jetzt müssen wir uns erst mal darauf konzentrieren, Rory zu finden. Kannst du mich am Krankenhaus absetzen? Mein Auto steht dort. Ich fahre zu Loreleis Haus und schaue, ob ich etwas finde, das Rory gehörte.«

»Und ich sehe in der Zwischenzeit mal, ob ich eine Geburtsurkunde von Rory Mitchell auftreiben kann, und werde einen Durchsuchungsbeschluss für alle medizinischen Unterlagen ausstellen«, meinte Noah. »Ich weiß, dass Lorelei ihn geheim gehalten hat, aber irgendwo muss sie ihn ja zur Welt gebracht haben. Mir ist bewusst, dass viele Frauen zu Hause gebären, aber sie hat seine beiden Schwestern im Denton Memorial zur Welt gebracht, vielleicht wurde er ebenfalls dort geboren. Wenn ja, wird seine Blutgruppe in den Akten stehen. Außerdem werde ich sehen, ob ich den Sheriff dazu bringen kann, Deputy Sandoval und ihren Hund Rini zu dir zu schicken. Der Suchhund wäre wahrscheinlich der schnellste Weg, den Jungen zu finden, falls er sich da draußen im Wald versteckt.«

»Und bring das Team auf den neuesten Stand«, meinte Josie. »Wir brauchen Verstärkung für die Hundestaffel. Das Gebiet, das wir durchkämmen müssen, ist riesig, und wenn der Junge so gewalttätig ist, wie Buckley behauptet, ist es vielleicht besser, Verstärkung zu haben.«

»Weißt du noch, als wir mit Pax geredet haben und er so etwas sagte wie: ›Nicht mal mein Dad weiß davon‹? Er hat damit gemeint, dass sein Vater nichts von Rory weiß, oder?«

»Ich glaube schon«, sagte Josie. »Wenn Reed die Wahrheit sagt und er nur ein paarmal bei Lorelei war, um Pax zu holen, ist es gut möglich, dass er Rory nie getroffen hat. Aber Pax hat auch gesagt, dass sein Dad gelogen hat. Ich frage mich nur, worüber er gelogen hat und ob das etwas mit diesem Fall zu tun hat.«

»Du meinst, du glaubst, Reed hatte etwas damit zu tun?«

»Ich weiß es nicht«, sagte Josie. »Bei Buckley klang das so einfach. Lorelei hat einen Sohn im Teenageralter, den sie seit Jahren von den Leuten fernhält, weil er zu gewalttätigen Ausbrüchen neigt. Dieses Mal ist er zu weit gegangen.«

»Wenn es so war, warum hat Emily uns dann nicht einfach gesagt, dass sie einen Bruder hat, der ihre Mutter und ihre Schwester getötet hat?«

»Ich glaube nicht, dass Emily die Morde tatsächlich mit angesehen hat. Ich glaube, Holly hat ihr gesagt, dass sie sich verstecken soll, bevor etwas passiert ist.«

»Trotzdem wusste sie von Rory und hat es uns nicht gesagt. Warum konnte sie uns nicht einfach sagen, dass sie einen Bruder hat?«, fragte Noah.

Josie dachte über Emilys Beweggründe nach, keine Geheimnisse zu verraten. Das würde dazu führen, dass schlimme Dinge passierten. Das lag an ihrer Zwangsstörung. Der irrationalen Sorge und der Stimme, die ihr ins Ohr flüsterte: »Bist du sicher, dass keine schlimmen Dinge passieren werden, wenn du diese Geheimnisse verrätst?« Josie hatte ihr immer wieder erklärt, dass sie alles, was sie wusste, der Polizei erzählen musste, aber sie konnte sich nicht dazu durchringen, es zu tun. Das würde ihre Kampf-oder-Flucht-Reaktion auslösen. Panik. Josie hatte sie in der Nacht zuvor selbst in ihren Fängen gesehen. Sie hatte dabei zugesehen, wie sie all ihre Gefühle gefühlt hatte, bis sie verschwunden waren. Kein Wunder, dass sie das nicht noch einmal durchmachen wollte. Wenn Rory so aggressiv und unkontrollierbar war, wie Buckley behauptete, waren bei ihr zu Hause regelmäßig schlimme Dinge passiert. Rorys Ausbrüche würden das verzerrte Denkmuster und das Bedürfnis nach Geheimhaltung mit Sicherheit noch verstärkt haben. »Ich glaube, das liegt an ihrer Zwangsstörung«, sagte Josie zu Noah. »Weißt du noch, was ich dir über meine Unterhaltung mit Paige erzählt habe?«

»Ja. Das ergibt Sinn. Aber was ist mit Pax? Warum sollte er uns nicht einfach von Rory erzählen? Er hat kein Interesse an der Sache, vor allem nicht jetzt, nach Loreleis Tod. So hat sein Vater einen Grund weniger, wütend zu sein.«

»Ich weiß es nicht«, erwiderte Josie. »Aber wenn Pax mit seinem Dirt Bike auf dem Berg durch den Wald fährt, besteht die Möglichkeit, dass er Rory begegnet – der jetzt eine Waffe hat.«

»Ein Grund mehr für Pax, uns von Rory zu erzählen. Es sei denn, Pax hat etwas zu verbergen.«

»Es scheint, als ob jeder, mit dem wir reden, etwas zu verbergen hätte«, murrte Josie. Ein Bild von Pax, der seinen Zeigefinger zwischen die Kisten auf der Laderampe steckte, schoss ihr durch den Kopf. »Es könnte sich lohnen, noch einmal mit Reed zu reden, aber im Moment ist Rory unser Hauptverdächtiger und das einzige Mitglied von Loreleis Haushalt, das noch nicht gefunden wurde.«

Noah hielt auf dem Krankenhausparkplatz neben Josies Auto an. Bevor sie ausstieg, beugte er sich über die Mittelkonsole und küsste sie innig. Dann drückte er seine Stirn gegen ihre. »Ich werde das Team sofort darauf ansetzen, und sobald das hier vorbei ist, mache ich dich zu meiner Frau.«

EINUNDZWANZIG

Das Haus von Lorelei Mitchell war ringsherum mit Absperrband als Tatort gesichert. Josie parkte vor den Stufen der Veranda und stieg aus. Die gruselige Tannenzapfenpuppe war verschwunden. Chan hatte sie zur Untersuchung mitgenommen. Eine sanfte Brise wehte durch die Bäume, die das Haus umgaben. Vögel zwitscherten. Über dem Haus schien die Sonne. Josie hielt inne, um das alles in sich aufzunehmen. Es war so friedlich hier und so abgeschieden. Es gab keine Nachbarn. Das Grundstück erstreckte sich über mehrere Hektar in jede Richtung und dort, wo es endete, begann das Gelände von Harper's Peak Industries. Trotzdem war das Haus immer noch meilenweit von den Hauptgebäuden des Resorts entfernt. Dass sich jemand versehentlich in ihre Einfahrt verirrte, war ausgeschlossen, denn auch diese war gut versteckt. Dies war eine geliebte Oase, die sich in eine kleine Hölle verwandelt hatte.

Josie stieg die Stufen hinauf und betrat das Haus. Drinnen war es still. Sie ging durch das Wohnzimmer zum Esszimmer und bemerkte, dass die Kellertür offen stand. Hatte ihr Team sie offen gelassen? In der Küche war Loreleis Blut auf dem Boden und an der Arbeitsplatte der Küheninsel getrocknet. Jemand hatte die Hintertür geschlossen. Das zersplitterte Glas auf der anderen Seite der Kücheninsel war beiseite geschoben worden, als hätte jemand Platz schaffen wollen, um ans Spülbecken zu gelangen. Josies Herz begann zu rasen, als sie sich der Spüle näherte. Darin befand sich ein leeres Einweckglas, das auf der Seite lag, der Deckel lag ein paar Zentimeter daneben. Hatte das gestern schon in der Spüle gelegen, oder war jemand hier gewesen?

Sie drehte sich um und ging zur Treppe, jetzt wollte sie so schnell wie möglich aus dem Haus verschwinden. Alles, was sie brauchte, war ein Gegenstand, von dem sie annehmen konnte, dass er Rory gehörte. Etwas, woran der Hund riechen konnte. Es würde auch nicht schaden, wenn sie einen anderen Beweis für seine Existenz fand – beispielsweise irgendein Foto. Sie fing im letzten Schlafzimmer an – dem mit der kahlen Matratze, dem Poster und der Zeichnung des wütenden Gesichts. Josie fragte sich, ob Rory es gezeichnet hatte. War es eine Darstellung der Wut, die er manchmal empfand? Sie stellte sich in die Mitte des Zimmers und drehte sich im Kreis. Wie konnte ein fünfzehnjähriger Junge hier ohne persönlichen Besitz leben? Josie konnte den Wunsch nachvollziehen, alle Gegenstände von ihm fernzuhalten, mit denen er andere verletzen könnte, aber er hatte doch sicher Kleidung gehabt. Sie nahm sich vor, in den Schränken im Erdgeschoss nachzusehen, ob irgendwo Wintermäntel aufbewahrt wurden. Langsam beschlich sie das Gefühl, dass er nicht wirklich existierte. Wenn Vincent Buckley den Jungen nicht gesehen hätte, wäre Josie vielleicht geneigt zu glauben, dass Lorelei ihn nur erfunden hatte und dass die Medikamente in ihrem Medizinschrank in Wahrheit ihr selbst gehörten.

Andererseits waren Loreleis Dokumente und Fotos allesamt vernichtet worden. War das Rory gewesen? Hatten Loreleis Versuche, zu verhindern, dass jemand anderes als ihre Töchter und Buckley von seiner Existenz erfuhren, auch vor

Rorys Verstand nicht Halt gemacht? Hatte er das Bedürfnis gehabt, alle Spuren von sich selbst zu vernichten, nachdem er seine Mutter und seine Schwester getötet hatte? Er musste gewusst haben, dass Emily, Dr. Buckley oder sogar Pax irgendwann der Polizei von ihm erzählen würden. Bedeutete das, dass jemand anderes alle Sachen von Lorelei zerstört hatte?

Ein lautes Knarren riss Josie aus ihren Gedanken. Sie griff nach ihrem Holster und ließ es aufschnappen, während sie in den Flur schlich. Kam das Geräusch von hier oben oder von unten? Sie kannte das Haus nicht gut genug, um sicher zu sein. Mit einer Hand am Griff ihrer Pistole ging sie mit langsamen und leisen Schritten zurück in den Flur und zum oberen Ende der Treppe. Dabei drehte sie den Kopf, um in die Schlafzimmer zu schauen. Als sie am Ende des Flurs ankam, fiel ihr im Badezimmer etwas ins Auge. Oben auf dem Waschbecken stand ein Zahnbürstenhalter. Darin standen vier Zahnbürsten. Lorelei, Holly, Emily und Rory. Wenn jemand versucht hatte, alle Beweise für Rorys Existenz zu beseitigen, hatte er dieses eine Detail übersehen. Josie würde sie alle mit in die Spurensicherung nehmen müssen, um zu prüfen, ob sie DNA und Fingerabdrücke von der Zahnbürste sichern konnten, die Rory gehörte.

Ein weiteres Knarren lenkte ihre Aufmerksamkeit zurück auf den Flur. Mit pochendem Herzen zog sie ihre Pistole hervor und hielt sie nach unten gerichtet. Gerade wollte sie sich umdrehen, um sich mit dem Rücken an eine der Flurwände zu drücken, als plötzlich etwas Schweres von hinten auf ihrer Schulter landete. Sie ließ die Pistole fallen und versuchte, sich umzudrehen, um zu sehen, was oder wer hinter ihr war, doch dabei regneten Schläge auf ihren Hinterkopf und Nacken. Erst da wurde ihr klar, dass sie es mit einem Menschen zu tun hatte. Einem sehr wütenden Menschen. Josie riss sofort die Arme hoch und versuchte, ihren Kopf vor den Schlägen zu schützen. Sie ließ sich nach unten fallen, in der Hoffnung, ihre Waffe zu finden und wieder an sich zu nehmen, doch die Person trat sie so heftig, dass sie auf dem Bauch landete, und setzte sich rittlings auf sie. Fausthiebe prasselten auf sie ein. Ihr Kopf flog von einer Seite zur anderen. Alles, was sie in diesem Augenblick wahrnahm, war der Versuch, am Leben zu bleiben, und das Ächzen, das über ihr zu hören war.

Während sie auf dem Bauch lag und die Fäuste immer wieder auf die Haut und die Knochen ihrer Arme einschlugen, mit denen sie ihren Kopf schützte, hatte sie nicht viele Möglichkeiten zu kämpfen. Trotzdem versuchte sie, sich mit dem Unterkörper irgendwie unter dem Mann hervorzuwinden, die Knie unter ihn zu schieben, um ihn abzuwehren. Einfach irgendetwas zu tun, um ihn zu bremsen oder seinen Angriff zu stoppen. Nichts davon funktionierte. Obwohl ihre Arme den Großteil des Angriffs abfingen, war sie sich nicht sicher, wie viel sie noch aushalten konnte. Aber wenn sie ihre Arme benutzte, wäre ihr Kopf ungeschützt. Würde er sich irgendwann verausgaben? Würde sie so lange durchhalten? Sie versuchte, die Panik zu überwinden, die in ihr aufstieg, und konzentrierte sich auf die Hände, die auf sie einschlugen. Sie sagte sich, dass sie nicht den ganzen Tag hier liegenbleiben konnte. Er würde sie windelweich prügeln. Sie musste schnell handeln.

Das Gesicht zu Boden gerichtet zog sie ihre Arme schnell nach innen und nach unten, sodass sie mit gebeugten Ellbogen zwischen ihr und dem Boden lagen. Dann stützte sie sich auf die Unterarme und nutzte die Hebelwirkung, um ihn aus dem Gleichgewicht zu bringen. Es entstand eine zweisekündige Pause zwischen seinen Schlägen, die sie zu ihrem Vorteil nutzte, indem sie blitzschnell mit den Hüften zustieß und ihn gegen die Wand schleuderte. Sie lag auf dem Rücken und trat nach ihm, um ihn auf Abstand zu halten, während sie mit einer Hand nach ihrer Waffe suchte. Ihre Finger schlossen sich um den Griff und als sie sie auf den Mann richtete, stürzte er sich wieder auf sie und schlug ihr die Pistole erneut aus der Hand. Da sie nun auf dem Rücken lag, war sie jedoch in einer besseren Position. Diesmal schützte sie ihr Gesicht mit den Armen, beugte die Knie und stieß mit den Füßen zu. Wieder versuchte sie, ihn abzuschütteln, doch der Flur war zu schmal. Stattdessen bewegten sie sich, ihre Körper wirr miteinander verschlungen, auf das obere Ende der Treppe zu. Als sie das nächste Mal versuchte, ihn abzuschütteln, rutschte er von ihr herunter. Sie sah, dass er die Treppe hinunterstürzte, doch einen Sekundenbruchteil später spürte sie, wie auch ihr eigener Körper ins Fallen geriet. Seine Hände hatten nach ihrem Shirt gegriffen und sie mit sich gezogen.

Gemeinsam stürzten sie in die Tiefe. Josies Adrenalinschub sorgte dafür, dass sie während des Sturzes nichts spürte. Unten angekommen stellte Josie fest, dass sie plötzlich frei war. Sie landete auf dem Rücken und sah gerade noch rechtzeitig, wie die schattenhafte Gestalt aus der Haustür flüchtete. Schnell rappelte sie sich auf und humpelte ihm hinterher, erst jetzt bemerkte sie ein Pochen in ihrem linken Knöchel. Sie ignorierte den Schmerz, beschleunigte ihr Tempo und stürmte durch die Haustür hinaus auf die Veranda. Ihre Augen suchten den Vorgarten ab, wo ihr Auto wenige Meter neben Loreleis Pickup stand. Zwischen den beiden Fahrzeugen lag ein Mountainbike. Das war vorher definitiv noch nicht da gewesen.

Sie eilte die Treppe hinunter und rieb sich die schmerzende Schulter. »Pax?«, rief sie.

Links von ihr knackte ein Ast, also lief sie in diese Richtung und folgte dem Geräusch hinein zwischen die Bäume. Ihre Füße stolperten über Tannennadeln und dichtes Gestrüpp. Alle paar Sekunden blieb sie stehen und spitzte die Ohren, damit ihr auch nicht die kleinste Bewegung entging. Das Gelände stieg an und fiel dann wieder ab. Sie hatte keine Ahnung, in welche Richtung sie gehen sollte. Ihre mühsamen Atemzüge hallten in ihren Ohren wider. Der Schmerz in ihrer

Schulter breitete sich in ihrem Nacken aus. Das Pochen in ihrem Knöchel wurde schlimmer. Sie hörte einen weiteren Ast zu ihrer Rechten knacken und drehte sich in diese Richtung. Sie glaubte, ganz in ihrer Nähe einen braunen Stofffetzen aufblitzen zu sehen und passte ihren Kurs an. Im Lauf versuchte sie, im Kopf alle Details durchzugehen, die ihr Unterbewusstsein über den Angreifer herausgefunden hatte, während ihr Bewusstsein und ihr Körper ihn abwehrten. Er war in Erdtönen gekleidet, zumindest das wusste sie noch. Eine braune Jogginghose, dachte sie. Vielleicht auch ein schlammgrünes Kapuzenshirt.

Plötzlich vernahm sie keuchende Atemzüge, die nicht ihre eigenen waren. Sie erstarrte und versuchte, ihren pochenden Herzschlag zu beruhigen. Als sie sich nach links drehte, sah sie ihn, er stand dort mit dem Rücken an eine Eiche gelehnt. Sein Brustkorb hob und senkte sich. Sein Kopf war gesenkt. Ein feiner Schweißfilm bedeckte sein dünnes, pickeliges Gesicht.

»Rory«, sprach Josie ihn an.

Sein Kopf schnellte nach oben und Josie sah die weiße Stirnlocke. Eine leuchtend weiße Haarlocke in der Mitte seiner Stirn. *Markant*, dachte sie. Lorelei hatte die Locke bestimmt geliebt. Josie machte einen Schritt auf ihn zu, wobei sie bewusst darauf achtete, kleine Bewegungen zu machen. Er beobachtete sie misstrauisch, machte aber keine Anstalten, sich zu entfernen. Sie blieb etwa anderthalb Meter von ihm entfernt stehen und ließ ihnen beiden erst einmal Zeit, zu verschnaufen.

»Rory«, sagte sie wieder, »mein Name ist Detective Josie Quinn. Ich bin hier, um dir zu helfen. Ich ...«

Wieder hörte sie das verräterische Geräusch eines knackenden Astes und die Worte blieben ihr im Hals stecken. Es klang wie ein größerer Ast. Näher. Sie schaute sich kurz um, aber sie sah nichts. Ihr Blick ging zurück zu Rory. Er entfernte sich einen Schritt vom Baum und richtete sich zu seiner vollen Größe auf, er war locker einen Kopf größer als Josie. Die feinen

Härchen in Josies Nacken stellten sich auf. Sie hatte das Gefühl, dass jemand oder etwas sie beobachtete. Es kam immer näher. Rorys Augen waren braun, genau wie die von Lorelei. Buckley hatte recht. Abgesehen von der weißen Stirnlocke war er seiner Mutter wie aus dem Gesicht geschnitten.

Langsam hob er den Zeigefinger und presste ihn gegen seine Lippen.

Psst.

Josie spürte, wie es ihr vor Angst kalt den Rücken herunterlief. Leise und vorsichtige Schritte, die sich hinter ihr näherten. Sie wirbelte herum und die Schritte verstummten. Da war niemand. Als sie zurück zur Eiche blickte, war Rory verschwunden.

»Pax?«, rief Josie. »Rory?«

Instinktiv wanderte ihre Hand zu ihrem Holster, doch es war leer. Sie griff in die Gesäßtasche ihrer Jeans und fühlte die beruhigende rechteckige Form ihres Handys. Das Problem war nur, dass sie hier draußen vielleicht keinen Empfang haben würde. Wenn sie auf ein paar Balken im Display hoffte, würde sie zu Loreleis Haus zurückkehren müssen. Aber vielleicht wusste Pax das ja nicht. Sie zog das Handy aus ihrer Tasche und hielt es in die Luft. »Ich rufe jetzt mein Team an«, rief sie. »Sie werden in ein paar Minuten hier sein. Es ist das Beste, wenn du jetzt rauskommst und mit mir redest, bevor sie hier sind. Wir können das klären, nur du und ich.«

Ein Schuss zerriss die Luft. Die Rinde der Eiche, an der Rory gerade noch gelehnt hatte, explodierte. Josie ging in die Hocke und rannte los. Es war kein bewusster Gedanke, der ihren Körper vorwärts trieb, nur der Urinstinkt, aus der Richtung zu fliehen, aus der der Schuss gekommen war. Sie rannte, bis ihre Lunge brannte, ihre Knie schmerzten und ihr Knöchel unerträglich pochte. Als sie kaum noch Luft bekam, blieb sie stehen und ließ sich unter einem Baumstamm nieder, der über eine kleine Schlucht gestürzt war. Sie versuchte, über das

Geräusch ihres eigenen Atems hinweg auf Schritte zu lauschen. Sie nahm ihr Handy heraus und überprüfte den Empfang. Ein Balken.

Telefonieren wollte sie nicht. Nicht, wenn Paxton oder Rory noch da draußen waren – einer von ihnen bewaffnet. Stattdessen schickte sie dem Team eine SMS. Sie sah zu, wie sich der kleine Kreis neben dem Text drehte, während ihr Handy versuchte, die Nachricht zu senden. Einige Sekunden später erschien ein rotes Ausrufezeichen neben ihrer Nachricht. Fehlgeschlagen.

»Scheiße«, murmelte sie.

Zwei weitere Versuche, die Nachricht zu senden, schlugen ebenfalls fehl. Josie rappelte sich auf. Sie konnte nicht ewig hier draußen bleiben. Ihr Handy sendete und empfing im Moment keine Daten, aber ihr GPS funktionierte noch. Sie rief die App auf, studierte sie eingehend und versuchte, sich zu orientieren. Sobald sie eine ziemlich genaue Vorstellung davon hatte, wo Loreleis Haus lag, machte sie sich auf den Weg in diese Richtung. Dabei versuchte sie, sich leise zu bewegen und auf alle Geräusche in ihrer Umgebung zu achten.

Fast hatte sie die Lichtung erreicht, auf der sie Loreleis Haus vermutete, als sie vor sich etwas Rotes aufblitzen sah. Sie rannte los und schlängelte sich zwischen den Bäumen hindurch, bis sie eine Gestalt mit gesenktem Kopf, in einem roten Hemd und einer Jeans, vor sich herlaufen sah. Paxton Bryan. Er hatte sich umgezogen, seit sie ihn das letzte Mal gesehen hatte. Josie schlich sich an ihn heran und bewegte sich parallel zu ihm. Seine Hände waren leer. Er schien ihre Anwesenheit überhaupt nicht zu bemerken, es sei denn, er tat nur so als ob. Josie ließ sich zurückfallen, bis sie hinter ihm war. Sie wartete, bis sich vor ihr eine kleine Lichtung auftat, dann ging sie zum Angriff über und rang ihn zu Boden.

Es war ein heftiger Aufprall und er schrie laut auf. Josie setzte sich mit gespreizten Beinen auf ihn und verdrehte ihm die Arme hinter dem Rücken. »Stopp!«, schrie er. »Lassen Sie mich los!«

»Wo ist die Waffe, Pax?«, fragte sie.

Er verrenkte sich den Hals bei dem Versuch, sie anzuschauen. »Welche Waffe? Ich habe keine Waffe.«

»Was hast du damit gemacht?«

»Ich habe keine Waffe.«

»Du hast auf mich geschossen.«

»Nein, nein, ich schwöre. Ich war das nicht. Wirklich nicht. Bitte, lassen Sie mich aufstehen.«

»Hast du mich verfolgt?«

»Was? Nein.« Seine Stimme klang flehend.

»Was hast du dann draußen im Wald gemacht, Pax?«

»Ich war ... Ich kann es nicht sagen, okay?«

»Ich weiß von Rory«, sagte Josie. »Du brauchst nicht mehr zu lügen.«

Er sagte nichts.

»Hast du nach ihm gesucht?«

Immer noch keine Antwort.

Josie seufzte. »Ich werde dich jetzt loslassen. Versprichst du, dass du mir nicht wehtun wirst?«

»Ich werde Ihnen nicht wehtun. Das verspreche ich. Ich habe nichts getan.«

Josie erhob sich. Sie trat ein paar Schritte zurück und sah zu, wie er sich erst hinkniete und dann aufstand. Er wischte Schmutz, Blätter und Kiefernnadeln von seiner Hose und seinem Hemd. Erstaunt sah Josie, dass Tränen in seinen Augen glitzerten. Sie beobachtete, wie sein Adamsapfel ein paar Mal auf und ab hüpfte, während er schluckte. Dabei lief er immer wieder in einem engen Kreis herum, bis er sich wieder beruhigt hatte.

»Pax«, sagte sie. »Was machst du hier draußen? Wo ist dein Vater?«

Mit gesenktem Blick lief er weiter im Kreis. »Er ist wieder

im Laden. Es war viel los, deshalb konnte ich mich rausschleichen.«

»Du bist zu Loreleis Haus gefahren«, sagte Josie. »Ich habe dein Fahrrad dort gesehen. Warst du auf der Suche nach Rory?«

Er nickte.

»Was wolltest du machen, wenn du ihn gefunden hättest?«

»Keine Ahnung«, erwiderte er. »Ich musste einfach mit ihm reden.«

»Du wusstest von ihm, aber dein Vater nicht.«

Er blieb stehen und sah ihr in die Augen. »Ja.«

»Wie kann das sein?«, fragte Josie. Sie fragte sich, warum sie nicht gemerkt hatte, dass er dort war, als sie bei den Mitchells gewesen war.

»Rory verbringt die meiste Zeit im Gewächshaus. Das ist sein Ding. Er lebt sozusagen da draußen. Er ist nicht gerne in der Nähe der Mädchen, also bleibt er einfach da draußen. Ich meine, manchmal holt ihn Miss Lorelei zu sich ins Haus, aber meistens bleibt er dort. Er baut dort eine Menge Sachen an und macht Experimente. Darin ist er wirklich gut. Sie hätten mal die Paprikaschoten sehen sollen, die er letzten Sommer angebaut hat. Die waren riesig!«

Bevor er weiterreden konnte, fragte Josie: »Er war also im Gewächshaus, als dein Vater nach dir gesucht hat?«

»Ja. Er wusste, dass Lorelei es nicht mochte, wenn er andere Leute traf, also blieb er dort draußen. Er hat Aggressionsprobleme. Haben Sie davon gewusst?«

»Ja«, sagte Josie.

»Er ist mein Freund. Ich weiß, dass er es nicht kontrollieren kann, wenn die Bestie kommt.«

»Die Bestie?«, fragte Josie erstaunt.

»Das ist der Name, den wir uns für seine Wut ausgedacht haben – die Bestie. Weil er dann eben nicht er selbst ist, wissen Sie? Es ist etwas in ihm, das er nicht in den Griff bekommt. Er will keine furchtbaren Dinge sagen. Er will niemandem weh tun, aber manchmal ist es, als wäre da etwas in ihm, das einfach stärker ist als er.«

Er musste gesehen haben, dass sie die Stirn runzelte, denn er fügte hinzu: »Ich meine das nicht im Sinne einer gespaltenen Persönlichkeit, falls Sie das gerade denken. Die hat Rory nicht. Wir haben das nur gemacht, damit es uns leichter fällt, über die Gefühle zu sprechen, die er hat. Miss Lorelei hat uns das beigebracht. Er hat die Bestie und ich habe den Faselhans.«

»Den was?«

Ein kleines Lächeln stahl sich in sein Gesicht. »Den Faselhans. Das ist ein tolles Wort, oder? Ich habe es in diesem superalten Buch gelesen, das ich aus der Bücherei habe. Es gilt heute als veraltet.«

»Und was bedeutet es?«

»Ein Faselhans ist ein Mensch, der unaufrichtig redet oder handelt.«

»Also ein Lügner.«

Sein Lächeln wurde breiter. »Genau.«

»Wer ist dein Faselhans?«, fragte Josie. »Reden wir über eine Person?«

»Nein«, erwiderte Pax. »Wissen Sie noch, dass ich gesagt habe, dass Rory diese Wut in sich hat, die er nicht kontrollieren kann und die er nicht spüren will? Ich habe so ein Ding in mir, das mir immer Ärger macht. Es sagt mir immer verrückte Sachen, die keinen Sinn ergeben, aber sie machen mir Angst, obwohl ich weiß, dass sie falsch sind, also muss ich tun, was das Ding – der Faselhans – mir sagt. Miss Lorelei hat uns dazu gebracht, ihnen Namen zu geben, damit wir verstehen, dass sie nicht unsere gesamte Identität ausmachen. Wir sind nicht so. Rory ist nicht nur seine Wut, und ich bin nicht nur der Faselhans. Diese Dinge sind etwas, das gar nichts mit uns zu tun hat. Rory hat seines sogar gezeichnet.«

Josie dachte an die verstörende Zeichnung in dem trostlosen Schlafzimmer in Loreleis Haus zurück.

»Ja, ich glaube, das habe ich gesehen«, sagte sie. »Der Faselhans hat dir gesagt, dass du darauf achten sollst, dass die Kisten heute Morgen auf der Laderampe genau einen Fingerbreit auseinander stehen, oder?«, fragte sie. »Weil sonst etwas Schlimmes passieren würde.«

Seine Augen wurden kugelrund. »Woher wissen Sie das?«

Sie ignorierte seine Frage und sagte: »Aber der Faselhans ist keine echte Stimme, Identität oder Person, oder doch?«

Er schüttelte den Kopf.

»Du hast eine Zwangsstörung.«

Sein ganzer Gesichtsausdruck veränderte sich. Er kam zwei Schritte auf sie zu und öffnete die Arme, als wolle er sie umarmen. Stattdessen legte er sie auf ihre Schultern. Josie hielt still, da sie in dem Jungen keine Bedrohung sah. »Das hat Miss Lorelei auch gesagt!«, erklärte er ihr.

Wenn Pax keine Bedrohung für sie darstellte, dann hatte er vielleicht die Wahrheit gesagt, als er behauptet hatte, er habe keine Waffe und habe nicht auf sie geschossen.

»Emily hat auch eine Zwangsstörung«, sagte Josie.

Er ließ seine Hände sinken und trat zurück, sein erleichterter Blick wurde von etwas anderem getrübt. Etwas Dunklem und Ungewissem.

Wenn Pax nicht auf sie geschossen hatte, wer war es dann gewesen?

»Pax«, sagte Josie. »Weißt du noch, wie du mir erzählt hast, dass sogar dein Vater lügt?«

Er wackelte zustimmend mit dem Kopf. Während sie ihn beobachtete und das Szenario in ihrem Kopf durchspielte, lauschte sie auf den Wald um sie herum und achtete auf das kleinste Geräusch. Einen leisen Fußtritt. Das Knacken eines Astes. Ein Ausatmen.

»Emily ist deine Schwester, nicht wahr?«, fragte Josie. »Das ist es, worüber er lügt. Er hatte eine Beziehung mit Lorelei, und Emily ist das Ergebnis davon. Deshalb bist du immer wieder zu ihr gefahren.«

Sein Gesicht wurde aschfahl. »Das dürfen Sie niemandem verraten«, flüsterte er.

Josie glaubte, etwas im Gebüsch rechts von ihnen rascheln zu hören. Sie stürzte nach vorne, packte Pax am Oberarm und zog ihn mit sich. »Komm schon, wir müssen hier weg.«

ZWEIUNDZWANZIG

Josie fand ihre Waffe in Loreleis Haus, steckte die Zahnbürsten in eine Papiertüte, die sie in der Küche gefunden hatte, warf Pax' Fahrrad auf den Rücksitz ihres Wagens und fuhr direkt zum Revier. Bis die Hundestaffel eintraf, konnte es Stunden dauern. Sie war für den gesamten Bezirk zuständig und häufig gerade dann mit anderen Einsätzen beschäftigt, wenn die Polizei von Denton um Unterstützung bat. Josie würde eines ihrer Teammitglieder bitten, im Haus nach einem persönlichen Gegenstand von Rory zu suchen. Im Moment wollte sie einfach nur weg vom Haus. Pax saß schweigend auf dem Beifahrersitz. Als sie am Hofladen vorbeifuhren, wanderte sein Blick in die Richtung. Josie schaute ebenfalls hinüber und stellte fest, dass einer der Lieferwagen fehlte. War Reed auf der Suche nach ihm?

Als ob er ihre Gedanken gelesen hätte, sagte Pax: »Mein Dad wird stocksauer sein.«

»Pax, schlägt dich dein Vater?«, wollte Josie wissen.

»Nur ab und zu«, sagte er, während seine Augen immer noch auf den Laden gerichtet waren, der in der Ferne verschwand.

»Du weißt ja, dass du jetzt achtzehn bist«, sagte Josie. »Du musst nicht bei ihm bleiben.«

»Wo soll ich denn sonst hin? Ich habe nicht mal die Highschool abgeschlossen. Dieses Problem, das ich habe, macht mir das Leben wirklich schwer. Miss Lorelei hat mir geholfen, und zum ersten Mal seit dem Tod meiner Mom fing ich an, mich wieder normal zu fühlen. Aber dann hat mein Dad rausgekriegt, dass sie ›in meinem Kopf herumpfuscht‹. So nennt er das. Er sagte, ich dürfe sie – oder Emily – nie wiedersehen.«

Josie schaute zu ihm hinüber und sah, wie er zweimal mit der linken Schulter zuckte.

»Bist du nervös?«, fragte sie ihn.

»Eher besorgt«, erwiderte er.

»Wenn du willst, kann ich für dich mit deinem Vater reden, wenn wir auf dem Revier fertig sind«, schlug Josie vor.

Er zuckte wieder mit der Schulter, sagte aber nichts.

»Pax, kann ich dir ein paar Fragen stellen, die für unsere Ermittlungen wichtig sind?«

»Klar, ich denke schon.«

»Weißt du, welche Blutgruppe du hast?«

»Nein«, sagte er. »Ich habe keine Ahnung.«

»Und welche Schuhgröße hast du?«

»Na ja, ich trage Größe 42,5, genau wie mein Dad.«

Josie spürte einen kleinen Stich, aber dann erinnerte sie sich daran, dass das nichts zu bedeuten hat. Viele Männer trugen Schuhgröße 42,5. Sogar Noah.

»Kennst du Rorys Schuhgröße?«

»Nein. Wir sind zwar befreundet, aber so etwas weiß ich nicht über ihn.«

»Schon gut«, sagte Josie.

Vor ihnen kam die malerische, historische Hauptstraße von Denton in Sicht. Josie sah das Komorrah's Koffee zu ihrer Rechten und hatte auf einmal schrecklichen Kaffeedurst. Das würde noch warten müssen. Sie fuhr auf den städtischen Parkplatz hinter dem Revier und stellte den Wagen ab. »Pax, woher weißt du das von Emily? Dass dein Dad auch ihr Dad ist?«

Er schaute auf seinen Schoß. »Ich habe Augen und Ohren. Ich bin kein Idiot. Ich weiß, dass er mich für einen hält. Er sagt den Leuten immer, ich sei ›nicht ganz richtig im Kopf‹.« Er senkte seine Stimme, um Reed auf witzige Weise zu imitieren, die Josie jedoch traurig stimmte. Dann fuhr er fort: »Okay, ich habe keinen Schulabschluss, aber ich gehe ständig in die Bücherei. Ich lese sehr viel. Miss Lorelei hat gesagt, ich sei ein Genie.«

»Sie hatte recht«, sagte Josie zu ihm. »Ich meine, ›Faselhans‹ ist wirklich ein tolles Wort!«

Er lachte. Josie bemerkte, dass sein Schulterzucken für den Moment verschwunden war. Sie wollte, dass er sich entspannte, vor allem jetzt, wo sie ihn bitten wollte, mit aufs Polizeirevier zu kommen und all die Dinge, die er ihr erzählt hatte, in einer offiziellen Aussage protokollieren zu lassen.

Er sagte: »Ich habe ihn und Miss Lorelei einmal im Büro beobachtet, im Laden. Das war kurz nachdem meine Mom gestorben war. Sie hatten Sex. Sie haben es danach noch ein paarmal im Laden gemacht und dann hat es einfach aufgehört.«

»Ist er zu ihr gefahren?«, fragte Josie.

»Nein. Ich glaube nicht, dass es zu irgendwas geführt hat. Ich glaube auch nicht, dass es mehr als diese paar Mal waren. Sie kam weiterhin zum Hofladen, um Lebensmittel zu kaufen, aber sie sind sich immer aus dem Weg gegangen. Dann, im Laufe der Monate, wurde ihr Bauch immer dicker und runder. Es war ziemlich offensichtlich, was los war. Die andere Sache mit meinem Dad? Er denkt, dass ich nichts verstehe, also unterhält er sich mit anderen Leuten, wenn ich dabei bin, und denkt, dass ich nicht kapiere, was los ist.«

»Er hat sie auf die Schwangerschaft angesprochen«, fügte Josie hinzu.

»Ja. Sie sagte, dass das Baby von ihm sei und dass sie mit niemand anderem zusammen gewesen sei. Ich bin mir nicht sicher, ob er ihr geglaubt hat – oder ob er es einfach nicht glauben wollte –, aber dann wurde er wütend auf sie. Er sagte, sie hätte es ›loswerden sollen‹. Sie hat ihn gefragt, wie er sowas über sein eigenes Baby sagen können. Dann hat er gesagt ...«

Paxton hörte mitten im Satz auf zu reden. Seine Schulter zuckte wieder auf und ab. Josie streckte die Hand aus und berührte sie leicht, froh darüber, dass er nicht zusammenzuckte. Wieder hüpfte der Adamsapfel in seinem Hals. Dann fuhr er mit heiserer Stimme fort: »Er hat gesagt: ›Ich habe schon ein kaputtes Kind, warum sollte ich noch eins haben wollen?‹«

»Ach Pax«, sagte Josie. »Es tut mir so leid.«

Er wedelte mit einer Hand in der Luft, als wolle er ihre Worte abtun. Josie legte ihre Hand sanft auf seine Schulter und spürte, wie sie unter ihrer Handfläche zuckte. »Du weißt, dass du nicht kaputt bist, oder?«

Er nickte, nicht überzeugend. »Danach hat sich Miss Lorelei für mich interessiert. Jedes Mal, wenn sie herkam, hat sie mit mir geredet. Als ich älter wurde und mein Fahrrad bekommen habe, bin ich zu ihr gefahren und habe Emily besucht. Habe sie rumgetragen und so. Mit ihr gespielt. Als ich dann alt genug war, um im Laden zu arbeiten, war es nicht mehr so einfach, wegzukommen. Sie müssen aber verstehen, dass ich bis auf meinen Dad niemanden in meinem Leben habe. Meine Tante, also die Schwester meines Dads, hat nach dem Tod meiner Mom die ganze Zeit versucht, mich zu besuchen, aber er erlaubt es nicht. Sie lebt weit weg in Georgia. Ich wünschte, sie würde hier in der Nähe wohnen. Dann würde ich auch versuchen, sie zu besuchen. Sie ist immer gut zu mir gewesen.«

»Es tut mir leid zu hören, dass du sie nicht sehen durftest«, sagte Josie. »Pax, könnte es sein, dass dein Dad schon viele Jahre vor Emilys Geburt mit Lorelei zusammen war? Ist es möglich, dass Rory und Holly ebenfalls seine Kinder waren?«

»Das glaube ich nicht. Er war mit meiner Mom verheiratet.«

Josie wusste zwar, dass das stimmte, aber sie wusste auch, dass es nichts zu bedeuten hatte. Wie Pax ihr selbst gesagt hatte: wenn es etwas gab, das alle Erwachsenen taten, dann war es lügen.

DREIUNDZWANZIG

Josie saß auf ihrem Stuhl, ihr linker Fuß war nackt und lag auf ihrem Schreibtisch. Neben ihr hockte Noah, der einen Eisbeutel auf ihren Knöchel drückte und ab und zu den Kopf schüttelte. Josie hatte das Bedürfnis, aufzustehen und ihm die Sorgenfalten aus der Stirn zu streichen. Mettner hatte Pax mit in den Konferenzraum genommen, um von ihm eine vollständige Aussage über die Familie Mitchell und die Beziehung seines Vaters zu ihr zu bekommen. Gretchen war mit mehreren Streifenwagen zurück zu Loreleis Haus gefahren. Sie wollte sich dort mit Deputy Sandoval und Rini, ihrem Suchhund, treffen, damit sie versuchen konnten, Rory vor Einbruch der Dunkelheit zu finden. Amber war ins Komorrah's gegangen, um Kaffee zu holen.

»Ich hätte dich begleiten sollen«, meinte Noah.

»Erzähl keinen Unsinn«, sagte Josie. »Ich war dort, um einen persönlichen Gegenstand zu suchen. Ich habe nicht damit gerechnet, von einem fünfzehnjährigen Jungen verprügelt zu werden, ihn durch den Wald zu jagen und beschossen zu werden.«

»Ich finde, wenn irgendjemand mit so etwas rechnen sollte, dann du.«

Josie versuchte, ihm von ihrem Platz aus einen Klaps zu geben, doch er lachte nur und wich aus.

»Ach, übrigens«, erzählte er ihr, »Hummel hat Buckleys Fingerabdrücke von deiner Visitenkarte überprüft. Sie sind nicht im AFIS und passen zu keinem der nicht identifizierten Abdrücke in Loreleis Haus.«

»Aber Buckley hat gesagt, dass er dort war«, sagte Josie.

»Er hat gesagt, er sei seit Jahren nicht mehr dort gewesen. Hummel meint, dass es durchaus möglich ist, dass keine Abdrücke von ihm mehr vorhanden sind, wenn er seit Jahren nicht dort war. Er hat auch die Abdrücke von Pax von einer Wasserflasche genommen, die er im Laden weggeworfen hat. Er ist hingefahren, gleich nachdem du ihm heute Morgen geschrieben hattest. Wie erwartet stimmen Pax' Abdrücke mit einem der nicht identifizierten Abdrücke im Haus überein.«

»Das bedeutet, dass es nur noch zwei Sätze Fingerabdrücke im Haus gibt, die wir noch nicht zuordnen konnten«, schlussfolgerte Josie. »Einer davon muss von Rory stammen, also wer bleibt noch übrig?«

Noah schüttelte den Kopf. »Keine Ahnung, aber einer der beiden anderen Fingerabdrucksätze ist überall im Haus zu finden. Der andere nur an der Vordertür und in der Küche.«

»Dann gehe ich davon aus, dass der Satz, der im ganzen Haus zu finden ist, von Rory stammt«, meinte Josie.

»Genau. Aber der andere Satz – der hat möglicherweise nicht das Geringste zu bedeuten. Vielleicht stammt er von einem Lieferanten oder jemandem, der nur einmal dort war. Er muss nicht mit dem Fall zusammenhängen.«

»Da habe ich meine Zweifel«, erwiderte Josie. »Ich glaube nicht, dass sich Lorelei etwas nach Hause hat liefern lassen.«

»Wir dachten, dass Lorelei besonders zurückgezogen lebte, dass sie keine Besucher bei sich zu Hause hatte, und dann haben wir herausgefunden, dass Pax regelmäßig dort war und dass Reed ihn dort abgeholt hat«, merkte Noah an. »Bis vor ein paar Stunden wussten wir nicht mal von Rory. Wir wissen wirklich nicht, was Lorelei sonst noch da draußen gemacht hat oder mit wem sie sonst noch Kontakt hatte. Außerdem habe ich es geschafft, Rorys Blutgruppe anhand seiner Geburtsurkunde herauszufinden. Rate mal?«

»0 positiv. Genau wie das Blut, das auf Loreleis Pick-up gefunden wurde«, vermutete Josie.

»Stimmt.«

Damit rutschte Rory auf der Liste der Verdächtigen wieder ganz nach oben. Einer Liste, die ohnehin nicht besonders lang war.

Noah fragte: »Als du ihn gesehen hast, sah er da irgendwie verletzt aus? Hatte er Kratzer oder Schnittwunden?«

Josie schüttelte den Kopf. »Nein, aber er trug ein langärmliges Shirt und eine lange Hose, deshalb konnte ich es nicht erkennen. Hat jemand von Dr. Feist etwas über die blutigen Fußabdrücke erfahren, die von der Küche zum Hintereingang des Hauses führen? Die Barfußabdrücke?«

Noah nickte. »Sie hat bestätigt, dass es Hollys Fußabdrücke in Loreleis Blut sind.«

»Was ist mit Emily?«, fragte Josie. »Gibt es etwas Neues von ihr?«

»Adam und Celeste haben sie abgeholt. Ms Riebe hat sich mit ihnen getroffen und gesagt, dass sie kein Problem damit hat, Emily vorübergehend in ihre Obhut zu geben.«

»Gut.«

Eine Tür schlug zu und der Chief tauchte vor ihnen auf, die Arme vor seiner schmalen Brust verschränkt. »Was zum Teufel ist hier los, Quinn?«

Sie brachte ihn auf den neuesten Stand und beobachtete, wie sein Gesicht bei jedem Wort zusehends röter wurde. »Gretchen braucht mehr Leute da draußen im Wald«, erklärte er.

»Wenn dieser Bengel mit einer verdammten Waffe herumläuft und auf meine Detectives schießt, ist das eine Katastrophe.«

»Darüber wollte ich mit Ihnen reden, Chief«, sagte Josie. »Ich glaube nicht, dass es Rory war, der auf mich geschossen hat.«

Noah meinte: »Du hast gesagt, du hast von ihm weggesehen, hast dich umgedreht, er war weg, und dann kam der Schuss.«

»Stimmt«, bestätigte Josie. »Aber ich bin mir nicht sicher, ob es ihm gelungen wäre, so schnell einen Bogen um mich herum zu schlagen und dann von hinten einen Schuss abzugeben. Außerdem hatte er die ganze Zeit, in der ich ihn gesehen habe, keine Waffe dabei. Nicht im Haus und auch nicht, als ich ihn verfolgt habe.«

»Was ist, wenn er sie draußen im Wald versteckt hat?«, gab der Chief zu bedenken. »Vielleicht hat er deshalb an dieser Stelle angehalten. Sie dachten, er würde eine Verschnaufpause einlegen, aber vielleicht hat er nur darauf gewartet, dass Sie nahe genug an ihn herankommen, damit er sich die Waffe schnappen und auf Sie schießen kann.«

Josie stellte sich die Szene noch einmal vor. Sie versuchte auszurechnen, wie viel Zeit zwischen dem Zeitpunkt, an dem sie sich zum Baum umgeschaut und festgestellt hatte, dass Rory verschwunden war, und dem Schuss vergangen war. Wäre das genug Zeit gewesen? Zu diesem Zeitpunkt war sie bereits voller Adrenalin gewesen. Zeit hatte keine Rolle gespielt. Dinge, die nur Sekunden dauerten, hätten sich wie eine Ewigkeit anfühlen können, und Dinge, die lange dauerten, wie ein einziger Wimpernschlag. Die einzige Möglichkeit, herauszufinden, ob das Szenario des Chiefs realistisch war, wäre, noch einmal zu der Stelle zurückzukehren. Dort müsste sie versuchen, herauszufinden, wo genau sie gestanden hatte, und außerdem die Flugbahn und den Ursprung der Kugel anhand der Abdrücke nachvollziehen, die diese im Stamm hinterlassen hatte.

»Sie fahren nicht wieder da raus«, sagte Chitwood, als könne er die Berechnungen, die sie im Geiste anstellte, über ihrem Kopf schweben sehen. »Jedenfalls nicht heute Abend. Passen Sie auf, ich werde die Staatspolizei informieren und sehen, ob wir da draußen im Wald Verstärkung bekommen können. Wenn dort zwanzig Cops unterwegs sind und nicht nur ein einziger, wird er vielleicht nicht auf die Idee kommen, noch mal einen Schuss abzugeben. Und sobald wir ihn geschnappt haben, werden wir ja sehen, ob wir ihn zum Reden bringen können.«

Ein Gedanke bahnte sich einen Weg aus Josies Unterbewusstsein. »Könnten Sie jemanden bitten, wegen Reed Bryan die Augen offenzuhalten? Wenn er auf der Suche nach Pax ist und herausfindet, dass er hier ist, könnte das Ganze ziemlich hässlich werden. Vielleicht könnten wir ihn schon am Eingang abfangen?«

»Geht in Ordnung«, erwiderte der Chief.

Das Telefon auf Josies Schreibtisch klingelte. Noah hob den Eisbeutel hoch. Sie nahm ihren Fuß herunter, beugte sich vor und schnappte sich den Hörer. »Quinn.«

Adam Longs Stimme drang an ihr Ohr. »Detective Quinn?«

»Mr Long.«

»Könnten Sie vielleicht zum Harper's Peak kommen? Wir haben hier ein kleines Problem.«

Josie fragte sich, ob Emily wieder einen Zusammenbruch hatte. Sie hatte keine Ahnung, ob Marcie Adam und Celeste darauf vorbereitet hatte, dass Emily an einer Zwangsstörung litt.

»Was für ein Problem, Adam?«

»Es ist nur ... Emily ist verschwunden.«

VIERUNDZWANZIG

Josie stand wieder in Celestes und Adams Wohnzimmer, die Hände in die Hüften gestemmt, während sie und Noah Celeste beobachteten, die unruhig vor dem großen Panoramafenster auf und ab lief. Schwarze, fünfzehn Zentimeter hohe Absätze versanken bei jedem ihrer Schritte in dem dicken Orientteppich. Ein ärmelloses lila Wickelkleid schmiegte sich an ihre kantige Figur. Einige Haarsträhnen hatten sich aus dem Dutt gelöst und flatterten um ihren Kopf herum, egal wie oft sie sie zurücksteckte. Josie betrachtete ihr Spiegelbild in der Glasscheibe. Draußen herrschte nichts als Dunkelheit, unterbrochen von den Lichtern der Resorts unten am Berg. In der Ferne sah Josie die blauen und roten Blitze der Warnleuchten der Polizeifahrzeuge. Celeste folgte ihrem Blick und erstarrte. Sie wedelte mit einem blassen Arm in Richtung Fenster. »Würden Sie ihnen bitte sagen, dass sie die Leuchten abschalten sollen? Mein Gott. Ich will keine Polizeifahrzeuge auf diesem Gelände. Ich würde Tom ja bitten, es zu tun, aber er ist auch draußen im Wald und sucht nach Emily.«

Noah sagte: »Bei allem Respekt, Mrs Harper, aber es wird ein achtjähriges Mädchen vermisst, das zuletzt hier auf dem

Gelände gesehen wurde. Sie ist nur einen Tag, nachdem ihre ältere Schwester auf dem Grund und Boden des Harper's Peak ermordet aufgefunden wurde, verschwunden.«

Celestes Stimme zitterte. »Ich bin mir durchaus bewusst, was in den letzten vierundzwanzig Stunden passiert ist, aber ich muss ein Resort leiten. Ich habe Gäste. Sie zahlen für einen gewissen luxuriösen Standard, und Polizeifahrzeuge passen einfach nicht dazu.«

Josie ergriff das Wort. »Für uns hat die Suche nach Emily Mitchell oberste Priorität. Um etwaige Probleme mit Ihren Gästen müssen Sie sich bitte selbst kümmern.«

Celeste starrte Josie an. »Das war nicht meine Idee, sondern die meines Mannes. Jetzt ist er da draußen mit Tom und der Hälfte meiner Belegschaft und der Polizei auf der Suche nach dem Mädchen, während ich mich um das Geschäft kümmern muss. Wie soll ich das schaffen?«

»Emily Mitchell könnte in Gefahr schweben«, gab Noah zu bedenken.

»Das ist weder mein Problem noch meine Schuld«, fauchte Celeste. »Das Mädchen ist von hier weggelaufen. Wir haben den ganzen Nachmittag damit verbracht, dafür zu sorgen, dass es ihr gut geht und sie sich gut eingewöhnt. Und wissen Sie, was sie getan hat?«

Weder Josie noch Noah gaben eine Antwort.

Celeste ging an ihnen vorbei zu dem Couchtisch, der zwischen den Sofas stand. Josie sah, dass mehrere Blätter Kopierpapier auf der glänzenden Holzoberfläche verteilt waren. Einige waren zurechtgeschnitten, auf andere hatte jemand Schmetterlinge gezeichnet und etwas, das aussah wie ein Abbild von Emilys Plüschhund. An einem Ende des Tisches lag eine Schere. Außerdem gab es sicher vier Dutzend Buntstifte. Sie waren genau nach Farben aufgereiht. Eine Reihe grüner, eine Reihe blauer, roter, gelber und so weiter. Josie verkniff sich ein Lächeln.

»Sie hat gemalt?«, riet Noah.

Celeste verdrehte die Augen. »Nein. Das war Adams Idee. Wissen Sie, wir haben keine Ahnung von Kindern. Die Buntstifte hat ihm ein Mitarbeiter gegeben. Wir haben uns mit Druckerpapier beholfen. Er dachte wohl, er könnte eine Bastelstunde oder sowas ähnliches einlegen. Nun, er hat sie allein gelassen. Wir haben Arbeit zu erledigen. Er wurde im Hauptgebäude gebraucht, also ging er dorthin. Emily hat fast alle Polsterknöpfe von unseren Sofas abgeschnitten!«

Jetzt wanderte Josies Blick über die Chesterfield-Sofas und sie stellte fest, dass sie viel bauschiger aussahen als noch heute Morgen. Ohne die Polsterknöpfe wirkten die Sofas irgendwie nackt und unvollständig.

»Wer tut denn *sowas*?«, fragte Celeste.

Als Noah das Wort ergriff, merkte Josie, dass er sich das Lachen gerade noch verkneifen konnte. »Um ehrlich zu sein, da sind noch ein paar Knöpfe an den Armlehnen der Sofas.«

»Und wissen Sie, was sie mir geantwortet hat, als ich sie fragte, wie sie bloß auf so eine Idee gekommen ist?«, fuhr Celeste fort und ignorierte Noahs Einwurf. »Sie hat mir gesagt, dass sie die Knöpfe abschneiden musste, weil sie Angst hatte, daran zu ersticken.«

Josie und Noah starrten sie an. Noahs Augenbraue zuckte. »Sind Sie sicher, dass sie das gesagt hat?«

Celeste schnaubte verärgert. »Sie glauben, ich hätte das falsch verstanden? Ja, genau das hat sie gesagt.«

Josie wusste, dass es äußerst seltsam war, dass jemand so etwas sagte oder tat, aber sie nahm an, dass es etwas mit Emilys Zwangsstörung zu tun hatte. Sie würde Paige oder einen Experten für Zwangsstörungen später danach fragen müssen. Oder sie konnte Emily fragen, hoffentlich, wenn sie sie fand.

»Haben Sie sie gefragt, was sie damit meint?«, fragte Josie.

»Warum sollte ich? Das spielt doch keine Rolle. Sie hat unser Eigentum zerstört!«

Bevor Celeste fortfahren konnte, wechselte Josie das Thema. »Woher wussten Sie denn, dass sie von hier weggelaufen ist?«

»Als Adam weg musste, war ich hier bei ihr. Ich musste einen Anruf entgegennehmen. Es war ... ein ziemlich langes Gespräch, aber ich war nur in der Küche. Sie ist kein Kleinkind mehr. Ich nahm an, sie würde hier eine Weile gut zurechtkommen, also habe ich mir keine Sorgen gemacht. Aber als ich zurückkam, war sie nicht mehr da. Die Haustür stand offen. Sie hatte den schäbigen alten Plüschhund mitgenommen und meine Polsterknöpfe!«

»Sie wissen also gar nicht, ob sie freiwillig gegangen ist«, stellte Josie fest. »Haben Sie keine Kameras vor dem Haus?«

Wieder schnaufte Celeste verärgert. »Hier draußen nicht. Das ist unsere Privatresidenz. *Privat* ist das entscheidende Wort. In all den Jahren, die ich hier lebe – mein ganzes Leben lang – hatten wir noch nie ein Problem. Bis heute. Bei Loreleis kleinem Mädchen musste das ja einfach passieren, nicht wahr?«

Um beim Thema zu bleiben, fragte Josie: »Haben Sie nach ihr gesucht, als Sie gemerkt haben, dass sie nicht mehr im Zimmer war und die Tür offen stand?«

»Natürlich habe ich nach ihr gesucht. Ich bin doch kein Unmensch. Ich bin ums Haus gelaufen. Habe sie gerufen. Als ich sie hier nicht finden konnte, lief ich runter aufs Resortgelände und habe dort weitergesucht. Ich habe mit Tom geredet und wir beide baten einige der Mitarbeiter um Hilfe. Sobald ich Adam gefunden hatte, fragte ich auch ihn. Als wir sie auf dem Gelände nicht fanden, hat Adam Sie angerufen.«

»Sie haben aber nicht wirklich gesehen, wie sie weggegangen ist«, vergewisserte sich Josie.

Celeste kehrte zum Fenster zurück und blickte einen Moment hinaus. »Nein, tut mir leid. Ich habe es nicht gesehen. Mein Gott. Wer hätte gedacht, dass es so anstrengend ist, Kinder zu haben? Sie ist acht Jahre alt. Ich dachte, in dem Alter sei es leichter, mit ihnen umzugehen. Lorelei kam zu uns, als sie neun Jahre alt war, und obwohl ich sie und alles, wofür sie stand, immer verachtet habe, war sie für ein Kind in diesem Alter ziemlich gut erzogen.«

»Wie lange ist es her, dass sie verschwunden ist?«, fragte Noah.

Celeste blickte nach oben zur Decke. »Oh, ich weiß es nicht. Vielleicht vor einer halben Stunde. Fünfundvierzig Minuten? Ich habe einige Zeit nach ihr gesucht, bevor Adam Sie angerufen hat.«

Josie fragte: »Haben Sie Emilys Reisetasche noch?«

Ohne sie anzuschauen, winkte Celeste über ihre Schulter. »Oben, im dritten Zimmer links. Die hat sie nicht mitgenommen.«

Josie nickte Noah zu und er verschwand nach oben und kam kurz darauf mit einem von Emilys Shirts zurück. »Ich bringe das zu Sandoval«, sagte er.

»Sag ihr, dass die Suche nach Emily oberste Priorität hat«, meinte Josie. »Ich bin mir nicht mal sicher, ob Gretchen irgendetwas von Rory gefunden hat, das Rini wittern könnte, aber selbst, wenn sie etwas gefunden hat, soll sie das erst mal zurückstellen. Ich möchte, dass wir Emily finden und in Sicherheit bringen. Um Rory kümmern wir uns später. Ruf das Büro des Sheriffs an und frag nach, ob sie eine weitere Hundestaffel entbehren können. Sobald sie hier eintreffen, können sie nach Rory suchen.«

»Geht klar«, sagte Noah und ging zur Vordertür hinaus. Celeste stand hinter Josie am Fenster und sah zu, wie er verschwand.

Ein bitteres Lachen klang über Josies Schulter. »Das ist also Ihr zukünftiger Ehemann?«

»Ja«, erwiderte Josie. »Das wissen Sie doch.«

»Sie haben ihn gut erzogen. Er befolgt Anweisungen ganz genau, nicht wahr?«

Josie legte den Kopf leicht schief. »Er ist weder gut erzogen noch befolgt er meine Anweisungen. Wir sind Kollegen. Wir stehen nur auf derselben Seite.«

»Auf derselben Seite«, murmelte Celeste. »Wenn meine Eltern doch nur auch auf derselben Seite gestanden hätten. Dann würden wir heute nicht hier stehen, oder?«

Josie antwortete nicht. Sie war zu sehr damit beschäftigt, zwei Gestalten zu beobachten, die den Weg vom Resort zu Celestes und Adams Haus hinaufschlurften. Eine der beiden hatte einen vertrauten Gang und schob einen Rollator vor sich her. Was hatte ihre Grandma hier zu suchen?

Josie ließ Celeste am Fenster stehen und ging nach draußen. Und tatsächlich, Lisette ging unaufhaltsam auf das Haus zu. Hinter ihr war Sawyer. Josie lief ihnen entgegen, aber Lisette blieb nicht stehen. Stattdessen ging sie weiter auf Celestes Tür zu, selbst als Josie fragte: »Grandma, was machst du denn hier?«

Lisette lächelte, als Josie sich an ihr Schritttempo anpasste. »Einige von uns waren für das gesamte Hochzeitswochenende in diesem schönen Anwesen untergebracht, meine Liebe. Mich eingeschlossen.«

Hinter ihnen murmelte Sawyer: »Sie wollte nicht zurück nach Rockview.«

»Warum sollte ich?«, sagte Lisette. »Ich sollte das Wochenende hier verbringen. Selbst wenn meine Enkelin nicht heiratet, habe ich nicht die Absicht, mir dieses seltene Vergnügen entgehen zu lassen.«

Im schummrigen Licht von Celestes Haus sah Josie, wie ihre Großmutter ihr zuzwinkerte. Celeste erwartete sie an der Tür. In einer ihrer Hände baumelte ein Mobiltelefon. »Dann kommen Sie doch einfach rein. Tun Sie, was Sie tun müssen. Ich muss mich um die Gäste kümmern. Es ist eine Katastrophe, dass Tom das Kind sucht und seinen üblichen Pflichten nicht nachkommt. Sagen Sie mir Bescheid, wenn Sie hier fertig sind, okay?«

»Ich muss mich kurz setzen«, sagte Lisette, die sich gerade einen Weg ins Wohnzimmer bahnte. Sie nahm sich einen Augenblick Zeit, um die Sofas anzustarren, bevor sie Platz nahm. »Interessant, was sie hier gemacht hat, nicht wahr?«

Josie wartete, bis Lisette sicher auf einem der Sofas saß und Sawyer neben ihr Platz genommen hatte, bevor sie noch einmal fragte: »Grandma, was machst du hier?«

»Neuigkeiten sprechen sich in diesem Resort herum wie ein Lauffeuer«, sagte Lisette. »Wir alle wissen, dass du nach einem kleinen Mädchen suchst. Ich habe sie gesehen.«

Josie hockte sich auf den Couchtisch und beugte sich zu ihrer Großmutter vor. »Wann? Wo?«

»Vor ein paar Stunden«, erklärte Lisette. »Als ich mit den anderen in Griffin Hall war. Ich hatte es geschafft, der Menschenmenge für eine Weile zu entfliehen.« Sie warf Sawyer einen Seitenblick zu. Er schüttelte nur den Kopf. »Ich bin draußen im Garten vor Griffin Hall spazieren gegangen und da habe ich dieses kleine Mädchen gesehen. Das war übrigens genau hier oben. Sie hatte ein blaues Shirt und eine graue Jogginghose an. Ihre Taschen waren prall gefüllt. Und sie hielt einen kleinen Plüschhund im Arm. Ich hätte sie vielleicht gar nicht beachtet, wenn sie mich nicht an dich erinnert hätte, Liebes.«

Josie strich sich mit einer Hand über die Brust. »An mich?«

Lisette lächelte. »Ja, an dich und an Wolfie, deinen kleinen Plüschhund. Du erinnerst dich wahrscheinlich nicht mehr an ihn. Er verschwand, als du sechs Jahre alt warst.« Bei diesen Worten beugte sich Lisette vor und fuhr mit ihren warmen Fingerspitzen über die Narbe in Josies Gesicht.

Josie schluckte. »Er ist nicht verschwunden. In welche Richtung ist das Mädchen gelaufen? War irgendjemand bei ihr?«

»Soweit ich sehen konnte, war sie allein. Sie ist direkt in den Wald gelaufen«, erwiderte Lisette.

Josie stand auf. »Könntest du mir zeigen, wohin sie gelaufen ist?«

»Lass mich einen Augenblick ausruhen, Liebes, und dann gehen wir zurück zur Griffin Hall. Wenn ich mich richtig erinnere, war es ungefähr auf halbem Weg zwischen hier und dort.«

»Und du sagst, das war vor ein paar Stunden?«, vergewisserte sich Josie.

»Ja. Ich habe das Personal in Griffin Hall darauf angesprochen und sie sagten, sie würden in der Privatresidenz anrufen. Da dein Team hier ist, wurde sie offensichtlich noch nicht gefunden.«

Josie fragte nach: »Bist du dir ganz sicher, dass das schon ein paar Stunden her ist? Dass es nicht erst vor einer Stunde war?«

»Ja. Ich bin zwar alt, aber ich kann immer noch die Uhr lesen, Liebes.«

Josie fragte sich, warum Celeste hätte lügen sollen. Oder hatte ihr Telefongespräch viel länger gedauert, als sie ihnen ursprünglich erzählt hatte, und sie hatte schlicht und einfach die Zeit aus den Augen verloren? Sobald sie mit dem Mitarbeiter sprechen konnte, mit dem Lisette geredet hatte, und herausfand, um wie viel Uhr die Mitarbeiter in der Residenz von Adam und Celeste angerufen hatten, würde sie schnell herausfinden können, ob Celeste gelogen hatte.

Josie schickte eine SMS an die übrigen Teammitglieder und informierte sie darüber, dass es Unstimmigkeiten bei den Zeitangaben zu Emilys Verschwinden gab. Noah antwortete, dass er sowohl den Mitarbeiter als auch Celeste ausfindig machen und danach fragen würde.

Sawyer verschwand in der Küche und kam mit einer Flasche Wasser zurück, die er Lisette reichte. »Ich glaube, als Celeste sagte: ›Tun Sie, was Sie tun müssen‹, hat sie damit gemeint, dass es in Ordnung ist, ihren Kühlschrank zu plündern.«

Lisette zuckte die Achseln und trank einen Schluck. Ein paar Minuten später war sie auf den Beinen und schlurfte zur Tür.

Der Weg vom Haus zu den Gebäuden des Resorts wurde nur teilweise von solarbetriebenen Lampen beleuchtet, die auf beiden Seiten des Asphaltstreifens in den Boden eingelassen waren. Alle paar Meter blieb Lisette stehen und spähte in die Nacht hinaus. Dann sagte sie: »Noch ein bisschen weiter.«

Sawyer sagte: »Lisette, ich weiß, dass du nur helfen willst, aber wie ich höre, sind bereits Suchtrupps im Wald unterwegs. Vielleicht wäre es das Beste, wenn du erst einmal mit zurück nach Griffin Hall kommst und wir morgen früh bei Tageslicht versuchen, herauszufinden, wo du das Mädchen in den Wald hast gehen sehen.«

»Ich muss doch sowieso zurück nach Griffin Hall, nicht wahr?«, erwiderte sie. »Warum sollte ich Josie bei der Gelegenheit nicht zeigen, wo ich das Kind gesehen habe?«

Josie sagte: »Die Hunde fangen gerne an der Stelle an, an der die gesuchte Person zuletzt gesehen wurde.«

»Dann können die Hunde am Haus anfangen«, sagte Sawyer. »Das ist der letzte Ort, an dem sie war, bevor sie in den Wald gelaufen ist.«

Lisette hob eine Hand. »Hört auf, alle beide. Es kann nicht schaden, wenn ich Josie zeige, wo ich das Mädchen zuletzt gesehen habe. Es dauert nicht lange. Wir kommen auf dem Rückweg nach Griffin Hall sowieso an der Stelle vorbei.«

Sawyer machte ein Geräusch in seiner Kehle. Josie schaute zu ihm hinüber und sah, wie seine Augen in dem schummrigen Licht glänzten. Da erkannte sie, dass er sich Sorgen darüber machte, ob Lisette den ganzen Weg zurück aus eigener Kraft schaffen würde. Josie war schon überrascht, dass sie den Hinweg zur Privatresidenz ohne Hilfe geschafft hatte. Dafür würde sie am nächsten Tag büßen müssen. »Es ist aber ziemlich weit. Warum bleiben wir beide nicht hier und versuchen, die Stelle zu finden, und Sawyer schaut mal, ob die Angestellten dich in einem ihrer Fahrzeuge zurückbringen können?«, schlug Josie vor.

»Klar«, erwiderte Lisette. »Das hört sich gut an.«

Josie wusste, dass sie langsam müde wurde, da sie nicht widersprach. Lisette wartete, bis Sawyer außer Hörweite war, dann sagte sie: »Er ist ein guter Junge, aber er weicht mir nicht von der Seite.«

»Das ist nicht das Schlechteste«, sagte Josie.

»Das habe ich auch nicht behauptet«, meinte Lisette. Sie manövrierte ihren Rollator durch zwei der kleinen Laternen, die am Wegesrand aufgestellt waren, und schob ihn ins Gras.

»Augenblick noch, Grandma«, sagte Josie. Sie holte ihr Handy heraus und öffnete die Taschenlampen-App. Sie schaltete sie an, holte Lisette ein und leuchtete mit dem Licht vor ihnen her. Die Baumgrenze war etwa neun Meter entfernt. »Woher weißt du, wo du sie gesehen hast?«

»Da ist ein Baumstamm, der aussieht, als hätte ihn jemand angezündet, als wäre er mit Ruß bedeckt.«

Josie suchte die Bäume mit ihrer Taschenlampe ab. »Das ist kein Ruß«, stellte sie schließlich fest. »Sondern schwarzer Rußtau. Das kommt von den gefleckten Laternenfliegen. Wenn sie fressen, produzieren sie dieses Zeugs. Es ist zuckerhaltig. Ich glaube, man nennt es eigentlich Honigtau. Jedenfalls macht es sich überall breit. Deshalb sehen die Bäume, von denen sie sich ernähren, aus, als hätten sie ein Feuer überlebt.«

Lisette schob ihren Rollator weiter, ab und zu, wenn das Gras dichter wurde, hob sie ihn hoch und gab ihm einen Schubs. »Links von dir.«

Josie schwenkte mit ihrer Taschenlampe nach links.

Lisette blieb stehen, als sie nur noch wenige Meter von der Baumgrenze entfernt waren. »Da drüben!«

Die Taschenlampe landete auf einer jungen Birke, deren Stamm pechschwarz war. »Bist du sicher, dass es hier war?«, fragte Josie.

»Ich glaube schon.«

Sie gingen näher an die Bäume heran. »Und du bist sicher, dass sie allein war?«

»Ja. Ich denke schon.«

Josie suchte den Boden mit ihrer Taschenlampe ab. Warum war Emily verschwunden? Warum war sie wenige Stunden nach Einbruch der Dunkelheit in den Wald gelaufen? War sie weggelaufen? War sie auf der Suche nach Rory? »Sobald Sawyer zurückkommt, sehe ich mir das genauer an, obwohl sie inzwischen überall sein könnte.«

Es raschelte zwischen den Bäumen. Josie schwenkte ihr Handy nach oben, aber erst, nachdem sie einen kleinen Haufen grauer Polsterknöpfe aus ihrem Augenwinkel gesichtet hatte. Er lag am Fuße der Birke. Hatte Emily die Knöpfe absichtlich dort hingelegt oder hatte sie sie einfach nur verloren?

»Emily?«, rief Josie und schwenkte die Lampe hin und her.

»Josie«, sagte Lisette. Sie machte einen Schritt von ihrem Rollator weg und legte eine Hand auf Josies freien Arm. »Josie, wir müssen ...«

Wieder raschelte es hinter der zerstörten Birke. Josie leuchtete mit der Taschenlampe weiter umher, konnte aber bis auf tief hängende Äste und Baumstämme nichts erkennen.

Lisette packte ihren Arm noch fester, und Josie konnte sich nur an ein einziges Mal in ihrem Leben erinnern, als sie die Finger ihrer Großmutter so fest auf ihrer Haut gespürt hatte. Josie war damals noch ein Kind gewesen und sie waren kurz davor, getrennt zu werden. Josie war in ein Haus voller Schrecken zurückgekehrt und Lisette wusste, dass sie nichts tun konnte, um das zu verhindern.

Josie drehte den Kopf und sah ihrer Großmutter in die

Augen, erkannte die Angst in ihrem Blick. »Grandma?«, fragte sie.

Lisette neigte ihren Kopf leicht in Richtung der Bäume und murmelte das Wort *Waffe*. Josie Herz begann zu stolpern. Sie wollte Lisette fragen, was sie gesehen hatte. Einen Menschen? Rory? Am liebsten hätte Josie mit der Taschenlampe noch einmal über die Bäume geleuchtet, doch wenn Rory nur wenige Meter von ihnen entfernt stand und eine Waffe hatte, waren sie leichte Beute. Er hatte Josie an diesem Tag schon einmal grundlos angegriffen. Josie war sich nicht sicher, ob sie unter optimalen Umständen vernünftig mit ihm reden konnte. Was wollte er überhaupt hier? Hatte er Emily in seiner Gewalt? Hatte er sie in den Wald gelockt? Josie löste mit einer Hand ihr Holster, zog ihre Pistole heraus und hielt sie in einer Hand, während sie mit der anderen mit der Taschenlampe leuchtete. Den Lauf hielt sie nach unten gerichtet. Sie wollte nicht riskieren, jemanden zu treffen, der keine wirkliche Bedrohung darstellte, aber wenn jemand im Wald war und eine Waffe auf sie richtete, wollte sie, dass er wusste, dass sie vorbereitet war.

Es gab nur ein Problem. Wer auch immer sich da im Wald herumtrieb, sie konnte ihn nicht mit dem Lichtkegel ihrer Taschenlampe einfangen, der unter dem Gewicht von Lisettes Hand auf ihrem Unterarm wackelte.

»Polizei«, rief sie. »Wer immer da ist, kommen Sie heraus, damit wir Sie sehen können.«

Lisette zog an Josies Arm und der Lichtkegel der Taschenlampe zuckte nach unten. »Wir sollten umkehren.«

Vor ihnen bewegte sich etwas, ein dunkler Fleck. Lisette riss mit überraschender Kraft an Josies Arm, warf sie aus dem Gleichgewicht und ließ sie aufs Hinterteil fallen. Josies Handy landete mit der Taschenlampe nach unten im Dreck und stürzte die beiden in die Dunkelheit. Ein Schuss zerriss die Luft. Josie spürte eher, als dass sie sah, wie Lisettes Körper in sich zusammensackte. Sie legte beide Hände an den Griff ihrer

Glock und zielte nach oben in Richtung der Bäume. Aber sie konnte nicht blindlings drauflos schießen. Es waren noch andere Polizeibeamte und Suchtrupps im Wald unterwegs. Sie konnte es nicht riskieren. Durch das Rauschen in ihrem Kopf hörte sie ein unverwechselbares Geräusch, das ihr das Blut in den Adern gefrieren ließ. Eine Schrotflinte wurde entsichert. Gleich würde ein weiterer Schuss fallen.

»Nein!«, schrie Josie.

Sie rappelte sich auf die Knie und nahm eine Hand vom Pistolengriff, um sich zu Lisette vorzutasten. Josie war sich bewusst, dass alles in Sekundenschnelle passierte und doch schien sich die Zeit zu einem quälenden Rinnsal zu dehnen, wie Harz, das an einem Baumstamm heruntertropfte. Josies Hand berührte Lisette genau in dem Moment, in dem sie sich aufrichtete. Der zweite Schuss krachte durch die Luft. Lisette stürzte nach hinten, riss Josie mit sich und landete auf ihr.

»Grandma! Grandma!«

Mit gespitzten Ohren, die sich darauf konzentrierten, ob die Schrotflinte erneut entsichert wurde, kämpfte sie sich unter Lisettes Körper hervor. Ihre Gedanken überschlugen sich. Instinktiv wusste sie, dass sie sich entscheiden musste: Sie konnte entweder den Angreifer im Wald verfolgen – der sie immer noch töten konnte – oder sich um Lisette kümmern. Ihre Hände hatten die Entscheidung bereits getroffen, als sie die Pistole beiseite warfen und Lisettes Körper nach Wunden abtasteten.

»Grandma!«

Lisette lag auf dem Rücken. Eine tiefe Erleichterung durchflutete Josie, als sie die zitternden Hände nach oben streckte, um Josies Gesicht zu berühren. »Jos...«

Ihr Atem ging stoßweise. Josies Finger wanderten an den Handgelenken ihrer Großmutter hinunter zu ihren Schultern, streichelten ihr Gesicht, ihr Haar. Nichts Nasses oder Klebriges. Keine Wunden am Kopf oder im Gesicht. An Brustkorb und Rumpf sah das anders aus. Heißes Blut klebte an Josies Fingern. Hatte der Schütze ein Geschoss oder Schrot benutzt? Je mehr sie mit ihren Fingern erforschte, desto mehr war Josie davon überzeugt, dass es Schrot gewesen sein musste, was noch mehr Wunden bedeutete.

»Mein Gott«, rief sie. »Grandma! Halt durch!«

Sie konnte nichts sehen. Ihre Hände wühlten hektisch im Gras herum. Sie brauchte ihr Handy. Um die Taschenlampe zu benutzen. Oder ihr Team zu alarmieren.

»Grandma!«

Jeder einzelne Nerv in ihrem Körper vibrierte vor Anspannung. Sie konnte das Handy nicht finden. Lisette hustete. Josie drehte sich wieder zu ihr um und hatte das Gefühl, ihren Körper zu verlassen. Plötzlich schwebte sie genau über sich und Lisette. Es war, als würde sie durch ein Nachtsichtgerät blicken, sie erkannte zwei dunkle Gestalten vor einem leuchtend grünen Hintergrund. Josie sah sich selbst auf Knien, die Hände glitten über das Gras und fanden nichts. Lisette lag auf dem Rücken, den Blick starr nach oben gerichtet. Sie hatte einen Arm ausgestreckt und suchte nach Josie.

Ihr lief die Zeit davon.

Josie kehrte in ihren Körper zurück. Sie spürte die Angst, die ihr die Luft abschnürte, das heiße Blut an ihren Händen und das Adrenalin, das dafür sorgte, dass ihr ganzer Körper sich wie ein Draht anfühlte, der unter Strom stand. Sie hörte Geräusche in der Ferne. Jemand bewegte sich durch den Wald von ihnen weg. Das Brummen eines Motors in der entgegengesetzten Richtung. Dann hörte Josie die Stimme ihres verstorbenen Mannes Ray, so klar und deutlich, als ob er sich über sie beugen und ihr ins Ohr flüstern würde.

»Du musst dich konzentrieren«, sagte sie.

»Ich versuch's ja«, rief Josie verzweifelt. Erst jetzt bemerkte sie die Tränen, die ihr über das Gesicht liefen. Hatte sie das gerade laut gesagt? Sie wusste es nicht und es war ihr auch egal.

»*Jo*«, rief sie die Stimme erneut. »*Du weißt, was zu tun ist. Load and Go!*«

Load and Go war ein Fachbegriff im Polizeidienst. Wenn das Opfer einer Gewalttat – in der Regel einer Schießerei – zu schnell Blut verlor, um auf Hilfe zu warten, sammelte die Polizei es im wahrsten Sinne des Wortes auf, trug es zu ihrem Fahrzeug und raste dann los, um Hilfe zu holen.

Josie kroch auf Lisette zu, fand ihre Schultern und Hüften, schob ihre Arme unter ihren Körper und hob sie hoch. Mühsam kämpfte sie sich auf die Beine, schwankte und versuchte, mit einem geschwollenen, schmerzenden Knöchel das Gleichgewicht auf dem Gras zu finden. Dann rannte sie los.

FÜNFUNDZWANZIG

Als Josie den asphaltierten Weg erreichte, hielt Sawyer dort gerade in einem Fahrzeug des Resorts. Josie konnte sehen, wie die Emotionen in Sekundenschnelle über sein Gesicht jagten: Verwirrung, Sorge, Angst, doch schließlich gewann seine Ausbildung die Oberhand. Er stellte den Schalthebel auf Parkmodus, bevor er überhaupt zum Stehen kam, sprang heraus und rannte auf Josie zu. Er kam ihr über die Wiese entgegen und nahm ihr Lisette ab. »Was zum Teufel ist passiert? Waren das Schüsse, die ich gehört habe?«

Josie folgte ihm, während er zum Fahrzeug rannte. »Da war jemand im Wald. Sie haben auf uns geschossen. Ich konnte nichts sehen, ich ...«

»Du musst fahren«, unterbrach Sawyer sie. Er versuchte, Lisette auf den Rücksitz des Wagens zu setzen, dann rutschte er neben sie. »Schaffst du das? Sie hatten kein Personal übrig, also haben sie mir die Schlüssel gegeben.«

»Ja«, sagte Josie.

Im schwachen Licht der Laternen am Wegesrand konnte Josie das Blut sehen. Es durchtränkte Lisettes Oberkörper. Es verteilte sich über die Schaltung und das Lenkrad, als Josie den

Wagen in Bewegung setzte und wendete. Sie hatte noch nie ein Fahrzeug des Resorts gefahren, aber dieses hier war wie ein extrem großer Golf-Cart. Es war einem Auto so ähnlich, dass ihr Körper auf Autopilot schaltete.

»Lisette«, sagte Sawyer. »Mein Gott. Sie blutet überall. Überall, Josie. Wie oft wurde auf sie geschossen?«

»Es waren Schrotkugeln«, sagte Josie.

»O mein Gott. Lisette!«

Josie trat das Gaspedal voll durch, raste den Weg zurück zur Griffin Hall und steuerte auf die blinkenden roten und blauen Warnleuchten eines der Polizeiautos von Denton zu. Als sie kurz über ihre Schulter blickte, stellte sie fest, dass Sawyer Lisettes Hemd nach oben geschoben hatte, um die Wunden zu finden. Eine Hand drückte auf die linke Seite ihrer Brust, während die andere versuchte, einen Puls an ihrem Hals zu tasten. Josie hatte seit einer gefühlten Ewigkeit keinen Laut mehr von Lisette gehört, obwohl wahrscheinlich weniger als eine Minute vergangen war. Sie versuchte, nicht daran zu denken, was das bedeutete.

»Wenn wir auf einen Rettungswagen warten, wird sie es nicht schaffen«, sagte Sawyer.

»Ich weiß«, erwiderte Josie. »Wir nehmen einen Polizeiwagen.«

Vor Griffin Hall stand eine Menschentraube, viele von ihnen waren Josies und Noahs Verwandte, die das Wochenende über geblieben waren. Alle wirkten nervös, die Blicke suchend auf den Horizont gerichtet. Josie wusste, dass sie die Schüsse gehört hatten. Als sie vor dem Gebäude hielten, drangen mehrere Schreie an ihr Ohr, doch die Gesichter waren verschwommen. Die Leute drängelten sich um sie herum, doch sie bahnte sich einen Weg durch die Menschenmenge. Hinter ihr war Sawyer aus dem Wagen gestiegen, der nun Lisette trug. Der uniformierte Polizeibeamte stellte keine Fragen. Er warf einen Blick auf Josies Gesicht, als sie sich näherte, und hielt ihr seine Schlüssel hin. Josie öffnete die Hintertür und half Sawyer, Lisette auf den Rücksitz zu legen. Währenddessen öffnete der uniformierte Beamte den Kofferraum und kramte darin herum, bis er einen Erste-Hilfe-Kasten fand. Er gab ihn Josie, die ihn an Sawyer weiterreichte. Dann stieg sie auf der Fahrerseite ein.

Als sie die Sirene einschaltete und zurücksetzte, hörte sie Lisette husten. Ein Geräusch, bei dem ihr der Schreck in die Glieder fuhr. »Wir brauchen nur ein paar Minuten, Grandma«, versicherte ihr Josie. »Bitte, halt einfach durch.«

Von hinten hörte Josie das Quietschen eines Reißverschlusses und das Geräusch von Klettverschlüssen, als Sawyer den Verbandskasten aufriss. »Mein Gott«, sagte er. »Ich habe überhaupt nichts. Ich kann ihre Vitalwerte nicht messen, ich kann nicht ...«

»Tu, was du kannst«, unterbrach Josie ihn. »Ich bringe uns so schnell wie möglich in die Klinik.«

»Halte durch, Lisette«, murmelte er. »Ihre Atemwege sind frei. Der Puls ist schwach. Mehrere Wunden in der Brust und im Unterleib. Ich habe Mull. Das ist nicht viel, aber ich kann das, was hier ist, benutzen, um einige davon zu verbinden. Gott sei Dank keine Sickerwunden.«

»QuikClot«, schlug Josie vor. »Das haben wir alle im Auto dabei. Es müsste im Verbandskasten sein.«

QuikClot war ein blutstillender Verband. Er sah aus wie Mull, enthielt aber einen Wirkstoff, der die Blutung bei Wunden schneller stoppte. Soldaten führten es häufig im Kampf mit sich. Sobald es auch für Zivilisten erhältlich war, hatte der Polizeichef es für die Erste-Hilfe-Koffer angeschafft, die alle Polizeibeamten der Einheit aus Denton mit sich führten.

»Hab's gefunden«, rief Sawyer. »Das wird helfen. Lisette! Lisette! Bleib bei mir.«

Josie beschleunigte den Streifenwagen, so schnell es nur ging, und fuhr mit fast hundertdreißig Kilometern pro Stunde die lange Bergstraße in die Stadt hinunter. Als sie das Wohngebiet erreichte, verlangsamte sie ihr Tempo nur so weit, dass sie Zusammenstöße mit Menschen oder Gebäuden vermeiden konnte. Es fühlte sich an, als wäre das Krankenhaus noch Stunden entfernt, obwohl sie nur Minuten gefahren waren. Josie nahm die lange Steigung zum Krankenhaus mit knapp hundert Stundenkilometern und raste in die Rettungswagenzufahrt der Notaufnahme. Der Streifenpolizist, dessen Wagen sie genommen hatte, musste dort angerufen haben, denn Dr. Nashat und einige seiner Mitarbeiter warteten bereits mit einer Trage vor dem Krankenhaus auf sie. Bis Josie vom Fahrersitz aufgestanden und um das Fahrzeug herumgehumpelt war, hatten sie Lisette schon auf der Trage festgeschnallt. Dr. Nashat, einer seiner Assistenzärzte und vier Krankenschwestern rannten neben der Trage her, während sie Lisette in die Klinik brachten. Josie schaute nach rechts und sah Sawyer, der mit schlaff herabhängenden Armen dort stand, über und über mit Lisettes Blut befleckt.

Er drehte sich zu ihr um. Sein Gesichtsausdruck war eine Mischung aus Angst und Wut. »Was zum Teufel ist da draußen passiert, Josie?«

Josie schluckte die Hysterie herunter, die in ihrer Kehle aufstieg. »Da war jemand im Wald, und er ...«

Er kam auf sie zu und schnitt ihr das Wort ab. »Jemand hat euch im Wald aufgelauert und beschlossen, eine vierundachtzigjährige Frau zu erschießen?«

»Nein, ich weiß es nicht. Wir standen einfach nur da und sie hat etwas gesehen, ein Gewehr.«

»Ich dachte, ihr hättet nach einem achtjährigen Mädchen gesucht, Josie.«

»Haben wir auch. Aber da steckt mehr dahinter ...«

Er deutete mit einem Finger auf die Türen der Notaufnahme. Josie bemerkte, dass sein ganzer Arm zitterte. »Was für ein Mensch würde eine vierundachtzigjährige Frau erschießen,

Josie? Sie benutzt einen verdammten Rollator. Sie ist keine Bedrohung. Du bist Polizistin. Hattest du deine Waffe nicht dabei? Was zum Teufel ist da draußen passiert? Du bist nicht verletzt. Du wurdest nicht angeschossen.«

Josie brachte die Worte nicht über die Lippen. Sie konnte ihm nicht erklären, dass es so dunkel gewesen und so schnell gegangen war, dass sie nichts sehen konnte. Dass an diesem Tag schon einmal auf sie geschossen worden war. Dass der Mörder auf sie gezielt hatte und nicht auf Lisette. Lisettes stählerner Griff um ihren Arm, die Art und Weise, wie Lisette Josie aus dem Gleichgewicht gebracht hatte, als würde sie nichts wiegen, wie sich ihr Körper vor dem zweiten Schuss vor Josie aufgebäumt hatte – all das wiederholte sich in Josies Kopf wieder und wieder. Sensorische Erinnerungen, Schattenbilder in ihrem schockgeplagten Gehirn.

»Sie hat sich vor mich geworfen«, würgte Josie hervor.

»Was?«

»Sie wollte mich beschützen.«

»Blödsinn«, fauchte Sawyer.

Aber er war nicht dort gewesen. Er war Lisettes Enkel und damit blutsverwandt, aber er kannte sie nicht wirklich. Er kannte sie noch nicht sein ganzes Leben lang. Er hatte keine Ahnung, wie weit Lisette gehen würde, um die zu schützen, die sie liebte. Er hatte keine Ahnung, was sie alles getan hatte, um Josie zu beschützen, seit sie in ihr Leben getreten war. Wenn er es wüsste, würde er Lisette vielleicht mit anderen Augen sehen. Selbstverständlich würde Lisette Josie beschützen – instinktiv und automatisch. Ohne jeden Gedanken an ihre eigene Sicherheit. In diesem schrecklichen Augenblick war Josie wieder ein dürres Kind und Lisette war mit der Kraft einer mächtigen Löwin ausgestattet, deren Wildheit alle körperlichen Einschränkungen überwand, unter denen sie leiden mochte.

»Sie hätte überhaupt nicht dort sein sollen«, sagte Sawyer. »Im Dunkeln, draußen im Wald. Was stimmt mit dir nicht?«

»Mit mir?«, rief Josie. »Meine Grandma ist eine erwachsene Frau. Niemand hat ihr je gesagt, was sie zu tun und zu lassen hat, und niemand wird jetzt damit anfangen.«

»*Unsere* Grandma«, korrigierte Sawyer. Er wandte sich von ihr ab und wischte sich mit dem Ärmel über die Wange. Als er sich wieder umdrehte, sah Josie, dass er eine Spur von Lisettes Blut unterhalb seines Auges hinterlassen hatte.

»Tut mir leid«, sagte Josie. »Unsere Grandma.«

Sie ging auf ihn zu und versuchte, seine Hand zu berühren, doch er zuckte zurück. Wieder wandte er sich ab und seine Schultern zitterten. Josie wartete einen Moment. Dann versuchte sie noch einmal, ihn zu berühren, aber er entfernte sich aus ihrer Reichweite. »Geh einfach«, sagte er. »Geh und sieh nach ihr. Ich rufe Noah an.«

In diesem Moment wurde Josie klar, dass sie ihr Handy nicht dabei hatte. Es lag irgendwo an der Baumgrenze, zusammen mit ihrer Waffe. »Sag ihm, dass er den Bereich, in dem auf sie geschossen wurde, sichern muss. Es ist ein Tatort.«

Er nickte, ohne sie dabei eines Blickes zu würdigen. Josie stürzte durch die Türen der Notaufnahme. Sie folgte den angespannten Rufen und der Stimme von Dr. Nashat, der Anweisungen bellte. Sie hatten Lisette in eines der gläsernen Abteile gebracht, aber die Tür stand offen. Lisettes Kleidung war aufgeschnitten und auf den Boden geworfen worden. Ihre Arme, ihre Brust und ihr Unterleib waren mit kleinen runden Wunden übersät, überall dort, wo die Schrotkugeln durch ihre Kleidung in die Haut eingedrungen waren. Aus jeder dieser Wunden sickerte Blut und verteilte sich auf ihrem Körper. Einige bluteten stärker als andere, und zwei der Krankenschwestern bemühten sich, die Blutung zu stoppen. Eine andere Schwester versuchte, ihre Vitalfunktionen zu messen. Dr. Nashat entfernte Kügelchen aus ihren Armen und ließ sie in eine Schüssel fallen. Eine Sauerstoffmaske bedeckte ihr Gesicht. Ihre Haut war so blass wie ihre grauen Locken.

»Grandma«, krächzte Josie.

Eine der Krankenschwestern rief den anderen die Vitalwerte zu. Dr. Nashat ließ die Schüssel und die Pinzette auf einen Tisch in der Nähe fallen. »Wir müssen sie rauf zum CT bringen, um zu sehen, ob sie innere Verletzungen hat.«

Lisette drehte langsam den Kopf. Ihre Augen suchten den Raum ab, bis sie Josie entdeckten. Alles um sie herum verblasste für ein paar kostbare Sekunden. Lisettes Mund bewegte sich, aber unter der Maske konnte Josie nicht erkennen, was sie zu sagen versuchte.

»Detective.«

Josie riss ihren Blick lange genug von Lisette los, um zu sehen, dass Dr. Nashat vor ihr stand.

»Wir müssen diese Frau nach oben schaffen. Sie braucht ein CT und wenn ich mir die Lage einiger Wunden so anschaue, muss sie auf jeden Fall operiert werden.«

Josie trat zur Seite. »Würden Sie mich bitte auf dem Laufenden halten? Sie ist meine Großmutter.«

Dr. Nashat erstarrte kurz, sein professionelles Auftreten war ihm für einen flüchtigen Augenblick entglitten. Dann tätschelte er ihre Schulter. »Sobald ich neue Ergebnisse habe, erfahren Sie es zuerst.«

Die Krankenschwestern brachten Lisette zur Tür hinaus. Josie schaffte es, ihre nackte Schulter zu berühren, als sie an ihr vorbeigerollt wurde. Ihre Haut fühlte sich kalt an.

SECHSUNDZWANZIG

Josie spürte eine Lähmung, wie sie sie noch nie zuvor erlebt hatte. Sie konnte keinen klaren Gedanken fassen. Sie stand auf dem Flur, bis ein Sicherheitsbeamter auftauchte und sie in einen anderen Bereich der Notaufnahme führte. Es war ein kleiner, separater Wartebereich. Sie war sich bewusst, dass er etwas darüber sagte, dass sie nicht in den Hauptbereich gehen solle, weil sie alle anderen erschrecken würde, so wie sie aussah. Er setzte sie auf einen Stuhl und reichte ihr ein Handtuch. Sie hielt es schlaff in ihrem Schoß, die Augen starrten geradeaus, aber sie sah nichts. Krankenschwestern, Ärzte und andere Patienten kamen vorbei. Einige fragten sie, ob es ihr gut gehe, woraufhin sie nur nickte. In ihrem Kopf spielte sich die Szene auf dem Gelände des Harper's Peak immer und immer wieder ab und sie versuchte herauszufinden, was sie hätte anders machen können.

Sie hätten nicht dort draußen sein dürfen.

Sie hätte Lisette mit Sawyer zurück nach Griffin Hall schicken sollen. Emily wäre ohnehin schon lange nicht mehr dort gewesen, wo Lisette sie zuletzt gesehen hatte. Was spielte es da für eine Rolle, an welcher Stelle sie in den Wald gelaufen war?

Aber was hatte Rory dort zu suchen gehabt? Warum war er auf dem Harper's-Peak-Gelände gewesen? Er konnte doch nicht wissen, dass Emily dort war. Oder etwa doch? Warum hatte er auf sie geschossen? Vielleicht war es gar nicht Rory gewesen. Aber wer sonst würde mit einer Schrotflinte im Wald herumlaufen? Mettner hatte Pax zurück zum Laden gefahren, nachdem er seine Aussage gemacht hatte. Hatte Josie Pax falsch eingeschätzt? Er war früher an diesem Tag im Wald gewesen, als das erste Mal auf Josie geschossen wurde.

»Josie!«

Sie sah auf, kämpfte gegen den Nebel an, der ihren Verstand umhüllte, und sah Noah auf sich zustürmen. Hinter ihm waren Trinity, Drake, Shannon, Christian, Josies und Trinitys Bruder Patrick sowie Misty.

Mistys Hand flog zu ihrem Mund.

»Ist irgendwas davon dein Blut?«, fragte Trinity.

Shannon beugte sich hinunter und legte ihren Arm um Josies Schulter.

In Josies Ohr flüsterte sie: »Wo ist Lisette?«

»Mom«, sagte Trinity. »Lass sie.«

»Ich werde einen Arzt oder jemanden vom Pflegepersonal suchen und sehen, was wir herausfinden können«, erklärte Christian.

Josie wollte ihm sagen, dass er nach Dr. Nashat fragen sollte, aber ihr Mund wollte nicht funktionieren. Noah hockte sich vor ihr hin. In seinen Händen hielt er ihr Handy und ihre Dienstwaffe. Sie machte keine Anstalten, sie zu nehmen. Er steckte alles ein und berührte ihr Gesicht. »Josie«, flüsterte er. »Kannst du mit mir reden?«

Sie sagte nichts. Er streichelte ihre Wange. »Sawyer hat uns erzählt, was passiert ist. Er ist draußen.«

Endlich kamen die Worte. »Jemand sollte bei ihm sein«, sagte Josie. »Grandma würde wollen, dass jemand bei ihm ist.«

Christian tauchte wieder auf, mit Dr. Nashat an seiner Seite. »Ich musste nicht lange suchen«, sagte er.

Dr. Nashat blickte auf Josie hinunter, seine Züge wirkten besorgt. »Detective, ist mit Ihnen alles in Ordnung?«

Josie sah Noah an. »Sawyer«, sagte sie. »Er sollte nicht allein sein.«

»Hören wir uns erst mal an, was der Arzt zu sagen hat, dann können Drake und dein Vater sich draußen zu Sawyer setzen«, schlug Shannon vor.

»Mrs Matson ist jetzt im OP«, erklärte Dr. Nashat. »Die meisten Verletzungen durch die Schrotkugeln waren zwar nur oberflächlich und ich konnte die Kugeln selbst entfernen, aber sie hat schwere Frakturen an der rechten Speiche und Elle erlitten. Wir werden das später von einem Orthopäden untersuchen lassen, aber jetzt geht es erst einmal darum, die inneren Verletzungen zu versorgen. Die Aufnahmen zeigen mehrere Perforationen von Leber und Darm. Zwei Kugeln stecken unten rechts in der vorderen Ventrikelwand.«

»Und jetzt bitte die Erklärung für Nichtmediziner«, bat Trinity.

»In ihrer Herzwand«, erklärte Shannon.

»O mein Gott«, quiekte Misty.

Dr. Nashat sagte: »Die gute Nachricht ist, dass es keine akute arterielle Blutung in ihrer Brusthöhle gibt. Aber sie wird noch einige Zeit im OP bleiben. Sie ist schon ziemlich alt und obwohl sie großes Glück hatte – es waren keine Schüsse aus nächster Nähe –, sind die Chancen, dass sie den Stress mehrerer Operationen zur Entfernung der Kugeln und zur Versorgung der inneren Verletzungen überlebt, leider ziemlich gering. Wenn sie überlebt, könnten postoperative Komplikationen …«

»Das reicht. Wir haben es verstanden«, sagte Trinity. »Können wir irgendwo warten oder uns von den Chirurgen auf dem Laufenden halten lassen?«

Dr. Nashat nickte. »In der vierten Etage. Dort gibt es einen Wartebereich für die Chirurgie. Das ist im Moment der Einzige auf dieser Etage. Dr. Justofin ist der Unfallchirurg. Er wird entweder jemanden schicken, der Sie auf den neuesten Stand bringt, oder sich selbst darum kümmern. Es wird aber noch einige Stunden dauern.«

Josie hörte Schritte hinter Dr. Nashat. Dr. Feist drängte sich an ihm vorbei und eilte auf Josie zu. »O mein Gott. Ich habe gerade gehört, was passiert ist. Josie ...«

Sie blieb stehen und sah sich um. Als sie Dr. Nashats Blick begegnete, sagte sie: »Ich habe gerade mit der Assistenzärztin gesprochen. Sie hat mir erzählt, was los ist. Ich werde sie nach oben in den Warteraum bringen.«

Dr. Nashat nickte und verließ das Zimmer. Drake gab Christian einen Stupser in die Rippen und schlug vor: »Warum schauen wir nicht mal, ob wir Sawyer finden?«

Als die beiden mit Patrick im Schlepptau davongingen, legte Dr. Feist eine Hand auf Noahs Schulter. Er stand auf und trat beiseite. »Ich gehe nicht davon aus, dass dich schon jemand untersucht hat, oder?«, fragte Dr. Feist.

Sie legte zwei Finger seitlich an Josies Hals.

»Mir geht es gut«, krächzte Josie.

»Du bist ein Wrack«, widersprach Trinity. »Wir müssen dir diese Klamotten ausziehen.«

Dr. Feist schob eine warme Hand unter eine von Josies Achseln und zog sie auf die Füße. »Komm mit runter in mein Büro. Ich habe noch einen Ersatzkittel und ein eigenes Bad.«

»Josie«, sagte Noah.

Mühsam versuchte Josie, sich zu konzentrieren. »Ich glaube, es war Rory«, sagte sie. »Vielleicht. Ich weiß es nicht. Ich habe niemanden gesehen, aber es war eine Schrotflinte. Lorelei wurde mit ihrer eigenen Schrotflinte getötet. Rory ist noch da draußen.«

»Wir arbeiten daran«, erklärte Noah. »Auf dem Berg

wimmelt es nur so von Polizisten. Wir werden jeden finden, der da draußen ist. Ich rufe jetzt Mett und Gretchen an. Sie wollten sofort ein Update haben.«

»Und Emily?«, fragte Josie hoffnungsvoll.

Er schüttelte den Kopf.

»Wir sollten jetzt gehen«, sagte Dr. Feist. »Lieutenant, du weißt ja, wo du uns findest, wenn du soweit bist.«

Noah beugte sich vor und küsste Josie auf die Stirn. »Ich werde dich finden«, versprach er.

Umringt von Shannon, Trinity, Misty und Dr. Feist wurde Josie in einen Aufzug eskortiert. Ein paar Minuten später befanden sie sich in Dr. Feists Büro. Josies Blick fiel auf ihr Hochzeitskleid, das in der Ecke hing. Sie hätte heiraten sollen, dachte sie verschwommen. Sie hätte Mettner und Gretchen den Fall überlassen, zum Altar schreiten und Lisette strahlen sehen sollen, wenn sie und Noah sich das Eheversprechen gaben. Stattdessen war sie in ihre ganz persönliche Hölle gestürzt.

Misty legte eine Hand zwischen Josies Schulterblätter und stupste sie sanft in die entgegengesetzte Richtung, wo sich Dr. Feists privates Badezimmer befand. »Schau dir das jetzt nicht an«, riet Misty. »Eins nach dem anderen, okay? Zuerst machen wir dich sauber.«

Die Frauen drängten sich im Bad. Obwohl es genauso aussah wie die übrigen sterilen Badezimmer des Krankenhauses, hatte Dr. Feist ein paar persönliche Dinge hinzugefügt, darunter eine kleine Bank und einen Schrank. Misty holte Handtücher und einen Kittel heraus und brachte Josie gleichzeitig dazu, sich auf die Bank zu setzen. Shannon und Trinity fingen damit an, ihr das Shirt auszuziehen. Dann kam Misty mit einem warmen, feuchten Handtuch zurück und begann vorsichtig damit, Lisettes Blut wegzuwischen.

Shannon hielt Josies Shirt hoch. »Was sollen wir damit machen?«

»Wegwerfen«, sagte Trinity, die jetzt vor Josie in die Hocke ging, um ihr die Turnschuhe auszuziehen.

»Nein«, schrie Josie. »Nicht!«

Sie konnte den Gedanken nicht ertragen, das Shirt zu verlieren, das sie getragen hatte, als sie Lisette das letzte Mal nahe gewesen war. Was, wenn das das allerletzte Mal gewesen wäre, dass sie ihre Großmutter in die Arme geschlossen hatte? Misty, Trinity und Shannon starrten sie an. Ein langer Augenblick, der sich ausdehnte und den Raum mit Unbehagen füllte. Schließlich sagte Dr. Feist: »Im Untersuchungszimmer haben wir Beutel für die Habseligkeiten der Patienten. Ich werde einen holen.«

Schweigend schrubbten die Frauen das Blut weg, bis ein Stapel weißer Handtücher mit roten Flecken in der Ecke des Badezimmers lag. Dr. Feist nahm jedes Kleidungsstück von Josie und steckte es, wie versprochen, in einen Beutel. Josie tat alles, was man ihr sagte, bis sie sauber war, ihre Haut feucht und sie in Dr. Feists Kittel steckte. Misty bürstete ihr Haar, während Shannon und Dr. Feist ihre Schuhe mit Waschlappen säuberten. Sie sprachen nur miteinander, um zu fragen, wo etwas war, oder um sich gegenseitig Anweisungen zu geben. Niemand verlangte etwas von Josie, und darüber war sie froh.

Dann standen sie wieder im Aufzug und Josie wurde von den vier Frauen umringt, als wären sie ihre Leibwächter. Im Wartezimmer der Chirurgie im vierten Stock wartete Noah.

»Noch keine Neuigkeiten«, erklärte er.

Sie setzte sich auf eines der Sofas und Noah nahm neben ihr Platz. Sie rollte sich zusammen und legte ihren Kopf auf seinen Schoß. Sie wollte nicht, dass jemand mit ihr sprach. Sie wollte keine Fragen beantworten. Sie wollte nicht nachdenken. Trotzdem redete eine Stimme in ihrem Kopf in einer Dauerschleife: *Sie hätten nicht da draußen sein dürfen.*

SIEBENUNDZWANZIG

Josie schreckte aus dem Schlaf hoch. In ihren Träumen war der Schuss immer wieder abgefeuert worden. Lisette stürzte zu Boden. Lisette stand wieder auf. Stürzte erneut zu Boden. Egal, wie oft es passierte, Josie konnte das Ergebnis nicht ändern. Noahs Hand strich ihr über das Haar. »Hey«, sagte er.

Josie blinzelte und setzte sich auf. Überall im Zimmer dösten ihre Angehörigen. Dr. Feist war nicht mehr da. Misty war gegangen, wahrscheinlich um bei Harris und Trout zu sein, aber Christian, Patrick und Drake hatten Sawyer mitgebracht, damit er sich zu ihnen setzte. Er war der Einzige, der wach war, in seinem Stuhl lümmelnd, die glasigen Augen starr geradeaus gerichtet. Sie schaute auf die Uhr. Es war nach fünf Uhr morgens. Acht Stunden waren vergangen. »Noch keine Neuigkeiten?«, fragte sie.

Noah schüttelte den Kopf.

Sie wusste nicht, ob das nun ein gutes oder ein schlechtes Zeichen war. Lisette war noch im OP, was bedeutete, dass sie noch lebte, aber dass es seit über acht Stunden nicht die geringsten Neuigkeiten gab, konnte nichts Gutes bedeuten. Oder doch?

Als hätte er ihre Gedanken gelesen, sagte Noah: »Ich gehe mal los und schaue, ob ich was rausfinden kann.«

Zwanzig Minuten später kehrte er mit einer Krankenschwester im Schlepptau zurück. Hinter ihnen folgte Misty, die eine Box voller Kaffeebecher und einige Frühstücksprodukte vom Komorrah's geholt hatte, die sie auf einen der Tische stellte. Während alle langsam aufwachten, sich streckten und Milch und Zucker in ihre Kaffeebecher rührten, teilte die Krankenschwester ihnen mit, dass Lisette immer noch durchhielt. Sie hatten die meisten Kugeln herausgeholt und die Verletzungen so weit wie möglich versorgt, doch ein Teil ihres Darms musste entfernt werden. Es würde noch ein paar Stunden dauern, bis man sie auf die Station bringen konnte.

Josie setzte sich wieder auf das Sofa und lehnte Kaffee und Essen ab, bis Misty darauf bestand, dass sie etwas aß, sich neben sie setzte und ihr wie eine Glucke beim Kauen zusah. Die Leute kamen und gingen, doch Josie blieb auf dem Sofa und schlief, wann immer sie konnte, denn ihre Realität war so schrecklich, dass sie ihr so oft wie möglich entfliehen wollte.

Vier Stunden später betrat schließlich ein großer, stämmiger Arzt in blauem Kittel und einer OP-Haube mit Delfinen darauf das Zimmer. »Josie Quinn?«, fragte er.

Josie hob die Hand. »Ich bin hier.«

Er ging auf sie zu und schüttelte ihre Hand. »Man hat mir gesagt, dass Sie Mrs Matsons Enkelin sind.«

Josie nickte. Ihr Blick fiel auf Sawyer am anderen Ende des Zimmers und sie zeigte auf ihn. »Und das ist ihr Enkel, Sawyer Hayes.«

»Sehr erfreut. Ich bin Dr. Justofin. Ihre Großmutter erholt sich gerade auf der Intensivstation. Wir mussten ihr einen Teil der Leber entfernen, und sie brauchte zwei Darmresektionen. Dann kamen die Orthopäden und haben ihr Bestes getan, um ihren Arm wieder zusammenzuflicken. Sie hat Stäbe und Stifte drin. Ihre Großmutter hatte großes Glück, dass sie die OP überstanden hat, aber ihr Zustand ist äußerst kritisch.«

»Wird sie überleben?«, fragte Noah.

Dr. Justofin runzelte die Stirn. »Nun, im Augenblick lebt sie. Wenn Sie nach einer Langzeitprognose fragen, kann ich Ihnen das nicht mit Sicherheit sagen. Vieles wird von den nächsten Tagen abhängen. Sie ist über achtzig und das war eine große Belastung für ihren Körper. Das Infektionsrisiko ist extrem hoch, und wir machen uns immer noch Sorgen wegen innerer Blutungen. Ich habe schon einige Jagdunfälle mit der Schrotflinte erlebt. Jüngere, gesündere Menschen sind mit weit weniger schweren Verletzungen gestorben. Ich überbringe nur ungern schlechte Nachrichten, aber ich denke, Sie sollten sich darauf einstellen, dass die nächsten Tage mit Ihrer Großmutter ihre letzten sein könnten.«

Josie schluckte. Sie war so dehydriert, dass ihr die Zunge am Gaumen klebte. »Wann können wir ... wann dürfen wir zu ihr?«

»In ein paar Stunden«, sagte Dr. Justofin. »Sie können nach unten in den dritten Stock gehen, wo sich der Warteraum der Intensivstation befindet. Man wird Sie holen kommen, wenn es soweit ist.«

Jemand bedankte sich bei ihm und Josie sah zu, wie er den Raum verließ.

Sawyer stand auf. Er funkelte Josie an und sagte: »Sie wird sterben. Wir haben nur noch ein paar Tage mit ihr, wenn überhaupt. Ich hoffe, dieser Fall – woran auch immer ihr arbeitet – war ihren Tod wert.«

»Hey«, sagte Noah. Er stellte sich zwischen Sawyer und Josie. »Ich weiß, dass das gerade sehr schwer für dich ist, aber das war jetzt völlig unangebracht.«

Sawyers Stimme war so ruhig, dass sie sich wie ein Messer direkt in Josies Herz bohrte. »Sie hätte nicht da draußen sein müssen. Niemand musste da draußen sein. Ihr zwei hättet eure

Hochzeit wie ganz normale Menschen feiern können, aber nein, die große Josie Quinn konnte es nicht ertragen, nicht im Rampenlicht zu stehen.«

Ein Chor von Protestrufen erhob sich im Raum. Drake versuchte, sich zwischen Noah und Sawyer zu stellen, doch es war zu spät. Josie sah nicht einmal, wie Noahs Hand seine Seite verließ, bis seine Faust in Sawyers Gesicht landete. Misty schrie auf und presste sich die Hände auf den Mund. »Hört sofort auf damit«, sagte Shannon entschlossen.

Drake zerrte Sawyer zur Tür, während Christian und Patrick Noah festhielten.

Eine Hand glitt in die von Josie. Sie schaute hinüber und sah Trinity neben sich stehen.

Eine von Sawyers Händen schoss über Drakes Schulter und deutete anklagend mit dem Finger auf Noah. »Du weißt, dass ich recht habe. Sie macht nichts als Ärger, Mann. Du kannst froh sein, dass du sie nicht geheiratet hast. Sie wird dich wahrscheinlich auch ins Grab bringen.«

Drake schob Sawyer durch die Tür hinaus in den Flur, die anderen blieben schweigend zurück. Noah stand schwer atmend hinter Christian und Patrick und ballte die Fäuste seitlich am Körper. »Du solltest lieber hoffen, dass er auf eine Anzeige verzichtet«, murmelte Christian. »Sonst ist es mit deiner Karriere aus und vorbei.«

»Ist mir egal«, knurrte Noah.

Shannon sagte: »Ihr müsst euch einfach alle beruhigen. Atmet mal tief durch. Haben alle schon was gegessen?«

Auf ihr Stichwort hin öffnete Misty eine weitere Box mit Essen und bot Christian, Patrick und Noah etwas davon an. Noah lehnte ab und setzte sich in die Ecke des Raumes. Josie stand auf und entwand ihre Hand aus Trinitys Griff. »Ich brauche ein bisschen frische Luft.«

Alle starrten sie an, doch zu ihrer großen Erleichterung

hatte niemand etwas dagegen einzuwenden oder versuchte, sie zu begleiten.

Sie ging durch die Notaufnahme und schritt unbemerkt durch die Türen der Lobby. Draußen entfernte sie sich einige Meter von den Türen, sog die kühle, frische Luft ein und wandte ihr Gesicht der Sonne zu. Es war erstaunlich, wie die Dinge funktionierten, dachte sie. Ihr ganzes Leben wurde in Stücke gerissen und die Sonne ging trotzdem auf, schien unbekümmert weiter auf die Welt.

»Quinn.«

Josie sah sich um und erkannte Chief Chitwood, der auf sie zukam. Die Angst ergriff von ihr Besitz. Zum ersten Mal seit Stunden kehrten die Gefühle in ihren Körper zurück und sie fühlte sich, als würde sie gleich ohnmächtig werden. Sie hätte mehr essen sollen. Sie wollte nicht, aber ob sie es nun wollte oder nicht, ihr Körper verlangte danach.

»Sir«, sagte sie.

Er zog eine buschige Augenbraue hoch, als er auf sie herabblickte. »Ich werde Ihnen keine dummen Fragen stellen«, sagte er. »Ich war gerade oben im Wartezimmer der Intensivstation und habe nach Ihnen gesucht. Ich bin bereits über alles im Bilde.«

»Dann wissen Sie, dass Noah Sawyer geschlagen hat?«, fragte Josie.

Er wischte ihre Bemerkung mit einer Handbewegung beiseite. »Das ist mir im Moment egal.« Er hielt ihr einen Bund Autoschlüssel hin. Ihre Autoschlüssel. »Ich habe Ihr Auto vom Harper's Peak zurückgebracht. Es stand die ganze Nacht lang dort. Ich dachte, Sie wollen es vielleicht haben. Sie wissen schon, für den Fall, dass es Ihnen da drin zu viel wird und Sie eine Pause brauchen. Es steht auf dem Besucherparkplatz.«

Josie nahm die Schlüssel an sich. »Vielen Dank, Sir.«

»Ich habe noch etwas für Sie.« Er kramte in seiner Jackentasche und holte etwas hervor, das aussah wie eine dicke Perlenschnur, die er ihr in die Hand drückte.

»Was ist das?«

»Ein Rosenkranz-Kettchen«, erwiderte er.

»Ich bin nicht katholisch, Sir«, sagte Josie.

»Ich auch nicht.«

Sie starrte das Kettchen an. Daran war ein Medaillon mit einer Frau in fließendem Gewand. Um sie herum standen die Worte »Maria Knotenlöserin«.

Josie war zu müde, um zu begreifen, was Chitwood vorhatte. »Ich verstehe nicht, Sir.«

Er streckte die Hand aus und legte ihre Finger um das Kettchen. »Eines Tages werde ich Ihnen erzählen, wie ich zu diesem Ding gekommen bin. Im Moment müssen Sie nur Folgendes wissen: Selbst wenn Sie noch nie in Ihrem Leben gebetet haben – wenn jemand, den Sie lieben, im Sterben liegt, werden Sie das Beten verdammt schnell lernen. Jemand, der zutiefst an die Macht des Gebets glaubte, hat mir das gegeben, und damals war es ein großer Trost für mich. Vielleicht wird es Ihnen nichts bedeuten. Ich weiß es nicht. Wie dem auch sei, wenn Lisettes Zeit gekommen ist, wird sie hier nichts mehr halten, doch was ist mit Ihnen? Sie werden jede Hilfe brauchen, die Sie bekommen können. Behalten Sie das Kettchen, bis Sie bereit sind, es mir zurückzugeben, und, Quinn, ich will es auf jeden Fall zurück.«

»Wie weiß ich denn, dass ich bereit bin, es zurückzugeben?«, fragte Josie.

Chitwood ging davon. Über die Schulter sagte er: »Ach, das werden Sie dann schon merken. Sehen wir uns auf der Intensivstation?«

»Ja.«

Nachdem er weg war, öffnete Josie ihre Hand und starrte auf das Kettchen. Die Perlen waren grün und poliert und lagen warm auf ihrer Handfläche. Es war wunderschön. Sie drückte

es noch einmal und steckte es in die Tasche des Kittels von
Dr. Feist. In ihrer Kindheit hatte sie oft zu Gott gebetet, er
möge sie vor so vielen schrecklichen Situationen bewahren. Es
hatte fast nie geklappt. Selbst Lisette hatte Josie trotz all ihrer
Bemühungen nicht vor dem Schlimmsten bewahren können,
was ihr zugestoßen war. Josie hatte gelernt, sich auf sich selbst
zu verlassen. Dennoch wusste sie zu schätzen, was auch immer
Chitwood damit im Sinn hatte. So wie sie es verstanden hatte,
wollte er sie auf seine eigene, merkwürdige Art und Weise
trösten.

Sie tastete nach ihren Autoschlüsseln und lief über den
Parkplatz, bis sie ihr Auto gefunden hatte. Auf dem Rücksitz
hatte sie stets eine Tasche mit Wechselkleidung dabei. Als sie
sich ihrem SUV näherte, drückte sie den Entriegelungsknopf
an ihrem Schlüsselanhänger. Die Schlösser wurden mit einem
metallischen Klicken entriegelt. Sie blickte auf und irgendetwas
am Fenster auf der Fahrerseite erregte ihre Aufmerksamkeit.
Für einen flüchtigen Augenblick war sie nicht sicher, was genau
sie dort sah. Dann kam ein Keuchen über ihre Lippen und ihre
Schlüssel fielen klirrend zu Boden.

Dort, direkt auf der Windschutzscheibe, lag eine Tannenzapfenpuppe.

ACHTUNDZWANZIG

Eine halbe Stunde später standen Josie, Noah, Chitwood und Gretchen dicht gedrängt im Überwachungsraum des Krankenhauses und sahen zu, wie der diensthabende Sicherheitsbeamte Schwarz-Weiß-Aufnahmen vom Parkplatz einspielte. Diese waren von einer Kamera auf einem Laternenpfahl aufgenommen worden, der hoch über den Boden ragte und einige Meter von der Stelle entfernt war, an der Chitwood ihr Fahrzeug geparkt hatte. Sie hatten gewartet, bis Hummel eingetroffen war, um die Puppe zur Spurensicherung mitzunehmen, erst dann hatten sie das Videomaterial angefordert. Josie bezweifelte, dass die Untersuchung der Puppe oder des Filmmaterials brauchbare Ergebnisse liefern würde, doch Chitwood wollte trotzdem alles dokumentiert haben. Gretchen war bereits auf der Intensivstation eingetroffen, als Josie zurückging, um Noah und Chitwood zu holen. Ihre Kakihosen und ihr Poloshirt von der Polizeistation in Denton waren zerknittert und mit Schmutz bedeckt. Ihr braunes, grau meliertes Haar war ungewöhnlich ungepflegt, und die dunklen Ringe unter ihren Augen verrieten Josie, dass sie seit mindestens vierundzwanzig Stunden nicht mehr geschlafen hatte. Wahrscheinlich hatte sie gerade Feierabend gemacht, doch sie war ins Krankenhaus gekommen, um nach Lisette zu sehen. Josie war erleichtert über ihre Anwesenheit, obwohl Gretchen jetzt vielleicht eine weitere scheinbar endlose Schicht im Fall Mitchell bevorstand.

»Da haben wir es«, sagte der Sicherheitsbeamte und zeigte auf den Monitor. »Das ist der Chief, der gerade einparkt.«

Sie sahen auf den Bildschirm, wie Josies Auto auf den Parkplatz fuhr. Chitwood stieg aus, drückte den Knopf auf dem Schlüsselanhänger und ging davon. Der Sicherheitsbeamte spulte den Film vor. Etwa zehn Minuten später tauchte am Rand des Bildschirms eine vermummte Gestalt auf, die an der Autoreihe entlangging. Die Kapuze war so weit ins Gesicht gezogen, dass man nichts davon erkennen konnte. Seine Hände steckten in den Taschen eines Kapuzenpullis. Josie bemerkte, dass er Jeans und ein Paar Stiefel trug. Nicht die Kleidung, die sie an Rory gesehen hatte, als sie ihm am Vortag begegnet war. Es sei denn, er war zurück nach Hause gegangen und hatte sich umgezogen. Aber Josie konnte sich nicht daran erinnern, im Haus Kleidung gesehen zu haben, die aussah, als gehöre sie ihm.

»Da kommt er«, sagte der Sicherheitsbeamte.

Die Gestalt blieb an Josies Auto stehen und starrte ein paar Sekunden vor sich hin, als ob sie versuchen würde, sich über etwas klar zu werden. Vielleicht über die Frage, ob das hier das richtige Auto war oder nicht? Dann drehte er sich um, zog blitzschnell die Tannenzapfenpuppe aus der Tasche seines Kapuzenpullis und legte sie auf die Windschutzscheibe. Nachdem er sich noch ein letztes Mal umgesehen hatte, rannte er aus dem Bild.

»Was zum Teufel läuft da?«, fragte Chitwood.

Noah warf ein: »Warum macht sich der Junge so viel Mühe, hierherzukommen und die Puppe hinzulegen? Warum auf Josies Auto?«

»Die Puppe bedeutet, dass es ihm leid tut«, sagte Gretchen.

»Das wissen wir von Emily. Rory legt ihr Puppen hin, wenn ihm etwas leid tut.«

Chitwood fragte: »Will er damit sagen, dass es ihm leid tut, dass er auf Mrs Matson geschossen hat?«

»Eine gruselige Puppe wird das Problem nicht lösen. Der Junge muss in Gewahrsam genommen werden. Und zwar sofort«, stellte Noah fest.

»Das ist nicht Rory«, erklärte Josie.

Alle Köpfe drehten sich zu ihr um.

»Rory ist erst fünfzehn Jahre alt. Er kann noch nicht fahren. Und selbst wenn er es könnte, woher sollte er ein Auto haben? Er hatte ja noch nicht mal ein Fahrrad. Lorelei hat dafür gesorgt, dass er auf ihrem Grundstück bleibt. Er war ihr großes Geheimnis, das wisst ihr doch noch?«

»Wenn das nicht Rory ist«, überlegte Gretchen, »wer ist es dann?«.

»Paxton Bryan«, erwiderte Noah. »Er muss es einfach sein. Er hat einen Führerschein und Zugang zum Lieferwagen seines Vaters.«

»Was hat Paxton Bryan gestern Nacht draußen im Wald am Harper's Peak gemacht? Woher wusste er, wo er Quinn heute finden würde?«, gab Chitwood zu bedenken.

»Und wenn er sie beschützen will, warum legt Emily dann die Knöpfe ab?«, fügte Gretchen hinzu.

Josie sagte: »Emily ist in den Wald gelaufen. Das wissen wir bereits. Wir wissen auch, dass Pax häufig mit seinem Fahrrad dort draußen unterwegs ist und dass er regelmäßig die Straße vom Hofladen zum Harper's Peak nimmt. Dann müsste er die ganzen Polizeifahrzeuge gesehen haben und hätte nur noch einen Mitarbeiter der Suchtrupps fragen müssen, was los ist. Vielleicht ist er in den Wald gegangen, um nach ihr zu suchen.«

»Das halte ich für denkbar«, sagte Chitwood. »Aber warum legt Pax die Tannenzapfenpuppe hier ab? Ich dachte, das wäre Rorys Ding.«

Josie wischte sich mit den Händen über das Gesicht und versuchte, ihre Erschöpfung zu vertreiben. Ihr Verstand war wie benebelt. »Emily hat Rorys Namen nie erwähnt. O Gott. Wir hatten die ganze Zeit den Falschen im Visier.«

»Verdammt«, sagte Gretchen. »Der Boss hat recht. Emily hat ›er‹ gesagt. Sie hat nie einen Namen genannt. Wir haben einfach angenommen, dass es sich um Rory handelt, weil er schon früher gewalttätig war.«

»Und wegen seiner Blutgruppe«, stellte Josie klar.

»Die Blutgruppe von Pax kennen wir nicht«, gab Gretchen zu bedenken. »Er könnte ebenfalls o positiv haben. Und Pax trägt Schuhgröße 42,5.«

Noah sagte: »Emily sagte, Pax sei ihr Freund. Würde sie das auch sagen, wenn er ihre Mutter und ihre Schwester getötet hätte?«

»Ein gutes Argument«, erwiderte Josie. »Sie wusste, dass sie sich verstecken musste, wenn Rory gewalttätig wurde. Das war Teil des Sicherheitsplans.«

»Aber sie hat die Morde nicht wirklich mit angesehen«, fügte Gretchen hinzu. »Das ist die Theorie, von der wir ausgehen. Es kam zu Gewalt und sie hat sich versteckt.«

»Trotzdem galt der Sicherheitsplan für Rory«, beharrte Josie.

Chitwood sagte: »Vielleicht war der Pax-Junge an diesem Morgen dort. Vielleicht ist die Situation aus dem Ruder gelaufen und Emily hat sich einfach versteckt, weil man ihr das so beigebracht hatte.«

»Warum hat sie uns dann nicht einfach erzählt, dass Paxton dort war?«, fragte Gretchen.

»Sie hat uns doch nicht mal erzählt, dass sie einen Bruder hat«, bemerkte Chitwood. »Aber sie hat Paxton erwähnt. Sie hat der Sozialarbeiterin von ihm erzählt, stimmt's?«

Josie nickte.

Noah sagte: »Paxton Bryan hat ein Alibi für die Zeit, als Lorelei und Holly getötet wurden.«

»Von seinem Dad«, erwiderte Josie. »Reed Bryan wird zwar keinen Preis für den Vater des Jahres gewinnen, aber ich glaube schon, dass er lügen würde, um seinen Sohn zu schützen. Trotzdem passt irgendetwas an all dem nicht zusammen.«

»Dann haben wir noch nicht alle Puzzleteile beisammen«, sagte Chitwood. »Wir werden Reed zur Befragung vorladen. Außerdem müssen wir alle drei Kinder finden: Pax, Rory und Emily. Und zwar so schnell wie möglich, bevor noch jemand zu Schaden kommt. Ich werde sofort eine Streife zu Bryans Farm und zum Laden schicken.«

Noah meinte: »Wenn Pax nicht dort ist und in einem der Lieferwagen seines Vaters herumfährt, müssen wir das Fahrzeug, das er benutzt, zur Fahndung ausschreiben. Wir haben immer noch das Problem, dass Rory Mitchell, der möglicherweise ein Mörder ist, sich draußen im Wald herumtreibt.« Er wandte sich an Gretchen. »Was hat die Suche bisher ergeben?«

»Nichts. Absolut nichts. Alles, was wir gefunden haben, waren die abgefeuerten Schrotpatronen in der Nähe der Stelle, an der auf Lisette geschossen wurde. Wie du weißt, können wir von ihnen keine Fingerabdrücke nehmen, sobald sie aus der Waffe abgeschossen wurden, also sind sie nutzlos.«

»Und was ist mit den Hunden?«, ergriff Noah das Wort. »Haben sie nichts gefunden?«

Gretchen schüttelte den Kopf. »Wir hatten drei Dutzend Mitarbeiter und zwei Hundestaffeln, die die ganze Nacht da draußen gearbeitet haben. Sie haben nichts gefunden. Wir hatten Kleidungsstücke für Emilys Fährte und wir haben einen Mantel in Loreleis Haus gefunden, der unserer Meinung nach Rory gehört haben müsste, den haben wir für seine Fährte benutzt. Die Suchhunde sind meilenweit durch den Wald gelaufen, bis sie vor Erschöpfung fast tot umgefallen sind. Sie haben beide Fährten verloren.«

»Es kommt nicht allzu oft vor, dass Hunde die Fährte verlieren«, meinte Josie. »Außer vielleicht bei bestimmten Witterungsverhältnissen – die wir im Moment nicht haben – oder wenn die gesuchte Person in einem Fahrzeug weggebracht wird.«

»In welches Fahrzeug hätten sie denn steigen sollen?«, fragte Noah.

»Soweit wir bisher wissen, ist Paxton der Einzige in diesem ganzen Szenario, der Zugang zu einem Fahrzeug hat«, erwiderte Josie.

»Und das ist ein weiterer Grund, warum wir den Jungen so schnell wie möglich finden müssen«, meinte Chitwood.

Josie fragte: »Hat irgendjemand rausgekriegt, ob Celeste nun gelogen hat oder nicht, was den Zeitpunkt von Emilys Verschwinden angeht?«

»Ich habe den Mitarbeiter ausfindig gemacht, mit dem Lisette gesprochen hat«, erwiderte Noah. »Er hat Celeste volle zwei Stunden vor dem Zeitpunkt angerufen, zu dem Adam uns informiert hat. Ich habe sie darauf angesprochen, und sie hat gesagt, ihr Zeitgefühl hätte sie einfach im Stich gelassen.«

»Was für ein Schwachsinn«, murmelte Josie.

»Sowohl Rorys als auch Emilys Fährte wurden auf dem Gelände des Harper's Peak gefunden«, sagte Gretchen.

»Wir wissen bereits, warum Emily dort war«, erwiderte Chitwood. »Aber warum hätte Rory so weit rauf auf den Berg gehen sollen? Er konnte doch gar nicht wissen, dass sie dort war.«

Josie sagte: »Weder Rory noch Pax. Niemand hat ihm gesagt, wohin Emily gegangen war. Selbst wenn er da raufgefahren wäre, um einen Lieferauftrag für seinen Vater zu erledigen, war Emily in der Privatresidenz. Er kann sie also nicht gesehen haben.«

»Es sei denn, er hat zufällig gehört, wie Mitarbeiter darüber gesprochen haben«, gab Gretchen zu bedenken.

Chitwood fasste noch einmal zusammen: »In Ordnung. Wir haben hier folgendes Szenario: Das Mädchen war gestern in der Privatresidenz im Harper's Peak. Rory Mitchell war draußen im Wald. Das wissen wir, weil er Quinn windelweich geprügelt hat und sie ihm gefolgt ist. Pax war auf dem Revier, um eine Aussage für einige Ereignisse des gestrigen Tages abzugeben, anschließend hat Mettner ihn wieder am Hofladen abgesetzt. Kurz danach ist Emily aus dem Haus spaziert und in den Wald gelaufen. Lisette hat sie gesehen. Es sah so aus, als sei sie allein unterwegs. Als Lisette mit Quinn zu der Stelle gegangen ist, an der das Mädchen in den Wald gelaufen ist, hat jemand auf sie geschossen. Die Suchtrupps haben den Berg vom Haus der Mitchells bis zum Harper's Peak durchkämmt, um Rory und Emily zu finden, ohne die geringste Spur. Und dann taucht Pax plötzlich hier oben auf und legt eine gruselige Tannenzapfenpuppe auf Quinns Auto.«

»Jepp«, sagte Gretchen. »Genau da stehen wir gerade.«

Josies Handy klingelte in der Tasche ihres Kittels. Sie zog es hervor und sah eine SMS von Trinity. »Wir dürfen jetzt zu meiner Großmutter.«

NEUNUNDZWANZIG

Lisette schlief noch. Dort in ihrem Krankenhausbett sah sie klein und zerbrechlich aus, geschrumpft durch all die Geräte und Schläuche, die an ihr hingen. Josie stellte fest, dass sie zum allerersten Mal alt aussah. In ihren Siebzigern und Achtzigern hatte Lisette auf Josie immer sehr lebendig gewirkt, auch die Tatsache, dass sie einen Rollator benutzte und unter schwerer Arthritis litt, hatte daran nichts ändern können. In Josies Vorstellungskraft war sie nie älter geworden. Sie war immer noch die Frau, die mit Josie zum Rollschuhlaufen ging und zum ersten Mal mit ihr an den Strand fuhr. Voller Energie. Mit einem schelmischen Funkeln in den Augen. Josie wünschte, sie würde die Augen öffnen, doch die Ärzte hatten ihr gesagt, dass es noch Stunden dauern könnte, bevor sie aufwachte.

Ihr rechter Arm lag dick eingegipst auf einem Kissen. Immerhin hatte sich jemand die Zeit genommen, sie zu säubern. Das ganze Blut war verschwunden, obwohl Josie noch einige langsam verschorfende Wunden an Stellen sah, wo Dr. Nashat die Schrotkugeln an ihrem gesunden Arm und in ihrer Brust entfernt hatte – dort, wo das OP-Hemd ein Stück heruntergerutscht war. Die Intensivschwester ließ nur zwei Personen gleichzeitig ins Zimmer und sie durften jeweils nur für zehn Minuten bleiben. Noah stand hinter Josie, während sie auf Lisette herunterstarrte. Sofort schossen ihr heiße Tränen in die Augen. Eigentlich war Abschottung eine von Josies starken Seiten, aber während sie auf ihre Großmutter herabschaute – bei Weitem die wunderbarste Frau, die Josie je kennengelernt hatte –, hatte sie das Gefühl, als würde ihr Herz in eine Million Teile zerspringen. Sie würde es nie schaffen, es wieder zusammenzusetzen.

Josie streckte die Hand zwischen das Gewirr aus Kabeln und Infusionsschläuchen und griff nach Lisettes linker Hand. Sie drückte sie, beugte sich zu ihr herüber und flüsterte ihr ins Ohr. »Ich bin da, Grandma. Alles kommt wieder in Ordnung. Du musst einfach nur bei mir bleiben.«

Lisette schlief weiter, das stetige Heben und Senken ihres Brustkorbs war für Josie nur ein schwacher Trost. Wie der Chirurg vorhin erklärt hatte, waren die inneren Verletzungen, die sie während der Schießerei erlitten hatte, das Hauptproblem. Sie würden abwarten müssen, ob ihr Körper vollständig heilen würde oder ob Komplikationen oder Infektionen auftraten. Noah legte seinen Arm um Josie, umarmte sie von hinten und legte seinen Kopf auf ihren. Josie hielt Lisettes Hand fest, bis die Schwester kam, um sie aus dem Zimmer zu schicken. Draußen vor der Tür stand Sawyer, der ebenfalls darauf wartete, Lisette zu sehen. Er starrte sie an. Josie sah einen beginnenden Bluterguss unter seinem linken Auge – dort, wo Noah ihn geboxt hatte. Sie spürte, wie ihr Herz plötzlich schneller zu klopfen begann. Selbst wenn Lisette nicht wach war, wollte sie keine Szene direkt draußen vor ihrer Tür. Doch zum Glück sagten weder Sawyer noch Noah ein einziges Wort, und Sawyer verschwand in Lisettes Zimmer.

Der Tag glich einer einzigen Warteschleife. Jede Stunde

ließ das Pflegepersonal sie für zehn Minuten zu Lisette ins Zimmer. Die restliche Zeit verbrachte sie im Wartezimmer der Intensivstation. Noah hatte ihre Wechselkleidung aus dem Auto geholt, sodass sie sich umziehen konnte. Ihre Angehörigen, Freunde und Kollegen kamen und gingen den ganzen Tag lang, überredeten sie dazu, etwas zu essen und zu trinken, und versuchten, sie zum Reden zu bringen. Doch Josie hatte nichts zu sagen, abgesehen davon, dass sie nicht hätten dort sein sollen. Sie hätte nicht zulassen dürfen, dass Lisette auch nur in die Nähe des Waldes kam. Das sagte sie niemandem, weil sie wusste, dass sie tausend gute Gründe dafür vorbringen würden, warum die Schüsse auf Lisette nicht ihre Schuld gewesen waren.

Josie glaubte keinen einzigen dieser Gründe.

Gegen drei Uhr nachmittags wachte Lisette schließlich auf. Sawyer war mit dem nächsten Besuch an der Reihe, deshalb ging er als Erstes zu ihr. Josie hoffte, dass er nichts sagen würde, was ihre Großmutter aufregte. Sie hatte keine Ahnung, wie klar Lisette im Moment war und woran sie sich noch erinnerte. Als er mit tränenüberströmtem Gesicht aus dem Zimmer kam, ging sie mit Noah zu ihr. Lisette hob ihre unverletzte Hand und Josie eilte zum Bett, um sie zu ergreifen. Dann sah sie Lisette direkt in die Augen.

»Josie, das ist nicht deine Schuld«, sagte Lisette.

»Es tut mir so leid, Grandma«, krächzte Josie.

»Nein, es ist nicht deine Schuld. Das darfst du niemals vergessen.«

Für einen kurzen Moment wurde Lisette blass und verzog schmerzerfüllt das Gesicht, eine Grimasse, die jede ihrer Falten vertiefte.

»Ist schon gut, Grandma«, sagte Josie. »Wir müssen nicht reden. Du solltest dich lieber ausruhen.«

Lisettes Griff um Josies Hand wurde noch fester. »Sein

Gesicht konnte ich nicht sehen«, erklärte sie ihnen. »Nur den Lauf der Waffe.«

»Ich weiß«, versicherte ihr Josie. »Alles gut. Wir werden ihn finden. Es sind im Moment Dutzende Kräfte auf der Suche nach ihm. Mettner und Gretchen kümmern sich drum. Mach dir darüber keine Sorgen.«

Lisette nickte kurz. Josie sah, wie sehr es sie körperlich anstrengte, zu sprechen, und drängte sie deshalb nicht dazu. Sie war einfach nur froh, dass Lisette die Augen geöffnet hatte und ihre Hand sich warm anfühlte. Lisettes Blick wanderte von Josie und Noah weg zum Fußende des Bettes. Dann schaute sie Josie erneut an. »Ich werde es nicht schaffen, Liebes.«

Neue Tränen strömten über Josies Gesicht. Und sie war machtlos gegen das Schluchzen, das tief aus ihr hervorbrach. »Was? Nein, Grandma. Sag das nicht. Du kannst das hier überleben. Das Schlimmste hast du doch schon hinter dir, die OP...«

Lisette drückte ihre Hand kräftig und Josie hörte auf zu reden. »Zwei Dinge wünsche ich mir: Ich möchte nicht, dass du und Sawyer euch streitet. Er wird dir die Schuld geben, aber diese Last muss er tragen, nicht du. Das alles war nicht deine Schuld.«

Sie machte eine Pause und ihr Brustkorb hob und senkte sich schneller, während sie versuchte, Luft zu holen. Josie wartete ab.

»Und zweitens möchte ich, dass ihr beiden heiratet.«

»Das werden wir«, versprach Josie.

»Auf jeden Fall«, pflichtete Noah ihr bei.

Lisette schüttelte den Kopf, nur eine winzige Bewegung. »Nein. Jetzt gleich. Ich möchte, dass ihr heiratet. Ich möchte es sehen. Ich will diese Welt nicht verlassen, ohne zu sehen, wie ihr beiden heiratet. Josie, einen besseren Mann wirst du nicht finden.«

Josie konnte sich ein Lachen nicht verkneifen. »Das weiß ich, Grandma.«

»Wenn ihr es jetzt nicht tut, bevor ich tot bin, werdet ihr es nie tun.«

»Das ist nicht wahr«, protestierte Josie.

Lisettes Hand drückte erneut zu. »Doch, das ist es.«

Noah streckte den Arm aus und berührte Lisettes Schulter. »Wir werden heiraten, Lisette. Das verspreche ich dir.«

»Ich will es einfach nur sehen …«, sagte sie, während ihre Augenlider zu flattern begannen. Sie warteten, ob sie den Satz fortsetzen würde, doch ihre Augen schlossen sich langsam. Josie spürte, wie sich ihr Griff lockerte. Für einen kurzen Moment setzte Josies Herz einen Schlag aus, als sie dachte, Lisette sei gestorben. Dann fiel ihr Blick auf den Monitor, auf dem Lisettes Vitalparameter angezeigt wurden, und sie stellte beruhigt fest, dass die Werte stabil waren.

Kurz darauf wurden sie wieder aus dem Zimmer geschickt. Als sie sich dem Wartezimmer näherten, konnte Josie durch das Glas sehen, dass alle auf Neuigkeiten warteten: Trinity, Drake, Shannon, Christian, Misty, Chitwood und sogar Dr. Feist. Sie hielt kurz inne, weil sie nicht bereit war, jemandem gegenüberzutreten. Sie wischte sich die Tränen ab und schaute zu Noah auf. »Ich muss mal kurz auf die Toilette. Ich bin gleich wieder da.«

Sie ließ ihn vorausgehen und suchte die nächstgelegene Toilette. Dort spritzte sie sich kaltes Wasser ins Gesicht und atmete mehrmals tief durch. Nachdem sie sich wieder gefasst hatte, ging sie zurück in den Flur, wo sie direkt mit Mettner zusammenstieß. Sie prallte gegen seine Brust und er packte sie an den Oberarmen, bevor sie nach hinten fallen konnte.

Er richtete sie auf und sah betreten zu Boden, seine braunen Augen waren tief besorgt. »Tut mir leid, Boss«, entschuldigte er sich. »Ich wollte dich nicht anrempeln. Aber ich habe dich gesucht. Das mit deiner Großmutter tut mir wirklich leid. Chief Chitwood sagt, dass sie immer noch durchhält.«

»Ja«, sagte Josie. »Bis jetzt schon. Vielen Dank.«

»Ich bin gekommen, um dir das zu sagen, aber ich dachte auch, dass dich und Noah die neueste Entwicklung interessieren würde – wir haben Reed Bryan auf seiner Farm gefunden. Er war in der Scheune. Jemand hat ihn mit einem Knüppel erschlagen.«

DREISSIG

Josie, Noah, Mettner und Chitwood standen dicht gedrängt in einer Flurecke, außer Hörweite vom Wartezimmer. Nur Dr. Feist war in das eingeweiht, was sie gerade erfahren hatten, und sie hatten sie extra aus dem Zimmer gerufen, damit sie auf Reed Bryans Tod reagieren konnte. Mettner hielt sein Handy in einer Hand und scrollte mit der anderen Hand durch seine Notizen, während er berichtete. »Die Suchtrupps sind immer noch damit beschäftigt, den Berg zwischen dem Haus der Mitchells und dem Harper's Peak zu durchkämmen. Wir konnten es nicht rechtfertigen, die Hunde noch länger zu behalten, aber wir haben Beamte, die den Wald absuchen. Ich glaube allerdings nicht, dass wir jetzt etwas finden werden, wenn wir bisher keinen Erfolg hatten.«

»Erzählen Sie uns von Reed Bryan«, verlangte Chitwood.

Mettner scrollte weiter. »Ich komme gerade vom Tatort. Hummel und sein Team kümmern sich drum. Die Streife ist vorhin zu seinem Haus gefahren. Sie haben an seine Tür geklopft. Es hat niemand aufgemacht, aber es stand ein Pick-up auf dem Grundstück. Sie haben nach dem Kennzeichen gesucht. Es ist sein Privatfahrzeug. Die Beamten haben sich umgeschaut, aber niemanden gesehen. Das Scheunentor stand einen Spalt weit offen, deshalb ist einer von ihnen reingegangen und hat Reed gefunden, der mit einer schweren Kopfverletzung tot am Boden lag. Es sieht aus, als sei jemand völlig ausgerastet und habe sich auf ihn gestürzt, die meisten Schläge haben ihn am Hinterkopf getroffen. Zumindest, soweit ich das sagen kann. Er ist ja ziemlich groß, also muss ihn der Täter blitzschnell von hinten angegriffen haben und er hat erst aufgehört, als er tot war. Dr. Feist wird ihn untersuchen, aber soweit ich das gesehen habe, sah es nicht so aus, als hätte er auch nur den Hauch einer Chance gehabt.«

»Habt ihr irgendeine Ahnung, welche Tatwaffe der Mörder benutzt hat?«, wollte Noah wissen.

»Ganz in der Nähe lag eine Schaufel, an der wir Blutspuren und Haare von ihm gefunden haben. Sieht also so aus, als hätte der Mörder die Waffe zurückgelassen.«

»Pax?«, fragte Josie.

»Er war nicht dort. Das Haus wurde durchsucht, ebenso das restliche Grundstück. Von ihm fehlt jede Spur.«

»Was ist mit den Lieferwagen?«, erkundigte sich Noah.

»Reed Bryan besitzt zwei Lieferwagen, die er für sein Geschäft nutzt.«

Mettner nickte. »Einen davon haben wir gefunden. Mehrere Zeugen haben angegeben, sie hätten gesehen, wie der Wagen scheinbar unkontrolliert durch die Stadt fuhr. Etwa eine Meile vom Hofladen entfernt krachte er in die Veranda eines Hauses. Er ist direkt über das Gras geschlittert und in das Haus gerast.«

»O mein Gott«, stieß Josie hervor. »Wurde jemand verletzt?«

»Zum Glück nicht«, erwiderte Mettner. »Die Hausbesitzer haben angegeben, dass ein Jugendlicher vom Fahrersitz gerutscht und weggelaufen ist. Sie haben den Vorfall gemeldet, aber wir hatten zu wenig Leute, weil alle mit der Suche auf dem

Berg beschäftigt sind. Als die Streife dort eintraf, war er längst auf und davon.«

»Konnten die Leute ihn beschreiben?«, fragte Chitwood.

Mettner kehrte wieder zu seinen Notizen zurück. »Weiß, männlich, etwa eins siebzig bis eins achtzig groß, trug Baggy-Jeans und ein blaues Sweatshirt mit Kapuze. Das ist alles, was ich habe.«

»Also wissen wir nicht, ob das Rory oder Pax war«, stellte Josie fest.

»Ich würde auf Rory tippen«, meinte Noah, »Allein schon wegen der unkontrollierten Fahrweise. Er ist erst fünfzehn. Vielleicht hat Lorelei ihm beigebracht, ein bisschen zu fahren, aber theoretisch dürfte er es nicht wirklich im Griff gehabt haben.«

»Es könnte aber auch Pax gewesen sein«, gab Chitwood zu bedenken. »Vielleicht ist er verletzt. Quinn, Sie haben gesagt, dass er ein angespanntes Verhältnis zu seinem Dad hatte. Vielleicht war Reed wütend auf ihn, hat zugelangt und ihn geschlagen, und Pax hat sich gewehrt?«

»Könnte schon sein«, sagte Josie, war aber in Gedanken bei der Tötungsmethode. Schläge auf Kopf und Hals. Ein Blitzangriff. Von hinten. Wenn das Opfer nicht hinsah und nicht damit rechnete. So wie der Patient, der Lorelei vor knapp zwanzig Jahren beinahe umgebracht hatte. Und auch sehr ähnlich der Art und Weise, wie Rory Josie im Flur seines Hauses angegriffen hatte. Josie dachte über die Autopsien von Lorelei und Holly nach. Lorelei hatte eine Kopfverletzung erlitten, bevor sie erschossen wurde. Holly war jahrelang immer wieder am Kopf verletzt worden. Verletzungen, die ihr laut Dr. Buckley Rory zugefügt hatte.

»Gibt es Fotos vom Tatort?«, fragte Josie.

»Hummel hat Fotos gemacht«, erwiderte Mettner.

»Aber du machst doch immer eine Skizze«, meinte Josie. »Auf deinem Computer. Ich weiß, dass du eigene Fotos mit deinem Handy machst, die du als Ausgangspunkt nutzt, falls die Spurensicherung zu lange braucht, um die Datei hochzuladen.«

Mettner wischte ein paar Mal und hielt Josie sein Display hin. Es war genau so, wie er es beschrieben hatte. In der Mitte der Scheune, auf dem schmutzigen Boden, lag Reed Bryan mit dem Gesicht nach unten in einer Blutlache. Sein Hinterkopf war nur noch eine breiige Masse, und die weißen Haare, die ihm geblieben waren, waren dunkel von geronnenem Blut. Seine Arme waren ausgestreckt, so als hätte er versucht, von seinem Angreifer wegzukriechen. Die Schaufel lag weggeworfen neben ihm.

»Ich bin mir nicht sicher, wonach du suchst«, sagte Mettner.

Josie musterte den Rest des Fotos und zoomte mit Daumen und Zeigefinger, um die anderen abgebildeten Bereiche der Scheune zu vergrößern. »Ich glaube, dass Rory Mitchell das getan hat.«

»Wie kommen Sie darauf?«, wollte Chitwood wissen.

Josie erklärte den Zusammenhang, den sie anhand der Angriffsmethode hergestellt hatte.

»Das ist ziemlich dürftig«, sagte Mettner.

»Kann schon sein«, räumte Josie ein.

Chitwood fragte: »Warum hätte Rory Mitchell zu Reed Bryans Farm kommen sollen? Wollen Sie damit sagen, dass Pax sowohl Rory als auch Emily abgeholt und zu sich nach Hause gebracht hat? Und dann hat Rory seinen Dad getötet?«

Ein kleiner Fleck in der Ecke des Fotos stach Josie ins Auge. Sie zoomte es so nah heran, wie sie konnte. »Ist das das einzige Foto vom Tatort, Mett?«, fragte sie.

»Wisch nach links«, sagte er. Es klang ungeduldig.

Sie fand ein besseres Foto, zoomte denselben Bereich heran und fand genau das, was sie erwartet hatte. Sie drehte das

Telefon um, damit die anderen es sehen konnten. »Ja. Pax hatte sowohl Rory als auch Emily bei sich. Seht ihr das?«

Chitwood zog eine Lesebrille aus seiner Hemdtasche und setzte sie auf. Er kniff die Augen zusammen, sein Gesicht war nur wenige Zentimeter vom Display entfernt. »Was zum Teufel ist das? Knöpfe?«

»Graue Polsterknöpfe von den Sofas im Wohnzimmer von Celeste Harper und Adam Long, ja. Emily war dort. Ob sie nun den Stapel absichtlich dort liegen gelassen hat oder ob sie ihr aus den Taschen gefallen sind, sie war da. Ihr müsst die Hundestaffel noch mal rufen. Wir brauchen sie in der Nähe vom Harper's Peak, falls Rory dorthin gegangen ist, und auch unten bei der Farm von Reed Bryan, falls Emily noch in der Gegend ist. Zeugen haben beobachtet, wie ein Jugendlicher, bei dem es sich um Rory handeln könnte, aus dem verunglückten Lieferwagen gestiegen und zurück in Richtung Harper's Peak gelaufen ist, aber von Emily gab es keine Spur, also könnte sie immer noch in der Gegend der Farm in South Denton sein.«

Mettner nahm sein Handy wieder an sich und betrachtete das Foto. »Ich glaube nicht, dass wir die Hunde noch mal zurückholen können. Es gab weitere Einsätze in der Gegend.«

»Versuchen Sie es«, meinte Chitwood. »Quinn hat recht. Wir müssen das Gebiet um Harper's Peak und Reed Bryans Farm absuchen. Ziehen Sie einen Teil der Suchtrupps vom Harper's Peak ab und schicken Sie sie zur Farm.«

»Da ist noch die Sache mit Paxton«, gab Noah zu bedenken. »Wenn es Rory war, der mit dem Lieferwagen in ein Haus gekracht ist und dann den Berg hinaufgelaufen ist, könnte Pax immer noch mit dem anderen Lieferwagen unterwegs sein. Haben wir irgendwelche Spuren von diesem Fahrzeug?«

»Wir suchen noch danach«, erklärte Mettner. »Wir haben es zur Fahndung ausgeschrieben. Die städtische Polizei und die Staatspolizei halten die Augen offen.«

Josie fragte: »Hat jemand den Hofladen überprüft?«

Mettner zog eine Augenbraue hoch. »Das soll wohl ein Witz sein, oder?«

»Paxton Bryans Welt ist klein, Mettner. Sein Zuhause, der Hofladen, das Haus von Lorelei Mitchell. Das war's. Das ist alles, was er kennt.«

Chitwood meinte: »Er fährt mit seinem Dad durch die ganze Stadt und liefert Obst und Gemüse aus. So klein ist seine Welt also gar nicht.«

»Aber er ist auf der Flucht«, widersprach Josie. »Denkt mal darüber nach. Jeder, der ihm wichtig war, wurde innerhalb der letzten achtundvierzig Stunden entweder ermordet oder als vermisst gemeldet. Er kann im Moment sicher nicht klar denken. Selbst wenn er etwas mit diesen Morden zu tun hatte, steht er gerade unter enormem Stress. Er wird irgendwo hingehen, wo er Trost findet. Mett, du hast gesagt, du hast Suchtrupps, die den Wald zwischen dem Haus der Mitchells und Harper's Peak absuchen. Das ist eine riesige Fläche. Wann hat das letzte Mal jemand in den Gebäuden nachgeschaut, die auf Loreleis Grundstück stehen?«

Er sah sie an, als wolle er ihr widersprechen. Er widersprach ihr häufig. Noah machte dieses Verhalten wahnsinnig, doch Josie wusste es zu schätzen. Es bedeutete, dass er kritisch dachte, und außerdem brauchte sie die Herausforderung, um wachsam zu bleiben. Sie sagte: »Spuck es einfach aus, Mett.«

»Ich glaube nicht, dass Pax das tun würde. Das wäre ... dumm.«

»Mett«, sagte Noah.

Josie brachte ihn mit einer Handbewegung zum Schweigen. »Es ist dumm, aber es wäre auch dumm, wenn wir nicht an den offensichtlichsten Stellen nachsehen würden. Wie lange wird es dauern, bis jemand im Laden und im Haus der Mitchells vorbeischauen kann? Ihr habt doch schon Einheiten da draußen.«

Mettner sah Chitwood an, der mit den Schultern zuckte.

»Wir müssen den Jungen finden, Mett. Heute. So schnell wie möglich. Tun Sie, was immer dazu nötig ist.«

Er seufzte. »Gut. Ich werde Einheiten schicken. Was ist mit Emily? Hast du eine Ahnung, wo sie sein könnte?«

»Vielleicht bei Pax«, erwiderte Josie.

Sie sprach nicht laut aus, was alle dachten – dass sie bisher niemand gefunden hatte, könnte daran liegen, dass sie bereits tot war.

EINUNDDREISSIG

Zwei Stunden später kam Gretchen erschöpft ins Wartezimmer der Intensivstation. Alle anderen waren dort den ganzen Tag über ein und aus gegangen, um zu essen, zu schlafen, zu duschen und sich umzuziehen. Nur Josie und Noah waren geblieben. Josie wusste, dass Sawyer irgendwo in der Nähe war, denn sie hatte gesehen, wie er zu seiner geplanten Besuchszeit in Lisettes Zimmer ging und es später wieder verließ.

Jetzt waren Trinity und Shannon die einzigen, die gemeinsam mit Josie und Noah die Stellung hielten. Beide lagen schlafend auf getrennten Sofas. Leise ging Gretchen zu Josie und Noah hinüber. »Wie geht es Lisette?«, erkundigte sie sich.

Josie erklärte: »Sie mussten etwas Flüssigkeit aus einer der Wunden in ihrem Bauch absaugen, aber ansonsten hält sie durch. Sie ist nicht oft wach. Wir dürfen jede Stunde für etwa zehn Minuten zu ihr, aber das ist auch schon alles.«

»Gibt es Neuigkeiten?«, wollte Noah wissen.

Gretchen zog ihre Lesebrille aus der Tasche und setzte sie auf. Dann nahm sie ihr Notizbuch heraus und blätterte einige

Seiten durch. Sie schaute zur Tür. »Chief Chitwood müsste auch gleich hier sein. Ich habe ihn gerade noch am Automaten gesehen.«

Sie warteten ein paar Minuten, bis Chitwood mit einer Tüte Kartoffelchips und einer Cola in der Hand hereinspazierte. Er stellte sich neben Gretchen, als ob er derjenige wäre, der auf sie gewartet hätte, und sagte: »Dann lassen Sie mal hören.«

Gretchen warf ihm einen bösen Blick zu und wandte sich dann an Josie. »Mett hat mich gebeten, dir zu sagen, dass du recht hattest.«

»Tatsächlich?«, fragte Noah mit einem leichten Lächeln im Gesicht. »Nicht du«, erwiderte Gretchen. »Der Boss.«

»Ich weiß«, sagte Noah. »Habt ihr Pax gefunden?«

Gretchen nickte. »Der zweite Lieferwagen stand hinter dem Hofladen. Er hatte mehrere Paletten, leere Kisten und Eimer benutzt, um ihn zu verdecken, aber es ist ihm nicht besonders gut gelungen.«

»War Emily bei ihm?«, fragte Josie.

»Nein.«

»Wo habt ihr ihn denn gefunden?«, hakte Josie nach. »Im Lieferwagen?«

»Nein. Er war im Gewächshaus auf dem Grundstück der Mitchells. Hatte sich unter einem der Tische zusammengerollt. Er hat keinen Widerstand geleistet, als die Streife ihn mitgenommen hat.«

Chitwood klemmte sich die Coladose unter den Arm und öffnete knisternd seine Chipstüte. Er steckte sich ein paar Chips in den Mund.

Josie fragte: »Das klingt jetzt vielleicht komisch, aber habt ihr irgendwelche ... Knöpfe gefunden? Entweder im Lieferwagen oder im Gewächshaus?«

Gretchen zog eine Augenbraue hoch. »Meinst du solche wie am Tatort des Mordes an Reed Bryan? Die grauen Polsterknöpfe? Nein. Mett hat allen gesagt, dass sie nach diesen Knöpfen Ausschau halten sollen, nachdem er vorhin mit dir gesprochen hat.«

»Hat Pax irgendwas gesagt?«, erkundigte sich Noah.

»Nein. Wir haben ihn über seine Rechte aufgeklärt. Er hat nicht um einen Anwalt gebeten. Das Einzige, worum er gebeten hat, ist, mit Josie zu reden.«

Josies Blick schnellte nach oben zu Gretchens Gesicht. »Wie bitte?«

»Er will mit dir reden und mit niemandem sonst.«

Chitwoods Finger erstarrten auf halbem Weg zwischen seiner Chipstüte und seinem Mund.

»Das geht jetzt nicht«, erklärte Noah.

Wie immer fühlte sich Josie zur Arbeit hingezogen. Ein Ziel. Aktivität. Doch ihr Herz war bei Lisette im anderen Zimmer. Sie wollte das Krankenhaus nicht verlassen. Was wäre, wenn es Lisette schlechter ginge oder sie starb, während Josie nicht da war? Andererseits hatte sich seit Stunden kaum etwas verändert. Als der Arzt vorhin gekommen war, um ihnen mitzuteilen, dass sie Flüssigkeit aus ihrem Bauchraum absaugen würden, hatte er gesagt, dass es eine sehr lange Nacht für Lisette werden würde. Sobald der Eingriff beendet war, durfte mindestens zwei Stunden lang niemand zu ihr. Und wenn Josie sie ohnehin zwei Stunden lang nicht sehen durfte, warum sollte sie die Zeit nicht nutzen, um mit Pax zu reden? Das Polizeirevier war nur wenige Minuten entfernt.

»Was ist, wenn Pax weiß, wo Emily steckt?«, hörte Josie sich sagen.

Chitwood warf seine Chips zurück in die Tüte, rollte sie zusammen und steckte sie in die Tasche seiner Anzugjacke. Josie erwartete, dass er etwas sagen würde wie: »Sie sind gerade nicht im Dienst, Quinn«, oder auch: »Kommt gar nicht in Frage«, doch er schwieg.

Noah drehte sich zu ihr um. »Du musst das nicht tun. Es muss nicht immer du sein.«

Josie sagte: »In diesem Fall aber schon. Wenn wir wüssten, wo Emily steckt, würde ich nicht mal drüber nachdenken. Aber wenn es auch nur eine Chance gibt, sie zu finden ... Ich darf doch sowieso erst in zwei Stunden wieder zu Grandma. Bis dahin bin ich längst wieder da.«

»Josie«, protestierte Noah leise.

»Da draußen ist ein verängstigtes kleines Mädchen, das gerade seine ganze Familie verloren hat und wahrscheinlich den Mord an ihrem Vater mit angesehen hat – obwohl sie nicht weiß, dass Reed ihr Vater war. Ich will damit sagen, dass sie alle verloren hat. Sie ist zutiefst traumatisiert, und wir wissen nicht, wo sie jetzt ist. Sie hat niemanden, Noah. Wirklich niemanden. Selbst ich hatte meine ...«

Josie brach ab, weil es ihr plötzlich schwerfiel, Luft in ihre Lungen zu pressen. Sie wandte den Blick von ihnen ab, konzentrierte sich auf ihren Atem und versuchte, ruhig zu bleiben. Sie spürte, wie Noahs Hand in ihre glitt. »Deine Grandma«, beendete er den Satz für sie. »Ich verstehe dich ja.«

Chitwood sagte: »Ich würde das nicht erlauben, wenn nicht das Leben eines Mädchens auf dem Spiel stünde, aber ich kann hier bleiben, während Sie mit Paxton Bryan reden. Aber Sie müssen sich zusammennehmen. Nach allem, was wir wissen, ist dieser Junge derjenige, der in den Wäldern herumrennt und auf Leute schießt. Wenn Sie da reingehen, müssen Sie sich ausschließlich auf Emily konzentrieren, nicht auf Ihre Grandma. Haben Sie das verstanden? Denn wenn dieser Junge jemals vor Gericht muss, um für seine Taten verurteilt zu werden, können wir nicht zulassen, dass seine Geständnisse für ungültig erklärt werden, nur weil Sie diejenige waren, die sie aufgenommen hat.«

Josie sah ihn an und nickte.

Chitwood reckte sein Kinn in Richtung Gretchen. »Palmer,

Sie übernehmen das. Bringen Sie Quinn aufs Revier. Und bringen Sie sie anschließend so schnell wie möglich hierher zurück. Falls sich hier in der Zwischenzeit irgendetwas tut – beim kleinsten Hinweis, dass sich an Mrs Matsons Zustand irgendetwas ändert –, greife ich schneller zum Telefon, als Sie mit den Fingern schnippen können. Dann mal los.«

ZWEIUNDDREISSIG

Weder Josie noch Gretchen sagten auf der Fahrt zum Revier ein einziges Wort. Als das große Gebäude in Sicht kam, spürte Josie, wie ein Teil der Anspannung von ihr abfiel. Hier war der Ort, an dem die Welt einen Sinn ergab. Hier war der Ort, an dem sie wusste, was sie tun und sagen sollte. Sie hatte ein Ziel. Es gab immer Rätsel, an denen ihr Verstand zu knobeln hatte. Es gab immer Ablenkungen von allem, mit dem sich ihr Herz nicht befassen wollte. Vor allem heute brauchte sie dieses Gefühl, wenn auch nur für eine Stunde.

Josie wartete an ihrem Schreibtisch, während Gretchen Pax aus einer der Arrestzellen im Untergeschoss holte, um ihn in einen der Vernehmungsräume im zweiten Stock zu bringen. Nachdem er dort saß, wartete Josie im angrenzenden Videoüberwachungsbereich, während Gretchen ihm ein Wasser und ein paar Cracker holte, die er unangetastet vor sich stehen ließ. Sie verlas ihm noch einmal seine Rechte und wartete darauf, dass er um einen Anwalt bat. Doch alles, was er sagte, war: »Ich möchte mit Josie Quinn sprechen.«

Gretchen ließ ihn am Tisch in dem kleinen Zimmer zurück und traf Josie auf dem Flur. »Er gehört dir.«

Während Gretchen in der Videoüberwachung verschwand, um das Verhör zu verfolgen, stand Josie vor der Tür und wappnete sich. Emily. Sie musste Emily einfach finden. Wenn diese schreckliche Situation zu irgendwas Gutem führte, dann dazu, Emily lebendig und unversehrt zu finden. Mit einem tiefen Atemzug stieß sie die Tür auf. Pax, der sich mit den Ellbogen auf den Tisch gestützt hatte, setzte sich auf. Seine Augen wurden groß und Josie spürte seine Erleichterung. Gegenüber von ihm stand ein Stuhl. Josie zog ihn auf seine Seite des Tisches und schob ihn so nah wie möglich an ihn heran, bevor sie sich setzte.

Er drehte sich ein Stück zu ihr hin. Josie drang mit ihrem Gesicht in seinen persönlichen Bereich ein und fragte: »Wo ist Emily?«

Seine Unterlippe zitterte. »Ich ... ich weiß es nicht.«

»Pax. Jemand, den ich liebe, liegt anderthalb Kilometer entfernt im Krankenhaus im Sterben. Ich muss nicht hier sein. Selbst wenn du nach mir gefragt hast, musste ich nicht herkommen. Ich bin hier, weil ich deine Schwester finden will. Also, wo ist sie?«

Seine Stimme war kaum zu verstehen. »Ich weiß es nicht. Ich schwöre Ihnen, dass ich es nicht weiß.«

»Warum bin ich dann hier, Pax?«

Eine einzelne Träne rollte über seine Wange. Er machte sich nicht die Mühe, sie wegzuwischen. Seine linke Schulter zuckte. Josie wurde klar, dass es ein Tick war.

»Rory hat meinen Dad getötet.«

Josie lehnte sich in ihrem Stuhl zurück. »Es tut mir leid, das zu hören, Pax«, sagte sie. »Kannst du mir erzählen, was passiert ist?«

»Wir waren in der Scheune. Ich, Rory und Emily ...«

»Wie sind Rory und Emily in deiner Scheune gelandet?«

»Ich habe sie dorthin gebracht.«

»Das halbe County war in den letzten zwei Tagen auf der Suche nach den beiden, Pax. Wie hast du sie gefunden?«

Seine Schulter zuckte zweimal kurz hintereinander. »Als dieser andere Beamte mich neulich abgesetzt hat – nachdem ich hier auf dem Revier war –, war mein Dad beschäftigt, also habe ich mir mein Fahrrad geschnappt und bin zurück in den Wald gefahren. Sehen Sie, ich wusste, dass Rory im Wald war, okay? Ich habe ihn an dem Tag gesehen, an dem Sie mich beim Herumfahren entdeckt haben.«

»Hast du an dem Tag mit ihm geredet?«

»Nein, er ist weggelaufen.«

»Der Wald da draußen ist riesig«, sagte Josie. »Wie konntest du ihn da finden, wenn es sonst niemand geschafft hat?«

»Wenn ich zu Miss Loreleis Haus kam, gingen er und ich manchmal auf Entdeckungsreise. Er hat gesagt, das hilft ihm mit seiner ... Bestie.«

»Du meinst mit seiner Wut«, sagte Josie.

Pax nickte. »Ich dachte, wenn wir Freunde wären, müsste er sich vielleicht nicht so sehr anstrengen, um seine Bestie davon abzuhalten, rauszukommen. Wir hatten bestimmte Stellen im Wald, zu denen wir immer gegangen sind, und nur wir wussten, wo die waren. Bestimmte Bäume und kleine Schluchten und so. Also habe ich an diesen Plätzen nach ihm gesucht.«

Irgendetwas hatte Josie seit dem Tag, an dem im Wald auf sie geschossen wurde, beunruhigt. »Pax, warum hast du nach Rory gesucht?«

Er wandte den Blick von ihr ab. Seine Schulter zuckte dreimal und seine Finger trommelten auf den Tisch.

»Pax?«

»Er hatte es mir versprochen«, sagte er leise.

Josie beugte sich näher zu ihm herüber. »Dir was versprochen?«

»Dass er nicht zulassen würde, dass die Bestie ihnen wehtut. Er hat es mir versprochen, und er hat dieses Versprechen gebrochen. Er hat Miss Lorelei und Holly getötet.«

»Was wolltest du tun, wenn du ihn gefunden hättest?«, fragte Josie.

Jetzt sah er ihr in die Augen. Mit einem Ausdruck von vollkommener Unschuld sagte er: »Ich wollte ihn fragen, warum er es getan hat.«

»Das ist alles?«

»Hat Ihnen gegenüber noch nie jemand sein Versprechen gebrochen?«, wollte er wissen. »Ein wirklich wichtiges Versprechen?«

Beinahe hätte sie gesagt, dass der Unterschied zwischen ihr und ihm darin bestand, dass sie jemanden töten würde, der ein Versprechen brach, das so wichtig war wie das, das Rory gebrochen hatte. Aber sie war hier, um herauszufinden, was mit Emily passiert war. »Du hast ihn gefunden.«

»Ja. Ich war ziemlich weit oben auf dem Berg, fast weiter, als wir je gegangen sind, und ich habe ihn gesehen. Er hatte Emily bei sich.«

»Emily war also bei ihm«, sagte Josie. »Hat er dir erzählt, wo er sie gefunden hat?«

»Er hat gesagt, er hätte sie geholt. Ich weiß aber nicht, von wo.«

»Er hat es dir nicht gesagt?«

»Dafür war keine Zeit. Ich habe ihm gesagt, er solle mit mir kommen. Alle beide. Ich würde einen der Lieferwagen meines Dads holen und sie verstecken, denn ich wusste, dass er in großen Schwierigkeiten steckte, und ich wollte, dass Emily in Sicherheit war. Dann haben wir etwas im Wald gehört.«

»Und was habt ihr gehört?«

»Es klang wie Schritte. Als ob jemand auf uns zukäme. Rory schob Emily zu mir rüber und hat gesagt, ich solle sie nehmen und den Lieferwagen holen. Er hat gesagt, er würde uns später hinter dem Laden treffen. Er wollte unbedingt, dass ich sie mitnehme.«

»Wo hast du sie hingebracht?«, fragte Josie.

»Ich habe sie zurück zum Laden gebracht. Um sie zu verstecken. Ich habe sie gezwungen, sich da hinten zu verstecken. Ein paar Stunden später ging ich nach draußen und Rory war da. Er war den ganzen Weg den Berg runter zum Laden gelaufen. Mein Dad war immer noch im Büro, er hat sich um die Buchhaltung gekümmert. Ich habe einen der Lieferwagen genommen und wir fuhren los.«

»Pax«, sagte Josie. »Hatte Rory eine Waffe dabei?«

»Nein.«

»Wo hast du sie hingebracht?«

»Zuerst sind wir nur herumgefahren. Er war echt außer sich. Die Bestie hat ihn wirklich gequält. Ich musste einen Ort finden, an dem ich den Wagen anhalten konnte, damit wir reden konnten. Also bin ich zurück zu der alten Textilfabrik gefahren. Die, die stillgelegt wurde?«

»Die kenne ich«, sagte Josie.

»Ich habe darauf gewartet, dass er aufhört zu toben, aber das ist einfach nicht passiert. Ich habe versucht, mit ihm zu reden, aber er hat gesagt, dass etwas Schlimmes passiert sei. Er hat erzählt, dass er eine Polizistin und eine alte Lady gesehen hätte und dass etwas Schlimmes passiert sei. Er hätte es nicht verhindern können und es täte ihm leid.«

Josies Herz hämmerte in ihrer Brust, aber sie blieb ruhig. »Was hat er noch gesagt?«

»Dass es seine Schuld war, allein seine Schuld, dass die Polizistin und die alte Lady verletzt wurden. Er hat einfach nicht aufgehört zu schreien und ist total ausgeflippt.«

Aber die Waffe war nirgendwo im Wald gefunden worden, dachte Josie.

»Aber er trug keine Waffe bei sich? Bist du dir ganz sicher, Pax?«

»Ich hätte ihm nicht erlaubt, eine Waffe mitzunehmen. Schon gar nicht, wenn Emily dabei war. Sie war sowieso schon verstört. Sie hat immer wieder nach dem Namen der Polizistin gefragt, und er hat gesagt, den Namen wisse er nicht und es sei dunkel gewesen. Dann hat Emily gefragt, ob die Polizistin eine Narbe hätte, und er hat gesagt, eine große Narbe seitlich am Gesicht. Da wussten wir, dass Sie es waren.«

Er schaute sie an, als würde er um irgendeine Art von Vergebung bitten, doch die hatte Josie nicht zu geben. Sie schluckte. »Hat er dir erzählt, was er getan hat?«

»Nein. Nur, dass es sehr schlimm war und dass Sie und die alte Lady wahrscheinlich beide im Krankenhaus sind. Emily hat sich sehr aufgeregt. Sie hat gesagt, er müsse Ihnen eine Puppe machen, um sich zu entschuldigen. Ich wusste nicht, wovon sie da redeten, aber er hat gefragt, ob ich Ihnen die Puppe bringen könnte, wenn er eine machen würde. Weil ich ja weiß, wer Sie sind. Und ich habe gesagt, wenn ich Ihnen die Puppe bringe, würden Sie mich dazu bringen, dass er sich stellt. Also hat er gesagt, ich könnte die Puppe mit zum Krankenhaus nehmen und auf Ihr Auto legen. Ich hatte schon einmal in Ihrem Auto gesessen und wusste deshalb, welcher Wagen Ihnen gehörte. Ich habe gedacht, dass Rory nur Unsinn erzählt, aber Emily war es sehr wichtig, dass er es tat. Ich habe gesagt, ich würde alles tun, was er wollte, wenn er mir erzählen würde, warum er sein Versprechen mir gegenüber gebrochen hatte. Er wollte nicht, dass Emily das hört, also bat er sie, im Wald nach Material für die Puppe zu suchen, von der sie immer wieder geredet haben. Sie sagte, dass sie das tun würde. Ich sagte ihr aber, sie solle dort bleiben, wo ich sie sehen könne.«

»Was hat Rory gesagt, als Emily außer Hörweite war?«, fragte Josie.

»Er hat gesagt, er habe sein Versprechen nicht gebrochen.«
»Was meinst du damit?«
»Er hat gesagt, er habe Holly und Miss Lorelei zwar weh getan, aber umgebracht hätte er sie nicht. Das war jemand anderes.«

DREIUNDDREISSIG

Josie warf einen Blick auf die Überwachungskamera. Gretchen saß auf der anderen Seite, sah zu und spitzte die Ohren. Sie würde alles aufzeichnen, was Pax sagte, damit das Team sowohl Rory als auch die andere Person aufspüren konnte, von der er behauptete, sie habe seine Mutter und seine Schwester getötet. Nach der Befragung würde Josie zurück ins Krankenhaus fahren, um bei Lisette zu sein.

»Welche andere Person?«

Pax breitete seine Hände aus. »Ich weiß es nicht. Er hat nur gesagt, dass er sie nicht getötet hätte. Die Bestie kam raus und es war schlimm. Die Bestie hat all diese furchtbaren Dinge gesagt, die sie ihnen allen antun würde, und Miss Lorelei und Holly bekamen Angst. Sie haben Emily gesagt, dass sie sich verstecken solle. Das machte die Bestie nur noch wütender. Dann hat Miss Lorelei ihr Handy genommen und jemanden angerufen.«

»Wen?«, wollte Josie wissen.

Er zuckte die Achseln. »Ich weiß es nicht. Einen Mann. Ich habe ihn gefragt, was für einen Mann, aber er wollte es mir nicht sagen. Er hat nur gesagt, der Mann sei aufgetaucht und als er gesehen habe, dass Rory Miss Lorelei wehgetan hatte, sei er zum Pick-up gegangen, habe die Waffe geholt, sei reingekommen und habe versucht, sie alle zu töten.«

Josie prüfte Pax' Gesicht sorgfältig auf mögliche Anzeichen einer Lüge. War das etwas, das er und Rory gemeinsam ausgeheckt hatten? Es war zwar nicht ausgeschlossen, dass an dem Tag, an dem Lorelei und Holly ermordet wurden, eine andere Person dort gewesen war, aber wenn das der Fall wäre, hätte Josie mehr Details erwartet. Irgendein Detail. »Hat er ihn beschrieben?«, fragte sie.

»Nein, aber ich habe ihn auch nicht darum gebeten. Ich habe ihn gefragt, ob er den Mann kannte, und er hat Ja gesagt. Aber er wollte mir nicht sagen, wer es war.«

»Pax, könnte es sein, dass es dein Vater gewesen ist?«

»Nein.«

»Weißt du noch, wie du uns erzählt hast, du wärst an dem Vormittag, an dem Lorelei und Holly getötet wurden, bei deinem Dad gewesen? Hast du da die Wahrheit gesagt? Es ist nicht schlimm, falls das gelogen war. Wir müssen einfach nur die Wahrheit erfahren.«

»Mein Dad war bei mir. Das ist die Wahrheit. Er kann es nicht gewesen sein.«

»Weißt du noch, ob du jemals irgendeinen Mann bei den Mitchells gesehen hast, wenn du sie besucht hast?«, fragte Josie.

»Nein.«

»Was war mit Rory und Holly? Haben sie je über ihren Vater gesprochen? Weißt du, ob er von den beiden gewusst hat?«

»Sie haben nie über ihn geredet. Es war, als hätten sie nie einen Vater gehabt. Als ich das erste Mal dort war, hat mir Rory ein Geheimnis verraten. In einem Augenblick, in dem Miss Lorelei nicht hingehört hat. Er hat gesagt, vor Hollys Geburt hätten sie einen Vater gehabt. Manchmal sei er da gewesen, aber nicht sehr oft. Er war gemein, er hat Rory gehasst und als

Holly noch ein Baby war, ist er gegangen und nie wieder zurückgekommen. Mehr weiß ich nicht.«

»Hat Rory jemals über das Harper's Peak gesprochen?«, wollte Josie wissen.

Ihre Frage wurde mit einem zweifachen Schulterzucken quittiert.

»Pax?«

»Er hat mich gebeten, es niemandem zu verraten.«

»Kannst du mir sagen, was er damit gemeint hat?«

»Wissen Sie noch, dass ich Ihnen erzählt habe, dass ich eine Tante habe, die in Georgia wohnt? Rory hat behauptet, dass seine Tante im Harper's Peak wohnt und das Resort leitet.«

»Hat er dir erzählt, ob er seine Tante je kennengelernt hat?«

Pax schüttelte den Kopf. »Nein. Darüber hat er nicht geredet. Ich wusste nicht mal, ob ich ihm das glauben sollte oder nicht. Oder ob er es vielleicht nur gesagt hat, weil ich ihm erzählt habe, dass ich eine Tante hätte, die ich nie sehen darf.«

»Hat er sonst noch was über sie gesagt?«, wollte Josie wissen. »Irgendetwas?«

Er schüttelte den Kopf. »Nein.«

Josie fuhr fort. »Okay, ihr seid also in der Textilfabrik. Rory bestreitet, dass er Lorelei und Holly getötet hat. Emily sucht nach Material für eine Puppe. Was habt ihr dann gemacht? Wo habt ihr übernachtet?«

»Im Lieferwagen draußen bei der Fabrik. Wir waren alle müde und hatten keinen Plan. Am nächsten Tag sind wir aufgestanden und Rory hat die Puppe gebastelt. Ich fand, es wäre keine gute Idee, Ihnen die hinzulegen, aber sie wollten unbedingt, dass Sie sie bekommen.«

»Waren die beiden bei dir, als du mir die Puppe aufs Auto gelegt hast?«

Er schüttelte den Kopf. »Ich habe sie zur Farm gefahren und ihnen gesagt, sie sollten in der Scheune warten. Ich habe Ihnen die Puppe gebracht, bin zurückgefahren und dann ist mein Dad aufgetaucht. Er war stinksauer. Ich habe versucht, ihm zu erklären, was los ist, aber es war ihm völlig egal. Ich habe ihm gesagt, was Rory mir über den Mann erzählt hat, der Lorelei und Holly getötet hätte. Aber er hat gesagt, das sei nichts als ein Haufen Scheiße und er würde keinem Mörder bei sich Unterschlupf gewähren. Er hat damit gedroht, die Polizei zu rufen. Und da hat Rory ...«

Er brach ab, weitere Tränen traten ihm in die Augen. »Es ging so schnell. Ich konnte ihn nicht einmal aufhalten. Er war so schnell.«

Josie wusste nur zu gut, wie schnell Rory war. Sie hatte einfach nur Glück gehabt, dass er bei seinem Angriff auf sie nur seine Fäuste nutzen konnte und keine Waffe gehabt hatte.

»Emily hat geschrien und geschrien. Ich habe versucht, Rory aufzuhalten, aber es war zu spät. Da war mein Dad schon tot. Ich habe ihm gesagt, dass wir die Polizei rufen müssten, aber er hat Nein gesagt. Wir haben uns gestritten. In dem Augenblick ist Emily weggerannt. Ich bin ihr nachgelaufen, aber ich habe sie aus den Augen verloren. Als ich zurückkam, war Rory verschwunden und einer der Lieferwagen ebenfalls.«

»Warum bist du nicht zur Polizei gegangen, Pax?«, fragte Josie.

Er zuckte mit den Schultern. »Das wollte ich ja. Ich hatte es wirklich vor, aber ich war so aufgeregt. Ich wusste nicht, was ich tun sollte. Ich brauchte nur etwas Zeit, um darüber nachzudenken, was ich tun sollte. Es tut mir leid, dass ich mich versteckt habe. Ich weiß, dass das nicht richtig war. Aber jetzt wissen Sie es. Rory hat meinen Dad getötet.«

»Wo ist er jetzt?«

»Ich weiß es nicht.«

»Und wo ist Emily?«

»Haben Sie mir gerade nicht zugehört?«, erwiderte Pax. »Ich habe wirklich keine Ahnung.«

Sein Brustkorb bebte. Josie gab ihm einen Augenblick Zeit,

bis sich seine Atmung wieder beruhigt hatte. Es gab nichts mehr, womit er ihr weiterhelfen konnte. Sie steckten in einer Sackgasse. Doch dann fielen ihr die Knöpfe wieder ein. »Pax, Emily wurde bei Leuten untergebracht, die sich vorübergehend um sie kümmern wollten. Als sie dort war, hat sie alle Knöpfe vom Sofa abgeschnitten und dem Besitzer des Sofas gesagt, dass sie Angst hatte, dass sie daran ersticken würde. Weißt du, was das zu bedeuten hat?«

»Gedanken-Handlungs-Fusion«, meinte er. »Das liegt an ihrer Zwangsstörung. Manchmal geraten unsere Gedanken in unserem Gehirn völlig durcheinander, dann wissen wir nicht mehr, ob wir etwas nur gedacht haben oder ob es tatsächlich so passiert ist. Wahrscheinlich hat sie diese Knöpfe gesehen und hatte einen lästigen Gedanken wie die Frage, was wäre, wenn sie an einem davon ersticken würde. Und dann war sie sich nicht mehr sicher, ob sie schon einen Knopf in den Mund gesteckt hatte oder nicht.«

»Also hat sie alle Knöpfe abgeschnitten?«

»Genau, wahrscheinlich, um sie loszuwerden«, sagte er. »Miss Lorelei hat mir von diesen Dingen erzählt, als ich anfing, sie zu besuchen. Ich hatte das auch, als ich noch klein war. Einmal habe ich Centmünzen gezählt und habe kurz darüber nachgedacht, eine Münze zu verschlucken. Und dann wusste ich nicht mehr, ob ich tatsächlich eine verschluckt oder nur darüber nachgedacht hatte. Meine Mom ist mit mir ins Krankenhaus gefahren. Es hat sich herausgestellt, dass ich keine Münze verschluckt hatte, das war einfach nur dieser Gedanke.«

»Würde Emily dann nicht alle Knöpfe auf einmal loswerden wollen?«, fragte Josie.

Wieder zuckte seine Schulter. »Keine Ahnung. Wissen Sie, Emily hat ihren eigenen Faselhans. Ich weiß nicht, was der ihr befiehlt.«

VIERUNDDREISSIG

Gretchen fuhr Josie zurück ins Krankenhaus. »Was hältst du von dem Jungen?«

Josie schüttelte den Kopf und betrachtete die Stadt, die vor ihrem Fenster vorbeizog. Die Sonne stand tief am Himmel. In einer Stunde würde es dunkel werden. »Ich weiß nicht, was ich denken soll. Als ich ihn das erste Mal getroffen habe, dachte ich, er würde in Angst vor seinem Dad leben. Dann dachte ich, er sei eine sensible Seele, die uns helfen will. Dann dachte ich, er sei derjenige, der auf mich geschossen hat. Dann dachte ich, er sei ein trauriger, einsamer Junge, der bei einem Dad lebt, der nicht bereit ist, ihn richtig zu unterstützen. Und jetzt? Ich habe keine Ahnung.«

»Glaubst du, dass an dem Tag wirklich ein anderer Mann da war, wie Rory behauptet hat?«, fragte Gretchen.

»Ich weiß es nicht. Ich weiß es wirklich nicht. Wir haben einen Satz Fingerabdrücke aus dem Haus, den wir bisher niemandem zuordnen konnten, was seine Geschichte glaubwürdig macht. Aber wenn Rory die Wahrheit sagen würde, würde er dann nicht mehr Details preisgeben? Außerdem hat niemand Rory je mit der Waffe gesehen.«

»Stimmt«, sagte Gretchen. »Das sehe ich genauso. Ich werde einen Durchsuchungsbeschluss für das gesamte Grundstück von Bryan ausstellen, um zu sehen, ob die Waffe dort auftaucht. Ich frage mich, was Rory langfristig vorhat. Will er einfach für den Rest seines Lebens im Wald herumwandern?«

»Er ist fünfzehn«, betonte Josie. »Sein Gehirn ist noch nicht voll entwickelt. Wir wissen, dass er nicht erwischt werden will. Dass Lorelei ihn so viele Jahre lang isoliert hat, trägt nicht gerade dazu bei, ihm seine Angst vor Fremden oder Menschen im Allgemeinen zu nehmen.«

»Da hast du recht. Und dann ist da noch Emily. Zu Fuß kann sie nicht besonders weit gekommen sein.«

»Mett hat gesagt, er würde Suchtrupps in diese Richtung schicken und wolle versuchen, die Hundestaffel noch mal zu holen.« Josie fühlte sich, als sollte sie mehr sagen, mehr anbieten, aber sie wollte eigentlich nur zurück zu Lisette. Gretchen setzte sie vor dem Krankenhaus ab und fuhr zurück zur Arbeit.

Josie bemerkte, dass etwas Ungewöhnliches vor sich ging, sobald sie das Wartezimmer der Intensivstation betrat. Shannon, Christian, Patrick, Trinity, Drake, Misty, Noah und Chitwood standen in einem Halbkreis und unterhielten sich leise im Flüsterton. Einen Augenblick lang stand Josie wie erstarrt in der Tür und befürchtete das Schlimmste. Lisette war während ihres Eingriffs verstorben und sie überlegten, wie sie es ihr sagen sollten. Dann sah sie einen Blumenstrauß auf einem der Tische an der Wand. Er lag auf der Seite, die Stiele waren mit einem weißen Spitzenband zusammengebunden.

»Was ist hier los?«, fragte sie.

Noah erklärte: »Lisette geht es soweit gut. Sie hat den Eingriff gut weggesteckt. Sie war wach. Und sie hat nach dir gefragt. Aber von der Idee mit der Hochzeit lässt sie sich einfach nicht abbringen.«

Josie ging auf die Blumen zu und nestelte an der Schleife herum. »Was ist das hier?«

Trinity kam herüber und nahm Josies Hand. »Hör uns einfach nur zu, okay? Weißt du noch, wie Lisette sagte, sie wolle dich heiraten sehen, bevor ....« Trinity brach ab, als ihr klar wurde, was sie sagen wollte.

Shannon griff den Faden wieder auf. »Ihr könnt jederzeit eine andere Zeremonie oder einen anderen Empfang machen – was immer ihr wollt – ein anderes Mal.«

Josie schaute sich im Zimmer um. »Was verschweigt ihr mir?«

Alle starrten sie an. Josie wurde bang ums Herz. Niemand sagte ein Wort. Dann hörte sie eine Stimme aus der Tür. Es war Sawyer. »Sie hat innere Blutungen im Dünndarm. Die Ärzte haben Probleme, sie zu stoppen. Sie können sie wieder in den OP bringen, aber ihr Körper hat schon so viel durchgemacht, dass sie nicht sicher sind, ob sie den Eingriff überlebt.«

»Sie wird sterben«, sagte Josie leise.

Sawyer nickte.

Shannon kam herüber und stellte sich zwischen Josie und den Tisch. »Es tut mir so leid, Josie.«

»Wie lange noch?«

Wieder sagte niemand ein Wort. Josie sah erneut hinüber zu Sawyer. »Wie lange hat sie noch?«

Er schüttelte den Kopf und Tränen glitzerten in seinen Augen. »Stunden? Vielleicht einen Tag? Sie werden bis zum Morgen warten und wenn sie dann noch bei uns ist, werden sie sie wieder in den OP bringen und versuchen, die Blutungsquelle zu finden. Es ist ein langsames Leck, aber sie kann nicht weiter Blut verlieren. Sie wird es einfach nicht schaffen.«

Josies Knie gaben nach. Trinity und Shannon fingen sie auf. Noah eilte zu ihr hinüber. Die drei führten sie zu einem Stuhl und halfen ihr, sich zu setzen. Er ging vor ihr in die Hocke und nahm ihre Hände. »Wir müssen das nicht tun. Wir hatten nur darüber geredet.«

»Ich habe die Blumen besorgt«, erklärte Misty. »Es war

dumm, aber ich war völlig außer mir. Ich wollte irgendetwas tun. Es ist Lisettes letzter Wunsch. Ich wollte bereit sein, falls du einverstanden bist. Dr. Feist sagte, dein Kleid ist unten in ihrem Büro. Wir könnten es tun – oh, und der Chief kann die Trauung vollziehen, ob du es glaubst oder nicht.«

Josies Augen wanderten nach oben zu Chitwoods Gesicht. Er zuckte mit den Schultern. »Man belegt ein paar Onlinekurse und bekommt anschließend ein Zertifikat, mit dem man Leute im Staat trauen darf. Ich habe das vor ein paar Jahren für Freunde gemacht.«

Josie hörte nicht auf, ihn anzustarren.

Er zog eine Augenbraue hoch. »Was ist?«, fragte er. »Ich habe Freunde.«

Josie schaute wieder zu Sawyer hinüber. Ein Muskel in seinem Kiefer zuckte. Der Blick aus seinen blauen Augen war wie immer durchdringend. »Ich habe da ein paar Dinge gesagt«, setzte er an. »Aber wenn das die Zeit ist, die uns noch mit ihr bleibt, sollten wir ihr geben, was sie will.«

»Sie will, dass wir beide uns vertragen, Sawyer«, erklärte Josie.

»Aber nicht so sehr, wie sie will, dass du heiratest. Ich verstehe es nicht, aber das muss ich auch gar nicht. Ich habe sie gefunden. Am Ende ihres Lebens hatte ich die Chance, sie kennenzulernen und etwas über meinen Vater zu erfahren, meinen Großvater, ihre Familie. Sie hätte mich abweisen können, doch das hat sie nicht getan. Wenn es das ist, was sie will, Josie, dann gib es ihr einfach.«

Josie drehte sich zu Noah um, der immer noch vor ihr kniete. »Das ist auch deine Hochzeit«, flüsterte sie. »Deine erste und hoffentlich einzige Hochzeit – wir hatten so viele Pläne ...«

Noah lächelte. »Wer braucht schon Pläne?«, sagte er. »Lass uns einfach heiraten.«

FÜNFUNDDREISSIG

Jemand hatte Lisettes Bett ein Stück hochgefahren und sich die Zeit genommen, ihre grauen Locken auszukämmen. Josie konnte an ihren Augenwinkeln und ihrer leicht geschwungenen Oberlippe erkennen, dass sie starke Schmerzen hatte. Trotzdem strahlte sie, als sie Christian dabei zusah, wie er Arm in Arm mit Josie von der Tür zu ihrem Zimmer zum Bett schritt, wo Noah und Chitwood warteten. Drake hatte die Ringe geholt. Josie hatte keine Ahnung, woher. Dafür waren die Trauzeugen zuständig und sie hatte den Überblick über die Hochzeit komplett verloren, als Holly Mitchell vor der Kirche im Harper's Peak gefunden worden war.

Misty war zu ihnen nach Hause gefahren und hatte Noahs Smoking geholt. Shannon hatte ihr Bestes getan, um Josies Hochzeitskleid zu glätten und den Schmutz von der Unterseite zu entfernen. Es sah immer noch ein wenig zerknautscht aus, doch für ihre Zwecke würde es reichen. Josie wusste, dass sie trotz ihres Kleides, des Make-ups und der Haarpflegeprodukte, die Misty, Shannon und Trinity ihr aufgesprüht und aufgetragen hatten und die die blauen Flecken von Rorys Angriff gut verdeckten, genauso erschöpft aussah wie Noah. Trotzdem lächelten sie beide und keiner von ihnen weinte. Die anderen, sogar Sawyer, standen im Kreis um das Bett herum, alle waren nervös. Josie wusste auch, dass das Pflegepersonal draußen ungeduldig wartete und bereit war, sie zu vertreiben, sobald das Ehegelübde gesprochen war.

Christian küsste Josie auf die Wange, reichte Trinity ihren Blumenstrauß und platzierte sie so, dass sie Noah gegenüberstand. Chitwood ging ein Stück zur Seite, damit Lisette die beiden gut sehen konnte. Josie streckte eine Hand aus und legte sie in die von Lisette.

»Du siehst so wunderschön aus, Liebes«, sagte sie. Ihre Stimme war rau und ihr Atem ging stoßweise.

Chitwood räusperte sich. »Wir haben uns heute hier versammelt, um Detect... um Josie und Noah im Bund der Ehe zu vereinen. Die Ehe ist Ihr Versprechen, sich für den Rest Ihres Lebens zu lieben, zu ehren und gegenseitig zu vertrauen. Heute versprechen Sie sich, einander zu unterstützen, zu ermutigen und zu lieben, solange Sie beide leben. Sie werden sich an dieses Versprechen halten und Ihrem Partner treu sein. Sie werden als zwei einzigartige Individuen vorankommen, doch Sie werden es gemeinsam tun, als Partner in Stärke, Freude und auch Verantwortung.«

Josie war von Chitwoods Rede überrascht. Sie fragte sich, ob sie aus einem Skript stammte, das er auswendig gelernt hatte, oder ob er improvisiert hatte. Wie auch immer, sie war berührend. Sie spürte, wie Lisette ihre Hand drückte, als er das Wort »vorankommen« sagte.

»Und nun«, sagte Chitwood und richtete seinen Blick auf Noah. »Noah, wollen Sie Josie in Anwesenheit dieser Zeugen zu Ihrer Ehefrau nehmen, in Krankheit und Gesundheit, in Freud und Leid, in Reichtum und Armut, und versprechen Sie, sie zu ehren, solange Sie beide leben?«

Josie starrte in Noahs haselnussbraune Augen und

bemerkte die goldenen Flecken in seiner Iris. Er lächelte. Seine Stimme war heiser, als er erwiderte: »Ja, ich will.«

Josie spürte, wie ihr die Tränen kamen, doch sie hielt sie zurück und konnte nicht anders, als sein Lächeln zu erwidern. Chitwood drehte sich zu ihr um. »Josie, wollen Sie Noah in Anwesenheit dieser Zeugen zu Ihrem Ehemann nehmen, in Krankheit und Gesundheit, in Freud und Leid, in Reichtum und Armut, und versprechen Sie, ihn zu ehren, solange Sie beide leben?«

Josie spürte die Elektrizität zwischen ihnen, wie ein lebendiges Wesen, und ihr wurde klar, dass sie sich noch nie zuvor mit einem Menschen so eng verbunden gefühlt hatte. »Ja, ich will«, sagte sie.

»Nun zu den Gelübden«, sagte Chitwood. »Man hat mir gesagt, dass Sie beide etwas vorbereitet hätten?«

Josie und Noah wandten ihre Köpfe und starrten ihn an. »Wie bitte?«, stieß Josie schließlich hervor.

»Haben Sie keine Gelübde vorbereitet?«

»Oh«, sagte Josie und dachte an die Wochen zurück, in denen die beiden heimlich Gelübde füreinander verfasst hatten, die sie sorgfältig aufgeschrieben hatten. Sie hatten sie zu ihrer Hochzeit ins Harper's Peak mitgebracht. Sie hatte keine Ahnung, wo sie jetzt waren. Wahrscheinlich immer noch in ihrem Gepäck im Resort. Chitwood schaute sie erwartungsvoll an. Sie sagte: »Doch, haben wir, aber ...«

Noah brachte sie mit einem Händedruck zum Schweigen. »Ich liebe dich«, sagte er. »Und ich verspreche, dass ich mit dir gemeinsam immer direkt auf die Gefahr zurennen werde.«

Josie konnte sich ein Grinsen nicht verkneifen. »Ich liebe dich auch«, sagte sie. »Ich verspreche, immer zu dir nach Hause zu kommen – und niemals zu kochen.«

Leises Gelächter brach im Zimmer aus.

Josie spürte, wie Lisettes Griff um ihre Hand fester wurde.

»Das klingt nach einem gelungenen Ehegelübde«, stellte Chitwood fest. Er sah sich um. »Wer hat die Ringe?«

Drake trat vor und legte die Ringe in seine offene Handfläche. Er nahm den kleineren zur Hand und reichte ihn Noah. »Stecken Sie Josie diesen Ring an und sprechen Sie mir nach.«

Josie ließ Lisettes Hand los, um sich von Noah den Ehering auf den Ringfinger ihrer linken Hand schieben zu lassen. Seine Finger zitterten ein wenig, als er Chitwoods Worte wiederholte. »Josie, ich gebe dir diesen Ring als Symbol meiner Liebe und Treue zu dir.«

Josie starrte auf den glänzenden Ring hinunter und blinzelte noch mehr Tränen zurück. Ihre Handflächen waren schweißnass, als sie den anderen Ring von Chitwood entgegennahm. Als sie ihn an Noahs Ringfinger steckte, wiederholte auch sie die Worte. »Noah, ich gebe dir diesen Ring als Symbol meiner Liebe und Treue zu dir.«

Im Raum herrschte bedeutungsvolles Schweigen. Josie schaute zu Lisette hinüber und sah, dass sie strahlte. Sie nickte kurz und Chitwood sagte: »Es ist mir eine Freude und ein Privileg, Sie beide für verheiratet zu erklären. Sie dürfen sich jetzt küssen!«

Noah umfasste Josies Wangen mit seinen Handflächen, zog sie zu sich heran und drückte ihr einen langen, sanften Kuss auf die Lippen. Josies Hand griff nach der von Lisette und als sie sie fand, war Lisettes Griff fest und unnachgiebig.

Josie hielt ihre Hand fest, während Trinity ein paar Fotos von ihnen neben Lisettes Bett schoss. Dann stellten sich alle in einer Reihe an, um zu gratulieren. Josie spürte bereits, wie das kleine bisschen Glück, das ihr die Hochzeit mit Noah beschert hatte, schwand, weil sie wusste, dass ihre Welt innerhalb weniger Stunden zusammenbrechen würde. Nach einigen Minuten betrat eine Krankenschwester das Zimmer und schickte alle hinaus. Alle außer Josie. Lisette wollte ihre Hand nicht loslassen.

»Sie haben noch eine Minute«, mahnte die Krankenschwester. »Dann muss ich sie durchchecken.«

Josie nickte. Als die Krankenschwester weg war, zog Lisette sie näher zu sich heran. Josie beugte sich vor, um sie besser verstehen zu können. Lisette sagte: »Du musst lernen, mit beidem zu leben, Liebes.«

»Mit beidem?«, sagte Josie erstaunt und fragte sich, ob Lisette sich jetzt im Delirium befand.

»Mit dem Kummer und dem Glücklichsein.« Sie hielt inne und holte ein paar Mal tief Luft. »Wenn du nicht mit beidem leben kannst, wirst du es niemals schaffen.«

»Okay«, sagte Josie.

»Nein, nicht okay.« Wieder eine Atempause. »Josie, du hast nie gelernt, dass man sich mit manchen Dingen erst auseinandersetzen und sie wirklich fühlen muss, bevor man sie hinter sich lassen kann.«

Sie wurde müde, ihr Atem ging jetzt noch schwerfälliger. Josie dachte an Emily und wie ihre ältere Schwester ihr gesagt hatte, dass man manchmal alle Gefühle fühlen musste, bis sie verschwanden. Josie hatte ihr ganzes Leben damit verbracht, alle schlechten und schrecklichen Gefühle so tief wie möglich in sich zu vergraben. Sie verkraftete es nicht gut, wenn sie aus diesem dunklen Ort entwischten. Lisette hatte ihr selbstzerstörerisches Verhalten schon oft genug miterlebt.

Josie küsste Lisette auf die Wange. »Ich verstehe schon, Grandma. Ruh dich jetzt aus. Ich komme zurück, sobald sie mich lassen.«

Während der Feier im Wartezimmer war die Stimmung gedämpft – sofern man es überhaupt als Feier bezeichnen konnte. Josie entging nicht, dass sowohl Misty als auch

Shannon versuchten, nicht zu weinen. Trinity reichte Drake ihre Kamera und ließ ihn weitere Fotos machen. Josie fragte sich, wie diese Aufnahmen wohl in einigen Monaten oder an ihrem ersten Hochzeitstag auf sie wirken würden. Würden ihre Gesichter angestrengt und hohl aussehen? Würden sie so erschöpft scheinen, wie Josie wusste, dass sich jeder Einzelne von ihnen fühlte? Vielleicht hätten sie warten und erst nach Lisettes Tod heiraten sollen, nach ihrer Beerdigung, nach einer angemessenen Trauerzeit. Aber schon als ihr der Gedanke durch den Kopf schoss, wusste Josie, dass es nie eine angemessene Trauerzeit geben würde. Es wäre eine Qual gewesen, noch einmal die Hochzeit zu planen, in dem Wissen, dass Lisette nicht dabei sein würde. Denn wenn Josie nur in Griffin Hall geblieben und wie geplant vor den Altar getreten wäre, hätte Lisette es sehen können. Sie hätte Noah nach Lisettes Tod nicht mehr heiraten können und irgendwann wäre er es leid gewesen, dass der Kummer zwischen ihnen sie auseinandertrieb und auf diese Weise trennte.

Lisette kannte Josie besser als irgendjemand sonst, und diese Hochzeit, so bittersüß sie auch war, war ihr Geschenk an ihre Enkelin.

Als genug Fotos gemacht worden waren, begleiteten Shannon und Trinity Josie zurück in Dr. Feists Büro, damit sie sich wieder umziehen konnte. Dann warteten sie im Obergeschoss. Josie und Sawyer warteten darauf, dass sie wieder zu Lisette durften. Josie, Noah und Chitwood warteten auf neue Entwicklungen zum Fall. Ein paar Stunden nach der Hochzeit tauchte Mettner auf, er sah mitgenommen aus und dunkle Bartstoppeln sprießten auf seinem Gesicht. Ein Blick auf die Uhr im Wartezimmer verriet Josie, dass es kurz nach dreiundzwanzig Uhr war.

»Wir haben absolut nichts«, erklärte er Josie, Noah und Chitwood im Flur vor dem Wartezimmer. »Gretchen hat versucht, Rory Mitchell zu finden. Und ich habe mich mit der

Suche nach Emily beschäftigt. Beide Teams sind jeweils am anderen Ende der Stadt unterwegs und unser Personal ist völlig überlastet. Selbst mit der Hilfe der Staatspolizei haben wir keine Spur von ihnen gefunden. Die Hundestaffel kann ich erst morgen wieder herholen.«

»Habt ihr irgendwelche Knöpfe gefunden?«, wollte Josie wissen. »Bei der Suche nach Emily?«

»Zwei Stück«, erwiderte er. Er holte sein Handy heraus und rief Google Maps auf. Nach ein paar Wischbewegungen drehte er die Karte in ihre Richtung und zeigte mit einem Finger aufs Display. »Hier. Das ist doch die Farm von Bryan, stimmt's? Hier, etwa anderthalb Kilometer in diese Richtung ...« Er wischte weiter und bewegte die Karte so, dass mehr von South Denton zu sehen war. »Da ist ein kleiner Bach. Es ist nicht einmal ein Bach. Es ist nur eine Stelle, an der das Wasser am Rande des Ackerlandes abfließt. Einer der Sucher hat zwei graue Knöpfe gefunden.«

»Sie ist schon anderthalb Kilometer gelaufen«, sagte Chitwood. »Sie kann nicht weit sein, Mett. Ziehen Sie die Leute von Rory Mitchell ab und schicken Sie sie rüber nach South Denton. Wir wissen bereits, dass dieser Teenager tagelang in den Wäldern überleben kann. Emily ist ein achtjähriges Kind. Wie lange wird sie da draußen wohl durchhalten? Sie ist inzwischen sicher halb verhungert und dehydriert.«

»Aber Rory Mitchell ist gefährlich, Chief«, protestierte Noah. »Soweit wir wissen, hat er mindestens eine Person getötet.«

»Wer ist hier der Polizeichef, Fraley?«, knurrte Chitwood und klang dabei mehr wie er selbst als das ganze Wochenende über. »Ich sage allen anderen, was sie zu tun haben, und ich sage Mett, dass er drei Viertel der Leute, die sie auf dem Berg am Harper's Peak haben, nach South Denton schicken soll. Sie fangen dort an, wo die letzten Knöpfe gefunden wurden, und schwärmen aus.«

Josie starrte immer noch auf das Display. »Darf ich?«, fragte sie Mettner.

Er reichte ihr das Handy. Zum Chief sagte er: »Vielleicht sollten wir die Presse einschalten? Die Zivilbevölkerung darum bitten, uns bei der Suche zu unterstützen? Amber könnte ganz schnell etwas auf die Beine stellen.«

Josie zoomte auf dem Handy heraus und stellte die Ansicht auf Gelände um. Sie sah, wie sich die Linien und asymmetrischen Formen auf der Karte in Felder und Bäume verwandelten.

»Das ist eine gute Idee, Mett«, lobte Chitwood. »Sagen Sie ihr, sie soll mit den Leuten von WYEP reden und schauen, was sie auf die Schnelle vorbereiten können, okay? Für die Dreiundzwanzig-Uhr-Nachrichten ist es zu spät, aber sie könnten immer noch einen Aufruf in den sozialen Netzwerken veröffentlichen, und vielleicht etwas, wenn sie morgen früh wieder auf Sendung gehen. Ich glaube, das ist so gegen vier Uhr. Je mehr Leute wir damit erreichen, desto besser.«

Wie Josie vermutet hatte, gab es nicht weit von der Stelle, an der die Knöpfe gefunden worden waren, eine Lücke im Wald. Ein kleines, verschwommenes Viereck, das das schier unendliche Grün unterbrach. »Das ist das alte Rowland-Haus«, sagte sie und deutete darauf.

Chitwood setzte seine Lesebrille auf und schaute auf das Display. »Was ist das alte Rowland-Haus?«

»Das war vor Ihrer Zeit«, erklärte Noah. »Wir hatten mal einen Milliardär, der in Denton gelebt hat. Gewissermaßen eine lokale Berühmtheit. Er hat mit der Entwicklung von Sicherheitssystemen viel Geld verdient, aber er hat immer ein Haus hier behalten.«

»Es steht schon seit Jahren leer«, meinte Josie. »Aber das Haus besteht fast ausschließlich aus Glas.«

»Wie ein Gewächshaus«, meinte Mettner.

»Ja«, sagte Josie. »Für dich und mich würde es nicht wie ein Gewächshaus aussehen ...«

»Aber für eine Achtjährige schon«, ergänzte Mettner. »Wir sehen uns das mal genauer an.«

»Folgt einfach den Knöpfen«, sagte Josie.

SECHSUNDDREISSIG

Kurz nach Mitternacht stand Dr. Justofin plötzlich in der Tür zum Wartzimmer. Nur Josie, Noah, Sawyer und Trinity waren noch da. Die übrigen waren nach Hause gefahren, um sich auszuruhen oder etwas zu essen. Sobald sie den Arzt erblickte, rüttelte Josie Noah wach. Sawyer sprang von seinem Stuhl auf.
»Was ist passiert?«

Dr. Justofin lächelte gequält. »Es tut mir sehr leid, aber Ihrer Großmutter geht es schlechter. Wir glauben nicht, dass sie für die OP morgen früh stark genug ist.«

»Aber sie lebt noch?«, fragte Trinity und legte eine Hand auf Josies Rücken.

»Ja, sie lebt und ist bei klarem Verstand – zumindest, solange sie wach ist. Aber ich bin mir nicht sicher, ob wir noch viel für sie tun können. Sie hat alle weiteren lebensrettenden Maßnahmen verweigert.«

»Geht das überhaupt?«, fragte Noah.

Dr. Justofin nickte. »Ja, das geht. Sie hat die Dokumente schon unterzeichnet. Wir werden sie runter auf die Normalstation verlegen und versuchen, es ihr so angenehm wie möglich zu machen. Alle Besuchseinschränkungen sind ab sofort aufgehoben. Ich werde dafür sorgen, dass Sie alle bei ihr bleiben können, solange Sie möchten.«

Josie schaffte es kaum, ein Dankeschön hervorwürgen. Nachdem der Arzt gegangen war, zog Trinity Josie in eine Umarmung. Josie schluchzte mehrere Minuten lang an Trinitys Schulter. Gegenüber von ihr konnte sie Sawyer ebenfalls weinen hören. Sie wollte ihn trösten, konnte sich aber nicht dazu durchringen, sich zu bewegen. Gab es denn wirklich niemanden in seinem Leben?

Noah drückte Josies Knie. »Ich werde deine Eltern anrufen.«

»Und euer Team«, fügte Sawyer hinzu. »Das hier wird gleich zu einem Mordfall.«

———

Eine Stunde später schickten Josie und Sawyer alle nach Hause, um sich auszuruhen, sogar Noah, während sie bei ihrer Großmutter wachten. Sie saßen auf beiden Seiten von Lisettes Bett in einem neuen Zimmer. Auf dem Flur war es viel ruhiger, und am Schwesterntresen gingen weniger Alarme los. Ohne die ganzen Geräte, die an ihr hingen, sah Lisette besser aus. An ihrem gesunden Arm hing nur noch ein einziger Infusionsschlauch. Sie lächelte erst Sawyer und dann Josie an. »So ist es viel besser«, sagte sie.

Nein, ist es nicht, wollte Josie schreien.

»Sie machen es mir so angenehm wie möglich«, fuhr Lisette fort. »Und das bedeutet, dass sie mir das gute Zeug geben. Das richtig gute Zeug.«

Sie schloss die Augen und seufzte. Ohne die Augen wieder zu öffnen, sagte sie: »Ich konnte mich nie von eurem Vater Eli verabschieden. Aber ich habe mir immer gewünscht, ich hätte es gekonnt. Oder von meiner Tochter. Sie war nur so kurze Zeit bei mir, und dann war sie eines Tages plötzlich fort.« Sie hielt inne und atmete mehrmals durch. »Ich konnte mich nie von ihr verabschieden. Das hier ist ein Segen.«

»Was soll daran ein Segen sein?«, fragte Sawyer und seine Stimme brach.

Lisette öffnete die Augen und musterte ihn liebevoll. »Ich konnte ja nicht ewig leben, Schatz. Das wussten wir alle. Ich wünschte wirklich, ich hätte mehr Zeit gehabt. Ich ...«

Sie schlief ein, die Erschöpfung und die Medikamente forderten einmal mehr ihren Tribut. Josie rückte ihren Stuhl näher ans Bett und nahm Lisettes Hand. Auf der anderen Seite war ihr Arm eingegipst, sodass Sawyer ihr Bettgitter herunterklappte, so nah wie möglich an das Bett heranrückte und seine Stirn auf ihre Schulter legte. Josie sah, wie seine Schultern zitterten.

Sie war sich nicht sicher, wie viel Zeit verstrichen war. Ihr Mittelfinger lag an der Innenseite von Lisettes Handgelenk und zählte die schwachen Herzschläge. Einige Zeit später öffnete Lisette wieder die Augen. Sie starrte geradeaus auf das Fußende des Bettes und lächelte. Dann entspannte sich ihr Gesicht. Josie dachte, dass sie jetzt vielleicht gehen würde, doch sie spürte ihren Puls noch immer schwach unter ihrem Finger. So blieb sie mehrere Minuten lang.

»Sawyer«, flüsterte sie.

Er hob den Kopf und beugte sich noch näher zu ihr hinüber, sodass sich sein Ohr direkt über ihrem Mund befand. Sie flüsterte ihm etwas zu, das Josie nicht hören konnte. Dann kehrte er zu seiner Position an ihrer Schulter zurück und weinte ins Laken. Lisette drehte den Kopf zu Josie.

Josie stand auf und beugte ihren Oberkörper so über das Bett, dass ihr Gesicht direkt über dem von Lisette schwebte. Lisette flüsterte ihr etwas ins Ohr, gab Josie einen Kuss auf die Stirn und drückte ein allerletztes Mal ihre Hand.

SIEBENUNDDREISSIG

Josie und Sawyer blieben so lange, bis das Pflegepersonal sie aufforderte, das Zimmer zu verlassen. Sie hatten bei Lisette gesessen, bis ihr Körper kalt war. Etwas verloren warteten sie auf dem Flur auf Dr. Feist. Sie umarmte sie beide. »Es tut mir so leid«, versicherte sie ihnen. »Ich werde mich gut um Lisette kümmern, das verspreche ich euch.« Sie sah Josie an. »Ich werde Detective Mettner über meine Ergebnisse informieren.«

Josie nickte. Nie im Leben hätte sie gedacht, dass nach Lisettes Tod eine Autopsie notwendig werden würde. Sie hatte sich immer vorgestellt, dass Lisette ruhig in ihrem Sessel einschlafen würde, während sie in der Cafeteria ihres Pflegeheims Karten spielte. Oder eines Nachts in ihrem Zimmer zu Bett gehen und einfach nicht wieder aufwachen würde. Dass sie an Altersschwäche sterben würde. Ein friedlicher Tod. Aber sie war ermordet worden. Kaltblütig und grausam, vor Josies Augen. Und wenn Josie den Täter erwischte, würde das Justizsystem verlangen, dass das Ausmaß der Verletzungen, denen Lisette schließlich erlegen war, durch eine Autopsie dokumentiert wurde.

Sie sahen zu, wie Dr. Feist Lisettes Bett aus dem Zimmer

rollte – ihr Gesicht mit einem Laken bedeckt – und es in einen der Personalaufzüge am Ende des Flurs schob. Josie fühlte sich seltsam betäubt, aber sie wusste, dass das nur ihr Körper war, der auf Überlebensmodus umschaltete. So hatte sie es geschafft, erst eine traumatische Kindheit und dann den Verlust ihres Vaters und ihres ersten Mannes zu überstehen. Ihr Verstand verdrängte den unfassbaren Schrecken ihrer neuen Realität, sodass ihr Körper weiterhin all die Dinge tun konnte, die er tun musste, um zu funktionieren und zu überleben. Manchmal rächte sich das später, wenn sie nicht in der Lage war, all diese schlechten Gefühle zu unterdrücken. Meistens vergrub sie sie so tief unter der Oberfläche, dass es lange dauerte, bis ein Auslöser sie wieder zum Vorschein brachte. Mit jedem Jahr, das verging, wurde es schwieriger, ihre Gefühle nicht zu fühlen. Sie ahnte, dass die Zeit kommen würde, in der sie für all die Jahre bezahlen würde, in denen sie alles in sich weggeschlossen hatte.

Doch heute Abend war es noch nicht so weit.

»Sawyer, soll ich jemanden für dich anrufen?«, fragte sie.

»Nein«, sagte er, und nach dieser Antwort ging er den Flur hinunter und verschwand in einem der Aufzüge.

Josie nahm die Treppe zum Erdgeschoss und ging durch die Lobby der Notaufnahme nach draußen. Sie wusste, dass sie jemanden anrufen sollte. Sie hatte eine ganze Reihe von Angehörigen, die auf Neuigkeiten warteten, die darauf warteten, sie zu trösten und all die Dinge zu tun, an die sie im Augenblick nicht mal denken konnte. Die Logistik des Todes. Sie hatte das immer gehasst. Als ihr Mann Ray gestorben war, hatte seine Mutter den Großteil der Beerdigungsplanung übernommen.

Jetzt stand sie draußen in der kühlen Nachtluft und atmete eine Welt ohne Lisette ein. Wie war das überhaupt möglich?

Sie holte ihr Handy hervor und schrieb Noah eine SMS.

Sie ist von uns gegangen.

Die Antwort kam sofort.

Ich bin gleich da.

Sie steckte ihr Handy zurück in die Tasche und schaute zur Lobby hinüber, als ein Polizeifahrzeug vorfuhr. Ein uniformierter Beamter stieg aus und öffnete die Hintertür. Mettner stieg aus dem Wagen. Er drehte sich wieder zur offenen Tür, griff auf den Rücksitz und hob Emily Mitchell in seine Arme.

Josie folgte ihnen nach drinnen.

ACHTUNDDREISSIG

Josie wartete, bis das Ärzteteam mit seiner Ersteinschätzung fertig war. Sie hörte von der anderen Seite des Vorhangs aus zu, wie sie feststellten, dass Emily stark dehydriert war und eine Schnittwunde am Arm hatte, die genäht werden musste, dass ihr Zustand aber abgesehen davon gut war. Nachdem das Pflegepersonal sie mit Mettner allein gelassen hatte, betrat Josie das Zimmer.

»Josie!«, rief Emily. Sie wedelte mit ihrem Plüschhund in der Luft herum. Er sah viel schmutziger aus als beim letzten Mal, als Josie ihn gesehen hatte.

»Ich bin so froh, dich zu sehen«, sagte Josie.

»Dir geht es gut«, stellte Emily fest.

»Ja.«

Emily senkte ihre Stimme. »Sind wir schon tot?«

Josie lächelte. »Nein, wir sind noch nicht tot.«

Mettner bekam große Augen. »Was hat das – ach, wisst ihr was? Ich will es gar nicht wissen. Emily, wartest du bitte hier, damit ich mich kurz draußen im Flur mit Detective Quinn unterhalten kann?«

»Du meinst da, wo ich euch nicht hören kann«, sagte sie ihm auf den Kopf zu.

»Genau das meint er«, bestätigte Josie und zwinkerte dem Mädchen zu. Mettner nahm ihren Arm, führte sie ein paar Kabinen weiter und zog sie auf eine Seite des Flurs. »Was machst du hier? Wie geht es Lisette?«

»Sie ist von uns gegangen«, erwiderte Josie.

Er verzog das Gesicht. »O mein Gott. Boss, es tut mir so leid. Brauchst du ... soll ich ...«

»Noah ist schon unterwegs«, sagte sie. »Aber danke.«

»Okay, okay«, sagte er, sichtlich verunsichert. »Ich ... ähm ... du hattest recht. Emily war im alten Rowland-Haus. Sie hat eine kleine Spur aus Knöpfen ausgelegt. Die war im Dunkeln schwer zu erkennen, aber wir haben ein paar davon gefunden. Sie kommt wieder in Ordnung. Der Sozialdienst ist auf dem Weg. Ich habe schon mit Marcie gesprochen. Sie werden sie nicht im Harper's Peak unterbringen, was ich für das Beste halte. Gretchen hat sich mit Pax' Tante in Georgia in Verbindung gesetzt und ihr alles erzählt, was passiert ist. Sie hat ihr Interesse bekundet, Emily kennenzulernen und möglicherweise in ihre Obhut zu nehmen.«

»Sie ist eine Blutsverwandte«, stellte Josie fest. »Über Reed Bryan.«

»Stimmt. Sie war ziemlich aufgebracht, als sie hörte, was los war. Sie hat bestätigt, was Pax uns erzählt hat – dass Reed sie nicht zu ihm lassen wollte. Wie auch immer, sie nimmt den nächsten Flug. Jetzt müssen wir nur noch Rory finden. Aber was rede ich da? Deine Großmutter ist gerade gestorben. Du musst nicht hier sein. Ich kann bei Emily bleiben.«

Josie fragte: »Darf ich kurz mit ihr reden? Du kannst bleiben. Nur bis Noah hier ist?«

»Äh, ja, okay, sicher.«

Josie ging zurück zu Emilys Kabine. Mettner stand draußen

vor dem Vorhang. Josie zog einen Stuhl an das Bett heran.

»Hast du deine Puppe bekommen?«, wollte Emily wissen.

»Ja, habe ich.«

Emily spielte mit den Ohren des Plüschhundes. »Er hat gesagt, dass es ihm leid tut, dass etwas Schlimmes passiert ist.«

»Wer ist er, Emily?«, fragte Josie.

Sie legte einen Finger an ihren Mund. *Psst*. Josie streckte die Hand aus und zog ihn wieder weg. »Ich weiß von Rory«, sagte sie. »Und ich weiß von Pax. Ich weiß auch, dass Rory manchmal schlimme Dinge getan hat.«

»Das weißt du schon?«

Josie nickte.

»Diese schlimme Sache, die passiert ist. Rory hat gesagt, dass auf jemanden geschossen wurde. War es deine Mom?«

»Meine Grandma«, erwiderte Josie.

Emily senkte ihre Stimme zu einem Flüstern. »Ist sie gestorben?«

»Ja«, sagte Josie und spürte, wie sich ein Gefühl in ihrer Brust regte, das sie schnell wieder verdrängte.

»Es tut mir leid, dass dir etwas Schlimmes passiert ist. Warst du darauf vorbereitet?«

Josie lächelte. »Weißt du was? Ich glaube nicht, dass irgendjemand von uns jemals auf die schlimmen Dinge vorbereitet ist.«

Emily nickte, antwortete aber nicht.

»Emily, hat Rory dir erzählt, dass er auf meine Grandma geschossen hat? Hat er das genau so gesagt?«

Wieder spielte sie mit den Ohren des Hundes. »Nein. Er hat gesagt, dass es seine Schuld war.«

»Das ist nicht dasselbe, als wenn er es tatsächlich getan hätte. Verstehst du?«

»Ich weiß.«

»Du warst eine Weile mit Rory allein, nachdem Pax dich zu

seiner Farm gebracht hat. Hat er dir etwas erzählt? Über die Dinge, die er getan hat?«

Sie schüttelte den Kopf.

»Hat Pax dir irgendetwas erzählt? Dass er jemandem wehgetan hat?«

»Nein, er hat niemandem wehgetan. Pax ist nett.«

»Aber hat er dir jemals erzählt, dass er jemandem wehgetan hat?«

»Nein.«

»Hast du Rory oder Pax jemals mit einer Waffe gesehen? Irgendwann mal?«

»Nein.«

»Emily, hat dir jemand erzählt, warum wir nach Rory suchen?«

Sie drückte den Hund an ihre Brust. »Weil er Pax' Dad getötet hat.«

»Ja«, sagte Josie. »Aber auch, weil die Leute glauben, dass Rory auch deine Mom und Holly getötet hat. Weißt du noch, als ich dir beim ersten Mal, als wir uns unterhalten haben, einen ganzen Haufen Fragen gestellt habe, und du hast gesagt, du könntest mir die Antworten nicht sagen, weil sonst schlimme Dinge passieren könnten?«

»Ja, das weiß ich noch. Aber jetzt kennst du das Geheimnis. Rory war böse. Manchmal hat er uns wehgetan. Mom wollte nicht, dass er in eine Pflegefamilie oder in das ›System‹ kommt, deshalb durften wir niemandem von ihm erzählen. Sie hatte immer Angst, dass man ihn wegbringen würde und wir ihn nie wiedersehen würden. Sie hat deswegen ganz oft geweint.«

»Es tut mir so leid«, sagte Josie. »Rory hat Pax erzählt, dass an dem Tag, an dem deine Mom und Holly getötet wurden, noch jemand im Haus war. Weißt du, ob das wahr ist?«

Emily wurde ganz still. »Das kann ich nicht sagen.«

»War es Pax?«

Sie schüttelte energisch den Kopf.

»Hast du gesehen, wer es war?«

Wieder heftiges Kopfschütteln.

»Wie kannst du dir dann sicher sein, dass es jemand anderes war?«

»Das darf ich dir nicht sagen. Ich musste Rory versprechen, es nicht zu sagen.«

»Ich dachte, du hättest gesagt, dass Rory dir nichts erzählt hat.«

Ihr Körper schaukelte im Bett hin und her. Leise zählte sie bis sechs. Dann sagte sie: »Ich darf es nicht sagen. Ich habe versprochen, es niemandem zu sagen. Wenn ich ein Versprechen breche, könnte eine andere Person sterben. Was ist, wenn du es bist?«

Josie streckte die Hand aus und berührte Emilys Arm. Sie erinnerte sich daran, was Dr. Rosetti über Zwangsstörungen gesagt hatte. Dass sie nicht den geringsten Sinn ergaben und dass der Versuch, Logik anzuwenden, etwas so sei, als würde man einen Diabetiker auffordern, er solle mehr Insulin produzieren. »Erinnerst du dich an die erste Nacht, als wir hier im Krankenhaus waren und du dich aufgeregt hast, weil jemand deine Sachen weggeworfen hat?«

»Eins, zwei, drei. Ja, ich erinnere mich. Eins, zwei, drei, vier, fünf, sechs.«

»Weißt du noch, was du mir über deine Mom erzählt hast? Wie sie gesagt hat, wenn du verzweifelt bist, musst du es ›aushalten‹.«

»Eins, zwei, drei, vier, fünf, sechs. Ja. Das hat sie gesagt.«

»Und dass Holly gesagt hat, dass du all deine Gefühle so lange fühlen musst, bis sie vorbei sind?«

»... fünf, sechs. Ja.«

»Ich glaube, das ist einer dieser Momente«, sagte Josie. »Die Verzweiflung, die du jetzt fühlst, wenn es darum geht, es mir zu sagen? Sie wird verschwinden. Und es wird nichts Schlimmes passieren, wenn du mir erzählst, was Rory gesagt hat. Ich werde nicht sterben. Dein Gehirn spielt dir nur einen Streich. Es lügt dich an.«

Sie hörte auf zu zählen, obwohl ihr Körper weiter vor und zurück schaukelte. Ihre Finger kneteten das Fell des Hundes. »So wie Pax' Faselhans?«

Josie lächelte. »Genau so. Hat deine Mom mit dir darüber gesprochen?«

Sie nickte.

»Hast du einen Namen für deinen ... Faselhans?«

»Ich hatte noch keinen. Ich wollte ihn Lügenbaron Münchhausen nennen, aber Mom hat gesagt, das wäre zu lang.«

Josie lachte. »Der Name gefällt mir. Wie wäre es einfach mit Lügemünch?«

Ihr Griff um den Hund lockerte sich. »Finde ich gut.«

»Ich glaube, der Lügemünch sitzt da in deinem Gehirn und will dir weismachen, dass, wenn du mir erzählst, was Rory gesagt hat, jemand sterben wird. Aber das stimmt gar nicht. Der Lügemünch sorgt dafür, dass du dich verzweifelt fühlst, wenn du nur daran denkst, es mir zu sagen. Ergibt das einen Sinn?«

»Ich weiß nicht.«

»Können wir mal etwas versuchen?«

»Ich will nicht.«

Josie beugte sich näher zu ihr herüber. »Um ehrlich zu sein, ich mag es auch nicht, alle meine Gefühle zu fühlen.«

»Du hast aber keinen Lügemünch. Und keinen Faselhans.«

»Stimmt, die habe ich nicht.«

»Das wird schwer.«

»Das stimmt«, gab Josie zu. »Aber ich bin bereit, hier zu bleiben und dir zu helfen, so wie ich es schon mal getan habe, weißt du noch? Als wir zusammen auf dem Boden gesessen haben?«

Sie schaukelte noch heftiger, umklammerte den Plüschhund so fest, dass ihre Fingerknöchel weiß wurden und zählte leise dreimal bis sechs. Josie warf einen Blick zur Tür und sah Mettner, Noah und Marcie Riebe dort stehen. Dann schaute sie wieder zu Emily hinüber, die ihre Beine übereinander schlug und dann vor sich auf das Bett klopfte. Josie kletterte zu ihr aufs Bett, setzte sich gegenüber von ihr hin und schlug ebenfalls die Beine übereinander. Emily streckte einen Arm aus und drehte ihn so, dass Josie eine Schnittwunde an ihrem Unterarm sehen konnte. »Ich werde auch eine Narbe bekommen.«

»Sieht ganz so aus«, bestätigte Josie.

»Glaubst du, dass Narben uns an die schlimmen Dinge erinnern?«

Josie strich über ihre eigene Narbe und fuhr mit den Fingern von ihrem Ohr bis knapp unter das Kinn. Sie hatte sie immer gehasst. Bis heute. »Nein«, erwiderte sie. »Ich glaube, sie erinnern uns daran, wie stark wir sind und wie viel wir überleben können – wie viel wir ertragen können. Sie sind ... ein Zeichen dafür, dass wir scheißhart sind.«

Emily kicherte. »Du hast ein schlimmes Wort gesagt!«

»Stimmt, das habe ich. Aber weißt du was? Ich denke, du und ich, wir haben uns das Recht verdient, ›scheißhart‹ zu sagen.«

Emily musterte ihre Schnittwunde. »Das Zeichen, dass wir scheißhart sind.«

»Bist du bereit?«, fragte Josie.

Emily seufzte. »Ich werde nie bereit dafür sein. Ich glaube, du hattest recht mit der Sache mit dem ›Bereitsein‹. Aber Mom hat immer gesagt, das wäre das Beste, was wir machen können, und ich habe mich immer besser gefühlt, wenn wir vorbereitet waren.«

Josie streckte ihre Hände aus und Emily legte ihre eigenen Hände in die von Josie. Sie schloss ihre Augen. »Eins, zwei, drei, vier, fünf, sechs. Ich habe einen Mann gehört. Daher weiß ich es. Deshalb weiß ich, dass da noch jemand war. Ich kann nicht ... ich kann nicht ...«

Josie hielt ihre Hände fest, während sie immer heftiger hin und her schaukelte. Tränen flossen aus ihren Augenwinkeln. »Jemand wird sterben. Jemand wird sterben.«

»Das ist nur der Lügenmünch, Emily«, erinnerte Josie sie. »Lass dich nicht von ihm herumkommandieren. Hast du gehört, was der Mann gesagt hat?«

Ihre Augen blieben geschlossen, aber ihr Kopf pendelte hin und her. »Ich habe nur ein paar Sachen gehört. Er war so laut. So wütend. Er hat gesagt: ›Jetzt ist es genug‹ und ›Du lebst in einer Traumwelt‹.«

»Weißt du, mit wem er geredet hat?«, fragte Josie.

Ihr Körper erzitterte. Ein Schluchzen brach aus ihr heraus. Josie drückte ihre kleinen Hände. »Du machst das toll, Emily. Ich bin ja bei dir. Die Verzweiflung wird bald verschwunden sein. Weißt du, mit wem der Mann gesprochen hat?«

»Ich weiß es nicht. Ich weiß es nicht. Er hat gesagt: ›Ich hasse dich‹ und dann hat er ein paar schlimme Wörter gesagt. Eine Menge wirklich schlimmer Wörter. Er sagte immer wieder ›Nein‹ und ›Ist mir egal‹. Dann hat er noch ›Das war nicht meine Entscheidung‹ gesagt. Danach dachte ich, er wäre weg, aber er kam zurück. Ich weiß nicht mehr, was er danach alles gesagt hat. Es waren viele Dinge, Mom hat geweint und Rory hat geschrien: ›Ich hasse dich, ich hasse dich‹, und dann hat der Mann geschrien: ›Ich wünschte, du wärst nie geboren worden‹, und dann kam der Knall.«

Endlich öffnete sie ihre Augen. Sie waren rot und glasig. Tränen liefen ihr über die Wangen. »Das gefällt mir nicht«, sagte sie zu Josie. »Ich mag nicht, wie es sich anfühlt.«

»Ich weiß«, erwiderte Josie. »Aber wir haben es fast geschafft. Du machst das ganz toll. Hast du vor diesem Tag schon mal einen Mann gesehen? Bei dir zu Hause?«

»Nein. Nur als Pax' Dad kam, um ihn abzuholen. Er war der Einzige. Ich habe aber vorher einen anderen Mann gehört.«

»Hast du?«

»Eins, zwei, drei, vier, fünf, sechs. Ja, ein paarmal, als Rory versucht hat, Mom und Holly wehzutun. Holly hat mir dann immer gesagt, dass ich mich verstecken soll. Das war Teil des Plans. Ich habe mich immer versteckt, bis einer von ihnen mir gesagt hat, dass ich wieder rauskommen soll. Manchmal habe ich die Stimme des Mannes gehört. Ich konnte nicht hören, was er gesagt hat, aber ich wusste, dass es eine Männerstimme war, weil sie nicht wie die von Mom, Holly oder Rory klang.«

»Aber du hast ihn nicht gesehen?«, bohrte Josie nach.

»Eins, zwei, drei, vier, fünf, sechs. Ich habe ihn nie gesehen, weil ich mich verstecken musste.«

»Du machst das sehr gut«, lobte Josie und drückte ihre Hände. »Emily, hast du Rory nach dem Mann gefragt, als du ihn das nächste Mal gesehen hast?«

»Ich habe ihn nicht gefragt, aber er hat mir gesagt, dass er Mom und Holly nicht umgebracht hat. Er sagte, dass es der Mann gewesen wäre und dass er dafür sorgen würde, dass der Mann dafür bezahlt. Deshalb konnte er auch nicht zur Polizei gehen. Ich habe ihm gesagt, wenn er dich einfach anrufen würde, würdest du ihm glauben und du könntest den Mann einfach schnappen und ins Gefängnis stecken. Aber er hat gesagt, dass ihm niemand glauben würde, weil er ›nur ein gestörtes Kind mit Aggressionsproblemen ist‹.«

»Er hat also versucht, diesen Mann zu finden?«

Emily ließ eine von Josies Händen lange genug los, um ihre Tränen wegzuwischen. »Ja. Ich glaube, er wollte ihn töten, so wie er Pax' Dad getötet hat.«

»Du hast keine Ahnung, wer dieser Mann war?«

Emily schüttelte den Kopf und atmete zitternd ein.

»Okay. Das hast du gut gemacht, Emily.«

»Ich fühle es immer noch«, sagte sie und wiegte sich hin und her.

»Und ich bin immer noch bei dir«, versicherte ihr Josie.

Dann herrschte angenehmes Schweigen. Josie hatte es nicht

eilig, zu gehen. Sie fühlte einen inneren Frieden, wenn sie bei Emily war, und sie wusste, dass ein noch erdrückenderer Kummer auf sie wartete, sobald sie den Raum verließ. Sie war nicht erpicht darauf, sich dem zu stellen, was sie draußen erwartete. Als Emily ihre Hände losließ und sich gegen das Kissen in ihrem Rücken zurücklehnte, kletterte Josie aus dem Bett. Sie wollte gerade gehen, aber sie hatte noch eine Frage.

»Emily, warum bist du im Harper's Peak aus dem Haus gelaufen?«

»Nachdem ich ein paar Stunden da war, haben sie mich allein gelassen, um sich in der Küche zu unterhalten. Und da hat der Lügenmünch mir gesagt, dass ich Mom und Holly im Himmel vielleicht nie wiedersehen würde, wenn ich nicht in jedes Zimmer des Hauses gucke. Also bin ich in jedes Zimmer im Haus gegangen und habe reingeguckt. Ich wusste, dass es der Lady und ihrem Mann nicht gefallen würde, aber sie haben es nicht mal gemerkt. Die Lady hat gerade in der Küche telefoniert. Sie ist immer hin und her gelaufen und hat gesagt: ›Tom, Tom, beruhige dich‹ und ›Ich hatte keine Wahl‹. Solche Sachen eben. Sie ist nicht einmal rausgekommen, um nach mir zu sehen. Jedenfalls habe ich in einem der Zimmer im Obergeschoss ein Foto gesehen, auf dem sie mit Rory zusammen zu sehen war.«

Josie schaute zur Öffnung im Vorhang, um sich zu vergewissern, dass Mettner immer noch zuhörte.

»Welche Lady?«

»Die Lady«, sagte Emily. »Ich habe ihren Namen vergessen. Sie wurde sauer, als ich die Knöpfe von ihrem Sofa abgeschnitten habe. Ich meine, ich weiß, ich hätte das nicht tun sollen, aber ich dachte, ich würde daran ersticken.«

»Du hast also ein Foto gesehen, auf dem Celeste mit Rory zu sehen war?«, griff Josie das Thema wieder auf. »Was war das für ein Foto?«

Emily zuckte die Achseln. »Ich weiß es nicht. Sie standen einfach nur nebeneinander und haben gelächelt.«

»Wie alt sah Rory auf dem Foto aus? War er ein kleiner Junge?«

»Nein. Er sah so aus wie jetzt. Als ich das Foto gesehen habe, habe ich Angst bekommen, weil ich wusste, dass Mom wollte, dass Rory ein Geheimnis bleibt. Ich wurde nervös. Ich wollte es ihrem Mann sagen, weil er netter ist als sie, aber er musste noch etwas für die Arbeit erledigen. Da habe ich die Knöpfe von den Sofas abgeschnitten. Danach ist sie richtig ausgeflippt und als sie wieder in die Küche ging, um weiter zu telefonieren, bin ich weggelaufen.«

»Wo wolltest du denn hin?«

»Ich wollte nur einen sicheren Ort finden. Dann habe ich Rory im Wald stehen sehen. Ich bin zu ihm gelaufen. Wir sind in den Wald gegangen und haben Pax gesehen. Und dann ging alles schief.«

NEUNUNDDREISSIG

»Scheiße noch mal«, stieß Mettner hervor, als er, Josie und Noah vor der Notaufnahme standen. »Pax hat also die Wahrheit gesagt. Es gibt noch jemanden.«

»Und Celeste Harper hat gelogen«, fügte Noah hinzu. Seine Blicke wanderten immer wieder zu Josie hinüber und sie wusste, dass er versuchte, einzuschätzen, wie es ihr ging. Sie wollte ihm sagen, dass es ihr gut ging – zumindest in diesem Augenblick –, aber sie wollte es nicht vor Mettner sagen.

»Ich fahre da rauf und frage, was sie weiß«, sagte Mettner.

»Sie wird dir nichts sagen«, erklärte Josie.

»Aber was hat sie zu verbergen?«, fragte Noah. »Warum sollte es ein Foto von ihr mit Rory geben? Und selbst wenn sie von Rory wusste, selbst wenn sie Kontakt zu Rory und Lorelei gehabt hätte, warum sollte sie lügen?«

»Vielleicht wollte sie nicht, dass ihr Mann davon erfährt?«, vermutete Mettner.

»Aber er wusste von Lorelei«, sagte Noah.

»Aber von ihren Kindern hat er nichts gewusst«, gab Josie zu bedenken. »Das hat er zumindest gesagt. Du solltest
sie beide herbringen. Sie getrennt befragen und schauen,

was du aus ihnen herausholen kannst. Und bring Tom Booth auch gleich mit. Celeste hatte offensichtlich gerade eine hitzige Diskussion mit ihm, als Emily weggelaufen ist.«

»Gute Idee«, stimmte Noah zu. »Zwischen Celeste und Tom – und Adam – herrscht eine seltsame Dynamik. Ich bin mir nicht sicher, ob das was mit dem Fall zu tun hat, aber ich würde Tom auf jeden Fall auch befragen. Er wusste von Lorelei.«

»Aber wird mich das zum Mörder führen?«, sinnierte Mettner.

»Das wissen wir nicht«, räumte Josie ein. »Aber jemand muss sich wenigstens mit Celeste unterhalten. Sie hat gelogen, als sie gesagt hat, sie hätte keinen Kontakt zu Lorelei. Sie hat gelogen, als sie gesagt hat, dass sie Loreleis Kinder nicht kennt. Sie hat gelogen, als es darum ging, wann Emily in den Wald gelaufen ist. Was hat sie zu verbergen? Hör zu, du hast immer noch DNA-Spuren vom Tatort im Haus der Mitchells, deren Auswertung Wochen dauern wird. Das könnte die Sache aufklären, aber bis dahin musst du dich weiter mit den losen Fäden befassen, die du hast. Hat Chitwood die Suchtrupps wieder auf den Berg am Harper's Peak geschickt?«

Mettner nickte. »Aber nur Polizeikräfte, da Rory als möglicherweise bewaffnet und gefährlich gilt.«

Josie schaute zu Noah und dann wieder zu Mettner. »Hältst du uns auf dem Laufenden?«

»Na klar«, versprach Mettner.

Josie lehnte sich an Noah und er legte einen Arm um ihre Taille. »Bring mich nach Hause«, bat sie.

Noah hatte Trout bei Misty abgeholt und nach Hause gebracht und der Hund war völlig aus dem Häuschen, als Josie durch die Tür kam. Seit die Worte »Bring mich nach Hause« über ihre Lippen gekommen waren, hatte sie sich vor dem Augenblick gefürchtet, in dem es tatsächlich so weit war. Denn Lisette hatte viele Nächte in ihrem Gästezimmer verbracht. Sie war regelmäßig bei ihnen zu Gast gewesen und sie hatten unzählige schöne Momente mit Lisette in ihrem Haus erlebt. Obwohl sie dauerhaft im Pflegeheim lebte, war sie oft genug bei ihnen gewesen, sodass sich das Haus angesichts der Gewissheit, dass sie nie mehr dorthin zurückkehren würde, leer und traurig anfühlte. Trouts wildes Wackeln mit dem Hinterteil und sein fröhliches Kläffen linderten Josies Schmerz ein wenig. Sie fiel auf die Knie und ließ sich von ihm das Gesicht ablecken. Dann streichelte sie seinen Rücken, seinen Hals, seine Ohren und, als er sich hinlegte und sich umdrehte, seinen Bauch.

Er folgte ihr auf Schritt und Tritt, sogar ins Badezimmer. Als sie in die Küche ging, um etwas von einem Auflauf zu essen, den Misty vorbeigebracht hatte, lag er ihr zu Füßen. Sie und Noah bewegten sich schweigend umeinander herum und sie war froh, dass er nicht das Bedürfnis hatte, zu reden oder sie zum Reden zu bringen. Er war einfach nur da. Sie krochen ins Bett, wobei Trout sich zwischen sie drängte und so lange an der Bettdecke scharrte, bis Josie ihn darunter ließ. Er drückte sich an ihre Seite. Noah rollte sich zu ihr und nahm ihre Hand. Nachdem er eingeschlafen war, legte sie seine Hand wieder auf seine Seite des Bettes. Dann nahm sie ihr Handy vom Nachttisch und schaltete es ein. Sie hatte Hunderte von neuen Nachrichten, doch es gab nur eine Person, deren Nachrichten Josie wirklich interessierten.

Trinity hatte ihr alle Fotos von der Hochzeit geschickt, die sie im Krankenhaus gemacht hatten. Josie blätterte eines nach dem anderen durch und verweilte auf den Fotos, auf denen sie und Noah neben Lisettes Bett standen. Der Ausdruck purer Freude auf Lisettes Gesicht war überwältigend. Es gab ein Foto von Josie und Noah, die sich in diesem Moment des Glücks und der Freude ansahen, nachdem sie sich ein spontanes Ehegelübde gegeben hatten, denn das, das sie vor Monaten geschrieben hatten, lag irgendwo in einem Zimmer im Harper's Peak. Hinter ihnen grinste Lisette. Auf einem der Bilder war Sawyer zu sehen, was Josie einen Schreck einjagte. Er sah seinem leiblichen Vater, Eli Matson, so ähnlich, dass es Josie fast den Atem verschlug. Sie hatte die Ähnlichkeit schon einmal bemerkt, jedoch noch nie so deutlich wie jetzt.

Warum eigentlich nicht, fragte sie sich. Sie hatte ihn schon oft gesehen. Sie hatte ihn sogar schon einige Male gesehen, bevor sie wusste, wer er war, und es war ihr nie in den Sinn gekommen, dass er Eli oder Lisette in irgendeiner Weise ähnelte. Natürlich hatte Lisette immer behauptet, dass sowohl Eli als auch Sawyer ihrem verstorbenen Mann ähnlicher sahen als ihr selbst.

Trout knurrte leise, als Josie die Decke wegschlug und aus dem Bett sprang. Sie deckte ihn wieder zu und ging die Treppe hinunter. In einem Bücherregal im Wohnzimmer bewahrten Noah und sie einige ihrer Familienalben auf. Josie fand ein altes Album, das Lisette ihr vor Jahren geschenkt hatte. Es war randvoll mit Fotos, auf denen Lisette als junge Frau, Ehefrau und Mutter zu sehen war. Es gab auch Fotos vom heranwachsenden Eli, die sich Josie oft und gerne angeschaut hatte. Sie hatte dieses Album gemeinsam mit Sawyer durchgeblättert, als er zum ersten Mal zum Abendessen bei ihr gewesen war. Er liebte dieses Album. Sie sollte eine Kopie davon machen lassen. Das hätte sie schon längst tun sollen. Josie blätterte die Seiten durch, bis sie Lisettes Hochzeitsfoto fand. Schon damals waren Lisettes Locken wild und widerspenstig gewesen, doch auf den Bildern war ihr Haar braun und nicht grau. Ihre Haut war faltenfrei und geschmeidig und ihr Lächeln wirkte ansteckend. Ihr Mann, Josies und Sawyers Großvater, der lange vor Josies und Sawyers Geburt gestorben war, stand neben ihr. Er hatte eine ernstere Ausstrahlung. Lisette hatte immer gesagt, er sei stoisch. Doch auf dem Foto verzogen sich seine Lippen zu einem strahlenden Lächeln. Sein Gesicht schien zu sagen:

»Schaut euch diese unglaubliche Frau an, die bereit ist, mich zu heiraten. Ist das zu glauben?«

Er sah genauso aus, wie Josie Eli in Erinnerung hatte. Und wie Sawyer.

»Mist«, murmelte sie.

Sie stellte das Album nicht wieder ins Regal, damit sie nicht vergaß, für Sawyer eine Kopie davon anfertigen zu lassen, und ging in die Küche. Ihr Laptop stand auf dem Tisch. Sie schaltete ihn ein und wartete, bis er hochgefahren war. Aus dem Obergeschoss ertönten die Geräusche eines Schnarchduetts von Trout und Noah. Sonst wachte Noah häufig auf, wenn sie mitten in der Nacht aufstand, doch Josie wusste, dass die letzten paar Tage auch für ihn anstrengend gewesen waren. Im Moment würde er wahrscheinlich alles verschlafen.

Josie rief ihren Internetbrowser auf und tippte die Suchbegriffe ein. Einige Minuten und vier verschiedene Websites später fand sie, wonach sie gesucht hatte: eine Hochzeitsanzeige und ein Foto von vor achtzehn Jahren.

»Verdammte Scheiße«, stieß sie hervor und ging nach oben, um sich anzuziehen.

VIERZIG

Josie versuchte, so leise wie möglich zu sein, obwohl das eigentlich keine Rolle spielte. Denn genau wie sie vermutet hatte, schlief Noah tief und fest. Nachdem sie sich eine Jeans, ein T-Shirt und eine Jacke übergeworfen hatte, hinterließ sie ihm einen Zettel. Trout hob den Kopf, als sie die Notiz auf Noahs Nachttisch legte, aber als sie ihm versicherte, dass er ein braver Hund sei, und ihm sagte, er solle sich wieder schlafen legen, steckte er seinen Kopf wieder unter die Decke. Unten ging sie in die Garage und fand die Kiste mit alten Jagd-, Camping- und Angelsachen, die die beiden im Laufe der Jahre angehäuft hatten. Das meiste davon gehörte Noah, aber als ihr ehemaliger Chief, Wayland Harris, vor fast sechs Jahren gestorben war, hatte seine Frau Josie eine Kiste mit Sachen aus seinem Büro überlassen, darunter auch Teile seiner Jagdausrüstung, die er bei seiner Arbeit gelegentlich benutzt hatte. Josie fand eine von Noahs Taschenlampen und die Nachtsichtbrille von Chief Harris. Sie tauschte die leeren Batterien in beiden Geräten aus und verstaute sie in ihren Taschen.

Im Auto nahm sie ihr Handy zur Hand und überprüfte schnell die Nachrichten von Mettner. Es waren mehrere. Sie hatten Celeste zum Verhör mit aufs Revier genommen. Sie hatte bestätigt, dass sie mit Tom telefoniert hatte, während Emily im Haus gewesen war. Sie hätten sich darüber gestritten, dass sie und Adam beschlossen hatten, Emily bei sich aufzunehmen. Mettner vermutete, dass Celeste und Tom eine Affäre hatten, aber keiner von beiden wollte das bestätigen. Celeste hatte außerdem behauptet, dass sie nichts von Rory gewusst habe. Bei einer Gegenüberstellung würde sie ihn nicht erkennen, sagte sie. Sie hatte Emily beschuldigt, sie habe wegen des Fotos, auf dem sie angeblich mit Rory zu sehen sei, gelogen. Ein solches Foto gebe es gar nicht.

»Jede Wette«, murmelte Josie vor sich hin.

Adam Long hatte die gleiche Geschichte erzählt, so Mettner. Tom Booth gab zu, dass er Lorelei vor vielen Jahren nachspioniert hatte, nachdem Celeste ihm von ihr erzählt hatte, zumal ihre acht Hektar Land einer Erweiterung des Resorts im Wege standen. Er hatte aber auch gesagt, dass er sie nie offiziell kennengelernt habe, und da er ihr nur einmal zum Hofladen und wieder zurück gefolgt sei, hätte er nicht gewusst, dass sie Kinder hatte. Die drei hatten sich gegenseitig ein Alibi gegeben – sie waren alle am Freitagvormittag im Resort gewesen. Celeste hatte gesagt, sie habe sowohl Adam als auch Tom an diesem Morgen gesehen. Alle drei waren wieder auf freiem Fuß. Sie standen wieder ganz am Anfang.

Es sei denn, Josie gelang es, Rory zu finden.

Ihr Wagen stand immer noch in der Auffahrt. Sie blickte zu ihrem dunklen Haus hinauf und wusste, dass sie zurück ins Haus gehen und sich wieder zu ihrem Mann und ihrem Hund ins Bett legen sollte. Sollte doch jemand anders den Fall lösen und den Bösewicht schnappen. Sawyers Worte verfolgten sie. *Die große Josie Quinn konnte es nicht ertragen, nicht im Rampenlicht zu stehen.* Aber das stimmte nicht. Es war nicht so, dass sie das Rampenlicht wollte oder brauchte. Wie Emily hatte auch sie Zwänge, wenn es um ihre Arbeit ging. Der schlimmste

Fall ihres Lebens war der Fall der vermissten Mädchen vor sechs Jahren, und das war nicht mal ihr Fall gewesen. Sie war zwar suspendiert gewesen, aber trotzdem bis an ihre Grenzen gegangen. Noch heute, nach all den Jahren, war sie entsetzt über das Verhalten dieser unbesonnenen, dreisten Frau. Josie wusste, wie wichtig es war, sich an alle Regeln zu halten und die Dinge nicht zu nahe an sich heranzulassen.

Und doch war sie fest entschlossen, Rory zu finden.

Nicht als Polizeibeamtin. Sie hatte nicht einmal ihre Dienstwaffe dabei. Die brauchte sie nicht. Sie würde sie niemals gegen ihn einsetzen. Sie tat es, weil sie es tun musste. Weil seine Mutter sie einmal aus einem Schneesturm gerettet hatte. Weil seine Mutter fünfzehn Jahre lang versucht hatte, ihn zu beschützen, und jetzt war er da draußen, allein, schutzlos, und wurde gejagt. Ein Mörder, der einen Mörder jagte, dachte sie. Es war passend. Traurig, aber passend. Sie handelte als besorgte Bürgerin, als Freundin seiner kleinen Schwester. Zumindest redete sie sich das ein. Sobald sie ihn gefunden hatte, würde sie ihn sicher an ihr Team übergeben und ihnen den Rest überlassen. Sollten sie Loreleis und Hollys Mörder verhaften.

Josie wusste, dass sie trotz all ihrer Versuche, ihr Handeln vor sich selbst zu rechtfertigen, im Unrecht war. Sonst würde sie das nicht im Geheimen tun, ohne jemandem ein Wort davon zu sagen. Sie nahm ihr Handy zur Hand. Ihr Finger verweilte über Mettners Namen. Doch dann warf sie es beiseite, löste die Handbremse und ließ ihren Wagen lautlos aus der Einfahrt rollen. Sobald sie auf der Straße war, ließ sie den Motor an und fuhr los.

Josie erreichte das Harper's Peak gegen fünf Uhr morgens. Der Himmel war immer noch tiefschwarz. Sie wusste, dass ihr bis zum Sonnenaufgang noch etwa eineinhalb Stunden Zeit blieben. Auf dem Gelände und den Parkplätzen war es still und menschenleer. Josie parkte ihr Auto auf dem Parkplatz des Hauptgebäudes und ließ es dort stehen. Sie war weit genug von der Lobby entfernt, sodass niemand an der Rezeption bemerken würde, dass sie draußen herumschlich. Sie steckte die Hände in die Jackentaschen und schlenderte über das Gelände, als ob sie dort hingehörte. Keine Vorschrift verbot es den Gästen, sich nachts draußen aufzuhalten. Es gab mehrere asphaltierte Wege, die mit kleinen, in den Boden gesteckten Laternen beleuchtet wurden. Sie blieb abseits der Wege, aber nahe genug, um das Licht zu nutzen. Als sie sich Griffin Hall näherte, wich sie ins Gras aus. Über ihr verdeckten die Wolken den Mond. Sobald das Licht der Laternen sie nicht mehr erreichte, blieb sie stehen, holte ihre Nachtsichtbrille heraus, setzte sie sich auf den Kopf und sah sich um. Nachdem sie sich vergewissert hatte, dass sie nicht unwissentlich mit irgendwelchen Tieren oder Gegenständen zusammenstoßen würde, lief sie weiter. Der Weg dauerte länger, als sie erwartet hatte, aber Josie wollte sich der kleinen Kirche von hinten nähern. Gerade als sie den Bergrücken erreichte, brach der Mond durch die Wolkendecke und tauchte alles in ein silbriges Licht. Sie nahm ihre Nachtsichtbrille ab und steckte sie ein. Sobald sich ihre Augen an die Lichtverhältnisse gewöhnt hatten, schlich sie näher an die Kirche heran. Auf der Rückseite befand sich eine Tür. Als sie näher heranging, stellte sie fest, dass der Riegel aufgebrochen war.

Josie schob die Tür so langsam wie möglich auf, um keinen Lärm zu machen. Als sie eintrat, mussten sich ihre Augen noch einmal umstellen. Der Altarstein und die Kanzel warfen große Schatten gegen ein Licht, das in der Mitte der Kirche flackerte. Vier Schritte später stand sie am Rand des Altars. Dort auf dem Boden, zwischen den beiden Reihen der Kirchenbänke, lag Rory. Er lag zusammengerollt auf einem Schlafsack, neben sich eine große Reisetasche. Josie sah, dass ein Kleidungsstück aus dem Sack heraushing. Seine persönlichen Habseligkeiten, dachte sie. Er starrte auf eine Kerze auf dem Boden, deren Flamme tanzte.

»Rory«, flüsterte Josie.

Er sprang auf, die Hände vor sich ausgestreckt, und sah sich suchend um. »Wer ist da?«, zischte er.

Josie trat näher an ihn heran, ins Licht. Auch sie streckte ihre Hände aus, um ihm zu zeigen, dass sie unbewaffnet war. »Mein Name ist Josie Quinn«, stellte sie sich vor. »Ich habe heute Abend mit deiner Schwester Emily gesprochen.«

Er wirbelte herum und starrte sie an. Sein Gesicht war mit Schmutz bedeckt. Strähnen seines dichten braunen Haares standen auf einer Seite seines Kopfes ab. Die einzelne weiße Stirnlocke in der Mitte seiner Stirn leuchtete im Kerzenlicht. Er trug ein schwarzes Sweatshirt und eine Jeans, die mit getrocknetem Blut besudelt war. Josie vermutete, dass das Blut von Reed Bryan stammte. Eine faulige Kombination von Gerüchen umgab ihn – Körpergeruch, der kupferne Geruch von Blut und etwas Erdiges. Er stand wie erstarrt, doch Josie bemerkte, dass seine Knie angewinkelt waren und die Fersen seiner Füße leicht vom Boden abhoben. Er war bereit, sich jeden Moment auf sie zu stürzen.

»Ich werde dir nicht wehtun«, sagte sie. »Ich will nur mit dir reden. Bitte.«

»Ist mit Emily alles in Ordnung?«

»Ja. Es geht ihr gut.«

Seine Körperhaltung entspannte sich ein wenig. Er ließ die Hände seitlich am Körper sinken.

»Wie haben Sie mich gefunden?«

»Du hast Holly hergebracht.«

»Ja, na und?«

»Eine Leiche vor einer Kirche? Hier kommt ja sonst wochenlang keine Menschenseele vorbei.«

Der Anflug eines Lächelns zog über sein Gesicht. »Versteckt vor aller Augen.«

»Rory, ich bin gekommen, um dich zu bitten, mit mir zu kommen.«

»Wohin?«

»Aufs Revier.«

Er deutete auf den Altar hinter ihr. »Wimmelt es da draußen von Polizisten?«

Josie schüttelte den Kopf. Sie trat einen Schritt näher an ihn heran, obwohl ihr Herz dabei schneller schlug. Er war zwar erst fünfzehn, aber größer als sie. Obwohl er dünn und drahtig war, erinnerte Josie sich nur allzu gut daran, wie schnell und brutal er sie schon einmal überwältigt hatte. »Nein«, antwortete sie. »Ich bin allein, und ich bin nicht als Polizistin gekommen. Ich habe nicht mal meine Dienstwaffe dabei. Ich bin keine Bedrohung für dich – oder für die Bestie.«

»Das hat Pax Ihnen erzählt, oder?«

»Ja.«

»Die Bestie hat meine Familie nicht umgebracht. Und ich auch nicht.«

»Das weiß ich«, sagte Josie.

»Woher wissen Sie das?«

»Ich habe es herausgefunden«, erwiderte Josie.

»Niemand wird mir glauben«, murmelte er, und seine Stimme wurde immer leiser.

Josie trat einen Schritt näher an ihn heran, die Arme immer noch ausgestreckt, ihre Schultern schmerzten. »Ich glaube dir.«

»Ich habe Holly hierhergebracht, damit er sieht, was er getan hat, und damit er weiß, dass ich ihn nicht mit seiner Tat davonkommen lasse, aber ich habe die andere Frau nicht getötet. Die, mit der Sie in dieser Nacht zusammen waren. Ich habe nicht auf Sie geschossen.«

»Ich weiß.«

»Ich habe nicht mal eine Waffe. Ich hatte nie eine Waffe. Die gehörte meiner Mom. Sie hat sie im Pick-up aufbewahrt. Die war für Rehe, Bären und Kojoten. Ich durfte sie nie anfassen. Niemals. Einmal wurde ich richtig wütend und habe versucht, sie aus dem Tresor im Pick-up zu holen, aber ich konnte es nicht. Ich hatte nicht die Kraft dazu – selbst als ich sehr wütend war.«

»Ich weiß«, wiederholte Josie noch einmal.

»Aber das spielt keine Rolle«, beharrte er. »Es spielt keine Rolle, wenn Sie mir nicht glauben, weil mir sonst auch niemand glaubt, und jetzt habe ich Pax' Dad getötet. Ich habe das nicht gewollt. Ich wollte es nicht, aber die Bestie ... Ich bin so wütend geworden. Ich kann mich nicht mal mehr daran erinnern ...«

»Darüber will ich nicht reden«, sagte Josie. »Egal, was jetzt passiert, heute Abend wirst du zur Polizei gehen müssen. Verstehst du das?«

»Ich weiß. Das ist genau das, was meine Mom nicht gewollt hat.«

»Es tut mir leid, Rory. Das tut es wirklich, aber jetzt musst du mir helfen. Wir wissen beide, wer deine Mom und deine Schwester getötet hat, und der erste Schritt, um ihn hinter Gitter zu bringen, ist, dass du mit mir kommst und meinem Team alles sagst, was du weißt.«

»Ich will ihn nicht ausliefern«, sagte Rory, mit einem Unterton in der Stimme. »Ich will, dass er stirbt. Ich will ihn umbringen. Ich will sein Gesicht in eine Million Stücke zerschlagen.«

Josie spürte eine diffuse Spannung um ihn herum, und sie wollte nicht, dass sie eskalierte. »Ich verstehe«, sagte sie.

Er hörte auf zu reden. Seine dunklen Augen blitzten im Kerzenlicht. »Tun Sie das wirklich?«

»Er hat meine Großmutter getötet«, erwiderte Josie. »Das, was du für deine Mom empfunden hast – so ging es mir mit meiner Großmutter. Sie hat mich großgezogen, mich beschützt, versucht, mich aus Schwierigkeiten herauszuhalten, und sie hat stets versucht, ihr Bestes für mich zu tun, auch wenn es nicht das Beste war.«

»Das klingt wie meine Mom.«

Josie nickte. »Ich habe deine Mom kennengelernt. Du warst an dem Tag nicht im Haus. Sie hat mir geholfen. Und jetzt lass mich dir helfen.«

Bevor er antworten konnte, gab es ein knarrendes Geräusch. Dann wehte ein Luftzug durch den kleinen Raum. Die Kerze war erloschen. Rory stieß mit ihr zusammen und schob sie zum Altar. »Wir müssen hier weg«, sagte er. Er hob sie praktisch hoch und warf sie zur Hintertür hinaus. Verwirrt drehte sie sich um, doch dann spürte sie seine Hand in ihrer, die an ihr zerrte.

»Schnell, wir müssen fliehen«, drängte er.

EINUNDVIERZIG

Rory zog sie hinter sich her, während ihre Augen erneut versuchten, sich an das Mondlicht zu gewöhnen. Der Himmel hatte sich etwas aufgehellt, aber es war immer noch sehr dunkel, besonders im Wald. Schon bald peitschten ihr Äste ins Gesicht und sie stolperte über eine knorrige Wurzel und stürzte. Rory hob sie auf die Füße und zog sie weiter. »Los, weiter!«, beschwor er sie. »Sonst wird er uns beide töten.«

Während Josie hinter ihm durch den Wald stolperte, spürte sie, wie sich ein Schweißfilm auf seiner Handfläche bildete. Ab und zu brach ein Strahl Mondlicht durch die Bäume. Als sie an einem vorbeiliefen, schaute Rory über seine Schulter hinter sie und sie sah die Angst in seinen großen Augen. Er sah aus wie ein kleiner Junge. Das Monster, das sie im Haus der Mitchells angegriffen hatte, war verschwunden. Das Monster, das Reed Bryan mit einer Schaufel erschlagen hatte, war verschwunden. Das war der Junge, den Lorelei gesehen hatte – immer gesehen hatte –, wenn sie ihren Sohn angesehen hatte.

Sie rannten, bis Josie Seitenstechen bekam. Schnaufend blieb Rory stehen und beugte sich vor, um zu Atem zu kommen. Josie tastete in ihren Taschen nach ihrer Nachtsichtbrille, doch sie war weg. Sie musste sie unterwegs verloren haben. Die Taschenlampe war noch da. Als Josie danach griff, nahm Rory sie ihr ab. »Das sollten Sie lassen«, warnte er. »Sonst werden Sie ihn direkt zu uns führen.«

»Das hast du schon selbst geschafft, du kleiner Mistkerl.«

Beim Klang der Stimme in der Dunkelheit zuckten sie beide zusammen. Josie trat näher an Rory heran, sie stellten sich mit dem Rücken eng aneinander und versuchten, den Mann im düsteren Wald zu erkennen.

»Ihr Idioten seid im Kreis gelaufen.« Da war die Stimme wieder, dieses Mal aus einer anderen Richtung. Über ihnen hielten die Bäume einen Großteil des Lichts der nahenden Morgendämmerung ab, obwohl Josie noch einige Schatten sehen konnte. Einer dieser Schatten verwandelte sich in einen Mann, als er sich ihnen näherte. Ein kleiner Lichtschimmer enthüllte das Gesicht von Adam Long. Ein finsteres Lächeln umspielte seine Lippen. Sein weißes Haar war verstrubbelt. Er trug ein T-Shirt, und als er die Schrotflinte in seinen Händen hob, sah Josie etwas, das wie eine tiefe, eiternde Stichwunde an der Innenseite seines Unterarms aussah.

Sofort dachte sie an den blutigen Handabdruck auf Loreleis Pick-up. »Lorelei hat Sie angerufen«, platzte Josie heraus, da sie aus Erfahrung wusste, dass mehr Reden in der Regel zu weniger Schüssen führte. Außerdem konnte sie, wenn sie ihn ablenkte, die Taschenlampe von Rory zurückholen, Adam damit blenden und ihn entwaffnen.

Adam sagte nichts, also fuhr Josie fort. »Sie sind der Vater der Kinder. Rorys und Hollys Dad.«

»Hat der kleine Scheißer Ihnen das erzählt? Ich habe meine Schwägerin ein paar Mal gevögelt, und er erzählt Ihnen, dass wir gemeinsame Kinder hatten? Der Junge lebt in einer Traumwelt.«

»Er hat mir gar nichts erzählt«, widersprach Josie. »Sie

haben Poliosis. Holly und Rory ebenfalls. Das ist genetisch bedingt. Die weiße Stirnlocke.«

Adam nahm eine Hand von der Waffe, um sich durch die Haare zu wuscheln. »Mein ganzer Kopf ist weiß, Süße. Das hat nichts zu bedeuten.«

»Ich habe Ihr Hochzeitsfoto gesehen«, sagte Josie. »Es war nicht leicht, es online zu finden, aber ich habe es gefunden. Damals hatten Sie schwarzes Haar. Bis auf eine weiße Haarsträhne vorne. Als Emily bei Ihnen zu Hause war, hat sie Ihr Hochzeitsfoto gesehen, aber sie hat nicht erkannt, dass Sie es waren. Sie dachte, es sei Rory gewesen. Sie hat gedacht, es sei ein Foto von Celeste und Rory.«

»Na und? Das Kind ist genauso durchgeknallt wie dieser Bengel hier. Lorelei konnte nur vögeln und gestörte Kinder werfen, sonst nichts.«

»Wenn hier einer gestört ist, dann bist du das!«, brüllte Rory.

Josie schob eine Hand hinter sich und ergriff seinen Arm. Sie wollte nicht, dass er Adam in die Enge trieb. Sonst würde er ihn am Ende noch erschießen.

»Sie sind der Vater von Holly und Rory«, sagte Josie. »Aber nicht von Emily. Lorelei hat versucht, sie allein großzuziehen, aber als Rory älter und größer wurde, hatte sie ihn nicht mehr unter Kontrolle. Deshalb hat sie Ihnen geschrieben.«

»Nein«, widersprach Adam.

»Doch«, beharrte Josie. »Ich habe einen Teil des Briefes gefunden.«

»Ich habe den Brief verbrannt. Ich habe ihn zurückgebracht und ihn ihr zurückgegeben. Und danach ... habe ich ihn verbrannt. Ich habe alles verbrannt. Jedes Foto. Jedes Dokument. Ihren Laptop und ihr Handy. Jedes Fitzelchen eines Beweises, mit dem sie hätte behaupten können, dass ich der Vater ihrer Brut bin.«

Josie fuhr fort, um ihn abzulenken. »Sie wollte, dass Sie

reinen Tisch machen, dass Sie Celeste die Wahrheit sagen und dass Sie ihr mit Rory helfen. Am Tag der Morde wurde Rory gewalttätig, sehr gewalttätig, und Lorelei hat Sie vom Handy angerufen. Sie sind hingefahren. Ich weiß nicht, warum.«

»Ich bin hingefahren, um ihr ein für alle Mal zu sagen, dass ich niemals ihr ... was auch immer sie von mir wollte, sein würde. Ein Vater. Was auch immer. Wissen Sie, dass ich nicht einmal wusste, wer sie war, als ich sie das erste Mal getroffen habe? Wir sind uns im Hofladen über den Weg gelaufen. Ich war dort, um mir Produkte für die Speisekarte anzuschauen. Da war diese Hippiebraut mit dem heißen Hintern. Sie lebte im Wald. Wollte immer vögeln, wenn ich auftauchte. Es war einfach perfekt. Als ich schließlich rausfand, wer sie war, war ich schon ein ganzes Jahr lang verheiratet. Ich hab den Papierkram in Celestes Sachen gefunden. Die ganze Geschichte kam ans Licht. Aber das war in Ordnung, denn Lorelei war es egal. Es ging immer noch heiß her zwischen uns. Bis sie sich schwängern ließ. Selbst dann war es anfangs nicht so schlimm. Es war ihr egal, dass ich nicht Teil vom Leben des Kindes war. Bis sie wieder schwanger wurde und dieses Kind versucht hat, seine Schwester zu töten.«

»Es war perfekt«, sagte Rory. »Du hast alles ruiniert.«

Adam stieß ein trockenes Lachen aus. Seine Zähne blitzten weiß auf. Je länger sie dort standen, desto mehr gewöhnten sich Josies Augen an das spärliche Licht, das vom Himmel kam. Bald würde die Sonne aufgehen. »Junge, du würdest Perfektion nicht mal erkennen, wenn sie dir in den verdammten Nacken piekst. Deine Mom? Sie war eine manipulative Schlampe. Ich habe ihr gesagt, dass ich weder mit noch ohne DNA-Test dein Vater sein würde. Damit war sie einverstanden. Bis du es geschafft hast, völlig durchzuknallen. Dann wollte sie auf einmal einen auf glückliche Familie machen. Als ich ihr sagte, dass das nie passieren würde, war das für sie auch in Ordnung.

Und dann, eines Tages, will sie plötzlich, dass ich meine Frau verlasse.«

»Sie hätten Ihre Frau verlassen können«, sagte Josie. »Es gab nichts, was Sie daran gehindert hätte.«

Er schüttelte den Kopf, das Mondlicht warf Schatten auf sein Gesicht. »Ich kann meine verdammte Frau nicht verlassen. Wir haben einen Ehevertrag, denn wie Sie gesehen haben, ist Celeste ein kaltes, egoistisches, verbittertes, hasserfülltes Miststück. Wenn sie das mit Lorelei und den Kindern herausfindet, stehe ich mit nichts auf der Straße. Mit weniger als nichts. Und wenn Sie glauben, dass ich aus dem Luxus vom Harper's Peak in eine abgewrackte Hütte für durchgeknallte Kinder im Wald umziehen würde, ohne einen Penny in der Tasche, dann sind Sie verrückt. Lorelei war jedenfalls verrückt, weil sie tatsächlich geglaubt hat, ich würde es tun. Ich bin hingefahren, um ihr zu sagen, dass sie mich nie wieder anrufen soll.«

»Du bist zu uns gekommen, um sie zu töten!«, schrie Rory.

Josie spürte, wie er sich ein wenig aus ihrem Griff löste. Sie grub ihre Nägel in seine Haut, und er blieb stehen.

»Nein, Junge«, widersprach Adam. »Ich hatte nie vor, sie zu töten. Es ist nicht meine Schuld, dass du so durchgedreht bist. Du hättest sie getötet, wenn ich nicht eingegriffen hätte. Die Kugel? Die war für dich bestimmt, du kleiner Scheißer. Du hast auf mich eingestochen! Mit meinem eigenen verdammten Taschenmesser!«

Josie glaubte, Rory schluchzen zu hören. »Was ist mit Holly?«, schrie er.

»Das ist auch deine Schuld, Junge. Schließlich warst du derjenige, der versucht hat, sie zu erwürgen. Wieso ist es meine Schuld, dass sie gestorben ist? Du warst derjenige, der sie oben an der Kirche abgelegt hat.«

Josie sagte: »Holly starb an einem stumpfen Schädeltrauma, nicht an Strangulation.«

Rory meinte: »Sie hat versucht, mir zu helfen. Ich habe sie

gewürgt. Ich war machtlos dagegen. Ich bin wütend geworden – wegen der Bestie – und meine Hände lagen um ihre Kehle. Da hat Mom ihn angerufen. Aber ich habe sie nicht umgebracht. Er kam und hat versucht, mich zu töten ...«

»Du hast deine Mom mit dem Kopf auf die Arbeitsplatte geknallt. Was hast du da erwartet?«, wollte Adam wissen.

»Er ist auf mich losgegangen und hat versucht, mich zu schlagen«, erklärte Rory. »Holly ist ihm auf den Rücken gesprungen und hat versucht, ihn aufzuhalten. Er hat sie abgeschüttelt und sie hat sich den Kopf angeschlagen. Da habe ich mir sein Taschenmesser aus seinem Gürtel geschnappt und auf ihn eingestochen. Er ging nach draußen. Da ging es Holly noch gut. Sie ist aufgestanden und hat mit mir gesprochen. Dann kam er mit der Waffe wieder rein. Er hat unsere Mom erschossen. Holly und ich sind in den Wald gerannt, um zu fliehen.«

»Dann waren das deine Schuhabdrücke in der Küche und draußen«, sagte Josie. »Größe 42,5.«

»Ja«, sagte Rory. »Ich bin mit ihr gegangen, um von ihm wegzukommen. Ich dachte, es ginge ihr gut, aber dann ist sie umgefallen und ... hat nicht mehr geatmet.«

»Sie hatte eine Kopfverletzung«, sagte Josie. »Tut mir so leid.«

»Mir nicht«, mischte Adam sich ein. »Eine erledigt, noch einer übrig.«

»Nur einer?«, fragte Josie. »Sie wussten wirklich nichts von Emily?«

Er lachte schallend. »Ich hatte keine Ahnung. Hab sie nie gesehen. Lorelei war verdammt gut darin, Geheimnisse zu bewahren. Aber das Mädchen ist acht Jahre alt und ich habe aufgehört, mich mit Lorelei zu treffen, bevor sie geboren wurde. Danach war ich nur noch ein paar Mal bei ihr, als dieses Monster außer Kontrolle war.«

»Du wolltest auch Emily töten!«, beschuldigte Rory ihn.

»Nur, wenn sie mich erkannt hätte«, sagte Adam. »Und das hat sie nicht.«

»Weiß Celeste davon?«, fragte Josie. »Weiß sie, was Sie getan haben? Sie hat Ihnen ein Alibi für Freitagvormittag gegeben.«

Wieder lachte er. Ein Geräusch, das Josie einen Schauer über den Rücken laufen ließ. »Celeste hat mir ein Alibi gegeben, weil sie dachte, ich sei zu Hause und schlafe. Das war ich auch, als sie wegging, um sich mit Tom zu treffen. Die beiden treiben es schon seit Jahren miteinander. Sie denken, ich wüsste nichts davon. Sie ging, Lorelei rief an, und ich wusste, dass Celeste ein paar Stunden mit Tom beschäftigt sein würde, also fuhr ich hin, um die Sache mit Lorelei ein für alle Mal zu klären. Celeste hat nichts davon mitbekommen – absolut nichts – und dabei belasse ich es auch. Ich muss nur noch diesen letzten kleinen Rest beseitigen.« Er hob das Kinn in Rorys Richtung. »Ich suche schon seit Tagen hier draußen im Wald nach dem kleinen Mistkerl. Eines Tages hätte ich ihn fast getroffen – stattdessen habe ich einen Baum erwischt. Sie sind ja verdammt noch mal ständig im Weg.«

»Sie haben nach Rory gesucht, als meine Grandma Sie gesehen hat«, behauptete Josie und versuchte, ein Zittern in ihrer Stimme zu unterdrücken.

»Ich konnte doch nicht einfach so aus dem Wald kommen, oder? Vor allem nicht mit der hier in den Händen. Ich dachte, wenn ich Sie beide erschießen würde, könnte ich es einfach auf den Jungen schieben. Dann würde ich ihn suchen, ihm das Genick brechen und es wie einen Unfall aussehen lassen. Hier draußen gibt es eine Menge Stellen, an denen man abstürzen kann.«

Josie hatte Tränen in den Augen, doch sie blinzelte sie weg. Die Hand, die sich nicht an Rorys Arm festhielt, tastete sich auf seine andere Seite und suchte nach der Taschenlampe. Er schien zunächst nicht zu verstehen. Josie wollte keine ausladenden Bewegungen machen, um Adam nicht zu alarmieren, doch ihre einzige Chance, hier lebend herauszukommen, war die Taschenlampe. Mit Adam war nicht zu spaßen. Im Gegensatz zu seinem Sohn empfand er keine Reue für seine Taten. Im Gegensatz zu seinem Sohn brauchte er keine Wut, um zu töten, sondern nur eine Gelegenheit. Wieder berührte sie Rorys Arm und fuhr dann mit zwei Fingern zu seinem Handgelenk hinunter. Er bewegte sich und ihre Hand schloss sich um den Griff der Taschenlampe.

»Gibt es sonst noch etwas, worüber ihr Schwachköpfe reden wollt, während wir hier draußen sind?«, fragte Adam. »Das ist eure letzte Chance. Ich kann es kaum erwarten, das hier endlich hinter mich zu bringen.«

Er hob die Schrotflinte und richtete sie auf die beiden. Josies Finger fand den Knopf an der Seite der Taschenlampe. Aus dem Mundwinkel flüsterte sie Rory so leise wie möglich zu: »Lauf.«

»Was?«, fragte Adam. Die Waffe zitterte leicht. Josie schwang ihren Arm herum, schaltete die Taschenlampe ein und leuchtete ihm damit direkt ins Gesicht.

Eine Hand ließ die Waffe los und flog nach oben, um seine Augen gegen das Licht abzuschirmen. »Du Miststück«, stieß er hervor.

Rory rannte los. Josie verringerte den Abstand zwischen ihr und Adam im Laufschritt, sprang im letzten Augenblick hoch und schlug ihm mit der Taschenlampe auf den Kopf. Er schrie auf, ließ aber die Waffe nicht fallen. Josie trat dorthin, wo sie hoffte, dass sich sein Knie befand, doch es passierte nichts. Sie versuchte es erneut. Diesmal knickte er ein wenig ein. Josie streckte in der Dunkelheit die Hände aus, bis sie den Lauf der Waffe fand. Sie hielt ihn fest und drehte ihren Körper, wobei sie einen Ellbogen so über dem Lauf der Waffe einhakte, dass sich dieser jetzt unter ihrer Achsel befand. Adam rappelte sich auf und schob sich hinter sie, seine Hand griff nach ihrem

Gesicht. Josie ließ mit einer Hand die Schrotflinte los und griff nach seinen Fingern, die sich gerade in ihr Kinn gruben. Sie verdrehte seine Finger mit einem Ruck nach hinten. Der Knochen knackte. Adam ging mit einem schrillen Schrei zu Boden.

Josie entriss ihm die Waffe mit Gewalt. Sie zog den Lauf hoch, als wäre er ein Baseballschläger, und schwang den Kolben nach ihm. Doch im schummrigen Licht zielte sie nicht richtig. Die Waffe segelte durch die Luft. Da sie ihr ganzes Gewicht in den Schwung gelegt hatte, konnte sie das Gleichgewicht nicht halten. Hinter ihr erhob sich Adam und griff sie an. Josie schlug hart auf dem Boden auf, doch sie befanden sich auf einem leichten Abhang, also nutzte sie seinen Schwung, um sich unter ihn zu rollen. Dort begann sie, auf ihn einzuschlagen. Ihre Fäuste regneten auf alles, was fest war. Es war zu dunkel, um richtig zielen zu können.

Er murmelte einen weiteren Fluch. Einer seiner Arme flog nach oben und versetzte ihr einen Haken. Sterne tanzten vor Josies Augen. Dann lag sie wieder auf dem Rücken, aber nur eine Sekunde lang, denn sie rollten und rollten, dann kam der Sturz.

Hier draußen gibt es eine Menge Stellen, an denen man abstürzen kann.

Sie landete auf ihm und spürte, wie die Luft aus seinem Körper entwich. Wild fuchtelnd versuchte er, sich an ihr festzuhalten, doch sie kroch weg und krabbelte mit den Händen über Blätter, Gestrüpp und Baumwurzeln, bis sich der Boden vor ihr wie eine schräge Wand zu erheben schien.

Sie musste klettern. Sie ging in die Knie, bewegte sich von einer Seite zur anderen und versuchte, eine Stelle zu finden, an der sie sich festhalten konnte. Es war kein komplett senkrechter Aufstieg, aber es war steil. Ein paar Meter entfernt brach ein gedämpftes Morgenlicht durch die Bäume über ihr. Josie eilte darauf zu und wurde sich der Geräusche bewusst, die Adam jetzt hinter ihr machte. Rascheln, dumpfe Schläge und ein paar gemurmelte Flüche kamen immer näher, obwohl sie sich so schnell bewegte, wie es ihr geschundener Körper zuließ. Im schwachen Morgenlicht sah sie, dass ein Teil der Erde weggebrochen war und den fast senkrechten Abhang vor ihr gebildet hatte. Mehrere große, knorrige Baumwurzeln ragten aus der Erde hervor. Wenn sie es schaffte, sich an einer davon festzuhalten, könnte sie höher hinauf gelangen und sich vor Adam in Sicherheit bringen. Sie musste hochspringen, um die erste Wurzel zu erwischen, und mit aller Kraft ziehen, wobei ihre Schultern und oberen Brustmuskeln protestierten. Sie konnte zwar meilenweit rennen, aber Gott bewahre, mehr als ein Klimmzug war wirklich nicht drin.

Doch mehr als ein Klimmzug war auch nicht nötig. Sie spürte, wie Adams Hand ihren Stiefel streifte, als sie sich aufrichtete und langsam den Hang emporkletterte. Sie folgte dem Licht und kämpfte sich mit Armen und Beinen zu dem Felsvorsprung vor, von dem sie gestürzt waren. Zweimal spürte sie, wie Adam sie einholte und seine Hand ihre Füße berührte. Ein schneller Tritt in seine Richtung schickte ihn ein paar Meter zurück nach unten. Oben ragte der Felsvorsprung ein wenig heraus, was die letzte Hürde zu einer besonderen Herausforderung machte. Josie stützte sich mit den Ellbogen darauf und versuchte, sich hinüberzuziehen.

Dann erstarrte sie, die Hälfte ihres Körpers oben und die andere Hälfte unten. Dort, im Morgenlicht, standen eine Hirschkuh und zwei kleine Kitze, still und ruhig. Die Ohren der Hirschkuh zuckten und ihre Augen starrten Josie an, als wäre sie überrascht, aber nicht sicher, ob sie eine Bedrohung darstellte. Dies war das Revier der Hirsche und Rehe, nicht Josies. Während Josie über dem Felsvorsprung hing, zuckte der Schwanz der Hirschkuh und sie stolzierte davon, heraus aus dem Licht und hinein in die Dunkelheit der schützenden

Bäume. Ihre Nachkommen folgten ihr und bewegten sich schneller, um Schritt zu halten.

Adams schwere Hand schloss sich um Josies Wade. »Glaubst du etwa, du kannst mir entkommen?«, knurrte er. »Das hier ist noch nicht vorbei, Miststück. Ich werde dich in Stücke reißen. Hast du kapiert? Ich werde dich umbringen.«

Josie spürte, wie er an ihrem Bein zerrte und machte ihren Oberkörper ganz steif. Vor ihr ragte eine weitere knorrige Baumwurzel aus dem Boden. Sie hielt sich mit beiden Händen daran fest, drehte den Kopf und sah über ihre Schulter nach unten.

»Es lässt sich nicht aufhalten«, sagte sie zu ihm.

»Was lässt sich nicht aufhalten? Der Tod? Da haben Sie völlig recht. Niemand kann mich aufhalten.«

»Nein«, erwiderte Josie. »Das Leben. Das Leben lässt sich nicht aufhalten.«

Dann benutzte sie ihr freies Bein, um nach ihm zu treten. Seine Nase knirschte unter dem Tritt ihres Stiefels, ein sattes, aber widerliches Geräusch. Er ließ los und stürzte in den Abgrund.

ZWEIUNDVIERZIG

Sie irrte durch den Wald, bis sie genug Balken auf ihrem Mobiltelefon hatte, um Hilfe zu rufen. Die Sonne stand schon am Horizont, und Noah war bereits aufgewacht, hatte ihre Nachricht gefunden und die Kavallerie alarmiert. Innerhalb weniger Minuten nach ihrem Anruf wurde sie von den Suchtrupps der Staatspolizei gefunden. Sie wollten Josie aus dem Wald tragen, doch sie schaffte es aus eigener Kraft. Sie brachten sie auf die Straße, die am Harper's Peak vorbeiführte. Dort waren bereits zwei Rettungswagen und ein halbes Dutzend Polizeifahrzeuge postiert. Die Polizisten führten sie zu einem der Rettungswagen, doch bevor sie ihn erreichten, sah sie ein Stück weit die Straße runter Noah, der gerade mit Mettner, Chitwood und Gretchen sprach. Als er sie entdeckte, rannte er sofort auf sie zu. Josie ebenfalls.

Sie trafen sich auf halbem Weg, prallten mit den Körpern aufeinander. Josie ließ sich in seinen Armen fallen und genoss seine Wärme und seinen Geruch, das beruhigende Gewicht, das er in ihrem Leben hatte.

»Hey«, flüsterte er ihr ins Ohr. »Ich hatte dir doch versprochen, mit dir *gemeinsam* auf die Gefahr zuzurennen.«

»Ich weiß«, erwiderte Josie. »Aber ich wusste ja nicht, dass ich auf die Gefahr zurennen würde. Ich wollte nur nach Rory suchen. Habt ihr ihn gefunden?«

»Er ist hinten in einem der Rettungswagen«, sagte Noah. »Er ist schwer gestürzt, als er weggerannt ist. Sie vermuten einen Beinbruch, aber er muss noch geröntgt werden.«

»Und Adam?«

Noah löste seine Umarmung ein wenig, sodass er ihr ins Gesicht sehen konnte, obwohl seine Arme immer noch um ihre Taille geschlungen waren und sie aufrecht hielten. Er schüttelte den Kopf.

Josie fragte sich, ob der Sturz ihn getötet hatte. Die Höhe schien kaum genug gewesen zu sein, um ihn zu töten. Beim ersten Sturz war auch keiner von ihnen gestorben, und da war sie auf ihm gelandet.

Noah erklärte: »Es sieht so aus, als wäre er mit dem Kopf auf einem Stein aufgeschlagen.«

Oder aber, dachte Josie, *jemand hat ihn mit einem Stein erschlagen.* Rory war wahrscheinlich von demselben Felsvorsprung wie sie gefallen, nur dass er unglücklich gelandet war. Wahrscheinlich hatte er dort unten gelegen, als sie und Adam heruntergestürzt waren. Mit ziemlicher Sicherheit war Adam nach dem zweiten Sturz verwirrt gewesen, möglicherweise hatte er sogar aufgeben wollen. Es war nicht ausgeschlossen, dass Rory die Kraft aufgebracht hatte, einen Stein zu finden und Adam für immer außer Gefecht zu setzen.

Aber konnten sie irgendwas beweisen? War es den Versuch überhaupt wert? So wie die Dinge standen, würde Rory verhaftet und des Mordes an Reed Bryan angeklagt werden. Er würde keine Gefahr für die Öffentlichkeit darstellen. Doch ob die genauen Umstände von Adams Tod näher untersucht werden würden oder nicht, lag nicht in Josies Hand. Das wusste sie in dem Augenblick, als sie den Chief auf sich zukommen sah.

»Ach ja«, flüsterte Noah ihr ins Ohr. »Chitwood ist stinksauer.«

»Ist er doch immer«, murmelte Josie.

Noah ließ sie los. Chitwood stieß einen Finger in die Luft, als er näher kam. »Quinn, wenn Ihre Großmutter nicht gerade gestorben wäre, hätte ich Ihnen ein paar hässliche Dinge zu sagen. Sie sind komplett aus der Reihe getanzt. Das ist inakzeptabel. Sie sind beurlaubt. Nein, suspendiert. Glauben Sie, Sie können diesen Harter-Bulle-Mist unter meiner Aufsicht durchziehen? Was denken Sie, was für eine Abteilung ich leite? Sie können verdammt noch mal nicht einfach machen, was Sie wollen. Sie hätten den ganzen Fall gefährden können – oder die Fälle –, denn hier geht es heute wirklich drunter und drüber. Was haben Sie sich nur dabei gedacht? Nein, sagen Sie es mir nicht. Wissen Sie, warum? Weil ich kein einziges verdammtes Wort aus Ihrem Mund hören will. Ich will Sie mindestens zwei Wochen lang nicht sehen und dann, vielleicht ...«

Josie fiel ihm ins Wort. »Es scheint, als würde Ihnen so einiges auf den Nägeln brennen, Sir.«

Chitwood wurde ganz still. Als er wieder sprach, konnte sie immer noch den Zorn hören, der unter der Oberfläche seiner Worte brodelte. »Gehen Sie mir aus den Augen, Quinn. Sie sind suspendiert.«

Josie wandte sich von ihm ab und ging zurück zu den Rettungswagen. Seltsamerweise war sie nicht verärgert. Oder enttäuscht. Oder wütend. Oder irgendetwas anderes, wirklich nicht. Sie würde versuchen, ihren Job zu behalten, und die Chancen standen gut, dass Chitwood sie den Dienst wieder aufnehmen lassen würde, sobald er eine angemessene Strafe verhängt hatte. Sie würde hinnehmen müssen, was immer auf sie zukam. Keine Frage. Aber all das war in naher Zukunft nicht von Bedeutung, denn sie musste ihre Großmutter zur Ruhe betten.

Sie fand Rory hinten in einem der Rettungswagen auf einer

Trage. Er setzte sich auf, als er sie sah und seine Gesichtszüge hellten sich auf. Er wollte eine Hand zur Begrüßung heben, doch sie war mit Handschellen an die Trage gefesselt. »Es geht Ihnen gut«, stellte er fest. »Ich habe mir Sorgen gemacht.«

Josie nickte. »Dir geht es auch gut. Da bin ich aber erleichtert.«

»Nur mein Bein, aber sie sagten, das lässt sich richten. Aber ich komme hinter Gitter. Also, na ja, wahrscheinlich ins Gefängnis. Für eine lange Zeit.«

»Du brauchst einen Anwalt«, sagte Josie. »Denk unbedingt daran, einen zu beantragen. Deine psychische Vorgeschichte sollte berücksichtigt werden. Ich bin sicher, dass Dr. Buckley bereit wäre, für dich auszusagen. Außerdem bist du minderjährig. Vielleicht gibt es besondere ...«

»Ich bin kein guter Mensch«, unterbrach er sie. »Ich gehe dahin, wo ich hingehöre.«

»Glaubst du das wirklich?«, fragte Josie.

»Sie denn nicht? Glauben Sie nicht, dass ich ein böser Mensch bin? Ich habe meiner Mom und meinen Schwestern oft wehgetan. Ich wollte das nicht, aber ich habe es getan. Ich kann diese Wut, die ich in mir habe, nicht kontrollieren. Egal, wie sehr ich mich anstrenge, ich denke schlechte Gedanken und tue böse Dinge. Das macht mich zu einem schlechten Menschen. Meine Mom hat das nicht verstanden. Aber Sie schon. Deshalb sind Sie gekommen, um mich zu holen. Sie haben verstanden, wie mein Gehirn funktioniert.«

Josie kletterte in den Rettungswagen. Noah wartete draußen. Sie setzte sich neben die Bahre. »Rory«, sagte sie.

Doch er ließ sie nicht zu Wort kommen. »Aber Sie haben mir auch geglaubt, was Adam betrifft. Ich glaube, Sie haben versucht, mir zu helfen, obwohl Sie mir gesagt haben, dass Sie mich der Polizei übergeben müssen. Warum hätten Sie mir helfen sollen? Wenn Sie wussten, was in meinem Kopf vorgeht, warum sollten Sie mir dann helfen?«

Josie stützte ihre Ellbogen auf die Knie und beugte sich zu ihm hinüber. Schlussendlich spürte sie die Erschöpfung jetzt mit voller Wucht. Noah würde sie zum Auto tragen müssen. »Meine Grandma hat gestern etwas zu mir gesagt, kurz bevor sie starb. Sie hat meinen Namen gesagt, ich beugte mich zu ihr und sie hat mir etwas ins Ohr geflüstert.«

Rorys Oberkörper lehnte sich zu ihr hinüber. »Was? Was hat sie gesagt?«

»Sie sagte: ›Du warst es wert. Du warst all das wert‹.«

Lange starrte er sie mit weit aufgerissenen Augen an. Dann fragte er: »Was hat sie damit gemeint?«

Josie lachte. »Es bedeutet, dass ich all die Dinge wert war, die sie für mich getan hat – sie hat mich großgezogen, mich beschützt, mir geholfen und dafür gesorgt, dass ich in Sicherheit bin. Ich war all das wert. Ich war jede Entscheidung wert, die sie getroffen hat – die guten ebenso wie die schlechten. Rory, das sind genau die Gefühle, die deine Mom für dich hatte. Du warst es für sie wert. Alles.«

Sein Kopf sank zurück in das Kissen. Er stieß einen langen Seufzer aus und schloss die Augen. »Ich danke Ihnen«, sagte er.

DREIUNDVIERZIG

EINE WOCHE SPÄTER

Josie stand in der Eingangshalle von Bob's-Big-Party-Rollschuhbahn und schaute sich um. Praktisch jeder, den sie kannte, war da – sogar Leute, die sie nicht kannte. Die Bewohner von Rockview saßen an den langen Tischen vor der Essensausgabe, einige in Rollstühlen, andere in den Stühlen der Rollschuhbahn mit ihren Rollatoren neben sich. Die meisten der übrigen Gäste saßen auf den Bänken und tauschten ihre Schuhe gegen Rollschuhe. Die Rollschuhbahn war leer, doch eine große Discokugel drehte sich gemächlich im Kreis und verteilte überall ihre Lichtflecken. Josie sah, wie Bob, der Besitzer der Rollschuhbahn, und einer seiner Angestellten einen Tisch in die Mitte der Fläche schoben. Darauf stellten sie zwei große Blumenvasen, ein zwanzig mal fünfundzwanzig Zentimeter großes Foto, auf dem Lisette in die Kamera lächelte, und ihre Urne. Nachdem Bob alles arrangiert hatte, kehrte er zu Josie zurück. »Bist du bereit?«, fragte er.

»Bob«, sagte Josie. »Meine Grandma hat das mit dir geplant. Ich hatte keine Ahnung. Bin ich also bereit? Nein, überhaupt nicht. Aber mach trotzdem weiter.«

Er lachte und ging in Richtung DJ-Pult davon.

Trinity kam wackelig auf Rollschuhen auf Josie zugeflogen. Josie fing sie auf, bevor sie mit dem Gesicht nach unten auf dem Boden landete. Trinity gewann ihr Gleichgewicht wieder und schaute auf Josies Rollschuhe hinunter. »Seit wann kannst du so gut Rollschuhlaufen?«

Josie zuckte die Achseln. »Als ich auf der Highschool war, sind wir ständig hierhergegangen. Grandma hatte immer ein schlechtes Gewissen, denn als ich zum ersten Mal zu einer Rollschuhparty eingeladen wurde, konnte ich nicht hingehen. Weil, na ja ...«

Trinity malte mit dem Finger Anführungszeichen in die Luft. »Wegen ›Sorgerechtsproblemen‹. Wie Kindesentführer sowas eben nennen. Ich muss dir sagen, dass ich noch nie bei einer so seltsamen Trauerfeier war. Nie im Leben. Und ich bin praktisch eine Berühmtheit.«

»Du bist eine Berühmtheit«, sagte Josie.

»Na ja, okay, das bin ich, und das ist trotzdem die seltsamste Trauerfeier meines Lebens. Aber obwohl ich Lisette nur kurze Zeit gekannt habe, kann ich nicht sagen, dass mich das überrascht.«

Die ersten Klänge eines Discosongs schallten durch das Gebäude. »Ich glaube nicht, dass sie wollte, dass wir es Trauerfeier nennen«, sagte Josie, die ein wenig schreien musste, um sich Gehör zu verschaffen.

»Oh, richtig«, erwiderte Trinity. »Sie hat sich gewünscht, dass wir ihr Leben feiern. Aber im Ernst, bist du damit einverstanden?«

Josie lächelte. »Ob ich damit einverstanden bin, dass Grandma für immer fort ist? Nein. Ob ich hiermit einverstanden bin?« Sie winkte mit einer Hand durch den Raum, während immer mehr Leute auf die Rollschuhbahn strömten. »Ich bin mir ziemlich sicher, dass das jede Beerdigung und jede Feier des Lebens übertrifft, auf der ich je war. Und ich war schon auf vielen.«

Trinity umarmte sie. »Ich gehe Drake suchen.«

Josie sah ihr nach, wie sie Drake auf der Bahn einholte und seine Hand ergriff. Er grinste sie an. Die Discomusik wummerte jetzt und die Leute flitzten über die Rollschuhbahn, sodass eine Brise entstand, die Josies Gesicht streichelte. Es war schwer, bei der ganzen Sache nicht zu lächeln. Und genau das war der Sinn der Sache, dachte Josie.

Lisette hatte mal wieder das Richtige entschieden.

Zwei Tage, nachdem sie Rory an ihr Team übergeben hatte, hatte sich Josie mit Lisettes Anwalt getroffen. Ihr Testament war wenig bemerkenswert. Sie hatte seit Jahren in Rockview gelebt und kein Vermögen hinterlassen, sondern nur eine Handvoll persönlicher Gegenstände, die sie zwischen Josie und Sawyer aufgeteilt hatte. Die Anweisungen für ihre Trauerfeier waren jedoch eine andere Sache gewesen. Sawyer hatte zugesehen, wie Josie den Umschlag öffnete, ein einzelnes Stück Papier herausnahm und die tiefen Falten glättete. Es hatte schon eine ganze Weile dort im Umschlag gesteckt. Das Dokument war auf das Jahr datiert, in dem Lisette nach Rockview gezogen war.

»Sie hat ihr Testament letztes Jahr geändert«, erklärte der Anwalt. »Aber das hier hat sie so gelassen. Sie sagte, sie bräuchte es nicht zu ändern.«

Die Seite enthielt zwei Anweisungen: Die erste lautete, sie einzuäschern, und die zweite, Bob unter der unten stehenden Nummer anzurufen.

»Wer zum Teufel ist Bob?«, platzte Josie heraus.

Es stellte sich heraus, dass Bob McCallum der Besitzer der ältesten Rollschuhbahn in Denton war. Josie hatte gar nicht gewusst, dass Rollschuhbahnen bis ins einundzwanzigste Jahrhundert überlebt hatten, aber Bob's Big Party war noch immer lebendig, genau wie vor einigen Jahren, als Lisette sich diese verrückte Idee für ihre »Trauerfeier« ausgedacht und Bob dazu gebracht hatte, sie zu genehmigen.

»Eure Grandma hat früher in dem Juweliergeschäft in der

Campbell Street gearbeitet«, sagte Bob zu Josie und Sawyer, als sie ihn aufsuchten. »Wisst ihr das noch?«

»Ja«, erwiderte Josie.

»Sie hat mir den Verlobungsring verkauft, mit dem ich meiner Frau einen Heiratsantrag gemacht habe. Wir sind jetzt siebenundvierzig Jahre verheiratet. Die beste Entscheidung meines Lebens. Für eure Grandma würde ich alles tun.«

»Ja, offensichtlich«, hatte Sawyer gesagt, aber Bob hatte seinen Sarkasmus überhört und ihnen stattdessen einen weiteren Umschlag mit detaillierten Anweisungen in Lisettes Handschrift für die Party überreicht, mit der sie ihr Leben feiern wollte.

Ein paar Tage später wimmelte es auf Bobs Rollschuhbahn von Leuten, die Lisette die letzte Ehre erweisen wollten. Josie hatte mit Widerstand gerechnet. Deshalb hatte Shannon einen Kompromiss vorgeschlagen: eine kleine Trauerfeier im Bestattungsinstitut am Vormittag und dann am Nachmittag die Party auf der Rollschuhbahn. Es hatte gut geklappt und fast alle, die zum Bestattungsinstitut gekommen waren, waren jetzt auf der Rollschuhbahn, zum Rollschuhlaufen, Essen oder einfach nur, um zur Musik zu tanzen.

Josie beobachtete die Menschenmenge und entdeckte Misty und Harris, die Hand in Hand über die Bahn rollten. Shannon fuhr vor und zurück und wich den Leuten aus, während Christian sich an der Bande festhielt, die die Bahn umgab. Josies jüngerer Bruder, Patrick, war mit seiner Freundin da. Mettner und Amber hielten sich an den Händen und bewegten sich in perfekter Harmonie im Takt der Musik. So wie es aussah, musste sich auch Gretchen an der Bande festklammern. Trotzdem sah sie aus, als hätte sie noch nie zuvor so viel Spaß gehabt. Paula, ihre erwachsene Tochter, war in dieser Woche bei ihr eingezogen, und Gretchen hatte sie mitgebracht. Paula konnte viel besser Rollschuhlaufen als ihre Mutter, und Josie sah, dass sie sichtlich Spaß daran hatte, Gretchen dabei zu beobachten, wie sie versuchte, sich auf Rollschuhen fortzubewegen. Sogar Chitwood war da, obwohl er bisher kein Wort mit Josie gewechselt hatte und nicht auf der Bahn war. Er hielt sich im Essensbereich bei den Leuten aus Rockview auf. Und selbst Dr. Feist und mehrere Mitglieder der Spurensicherung waren auf der Bahn unterwegs. Nur Sawyer stand allein. Er hatte sich immer noch nicht für das entschuldigt, was er in der Nacht, in der Lisette angeschossen wurde, gesagt hatte, aber immerhin herrschte zwischen ihnen Waffenstillstand und damit war Josie vollauf zufrieden.

Josie musste an Emily denken. Ihr würde das hier wahrscheinlich gefallen, aber sie war bei Pax und seiner Tante Karin. Sie wollten Reeds Farm verkaufen und nach Georgia ziehen, um dort einen neuen Anfang zu wagen. In der Woche seit Adam Longs Tod waren alle Beweise eingetroffen, die sein Geständnis untermauerten. Seine Fingerabdrücke waren die letzten im Haus, die sie bisher nicht identifiziert hatten. Seine Blutgruppe war o-positiv – sie stimmte mit dem Blut überein, das auf dem Truck gefunden worden war. Loreleis Handyaufzeichnungen zeigten, dass sie ihn am Morgen der Morde angerufen hatte. Der Fall war abgeschlossen. Josie hoffte nur, dass sowohl Pax als auch Emily in den kommenden Monaten und Jahren etwas Frieden finden würden. Genau wie sie hatten sie noch eine Menge Trauerarbeit vor sich.

Arme legten sich um ihre Taille. Josie schaute nach unten und sah, wie Noah mit seinen Fingern über ihren Bauch strich. Sein Ehering glitzerte im Discolicht. Er küsste ihren Hals. »Geht es dir gut?«

Es war ein Insider-Witz. Egal, wie durcheinander sie innerlich gerade war, Josie beantwortete die Frage »Geht es dir gut?« immer mit »Alles bestens«. Was Noah nie davon abgehalten hatte, zu fragen.

»Ich weiß es nicht«, gab Josie zu.

Er hauchte ihr ins Haar. »Ich kann mich nicht erinnern,

dass du in deinem Ehegelübde versprochen hast, ehrlich zu sein. Ist das eine Art Zugabe oder sowas?«

Sie lachte. *Ich muss anfangen, alle meine Gefühle zu fühlen*, dachte sie, sagte es aber nicht, weil die Musik verklang und Bobs Stimme aus der Lautsprecheranlage dröhnte. »Wo sind denn meine Frischvermählten?«, rief er. »Jemand hat mir verraten, dass wir Frischvermählte im Haus haben! Dürfte ich Josie und Noah auf die Bahn bitten? Josie und Noah?«

Josie drehte sich in Noahs Armen. »Das kann meine Grandma unmöglich geplant haben.«

»Nein«, gab er zu, »das war ich.«

Unter allgemeinem Beifall betraten sie die Rollschuhbahn.

Bob verkündete: »Bitte alle zur Seite, alle zur Seite, bitte. Macht Platz für die beiden Frischvermählten. Sie drehen jetzt ihre erste gemeinsame Runde als Ehepaar.«

Noah nahm ihre Hand und sie lächelte ihn an: »Das ist …«

Sie hörte die ersten Klänge ihres Hochzeitsliedes. *Bless the Broken Road* von Rascal Flatts.

»Genau so, wie Lisette es gewollt hätte?«, beendete Noah den Satz für sie. Josie nickte und ließ zu, dass er sie zu einem Kuss an sich zog.

MEHR VON BOOKOUTURE DEUTSCHLAND

Für mehr Infos rund um Bookouture Deutschland und unsere Bücher melde dich für unseren Newsletter an:

deutschland.bookouture.com/subscribe/

Oder folge uns auf Social Media:

facebook.com/bookouturedeutschland
twitter.com/bookouturede
instagram.com/bookouturedeutschland

EIN BRIEF VON LISA

Vielen Dank, dass ihr *Schlaf still, mein Mädchen* gelesen habt. Wenn es euch gefallen hat und ihr über meine Neuerscheinungen gern auf dem Laufenden bleiben wollt, registriert euch einfach unter dem folgenden Link. Eure E-Mail-Adresse wird nicht geteilt und ihr könnt euch jederzeit wieder abmelden.

deutschland.bookouture.com/subscribe/

Wie immer ist es mir eine große Freude, euch ein weiteres Josie-Quinn-Buch zu präsentieren. Wenn ihr es bis hierher geschafft habt, bedeutet das, dass ihr nicht aufgegeben habt, nachdem das mit Lisette passiert ist. Das war eines der schwierigsten Josie-Quinn-Bücher, die ich je geschrieben habe, aber ich hoffe, ihr wisst inzwischen, dass Lisette, wenn sie schon hätte gehen müssen, es genau so gewollt hätte. Außerdem werden die Ereignisse Josie dazu zwingen, sich als Mensch und Ermittlerin weiterzuentwickeln, und ich hoffe, dass ihr sie auf dem nächsten Teil ihrer Reise begleiten werdet.

In diesem Buch geht es vor allem um Zwangsstörungen und darum, wie sich diese bei Kindern bemerkbar machen. Es basiert nicht nur auf Forschungsergebnissen, sondern auch auf sehr persönlichen Erfahrungen. Ich habe das am eigenen Leib erlebt. Zwangsstörungen sind mir sehr vertraut, und ich hoffe, wenn ihr etwas aus diesem Buch mitnehmt, dann, dass Zwangsstörungen so viel mehr sind als nur der Wunsch, dass alles sauber und ordentlich ist. Sie sind eine echte Herausforderung, doch die Experten, die diese Störungen behandeln, sind Helden. Für etwaige Fehler in meinen Erklärungen oder Darstellungen bin ich selbst verantwortlich.

Ich freue mich immer sehr, von meinen Leser:innen zu hören. Ihr könnt mich über jeden der unten genannten Social-Media-Kanäle, über meine Website und über mein Goodreads-Profil erreichen. Und wenn ihr möchtet, könnt ihr mir auch gern eine Rezension hinterlassen und *Schlaf still, mein Mädchen* eventuell auch anderen Leser:innen empfehlen. Ich würde es sehr zu schätzen wissen. Rezensionen und persönliche Weiterempfehlungen tragen viel dazu bei, dass neue Leser:innen meine Bücher entdecken. Wie immer möchte ich mich bei euch sehr für eure Unterstützung bedanken. Sie bedeutet mir alles. Ich kann es gar nicht erwarten, von euch zu hören, und hoffe, wir sehen uns beim nächsten Band!

Danke!

Eure Lisa

www.lisaregan.com

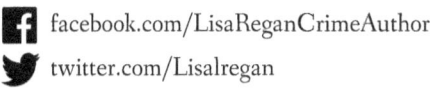

facebook.com/LisaReganCrimeAuthor
twitter.com/Lisalregan

DANKSAGUNG

Meine wunderbaren Leser:innen! Ich kann es nicht fassen, dass wir schon bei Band 11 sind. Ich hoffe, dass ihr diese Reise mit mir fortsetzen werdet. Im vergangenen Jahr war das Schreiben angesichts der weltweiten Situation sehr schwierig für mich, doch eure unermüdliche Begeisterung für diese Reihe hat mir dabei geholfen, mich jeden Tag an den Schreibtisch zu setzen. Ich bin jedem einzelnen von euch so dankbar. Danke, danke, danke!

Wie immer danke ich meinem Mann Fred und meiner Tochter Morgan für ihre Geduld und Unterstützung. Ein herzliches Dankeschön auch an meine Testleser:innen: Dana Mason, Katie Mettner, Nancy S. Thompson, Maureen Downey und Torese Hummel. Vielen Dank an Cindy Doty. Vielen Dank an Matty Dalrymple und Jane Kelly – meine liebsten Ersthelfer, wenn es um den Plot geht! Ihr zwei seid ein Geschenk. Danke an meine Großmütter: Helen Conlen und Marilyn House; meine Eltern: William Regan, Donna House, Joyce Regan, Rusty House und Julie House; meine Brüdern und Schwägerinnen: Sean und Cassie House, Kevin und Christine Brock und Andy Brock; sowie meine lieben Schwestern: Ava McKittrick und Melissia McKittrick. Vielen Dank auch an die üblichen Verdächtigen, die meine Bücher so fleißig publik machen – Debbie Tralies, Jean und Dennis Regan, Tracy Dauphin, Claire Pacell, Jeanne Cassidy, Susan Sole, die Regans, die Conlens, die Houses, die McDowells, die Kays, die Funks, die Bowmans und die Bottingers! Ich möchte mich auch bei all den tollen Blogger:innen und Rezensent:innen bedanken, die die ersten zehn Josie-Quinn-Bücher gelesen haben oder irgendwo in der Mitte in die Serie eingestiegen sind. Ich weiß eure Freundlichkeit wirklich zu schätzen!

Vielen Dank an Sergeant Jason Jay, der zu jeder Tages- und Nachtzeit so viele meiner Fragen beantwortet hat. Danke an Lee Lofland dafür, dass er mir geholfen hat, einige verfahrenstechnische Fragen zu klären. Danke an Ken Fritz, der mir bei meinem Schussszenario geholfen hat. Danke an Marcie Riebe und Erin O'Brien Garcia für ihre Hilfe bei allen Fragen rund ums Thema Sozialarbeit.

Danke an Jenny Geras, Kathryn Taussig, Noelle Holten, Kim Nash und das gesamte Team von Bookouture, einschließlich meiner reizenden Lektorin und Korrektorin, die dafür gesorgt haben, dass dieses Buchprojekt so reibungslos und aufregend war und so verdammt viel Spaß gemacht hat. Und schließlich danke ich einem meiner Lieblingsmenschen auf der ganzen Welt, Jessie Botterill, dafür, dass sie mir immer bei der Ausarbeitung jedes noch so winzigen Details hilft und mir in diesem schwierigen Kapitel im Leben der armen Josie quasi die Hand hält. Ich sage es immer wieder, aber es ist nach wie vor wahr: Ich könnte nie ein Buch ohne dich schreiben, und ich würde es auch nie wollen! Du bist die wunderbarste, unglaublichste, klügste und gewiefteste Lektorin und ich bin so dankbar, dass ich diesen Weg mit dir gehen kann!

www.ingramcontent.com/pod-product-compliance
Lightning Source LLC
LaVergne TN
LVHW041618060526
838200LV00040B/1338